"一带一路"文学书库

岑参

岑参诗歌富有浪漫主义的特色，气势雄伟，想象丰富，色彩瑰丽，热情奔放，尤其擅长七言歌行。

夏冠洲 著

陕西新华出版传媒集团

太白文艺出版社

图书在版编目（CIP）数据

岑参 / 夏冠洲著. — 西安：太白文艺出版社，
2018.2 (2018.8重印)
　ISBN 978-7-5513-1379-7

　Ⅰ. ①岑… Ⅱ. ①夏… Ⅲ. ①长篇小说—中国—当代
Ⅳ. ①I247.5

中国版本图书馆CIP数据核字（2017）第306586号

岑参
CENSHEN

作　者	夏冠洲
责任编辑	李　玫　谢　天　王超群
封面设计	王　洋
出版发行	陕西新华出版传媒集团
	太白文艺出版社（西安北大街147号 710003）
	太白文艺出版社发行：029-87277748
经　销	新华书店
印　刷	虎彩印艺股份有限公司
开　本	787mm×1092mm　1/16
字　数	330千字
印　张	23.5
版　次	2018年8月第1版 第2次印刷
书　号	ISBN 978-7-5513-1379-7
定　价	58.75元

目 录

CONTENT

第一辑

1

第二辑

第三辑

第四辑

第五辑

引 子

"关老将军，石老伯，请命人打开墓穴，把这柄剑与她……与她陪葬了吧！"

说话的人是大唐伊西、北庭都护府的一位中年官员。他站在一座新坟旁，坟头上的黄土似乎还没干透，更没来得及冒出一星半点儿的草芽来。他双手捧着一把精致的宝剑，红色剑穗在旷野的凉风中飘然披拂着，胸前五绺潇洒的长须，也被风吹得有些凌乱了。他看上去还不到四十岁，只是由于近日哀伤过度，面色有些憔悴。

被中年官员称为关老将军的，年届七旬，身材高大，银髯纷披，精神矍铄。但不知为什么，他的眉宇间也有一种难抑的悲愤神色。关老将军旁边，一位六十开外的白发老人，形容枯槁，满面泪痕，正是此刻躺在棺木中那位年轻、貌美而又惨遭横死的女子的继父，名叫石成璧，系关老将军的故交挚友。

其实，中年官员此时心中的悲伤，恐怕要比石老伯还要深重一些，那墓中人不是别人，乃是他的爱妾。但是他的痛苦，却无法表露出来。因为前来送葬的有不少是他的属下或随从，而且更重要的是，爱妾是饮刃自杀而亡，死因至今还是个不解之谜！

于是他不再说什么，转身将宝剑递给关老将军，然后从墓穴旁缓缓走开，踱到不远处一株高大的胡杨树下。

这是都护府所在地庭州（今新疆吉木萨尔县北）城南的一处墓地，南临一条潺湲西北而去的河流，河床开阔，坡岸上到处是青青的深可没膝的牧草。时值夏末，草丛中开遍了野花，五颜六色，星星点点，煞是好看。坡下河水清澈，映着蓝天和缓缓移动的朵朵白云。河两岸是一望无边的屯田，长满了正待收割的麦子，一片耀眼的金黄。朝西北望去，就是著名的西大寺，林木掩映处，高高的穹庐形佛塔和佛殿、钟楼、鼓楼等遥遥相望。南方远远的

1

是一抹透迤东去的雄伟天山,墨绿的是云杉林,深绿的是芳草地。群山最高处,则是一长列呈锯齿状的巍巍雪峰,白亮而耀眼……墓地坐北朝南,背坡面水,是一块风水宝地。但是,此时中年官员的心中,却笼罩着伤感和凄凉的阴云,一种巨大的羞愧和内疚感在折磨着他,一个百思不解的疑问也一直在困扰着他,他纵有万语千言也无法说出口。

小琬,你怎么就离我而去了呢? 你一定有难言的隐情,宁肯把秘密永远藏进坟墓,却什么也不肯告诉我,就这么去了,死得又是这样这样惨! 现在,这里就剩下我独自一人了。前年冬天,安史逆贼在中原叛乱,年终,封大夫受奸竖陷害,与高大人一起在潼关蒙冤受诛,我的最后一线希望也破灭了。如今两京沦陷,山河破碎,可是这都护府中上下一班群小全不以国事为重,包藏祸心,拥兵自重,沆瀣一气,一味地揽权谋私,骄奢淫逸,复又妒贤嫉能,排除异己,我的处境已十分困难,不少朋友也已纷纷离开北庭了。在这国破家亡、内外交困、有家难归的时候,我多么希望有你在我身边啊! 小琬,我以前顾虑,怕违母命而未能及早收你为侧室,没有正式的名分,使你受了不少委屈。可是现在,我已决定正式聘娶你了呀! 小琬,你在遗书中说什么你是我东归勤王的拖累,对不起我。怎么会呢? 不,恰恰是我对不起你呀! 对你,我是有罪的。我太世俗、太虚荣,是我害死了你! 我太无能、太软弱,枉为六品朝廷命官,连你,连我最心爱的人都保护不了! 甚至,连你腹中我们那可怜的小生命也保护不了! 我真恨这柄宝剑,它本来是和你一起来到我身边的,我还特别为它起了一个美好的名字叫"天山雪",可是偏偏又是它残忍地割断了你那美妙的脖颈,错误地沾染了你那艳丽的鲜血……是什么样的精神力量迫使你下了如此惊人的决心,以至于自我了断,毫不留恋地告别了这丑恶的世界呢? 你是个烈性女子,我知道。你的血管里流淌着一半胡人的血,那是炽热火烫、刚勇豪迈的血液。这些年来我写了许多被人称为雄奇、壮丽的边塞诗,诗中那激越的情思,丰富的想象,壮美的意象,其实有一半是从你的生命中获取的。你平日爱披一条红色披肩,像火焰一样常在我眼前跳跃、燃烧,给我以激情和灵感。我依恋你,我感谢你! 现在,我已决意与关老伯一起东归,离开这块伤心之地。我这里的职权已被人抢走,北庭已没我什么事了。我要不远万里去投奔新天子陛下,为平息安史逆贼之乱助一臂之力。前天,入殓时因忙乱有所遗忘,现在就把这天山雪,这柄与你有着特殊缘分的宝剑，留在你身边，当作我一颗愧疚而受伤的心，留在西域这广袤无垠的土地上，让它永远陪伴着你，护卫着你那美丽而纯洁的灵魂……

中年官员倚着胡杨，面对一望无际的大草原，胸中无法遏制的思绪，就这么如天山飞瀑般地尽情奔涌着，倾泻着。他此刻很想写诗，他是一位才华横溢的大诗人，一向很会写诗的，可是这时竟连一句合适的话语也寻觅不出来了！他甚至失望地想，失去小琬以后，自己还能写出那些充满激情、那么雄奇壮丽的诗句来吗？

周围变得异常寂静了，他担心地扭过头去，只见身后青青的草坡上，又隆起一座让人心碎的黄土坟。这时他终于控制不住了，伸出双手，向着晴朗的天空，无助地呼喊道：

"天哪，天哪，这到底是怎么一回事啊！"

引子

第一辑

天山雪云常不开
千峰万岭雪崔嵬
北风夜卷赤亭口
一夜天山雪更厚
能兼汉月照银山
复逐胡风过铁关
交河城边鸟飞绝
轮台路上马蹄滑
晚霭寒氛万里凝
闻干阴崖千丈冰
将军狐裘卧不暖
都护宝刀冻欲断
正是天山雪下时
送君走马归京师
雪中何以赠君别
唯有青青松树枝

第一章

白水题壁

　　大唐天宝十三年（754）九月初，伊西、北庭都护府辖下的庭州轮台县（今乌鲁木齐市南乌拉泊古城），迎来今年的第一场大雪。

　　轮台为始建于贞观初年的一座百年古城，由征西大将军李靖所设计监建，位于新疆最大的一块绿洲南端。滔滔走马川（今乌鲁木齐河）由南山经城西向北流去，两岸除了草地和森林外，有不少屯田，阡陌纵横，平畴百里。轮台城扼守丝路北道交通要冲，往来商贾众多，为大唐天山以北一处重要的收税城，经济、军事地位和地理位置十分重要。城区不是很大，城里城外尽是高大茂盛的白榆。现在树叶大部分还没有黄落，猛然间遇上这场大雪，树上积雪堆得特别厚，不少碗口粗细的树干都被压折了。

　　清晨时分，迎着飕飕寒风和飘飘雪花，轮台县城东门大开，急匆匆地走出四位骑马的官差来。那领头的官员年约三十，头戴尖顶胡式皮帽，着箭袖圆领深绿色棉袍，外面还披一领绿色斗篷。他高坐在一匹白马背上，身材挺拔，面部五绺黝黑的长须特别晃眼，眉清目秀，气宇不凡。另一位官员五十多岁，身着淡青色棉袍，披青色斗篷，骑一匹灰色老马，个子不高，留着两撇小胡子，脖颈细长，眨着小眼睛不住地左顾右盼，显得颇有心机。两个年轻的随从跟在他们后面，其中一个看起来很机灵。

　　领头的绿袍官员看来十分兴奋，过了接官亭，走上通往交河郡的平坦驿路，他就来劲了。只见他忽然扬手向后面大喊一声："来，咱们快马加鞭跑上一程,看谁跑得快!"说着,他向前伏下身子,眼睛紧盯前路,脚踢马肚,手挥马鞭,让胯下白马飞奔起来,俨然一副纵马冲锋的架势,嗒、嗒、嗒,马蹄飞奔,雪尘四溅。后面的三个人,只得打马快跑跟上来。那位青袍官员看样子不善骑马,紧抓着马缰,神情紧张,心中不住抱怨:"跑那样快干啥子嘛,冰天雪地里纵马,龟儿,你这不是要老子的命喽!"

绿袍官员的确很兴奋。虽然十年前他就在长安进士高中,但命运不济,一直困顿于仕途,郁郁难伸。不料数月前蒙新任伊西、北庭都护府节度使封常清大夫倚重,拜他为都护府判官之职,二度出塞来到北庭,他预感自己施展才华的机会来了!昨天出发前,他以《周易》之理给自己算了一卦,竟是少见的上上大吉的卦象,预示此次交河之行将有两桩喜事在等着他,岂能不兴奋异常?昨天下午,封大夫以为他们是文官,天气不好,交代的公事又不是很紧急,就嘱咐他们不必赶路,两天内赶到交河就可以了。可是这位绿袍官员为了证明自己并非手无缚鸡之力的文弱书生,宣称兵贵神速,定要"朝发轮台,暮抵交河",三百余里路程一日即可赶到,从而打破昔日需在中途留宿一晚的惯例。他走后,封大夫笑对左右说,这位判官大人虽年近不惑,但行事言谈却如孩童般天真,不失诗人赤子之心,真乃性情中人也!

驿路右首,一望是连绵起伏的南山,皆不很高峻,但林木茂盛,苍翠喜人。左首则是巍峨挺拔、雄峙北天的白山,山顶上终年积雪。此时东边一大片天空中有些放晴,旭日照在皑皑雪山上,衬托着蓝色的天空,那三座簇拥在一起的雄峻突兀的冰峰(即天山主峰之一,今称博格达雪峰),便反射出白亮耀眼的银光,远望如飘悬在半空之中一段镀金抹银的云霓。这亮丽的景象让绿袍官员陡然精神一振,胯下骏马也似乎受到鼓舞,奔跑得更快了!

"徐大人,累坏了吧?哈哈!"

一气奔跑了三四里地,绿袍判官这才收拢了马辔,让胯下骏马轻松地碎步走起来。

"判官大人,还可以,还可以!"青袍徐大人放缓了马步,摇晃着细长的脖子,喘着气,嘴上并不服输。

今天冒雪纵马的不平凡经历,虽然劳累不堪,但判官大人却感到十分畅心达意。试想,在茫茫雪原上扬鞭纵马,听两耳生风和马蹄叩击碎石或挣断草根的声响，看胯下骏马口吐团团白气，闻马身上浓烈刺鼻的汗味，再加上刀子般的劲风卷起雪粒扑面打来，钻进衣领袖口，如刀割一般，那感觉是何等的新奇，刺激，豪迈！这一回，他终于获取了一种从未有过的，与在戈壁草原上冒雪纵马冲锋杀敌十分接近的真切体验，真正体味到一个热血男儿的豪情！

此时驿路上空无一人，大雪模糊了道路、草地和戈壁的界线，天地一片纯白。这里一向是狂风肆虐的大风口，路旁杂草和丛丛树木，在一年四季不断的西北风严厉调教下，一律瑟缩、痉挛着身子，向南、向东倾斜生长，在自己扭曲变形的身躯上留下风的形状。此时刚刚停息的西北风，忽又兴奋起来，吹起口哨锐啸着，掠地卷起漫天雪尘，飞沙走石，眼前复归于混沌一片了。

"那就好，我们不妨再乘风奔上一阵子吧！"判官大人抖抖缰绳，扬起鞭子，白马立即竖起尖耳，纵身冲进雪幕中了……

过午时分，风雪终于完全停下来，山边凝固如糨糊状的浓雾也开始消散。白水镇（即今因"西部歌王"王洛宾一首《达坂城的姑娘》而闻名于世的达坂城）驿馆老馆吏午觉醒来，看看窗外晦暗的天色有些放晴，便步出紧挨城门洞的驿馆大门。

白水镇位于一座达坂矮山的脚下，一圈一人多高的石砌寨墙筑在小石山上。城区很小，只住着几十户居民和两名镇将率领的一队戍卒。城周围是大片生长着牧草、细流纵横的湿地。大湿地中有一条水量充沛的白水涧（今称白杨河），穿越峡谷，曲折往南奔流而去。河水由群山上终年的积雪融化而成，呈乳白色，这就是白水镇名字的由来；沿河而修的这条官道，亦被称为白水涧道。白水镇扼守险峻的峡口，西距轮台郡一百八十余里，东距交河城百余里。此刻西北风已减弱了威势，山脚下白水涧一整天被风雪压下去的水声，又哗哗地在峡谷中传响。老馆吏手搭凉棚看看两边来路，忽然，西北方向茫茫雪原上出现几个迅速移动的黑点，而东南方向的白水涧道上，也隐约有人马的影子。于是他快步转回驿馆，对手下人吩咐道：

"有官差来了，快生火把那锅胡萝卜羊肉汤热一热吧！"

上了些年纪的馆吏知道，对于在这种天气中赶路的客人来说，来一碗热乎乎的羊肉汤就馕饼，是再合口不过的祛寒充饥的美味佳肴了！这时西来的驿道上那几个小黑点已变成四个骑马的人,正小心涉过湍急的小溪,咔咔咔……嗒——马蹄敲击在水中鹅卵石上清脆的声响,十分清晰地传了过来。

绿袍判官一行人终于进了城门,在驿馆门前下了马。

馆吏是个很有经验的人,根据服色带饰就知道来的是官差,官衔还不算小。他简单查验了他们的"过所"(通行证),便殷勤地命伙计打来热水,让客人擦了脸,随即抹干净几案,让了座。小伙计也就陆续将一大壶热茶、两大盆热气腾腾的胡萝卜羊肉汤、一大盘卤驼肉、一大盘熏马肠、几串嗞嗞冒油的烤羊肉和一大摞焦黄香脆的馕饼端了上来。

待两个随从将马匹拴到后槽,那位青袍徐姓官员就对他们说:"这里由我陪着判官大人就行喽,你们两个,嗯——"说着,他伸伸细长的脖颈,眨眨那一对小绿豆眼,朝下屋努努嘴。

"是,参军大人,小的们正要到下屋去。"那个年轻机灵的随从回答道。

"一同上路,何分尊卑!"坐在上首的判官大人笑着拦住了,"不必拘礼,陈金,你们两个也过来,坐下一起用饭吧,快点儿吃完早早上路!"他记得临行前对封大夫夸下的海口,所以今天务必要赶至交河城。他操着中州河洛口音,举止潇洒,言谈爽利,眉宇间英气逼人。那名叫陈金的随从,原是交河驿站的驿卒。几年前判官大人在安西都护府任职期间就认识他了,因其伶俐勤快,善解人意,通晓胡语,又系山南右道邓州的同乡,所以数月前西来赴任途经交河时,就将他收为亲随家丁了。

"还不谢过判官大人!"被称作参军的青袍官员嘴里这样说,心里却悻悻道:哼,龟儿你倒会充好人!

不过徐参军虽然心里有点儿不快,但还是要装出一副笑脸来。因为他知道,这位不拘小节的判官大人是进士出身,而且听说还是甲等第二名榜眼哩!这次兼任安西四镇和伊西、北庭都护府节度使的封大夫奉诏来主持西域军政大事,亲自拜他为大理评事、摄监察御史,兼任判官,从六品。人家官职比自己大,又被封大夫如此看重,在同僚中的诗名更是不同凡响;自己呢,连续到长安和洛阳投考多年,直到五十挂零了还是个举子,前些年好容易来到北庭任都护府兵曹参军,官衔不过九品。出身不一样,品秩也低得多,俗话说,人在矮檐下,怎敢不低头,还是忍气吞声夹着尾巴做人吧!参军大人这样告诫自己。

9

"谢谢大人!"两个随从忙弯腰拱手,不无拘谨地坐在下首。

"两位大人,小驿备有高昌湋林乡新酿的葡萄美酒,要不要来几杯驱驱寒气?"老馆吏凑过来,笑容可掬地问道。

"好,有酒尽管拿来!"判官大人立即答道,"如不饮酒,岂不辜负了这场天山好大雪!徐大人,你说是吧?哈哈!"

这位绿袍判官兴致蛮高,就着羊肉胡萝卜汤、烤羊肉、卤驼肉和熏马肠,大口喝着葡萄酒,焦脆的馕饼也被他嚼得咯吱有声,显得食欲和牙口都极佳。

他品着葡萄酒,看向窗外,只见雪峰崔嵬,白雾如缓缓流淌的乳汁,几乎充塞了峡谷的每一处空隙,遮蔽了蜿蜒于树丛中的白水涧。看不见白色浪花喷溅,只听见水声哗哗不绝于耳。两岸茂密的胡杨和青松枝头上挂满了白雪,摇曳于白雾之中,果然是山峡中的一道奇景,于是他不觉豪情顿生,诗兴来袭。

"啊呀,这不是萧二仁兄吗?奇遇,奇遇!"

正在饮酒观赏山峡奇景的绿袍判官,忽然眼睛一亮,朗声大笑起来,忙放下筷子迎出门去。原来,驿馆大门又进来两位官员,一名驿卒牵马跟在后面。

"原来是岑仁兄啊,你也在这里,幸会幸会!"刚进门的中年客人连忙施礼。可能因为天气太冷的缘故,他的脸色有些发青,声音也有些颤抖。

陈金一见,赶忙识趣地拉起同伴,去招呼那位交河来的驿卒了。

这位判官大人姓岑,他待新来的客官擦过手脸,就拉着坐在一起亲切地叙起旧来。刚进来的官员名叫萧治,系岑判官前几年在河西武威幕中的故人,后调京师任职,这次奉旨赴北庭途经伊州时,听说封大夫正驻节轮台,就改由西州经交河城、白水镇一线转赴轮台,想不到在这里竟与老友相遇了。

"岑大人却是为何冒雪远行?"萧治问道。

岑判官答道:"封大夫命我等赴交河公干。同行的这位么,是剑南徐参军徐大人。"

"徐大人,久仰!这位是侯京侯大人,江南湖州人氏,乃新任轮台县主簿。"萧治也介绍了随来的官员,"此次与在下一起离京西来,一路上多亏他悉心照料了!"

同来的侯主簿看起来很年轻,模样十分精明,只见他再三施礼道:"岑大人的诗名,不才早已如雷贯耳,今日得见风采,实为三生有幸。晚生初来北庭任职,人生地不熟,还望两位大人多多关照,提携为感!"

"好说,好说!"岑判官和徐参军一齐客气地拱拱手。

当下添加了酒菜,四人一起吃喝起来。萧治说道:"愚弟这次离开武威郡时,高大人要我代他向阁下致意,问岑兄近日可有新作,务必见寄。达夫兄还说,他年事已高,于作诗上已颇感力不从心,不像岑兄风华正茂,才思敏捷,此番二度西来,必有新的佳作问世。"他说的"高大人"是指诗人高适,字达夫,时任武威河西都护府的掌书记,是岑判官在长安时的好友。

"哪里,哪里!此次岑某随封大夫西来路过武威时,适逢高老兄出使在外,未能晤面畅谈,甚感遗憾,数月来常存云树之思。不久前,我也曾在庭州给高大人修书一封,托人致问——啊,萧大人的气色如今好多了,西域地界气候果然寒热悬殊!"

"可不是吗!愚弟早饭后离开交河时,天气尚热,谁知越走地势越高,越走越冷。沿白水涧道穿过天山,出了峡口一看,这里竟是冰天雪地,如冬令景色,真可谓'冬夏一山别'了!"萧治感叹道。驿馆壁炉里燃着劈柴,室内温度较高,说话间他的脸色红润了许多。

"阴阳决暑寒。"岑判官随口接了一句,"萧兄,你有所不知,西州交河一带之地势本来就比轮台低得多,又隔着白山,气候自然迥异。此次赴轮台逆风而行,兄等一定要受苦了。白水镇离轮台尚有一百八十多里,看来,你们今晚要赶到柴窝堡烽燧下的驿站留住一宿。"

"随行的交河驿卒也是这么说的。"萧治道。

饭饱酒足,献茶已毕,在等待随从给驿馆结清伙食和马料账的当儿,岑判官望着窗外的雪山愣起神来。稍停,他回头对萧治说道:

"雪又下起来了,今日之会,不可无诗,萧、侯二兄是否先题几韵?"

萧治推辞道:"还是请岑兄就此题壁,留诗一首,方不负今日之幸会,还有此雪此酒此肉汤此粉墙也。"

侯京也连连摇手,表示逊谢。

"那么,徐大人可否已有佳句了?"

"下官素乏捷才,岂敢附庸风雅,班门弄斧!岑大人故人重逢,正合赋诗,老朽就此也好领教一二。"徐参军习惯地伸伸细长的脖颈,转身对白水馆吏道:"还愣在这里干啥子?速取笔砚侍候!"

老馆吏连忙从内室取出笔墨纸张和一方大石砚。

侯主簿为人极是乖巧,只见他眼珠一转,立即接过墨锭和石砚,添上水,隆隆地研起墨来。

"如此,不才就献丑了,或者就叫抛砖引玉吧!"岑判官也不再谦让。他习惯性地将将胸前的五绺长须,起身望着窗外迷蒙的飞雪和积满冰雪的团团绿杨青松,露出一副神驰魂飞的神情,这是他诗的灵感降临时特有的表情。众人时而看看岑判官,时而望望窗外的雪景,心里充满了好奇和期待。过了约莫半炷香的工夫,看看侯京已将墨研好,岑判官便援笔在手,蘸饱墨汁,在粉壁上文不加点,笔走龙蛇,一挥而就。

徐参军走过来,望着满墙龙飞凤舞般的字迹,很是惊讶,捻着小胡子点头道:"好诗好诗,大人出口成章,果然名不虚传!"

岑判官放下笔来笑对萧治道:"萧兄见过封大夫之后,不久又将归京,相见当待异日了,故此诗不妨就题作《天山雪歌送萧治归京》,权作提前为兄壮行好啦!"

"实在愧不敢当,多谢了!"萧治拱拱手,与侯主簿一起走到粉壁前默读起题诗来,称赞道:"此诗好极,果然捷才,境界开阔,气势宏大,情真意切,若无亲历,如何会有此情此景此句!其实你这虞世南行草的笔意,也颇秀丽流畅,极有韵味。"他又转身对白水馆吏说:"壁上题诗宝贵得很,你知道吗?"

"今日岑大人能在小馆题诗,蓬荜生辉,实在难得。小人自当尽力照看,绝不让人污损了!"老成的馆吏忙不迭地施礼应承道,又让人给客人献茶。

岑参坐下喝了口热茶,又提起笔,拂展纸,飞快地抄下诗稿,递予萧治。抄诗的时候,他那五绺浓黑的长须,也富于表情似的在胸前跳舞。

送走了客人,老馆吏忙找人将墙上的题诗抄录了下来。只见那诗写的是:

天山雪云常不开,千峰万岭雪崔嵬。

北风夜卷赤亭口,一夜天山雪更厚。

能兼汉月照银山，复逐胡风过铁关。
交河城边鸟飞绝，轮台路上马蹄滑。
晻霭寒氛万里凝，阑干阴崖千丈冰。
将军狐裘卧不暖，都护宝刀冻欲断。
正是天山雪下时，送君走马归京师。
雪中何以赠君别，惟有青青松树枝。

天宝十三年秋九月
南阳岑参题白水镇馆壁

第一辑

第二章

京师庭训

在白水镇粉壁上挥毫题诗的官员，正是近年以一批真情实景的边塞诗名动京师的诗人岑参。

岑参原籍棘阳（今河南南阳市新野县），为唐初名相岑文本之后，开元四年（716）生于仙州（今河南平顶山市叶县），后辗转移居长安西南户县高冠谷双峰草堂。天宝三年（744）春二月，二十八岁的岑参到长安赴试，高中一甲第二名进士，接着又顺利通过对策考试，就此解褐进入仕途。他初任右内率府兵曹参军，不过是在太子府中管理兵器甲仗和门禁锁钥的小官，仅为从八品下。天宝八年（749），他由安西节度副使高仙芝表为右卫威录事参军，充节度使幕中掌书记，官秩正七品下，遂到天山之南安西都护府（今新疆轮台县附近）供职一年有余。在安西任上，岑参曾兴致勃勃地作诗道："丈夫三十未富贵，安能终日对笔砚。"可谓意气风发，豪情满怀，以为在边塞挥鞭跃马，建功立业，便可名满天下。

谁知诗人的命运真是乖舛，此番出塞，时机实在欠佳。原来，自天宝六年（747）以后，唐朝在西域的劲敌大食国发生内乱，主持安西都护府的高仙芝受宰相李林甫遥控指挥，贸然发大兵对大食及其属国进行了一系列远征，包括讨伐小勃律国和石国，目的在于打通安西四镇通往乌浒水域的孔道。战争开始阶段，倒也打了几个小胜仗。天宝十年（751），大食国大将齐雅德率中亚诸属国十五万大军反击唐军，欲报高仙芝诱杀石国国王之仇。高仙芝命折冲都尉封常清和岑参留守安西,自己亲率精兵三万,会同葛逻禄、拔汗那等属国兵卒翻越葱岭,长驱数千里,发动西征战役。双方大军在怛罗斯决战,战况空前激烈,死伤枕藉,相持五日,不分胜负。这时却不意葛逻禄兵突然临阵叛变,倒戈相向。唐军猝不及防,腹背受敌,惨遭大败,一万余将士战死,一万被俘,唐军精锐主力几乎丧失殆尽,安西形势一度十分危急。这是一场堪称历史性的大决战,是标志着大唐王朝由盛而衰的里程碑式事件。加上不久之后发生"安史之乱"的沉重打击,烜赫一时的大唐王朝,再也无力继续控制葱岭以西地域,从而永远改变了中亚地区的政治军事格局。

这场惨败,使唐明皇震怒。力主此战的奸相李林甫为自保,向唐明皇隐瞒了战争惨败的严重程度,唐明皇只是任命河西节度使高正见出任安西节度使,以支撑残局,另迁高仙芝至武威改任河西节度使了事。封常清被高正见拜为幕中判官,一同返回安西,不久又被表为行军司马。由于高正见有病,安西都护府实际上由封常清主持。封常清到任后决策得当,经谈判妥协,辅以金帛贿赂,与大食国约定以葱岭为界,从此不再相互侵犯。接着,封常清又采取一系列得力的措施整顿部队,稳定了军心,又两次率军西征大勃律,均取得胜利,安西一带的紧张局势随之得以缓和。第二年,高正见去世,朝廷即升封常清为副大都护、知节度使,可谓官运一路顺风。高仙芝为人过于贪酷不义,不仅背信弃义,诱杀了石国国王,犯了战略错误,还将西征大食掠夺到的大量金银珠宝"皆入其家",又多次滥杀无辜,冒功领赏,对此岑参很看不惯。随高仙芝到了武威后,岑参就觉得自己实在难以与高仙芝继续共事。同时一向自恃功高而刚愎自用、不可一世的高仙芝,对这位有些恃才傲物的诗人也不在意。幕中一些同僚更是出于嫉贤妒能,常常寻机结伙中伤排挤他,因此岑参在河西幕中一直郁郁不得志,心情落寞。于是不到半年,天宝十年(751)夏,他就以母病为由毅然辞官回到长安,在户县高冠谷双峰草堂读书奉母,成了一个没有职务的闲官。

岑参在安西时,也曾为自己不远万里,在塞外饱受风沙之苦以换取功名而感到后悔,作诗叹道:"沙上见日出,沙上见日没。悔向万里来,功名是何物。"回到风景秀丽的高冠谷家中后,有时访高僧论禅于深山,有时逐渔樵谈天于山水间,觉得无官一身轻,倒也无拘无束,逍遥自在。为此他曾作诗宣称"敛迹归山田,息心谢时辈",表示不愿再混迹于诡谲险恶的官场了。但是岑参毕竟自幼胸怀大志,是个功业心十分强烈的文人,自以为出身名门、才学满腹,且早已进士高中,定可"云霄坐致,青紫俯拾",达官显宦、封妻荫子将如同探囊取物一般,唾手可得。可是现在年齿已近四十,建功立业的机会怕是已经不多了。因此他颇有些不甘心,产生了时不我待的紧迫感,有时不免到长安官场熟人中走动,希望有重新出山的机会。然而苦于朝廷上没有什么大门路,他又不愿屈身侍奉权贵,谋求新职的诉求迄未如愿。不过,这期间岑参与早就认识的杜甫、高适等困顿京师、同病相怜的诗友,一起赋诗优游,过从甚密,倒也相互慰藉了彼此间孤独、郁闷的心境。岑参从西域带回数十首边塞诗,种种西域风情尽收笔底,悲壮豪放,奇景奇情,风格特异,为前人所未见,一时令诗坛瞩目,争相传抄,也算是他在西域经受两年多风沙严寒和战争体验的一种意外收获。就这样,岑参在长安一带无所事事,一晃就是两年多了。

天宝十三年(754)二月下旬,岑参风闻封常清新近被唐明皇从安西召回长安,将另有重用。这天,他便与弟弟岑乘、岑垂三人起了个绝早,各乘一头关中犍驴往都城长安进发。他想去拜谒一下这位风头甚劲的故交,探探口风,看看有无重入仕途的机会。岑参知道,封常清出身寒微,刻苦自励,自学成才,开始不过是高仙芝的随从,后竟以大军功赢得如此高位,是一位不同一般的传奇人物。封常清治军有方,令行禁止,而为人却很谦恭,处事低调,作风简朴,与高仙芝的性格张扬、骄奢淫逸恰成鲜明对比,在军中颇有口碑。岑参在安西时就与封常清相处甚得,岑参赏识封常清的人品,封常清也很看重岑参的才学,两人常在一起商议军务。封常清传奇性的身世,特别是他的成功之路,对生性好奇的岑参来说,简直成了一个解不开的谜,使他产生了极大的兴趣。岑参早年游历河北邯郸时,曾遇一位号称"赛君平"的盲相士为他算了一卦,算他前半生时运不济,命运坎坷,中年之期则有"紫衣人助",出现转机。现在自己将届不惑之年,莫非真的时来运转,会应在这位有着摄御史中丞之衔、任副节度使的著名边将封常清的身上?封大夫官居正三品,依礼制正该着紫衣官袍,且此番得胜入朝,必将加官晋爵,岂不就是会助他成功的那位"紫衣人"嘛!岑参对自己此次的长安之行,有极高的期望。

去长安途中,春风送爽,从终南山深处流下来的沣河水欢腾奔流,田野上麦苗青青,秧苗苍翠,油菜花金黄,桃红柳绿,一派盎然春意。骑驴走在官道上,岑参与弟弟说说笑笑,心情十分轻松愉快,驴蹄嘚嘚,不过五十多里路程,未到中午时分就赶到了长安城。

岑参兄弟五人,他行三,父亲五十多岁才生下他,下面还有两个胞弟。与岑参一母所生的这两个弟弟,虽然也都分别通过乡试考中了举人,但目前均未进入仕途,仍与母亲同住在户县双峰草堂。长兄岑渭早已病故,二兄岑况早年做官,现已退休致仕多年,居住在长安东市大业坊。那座三进院的房舍,还是岑参先父岑植早年在京中做官时购置的。岑参十岁那年,父亲不幸于晋州(今山西临汾)刺史任上病殁,一年后二兄岑况就带着后母和三位年幼的小弟,先是回到嵩山下的嵩阳旧居住了五年,后来又迁居长安大业坊。直到在终南山高冠谷买下一处田庄,修盖了双峰草堂,他才与后母和弟弟们分居了。

岑参兄弟骑着驴,远远地就看到南城高大的启夏门城楼。大唐国都长安,这座拥有上百万人口的世界最大都会果然气势非凡,繁华喧闹。城中宽阔笔直的大街四通八达,状如棋盘;大街两旁店铺林立,五颜六色的幌子满眼翻飞,车水马龙,人流如蚁,熙熙攘攘的市声不绝于耳。岑参不由得想,长期生活在这富贵之乡帝都的人们,怎会知道远在边塞的将士们终日顶风冒雪、忍饥受渴、奋战沙场的万般孤寂、艰辛和危险呢!正胡思乱想,忽听一片惊叫声,只见几匹骏马拉着一辆华盖高车,迎面哗哗地驶来了,威风凛凛,旁若无人。岑参兄弟赶忙下了驴,随着街上惊恐失措的众人避让到店铺廊下。高车上衣饰华丽的贵人趾高气扬地端坐着,对周围的一切似乎不屑一顾,听任车夫挥动马鞭在空中扯出一串脆响,从慌乱奔逃的人群中扬长而去。岑参触景生情,不禁记起自己十年前写的那篇《感旧赋》中的句子来:"彼乘轩而不恤尔后,曾不爱我之羁孤?叹君门兮何深,顾盛时而向隅;揽蕙草以惆怅,步衡门而踟蹰……"一时心里很不是滋味。

他们进了启夏门,沿着大街往北走,再进到大业坊里,不多远就是临街的家院。进门时,岑参习惯性地扭头东望一眼,对面建于晋昌坊的那座慈恩寺七层大宝塔(今西安大雁塔),仍旧高高地矗立着。春阳为它涂上一抹金辉,显得尤为庄严雄伟。高耸于屋瓦和柏树丛之上的这座著名佛塔那挺拔的身影,是岑参幼时最深的记忆。大前年秋天,久雨初晴的一天,他与杜甫、高适等几位诗友结伴,还一同登上慈恩寺塔游览和诗了一回哩!

听到敲门声,家院迎出来把驴牵至后院,岑参兄弟进了正房堂屋。二兄正在几前翻看一本东汉长沙太守、医圣张仲景的《伤寒论》,看到弟弟们来了,放下书道:

"弟弟们来了,一路辛苦!母亲大人身体好吧?为兄老迈,腿脚不便,你二嫂又多病,已有许久没有下乡看望母亲了!"岑况年逾六旬,须发皆白,比岑参的生母还要大几岁,所以不便经常去向继母问安。

岑参和弟弟坐下回道:"母亲大人精神很好,她要我们代问哥嫂安康。"

正说着,二嫂捂着胸口迎了出来。她患有严重的哮喘病和肺心病,瘦弱不堪。岑参自幼丧父,是靠岑况夫妇抚养长大的。二嫂为人贤淑,因没有子嗣,所以比母亲还要关心这三个聪明的异母小弟弟。诚心奉儒的岑况更是督促弟弟们读书,异常尽心。岑参记起兄嫂的诸多好处,忙上前搀扶病体羸弱的二嫂。

"二嫂病体欠安,要多多卧床休养,就不要出来了!母亲很是关心嫂嫂的病呢,这是她给二嫂补养身子的草药,一包茯苓,一包灵芝,还是请人从终南山深处采来的。"

"谢谢婆母,谢谢参弟,请代为上复婆母,难为她时常挂念于我。可是我……嫂嫂我这病怕是好不了喽……"嫂子眼睛红了,喘着气,接过药包,挪动身子进里屋去了。

晚饭后,岑乘带着小弟看望他们儿时的邻居朋友去了。岑参随二兄到书房喝茶,说起打算去拜谒封常清大人,岑况就有些不以为然。

"你不是在诗中说什么'悔向万里来,功名是何物',又说'敛迹归山田,息心谢时辈'吗,怎么又要出来求人做官?"岑况对自己这个自视颇高的弟弟的品性十分清楚,于是像长辈一样教训道,"我早就看出来,你是耐不住寂寞的,忘不了仕途,做不成真正的隐士。你写的《感旧赋》也说'眷城阙以怀归,将欲返云林之旧游',你名为归隐山林,不过就是如司马桢所说的,想走'终南捷径'罢了。你可不像大伯父家的征君弟,他只比你大几岁吧,人家才是真正的大名士,从不管世事,人家回到鸣皋山陆浑别业,一住多年,管你谁来征召,就是不出山。所以李白写诗要把他比作严子陵、巢由,要一起'登高览千古,思与广成邻'哩!哪像你,归隐没两天就待不住了,就想出来谋事。你的那些诗啊赋的，都是做幌子骗人的！"

"二哥你有所不知，我写那些诗文倒是出于真心。"岑参被二兄直言说破了心思，不好意思地辩解，"不过，我在《感旧赋》中不是也写了'国家六叶，吾门三相'嘛。咱家系书香门第，祖祖辈辈在朝为官为相，难不成让我这满腹的经纶都烂在肚里，只做到个七品小芝麻官，就此隐姓埋名于山林之下？"说到这里，岑参昂起头，捋捋潇洒的五绺黑须，不服气地说："我还不到不惑之年，我不甘心！"

"让我说中了不是？参弟你糊涂呀，当官有啥好下场？"岑况连连摇头摆手，"做官做官，官做得再大，像曾祖、伯祖、伯父他们，直做到一品宰相，风光一时，最后怎么样，还不是让人家一个个杀了头，不得善终？"岑门是个宰相世家，岑参的曾祖父岑文本、伯祖父岑长倩和伯父岑羲，都曾官至宰相，可是都让权奸武三思和太平公主等先后设计给杀害了。

岑况又补充道："再看看你十分佩服的李太白吧，才华总比你高吧，名声也比你大吧，都做到翰林院的翰林供奉了，最后还不是让人一顿贬损，皇上一句话，就'赐金还山'，灰溜溜地离开长安了嘛！"

"我怎么能跟人家诗仙相比呢？二哥，你可别光说我，你自己过去不也曾到处跑官，先是跑上个单父令，最后从湖州别驾任上致仕的嘛。父亲大人要不是过世早，说不定还能升到比正五品刺史更高的官职哩！"岑参反唇相讥道，心里对这位父亲一般的兄长多少有点儿不买账，心想，你这是替过世的父亲对我施以庭训啊！大兄如父，倒也不错，可是别忘了，你不过是明经出身，只会死记硬背几本经文，我可是经过殿试，高中过榜眼，披红戴花游曲江，还打马御街，进宫赴过御赐的琼林宴呢！不过他嘴里却辩解道："二哥还记得我那几句诗吧，'小来思报国，不是爱封侯''万里奉王事，一身无所求。也知塞垣苦，岂为妻子谋'。我只是想，上苍对我太不公，我满怀雄心壮志投笔从戎，出塞西域，顶风冒雪、忍饥受渴数载，没有功劳也有苦劳，总不能白白地受了这好几年风沙之苦，却一事无成！"

"参弟，你还是年轻，不懂得这官场的险恶呀！"岑况连连摇头，"你说人家高仙芝高大人为人骄横贪酷，你看不惯他，他周围的人也都与你作对，恐怕不完全是这样吧？你的老朋友高适去年到武威哥舒翰大人幕中任掌书记，就是你曾在安西干过的角色。行前他还来这里找你辞别，你不在。最近听说他在河西幕中好像干得还不错，深得哥舒翰将军的赏识。哥舒翰此人性格也很暴烈，为什么你就不能与上峰高大人好好相处呢？你自己身上是不是也有毛病？古人云，'人情练达皆文章，世事洞明是学问'，又说，'识时务者为俊杰'，你不谙人情世故，官场上有些事你就得睁一只眼闭一只眼，不能由着自己的性子来。高适虽然比你大十来岁，进士及第也来得晚些，可是依我看人家诗写得比你还好，他的诗还被人称为'达夫体'呢。而且他眼界高远，为人大度能容物，灵活机变，处世待人不亢不卑，很是周全，我看就是个做大官的料，比起参弟你的前程来，要远大得多哩！"岑况用手捶捶腰，站起来拄着手杖踱了几步，接着又教训起来："参弟，不是我说你，你是我看着长大的，你是性情中人，为人倒也天真纯洁。但性格有些狷介不群，看不惯的事你就沉不住气，使气任性，口无遮拦，信口臧否，这样怎能有个好人缘呢？子曰'小不忍则乱大谋'，你就是缺乏这点儿涵养，一遇到不顺心的事就想打退堂鼓，动不动就耍名士脾气拂袖而去，谁吃你那一套？不是哥哥我说你，参弟，你读了那么多书，活到三四十岁，可对人处世却总还像小孩子一般天真。你以为世间人都像你一样善良、纯洁，见人全抛一片心吗？你胸无城府，锋芒毕露，心里怎么想嘴里就怎么说，也不懂得韬光养晦，处处总要表现出高人一筹，一般人又怎能容忍你呢？唉，人心难测啊！俗话说，'皎皎者易污''木秀于林，风必摧之；行高于人，众必非之'，又说'欲高飞者，必先敛其翼'。依参弟你这种性情，恃才傲物，不会保护自己，要想在这钩心斗角、尔虞我诈、波诡云谲、陷阱密布的官场上混，也就难了！这些，为兄我可都是看在眼里急在心里呢！唉，我说了这么多等于白说，你这性格脾气呀，怕也是难改！"

岑况数落了一大篇，看到弟弟怅然若失，就又劝慰他："参弟啊，你当然有你的长处。你比为兄我要聪明早慧得多。你五岁随父读书，九岁开始为文，后来父亲病故我又接着教你，圣人之书往往教不了两三遍，你就背诵如流了，甚至还能开讲，一套一套的。你有诗人的才情，出口成章，为兄我可是比不上，要不，你怎能差一点儿就考中个状元哩！你为我岑氏门庭增了光！依我看，前几年你到西域并没有白受苦，开了眼界，现在的诗是越写越好了。你的朋友时常来我这里打问你的消息，谈起来，他们对你那些边塞诗可都是赞不绝口。连我的老友，也是名诗人的刘长卿有次来访，也说你的诗让他吃惊,风格鲜明独特,不同凡响,快要创出一种新诗体了。此前,我总觉得你那些迎来送往的酬答诗都平平的,没有特别之处,这次明显就不一样了。由此看来,这写诗除了才学识见之外,丰富的阅历也是十分要紧的。"

听到兄长称赞自己的诗,岑参就来劲儿了,忍不住自诩道:"朋友们都说,前年我与高适、杜甫等同登慈恩寺和的诗,就我与杜二兄写得最好。你听听这几句——'塔势如涌出,孤高耸天宫。登临出世界,磴道盘虚空……秋色从西来,苍然满关中。五陵北原上,万古青蒙蒙',是不是可以与杜甫的'高标跨苍穹,烈风无时休……俯视但一气,焉能辨皇州'那几句相匹敌呢?"

"参弟,俗话说江山易改,本性难移。你这人就是经不起几句好话,一说你好就忍不住翘尾巴,为兄我可又要敲打你了!别忘了,从咱这家门口往东,可不是天天都能看得到慈恩寺的高塔。你是望着塔长大的,还能写不好吗?要我说,高适的那首诗也不在你之下,还有薛据、储光羲的,你们这几首诗大致旗鼓相当,各有千秋。若与杜甫相比,他倒要高出你一筹。人家的诗气魄宏大,雄视千古,并杂以'望陵寝''叹稻粱'等句,关心国计民生,顺便讥讽善于投机钻营的小人。不像你,只是堆砌了不少佛教沙门典故,最后归结说什么'誓将挂冠去,觉道资无穷',几乎不干人事,不食人间烟火似的,于这胸襟气魄上就显得偏狭多了。"

岑参听后有些泄气,忙解释说:"杜甫说过'诗是吾家事''吾祖诗冠古',人家是圣朝初年名诗人杜审言之后,有家传诗教传统,我怎能比得上呢?"但他心里却在说,其实要说现在的诗坛上,杜甫的名气比我还是略差了些。

岑况当然不知道弟弟此时心中的嘀咕,接着说:"参弟这么看就对了。为兄我虽然素乏诗才,不如弟弟你,但于品味诗上还略知一二。你有诗才,诗的格调奇峭激越,但气度上却有限。"当哥哥的似乎又看穿了小弟弟的心思,说:"从小看大,三岁看老。杜甫年轻时就有诗曰'会当凌绝顶,一览众山小',气魄何其宏大!参弟啊,不是为兄给你泼冷水,我看,这个杜甫,别看他现在的名气好像还不如你,可人家的诗温柔敦厚,感情沉郁顿挫,对事物观察深刻细致,且体贴下情,十分符合圣人之诗教,厚积薄发,将来定然要比你高出许多——唉,你看,你看,这人老了就是多忘事,光顾着说话,忘了告诉你了,杜甫前几天还来家问询你。颜真卿上个月从河北平原郡进京探亲,也

21

来家打问过你。还有那个年轻的才子严武，也来找过你，你的朋友倒是真不少。杜甫说他已从杜陵搬到丰乐坊亲戚家中住了，在小雁塔西边不远，你要是来长安，一定要去看他。"

"好啊，杜二兄原来还在长安。"岑参高兴道，"半年多没有见面了，为弟也很想念他。我明天抽空就去看望他。"

"你看你看，我又忘了。"岑况说着就到书房里的书架上找了半天，"杜甫去年秋天冒雨来家，给你留了这首诗。我当时忙乱，夹到书里忘了告诉你，前些天晒书时才发现。那诗里好像说你爱喝酒，写了不少新诗。"说着他将几张纸交给岑参。

岑参展开诗笺，见上面写的是：

九日寄岑参

出门复入门，雨脚但如旧。所向泥活活，思君令人瘦。
沉吟坐西轩，饭食错昏昼。寸步曲江头，难为一相就。
吁嗟乎苍生，稼穑不可救。安得诛云师，畴能补天漏。
大明韬日月，旷野号禽兽。君子强逶迤，小人困驰骤。
维南有崇山，恐与川浸溜。是节东篱菊，纷披为谁秀。
岑生多新诗，性亦嗜醇酎。采采黄金花，何由满衣袖。

读着诗，岑参就想起去年夏秋之际长安一带阴云盘桓，淫雨连绵，毁屋坏稼，出入不得，令人愁烦的情景。夏秋间是长安的雨季，大前年秋天他和杜甫、高适等人登慈恩寺塔，也是在好容易等到久雨初晴后才相约而行的。这诗中说"吁嗟乎苍生，稼穑不可救"，二哥说的对，杜甫兄果然比我要关心百姓苍生啊！"思君令人瘦"，岑参捋着胸前的五绺长须，读着诗，对老友的真挚友情很是感激。

第三章

封府受命

　　早饭后,岑参被窗前一树盛开的木槿花所吸引,就信步来到花前观赏。二堂院中有两株木本花卉,另一株是桂花,都是岑参父亲当年亲手栽植的。原来的树苗都不过尺把高,现在树冠硕大,粗可数围,已长得高过厢房的屋檐了。这两株花木都栽种在半人多高青砖砌就的花坛中,所以赏花时要仰起头来。桂花节令不到,当然还没有着花,但枝繁叶茂,油绿绿的十分精神。朝开暮合的木槿花此时却开得正盛,朵朵皆如拳大,上百朵绯红的花朵开得花团锦簇,光艳照人,热闹异常。岑参不禁记起母亲做的木槿花炒鸡蛋的美味来,也回想起每当中秋之夕,全家围坐在桂花树下吃月饼、西瓜、葡萄,赏秋月的情景。年长的二兄一再提醒自己,不要追着弟弟们满院子疯跑,小心头碰到花池青砖上,把头磕破了。唉,这些都已是二十多年前的温馨往事了,岑参忆及,不禁感慨万千。

　　两座花坛边沿上,还摆着十来盆蕙兰,长叶纷披,茂密而瘦挺,数枝长长的新发的花茎,挺然翘然,直直地刺向半空。枝条上几串鹅黄色的花蕾,正含苞欲放,似乎空中已散发出袭人的幽香,沁人肺腑。岑参触景生情,忽然记起张九龄的那首《感遇》来:

　　　　兰叶春葳蕤,桂华秋皎洁。欣欣此生意,自尔为佳节。
　　　　谁知林栖者,闻风坐相悦。草木有本心,何求美人折?

23

草木有本心，何求美人折！杨玉环，圣皇……岑参想到这位前辈贤相此诗的寓意，不觉有些愧意。知人者莫如父。父亲和长兄早故，二哥已六十四岁，从小把自己带大，日日亲自督促弟弟们课读，所耗费的心血远胜过了父亲，也是深知自己的啊！二哥昨天对自己的"庭训"，虽然一针见血，毫不客气，但那些语重心长的话语，都是很有道理的。自己的确尘心未泯，仍旧醉心于功名富贵。前次出塞，为什么铩羽而归呢？自己的脾气秉性、待人处世是不是确有不当之处呢？这倒是值得自己深长思之的。今后，如果有机会再谋得一官半职，一定得好好总结一下啦！

岑参对着春花正想人非非，就听老管家在前厅后台阶上叫自己：

"三相公，客厅来了一位先生，说是要拜见相公你哩！"

该不是杜二老兄又来看望我了？岑参心里这么猜测着，连忙赶往客厅。进门一看，来人并非杜甫但却也认识，是河西武威节度府幕中的故人，后随封常清到安西都护府任巡官，姓武名文。他虽为明皇原来的爱妃武惠妃的本家子侄，生得温文尔雅，待人却也很谦恭有礼。

说起来，关于自己的武氏家族背景，武文并没有向岑参隐瞒什么。早在河西共事的时候，他就向岑参坦诚地表示了自己的态度，明确表示，决不依恃于自己显赫的家族势力，一定要凭着真才实学去谋取富贵。岑参对此很是欣赏，实际上也成了他们之间友谊的思想基础。但是武文却没有透露他与权臣李林甫之间的特殊关系。当年权倾朝野、炙手可热的李林甫与武惠妃关系非常，曾极力运动，劝明皇册封她为皇后，并谋立惠妃宠子寿王李瑁为太子。武文凭此大后台，本来不费吹灰之力即可在朝中谋得高官的。但武文却又顾忌这位把持朝政十多年的李相爷名声太坏，不屑于这样做。于是便有了正儿八经地读书考进士、投军出塞之举，一心要争取一个清清白白、在青史上不留骂名的锦绣前程。李林甫有鉴于此，早就托大宦官高力士向西北边疆的高官高仙芝、高正见、封常清、李光弼等要员做了交代，遇事多关照点儿。几位封疆大吏都知道高大人说话的分量，自然心照不宣，心领神会。

当下，岑参上前亲热地拱拱手："原来是武贤弟呀，欢迎，欢迎！河西之别，一晃两年多了，愚兄倒是时常惦记着你。贤弟光临寒舍，可是蓬荜生辉呀!"

"岑兄,你果然在都中兄长家里,真是凑巧得很。"

"果是凑巧,我也是昨天刚从终南别业进京来看望兄嫂的。"

正说着,岑况闻声走进客厅。岑参向兄长介绍了武文,岑况忙命人看茶。

武文呷了口清茶道:"让我真是好找啊!封大夫交代我说,从慈恩寺往西一直走,不远就到了……"

"这么说,是封大夫命你来的?听说大人奉诏进京了,他尊体可安好?"

"封大夫现在可是春风得意,喜事连连。日前大人由安西奉旨回京,于骊山华清宫面见天宝大皇帝了。圣上皇恩浩荡,依军功晋升封大夫为左羽林上将军,加赐御史大夫,位居从二品上。封大夫的长子也封了个五品官衔,甚至连大人亡故多年的父母也都封赏了爵位,真个是荣宗耀祖、封妻荫子啦!"武文说得眉飞色舞。

"那可是喜上加喜啊!封大夫在西域治军有方,劳苦功高,理当封赏,我真替大人高兴!"

"还有好事呢。据吏部人讲,封大夫这次可能另有高就。正式任命的圣旨旬日可下,兵部让封大夫近日不可远行,专在府中静候佳音。"

"看来,在下是应该即往封府庆贺了!"

武文起身道:"岑兄有所不知,为弟此番正是奉了封大夫之命,特来请兄过府一叙。"

岑参听了,心中一喜,与二哥会意地对视了一眼,点点头。

当下武文告别了岑况,与岑参一同赶往封常清在金光门内群贤坊的官邸。这还是圣皇新近赏赐给他的一套华府豪宅。

粉饰一新的封府,此刻张灯结彩,热闹非凡。大门两侧悬着两串新制的大红灯笼,一串写着"将军府",一串写着"大夫第",十分耀眼醒目。门前雄踞着两尊石狮,很是高大威严。彩轿鞍马在大门左右两边柳树下排了一大溜,兴致勃勃、服饰鲜明的达官贵人川流不息,带着各种贺礼贺幛鱼贯而入。岑参见此情景就对武文说:"前来拜贺的高官显宦如此之多,封大夫一定应接不暇,理应回避为是,岑某不如以后寻机会再来拜见!"

武文笑道:"岑兄请放心,来时封大夫已有安排,让我从偏门带兄进去,大人吩咐要单独与你晤谈。这些嘉宾么,自有人在客厅接待。"

岑参听了受宠若惊。他是第一次来封大夫府第拜谒,路径不熟,便随武文从偏门进了后花厅。

封常清正在暖阁中与一位官员密谈,见岑参来了,就踱了出来。封常清将随着出来的老年官员介绍给岑参,原来眼前这位是伊西、北庭都护府长史姚天喜老大人。

"此位么,是原河西都护府掌书记岑参岑大人!"

岑参与姚天喜彼此连忙拱拱手,互称"久仰、久仰!"不知为什么,姚长史初次见面就给岑参一种很不好的印象,他看人的时候习惯于眼睛从下往上打量人,一脸的诡谲,让人很不舒服。

岑参看着姚长史步出花厅,这才转身向封常清恭贺道:"恭喜封大夫,贺喜封大夫,天子如此倚重恩宠大人,连我们这些做门客的也觉得荣幸之至!"说完,他又上前深施一礼,"岑参真替封大人感到高兴——不,现在应该称作封大夫了! 在下刚刚听到喜讯,匆匆来贺,不然,参理应备薄礼一份,献诗一首,以表敬贺之忱。"

封常清的年龄仅比岑参大数月,但由于常年于边塞奔波征战,饱经风霜,所以脸上皱纹密布,毛发稀疏,看上去要苍老许多。他身穿便服,见到岑参好像特别高兴。

"岑先生,别来无恙乎? 几年不见,阁下还是像过去一样潇洒、年轻啊! 看你这面相,哪像年近不惑的人呢! 你我是老相识了,不必拘礼,来,坐下一叙,坐下一叙!"封常清一边说,一边吩咐献茶。

封常清其貌不扬,生得矮小精瘦,腿脚也有些残疾,所以见到下属一般不愿起身。特别是像岑参这样相貌清秀、身材修长,高出他一头的,更不愿相对而立或并肩而行,以免相形见绌,自惭形秽。

岑参与武文在封常清旁一左一右坐下,望望封常清,只见他气色不错,也胖了不少,但神情仍一如既往,显得比较稳重矜持,不怒而威。

封大夫真能沉得住气啊,蒙圣上加官晋爵却宠辱不惊,安之若素,不愧大将风度! 朝廷习惯称御史大夫为"亚相",果然是"宰相肚里能撑船"。岑参在心里这样赞许道。

封常清笑道:"常清此番奉诏回京,深蒙圣恩眷顾,想来武先生已在路上给先生讲了。因寒舍前来助兴的嘉宾客人众多,我免不了还要出去应酬。以后相处日多,来日方长,此刻也无须赘叙,我们长话短说吧!"他呷口茶接着说道,"天宝十年夏征大食偶遭败绩,牵累了先生,高大人与常清每念及此,颇感不安。岑先生这几年困顿长安的情形,常清尽已皆知,深表同情。想先生如此大才,满腹珠玑,诗名远播,且正值盛年,竟欲就此隐迹山林,与草木同朽,岂不可惜,岂不辜负圣朝盛世乎?先生在《感旧赋》中不是也说过'幸逢时主之好文,不学沧浪之垂钓'吗?因此之故,在常清即将衔命西行之日,首先想到的就是请岑先生出山,与常清共赴边关,也好于帐中随时就教。不知先生意下如何?"

岑参低头啜口清茶,清清嗓子回道:"说起几年长安困顿种种,实系岑参无能,敢劳高大人和大夫如此惦念,不胜惶愧感激!前此由河西归京,参万念俱灰,确已想就此敛迹归隐于林泉之下了。终南双峰山下有茅屋数椽,薄田数亩,足可养家糊口……"

"岑兄不可过谦。先生出身名门,进士高中,名满天下,在此国家用人之际,万万不可借故推诿!常清此议可是出以至诚,我幕中对先生已是虚席以待的呀!"

"敢问封大人将新任何职衔?"

"具体职务尚不得而知。不过,伊西节度使、北庭都护程千里大人,新近在金山协同回纥葛逻禄军大败叛将阿布思,已将敌酋擒获献至阙下,不日将问斩西市。程大人因伟功已被圣上钦封为金吾大将军,依制将留在朝中,不再赴北庭继任,其职自然需人接任。"说到这里,封常清略一沉吟:"常清在西北边塞奋战半生,于其山川地理及世情民风等,倒也比较熟知,且多有旧部在焉。皇帝圣明,知人善任,估计极有可能仍派封某赴西北边庭,继续为天子分忧,为朝廷驰驱。"他望望门口,略略镇定一下接着说道,"先生不是外人,封某当以实情相告。目前西域地界并不安宁,危机远未过去。因我大唐新败,北方突厥与南方之吐蕃均蠢蠢欲动,企图趁火打劫,南北夹击,蚕食我大唐领土。阿布思虽被程大人擒获,但仍有余部数千人众逃窜至金山深处,其心不服,必图伺机卷土重来。而我西域兵力确实有限,远离中原,三面受敌,势如孤悬,因此决不可掉以轻心而坐大,此时真乃我大唐疆域生死存亡之秋也!封某如当其任,何啻临危受命?故急切需一批得力之部将幕僚相佐,助某筹划。常清记得先生有两

27

句诗云'小来思报国，不是爱封侯'，拳拳忠君报国之心实令人感佩。先生在安西不毛之地辛苦数年，那里的风物民情尽皆了若指掌，此番如能随常清二度出塞，可谓驾轻就熟，定可于边塞一展宏图，再创功业，以报君恩。对了……"封常清忽然想起什么又补充道："先生文思敏捷，诗才过人，常清向来衷心佩服。先生在安西所撰的那几十首边塞诗，诗风雄健壮丽，皆为绝妙好句，已在京中传遍了。封某不才，也颇喜爱，置之案头，读之常令人联想起边塞难忘岁月。'丈夫三十未富贵，安能终日对笔砚''功名只向马上取，真是英雄一丈夫'，写得多好，读来真让人回肠荡气，热血沸腾！岑先生岂能偶遇挫折，便就此止步，将这雄心壮志消磨于无形呢？我意料先生此番二度西去，所见所感愈多，必将有惊世边塞诗新作成批问世。届时，先生于我大唐诗坛上开宗立派，诗名更将彪炳青史了！"

"承蒙封大夫过奖与厚爱。岑参才疏学浅，深恐难孚众望。此事，还是容岑参回终南禀报老母，斟酌再三，然后回复大人。"

封常清正色道："都护府依例常设两位判官，常清拟拜先生为幕府判官，与武文先生同列。"

武文也起身相劝道："武文不才，颇以与岑兄同僚为幸，以便随时请教。岑兄，不要拂了封大夫的这番美意呀！"

封常清望着岑参，稍停，又一字一顿加重语气地慢慢说道："不仅如此，常清还拟奏请圣皇，为先生另行升爵加衔，以壮行色。"

岑参听了，不禁耳热心跳，维护自己尊严的最后防线终于崩溃，于是沉不住气地急忙起身拜谢："士为知己者死，恭敬不如从命。大夫既如此看重岑参，岑参敢不遵命？武兄高才，雅量非常，为岑参多年好友，契同兄弟，今番复为封大夫帐下同僚，实岑某三生有幸。既如此，岑参愿二次出塞，为大夫执鞭坠镫，肝脑涂地，早晚伺候于帐下，以效犬马之劳！"

"如此甚好，先生果然是个极爽快的人。"封常清听了大喜，不觉忘情地站起来拱手称谢，"如此，敬请岑先生即回终南别业安顿高堂妻小。任命的圣旨不日可下，先生可在家中做好远行的一应准备，以便随时待命返京。届时，常清当烦请武先生代为亲往双峰草堂致送聘礼，以迎接阁下。封某拟与两位先生一同刻日就道，西行赴任。我估计，十日之内，最迟三月之初即可择吉日成行了！"

第四章

高冠观瀑

辞别封常清大夫后，岑参就按照杜甫信中留下的地址，兴致勃勃地赶往小雁塔西边不远的丰乐坊，去看望久别的老友。

杜甫正在丰乐坊一个远亲的家中寂寞读书，这是一间低矮狭窄而又阴暗潮湿的杂物间，情状很是凄惨。见到老友来访，杜甫不禁喜出望外。寒暄了几句，岑参见陋室逼仄，就请杜甫到附近酒肆中小酌几杯，好好叙谈叙谈。杜甫说："怎么能让贤弟你来破费呢？于礼不合，于礼不合！"推辞了几句，最后还是随岑参上街了。原来他此时正囊中羞涩，还真的掏不出几文待客的酒钱来。酒席间，岑参邀请老友到他的双峰草堂小住两日。不过，他并没有把即将受聘于封常清的喜事告诉杜甫，因为一来封大夫尚没有正式下聘书，二来又担心此事会刺激一直求职无着、心情不佳的老朋友。

正在百无聊赖中的杜甫，当下就高兴地答应了："好极。去年春天我们一起游完户县渼陂湖后，就想枉道去你家双峰草堂看看，可惜突遇大雨没能成行。过去读到岑弟写高冠谷的几篇诗，令人神往，想来那里景色定然极佳，否则岂能入得了你的法眼？现在终南春意正浓，正合一游！"

杜甫，这位被后世称为我国古代最伟大的现实主义诗人，被后人称为"诗圣"，这时候在文坛上的诗名其实还很平平，远不如岑参。杜甫比岑参年长四岁，不过四十挂零，可看上去要老相得多。他面容消瘦，身形比较单薄，原是疾病已折磨他多年了。何况在长安这漫长的八年里，他经济和精神上

29

的压力都很大，饥一顿、饱一顿的，一直过着郁郁不得志的困顿日子，因此眉宇间常挂有一种忧戚愁苦的神色，鬓角上已过早地染上了几星白霜。

怀着"致君尧舜上，再使风俗淳"的远大抱负，杜甫于天宝五年（746）来到长安谋求仕途发展。谁知命运不济，接连受挫。先是参加进士考试，不幸落败；接着又"毛遂自荐"向明皇上了精心结撰的三篇大礼赋，甚至有机会待制集贤院，接受宰相的面试。可是此时由于奸相李林甫把持朝政，除了几篇心血之作落了个"词感帝王尊"的虚名之外，他始终未能得到一官半职。但是"卖药都市，寄食友朋"，生活无着的杜甫，仍不愿放弃进入仕途的努力。他甚至不惜屈辱到如他自嘲的"朝扣富儿门，暮随肥马尘，残杯与冷炙，到处潜悲辛"的地步。幸亏杜甫有些诗名，又自奉谨慎，性格温良敦厚，口碑很好，在长安结交了不少志同道合、命运相近的朋友。其中，岑参是他交心的朋友之一。

岑参与杜甫拜访了几位长安故旧后，于第三天午饭后离开长安大业坊，赶回高冠谷家中时已是掌灯时分了。岑参的母亲和妻子十分热情地接待了杜甫。杜甫发现，岑参与母亲长得非常相像，母亲细眉长目，高挑个儿，落落大方。弟妹张氏则生得端庄清秀，举止矜持，只是面带病容，颇有些弱不禁风的样子。她手牵一个五六岁的幼女，那孩子很是聪明俊秀，活泼可爱。

晚饭后岑氏兄弟陪杜甫来到客房，安排他休息。

客房宽敞洁净，灯盏明亮。杜甫舒服地坐在几前喝茶，对岑参说："岑三，你真好福气，伯母仁慈宽厚，弟妹贤淑端庄，温柔知礼，上有良母，下有贤妻，膝下复有爱女，弟兄们也都聪明好学，相敬如宾，好一个天伦之乐，你都占全了！"岑参排行老三，所以杜甫要这么称呼他。

杜甫又道："弟妹的烹饪手艺也极佳，做的饭菜鲜美可口，这顿具有山野风味的家宴让我尽享了口福！哎，弟妹可真是位贤内助啊！"

"贱内出身世家，知书达理，家教颇严，对家母也十分孝顺。"

"杜先生有所不知，家嫂还深通《毛诗》哩。"岑参的小弟岑垂插话道，"家兄写诗，有时还要不耻下问，请嫂嫂来斧正呢！"

"是吗？那你家说不定还真的会出一个蔡文姬或谢道韫呢！"

"笑话，笑话，哈哈！"岑参笑道，"天已晚了，杜兄早些安歇吧，明早我们还要去看高冠谷的景色呢！"

雄鸡声起，天刚露曙，杜甫和岑参兄弟一行四人便起床步出草堂，踏着草间的露水漫步在山间小路上。终南山间春天的清晨还有些微凉，但满目青葱，山花烂漫，溪水奔流，空气异常清新，令人心旷神怡。峰回路转，正行间，忽然正南方仿佛被数座青峰特意让出来的一大片晴空之中，一座双峰相连的突兀青峰，以挺拔伟岸之姿无所傍依地高插云端。杜甫一见倾心，注目许久。

"'山气日夕佳，飞鸟相与还。'岑三，想不到在这终南山下，你竟有这么一处幽雅怡人的山庄，真令人羡煞。"杜甫仍目不转睛地望着那座突兀的青峰，心有所动，"昨晚来时天已入暮，看不清楚这里的山川地貌，现在看来，似不亚于靖节先生笔下的桃花源了！"

"那还用说！所以三兄一回到双峰山草堂，就不愿出去做官了！"岑垂听了杜甫的话又忍不住炫耀说。岑垂不到三十岁，与他的两个兄长一样，都生得眉清目秀，身材修长，一表人才，而且步履矫健，风度翩翩。

杜甫望着岑氏三兄弟，很是钦羡，不禁记起诗友王昌龄那首《留别岑参兄弟》中的诗句："岑家双琼树，腾光难为俦。"想来那时小弟岑垂年龄还小，身量不足，如果王昌龄兄现在再要来写诗，就得改称作"岑家三琼树"了。

"其实便是我，能回到这样一所山间幽居，也舍不得离开了！"杜甫望着眼前迷人的景色，若有所思，不禁想起在自己奉先县（今陕西蒲城）家中那几椽破败的茅屋，一遇到风雨天就雨脚如麻，地上摆满了接漏雨的坛坛罐罐，连修补的钱一时也凑不起来。但是杜甫此时也不愿向好友提及这些，就岔开话题说："记得岑兄曾有《因假归白阁西草堂》一诗，起句突兀，极有气魄，印象颇深。诗中称'雷声傍太白，雨在八九峰。东望白阁云，半入紫阁松'，当为眼前实景。"他指着远处那两座突兀半空的奇峰问道："这两座山，就该是岑兄诗中所描绘的白阁紫阁双峰了？"

岑参点头道："我家前面的这八九座青峰中，最为高峻挺拔、引人注目的就是这连在一起、一高一低的两座奇峰了，你看其造型像不像巍峨的殿阁？两峰相连，雄峙天外，打开南窗，就能望到这两座连体山峰，堪称朝夕相对，所以取名双峰草堂。这白阁紫阁双峰，又合称高冠峰，你看，它们峰顶浑圆，两边直上直下，东高西低，恰如一顶高高的乌纱官帽而高踞于云端之上，所以被古人称为高冠峰。于是这道峡谷也随之命名为高冠谷了。"

岑参大弟岑乘插话道："说起来不知为什么，我们兄弟几个都对那些奇崛高峻的物事特别心仪，情有独钟。这高插云表的高冠峰，嵩山的少室、太室两座奇峰，还有长安大业坊家门前的慈恩寺塔等，我们总觉得玩赏不够，望到它们那雄伟高耸的身姿时，就不禁浮想联翩，心情激动，想入非非，感到特别提气。杜先生，你说这怪不怪？"

杜甫听了，点头道："岑兄的诗自来就有一种奇崛峭拔爽俊之气，例如前两年我们一起登慈恩寺浮图，你写的诗中'塔势如涌出，孤高耸天宫。登临出世界，磴道盘虚空。突兀压神州，峥嵘如鬼工'，读来就特别让人屏气神往。看来，你们兄弟都有敏感好奇的秉性，所以去年同游渼陂湖后，我写的《渼陂行》中要说'岑参兄弟皆好奇，携我远来游渼陂'。我猜想，岑兄之所以要选在此地置别业，正是为了借重此高冠峰之灵气，好早日戴上乌纱高帽，紫衣佩带，出入于庙堂之上哩！"杜甫说得大家都笑起来。

正走着，远远地就听到水声如雷，峡谷轰鸣。于是他们循声沿着山溪来到一座悬崖峭壁上，只见脚下本来在上游宽大河床上潺湲漫流的山溪，此时突然收窄，又被数块黑色巨石夹峙住，瞬间变成几道湍急白亮的瀑布，在石缝中左右奔突回旋，最后一跃而起，从十多丈高的悬崖上飞泻而下，又猛地跌落进一口碧绿的深潭，如群兽暴跳怒吼般震耳欲聋，浪花飞溅，激起千堆雪来，望之惊心动魄。岑参曾为高冠谷写了好几首诗，其中多有描绘高冠溪水之美和瀑布飞泻奔涌、水声如雷之句。如：

溪水碧于草，潺潺花底流。沙平堪濯足，石浅不胜舟。

——《终南东溪口作》

崖口悬瀑流，半空白皑皑。喷壁四时雨，傍村终日雷。

——《终南云际精舍寻法澄上人不遇归高冠东潭石淙望秦岭微雨作贻友人》

"这就是高冠瀑和高冠潭，系敝地一道山水奇观。"迎着隆隆的水声，岑参担心杜甫听不清楚，就指着瀑布大声喊道。

"果然壮观得很，难怪我昨晚睡觉时总觉着雷声隐隐，如虎啸龙吟，不绝于耳，原来就是这瀑布的水声啊！"杜甫也高声回道。

岑乘补充道："现在是春天，水量小，如果到了夏秋之际雨水多的时节，这瀑布水量大增,更是汹涌澎湃,吼声如雷了呢!"

他们在悬崖瀑布前观赏徘徊好一会儿,这才漫步折回。离开老远,耳畔还回响着瀑布隆隆的声音。

岑参家这处田庄,系早年由二兄岑况出资购置,岑参几次任职时的赏田也陆续添置在这里,总共有二百多亩水旱田,另有数十亩桑田,又享有官员不交捐不纳税的特权,一大家人生活倒也优裕,吃穿不愁。高冠河由终南山深处透迤流来,绕过无数青峰,曲折潆洄,往东北注入沣水。河两岸长满了茂盛的苍松翠竹、桑槐杨柳,十分清幽,满耳鸟鸣啾啾,响彻山谷。距离高冠瀑布一里多地,傍依清澈见底的高冠河水,岑家一进三院二十余间瓦房草屋就参差错落地掩映在杂树丛中。岑参看到自家的房舍,就让两个弟弟先回去告诉母亲,说他和杜先生不回去吃早饭了,就在附近饭铺里打个尖,然后再陪杜先生去村中拜访几位乡间诗友。

他们沿着高冠河谷往北走,越走河谷越宽阔,河两岸绿色的农田也多了起来。望着田边绿树丛中横七竖八的茅屋农舍,此时正飘起袅袅的白色炊烟,依稀传来牛吼鸡叫狗咬和农人呼儿唤女之声,两位诗人不由得感到,这真是一片温馨、恬静的农家乐景啊!

然而,他们此刻愉快的心情很快被一阵凄惨的哭喊声破坏了。

原来,山前路边一丘高阜处,几株翠柏和白杨树下,有几座荒坟。树桩上拴着一个三四岁的小男孩,正挣扎着满地爬滚,浑身都是屎尿。那孩子看来是饿坏了,已经哭闹了半天,声音都喊哑了。下面是一条小水渠,正往远处的麦田里灌水。那孩子已爬到渠边,亏得腰间牵着条草绳,否则掉下去就危险了。岑参皱皱眉头正想绕过走开,杜甫却连忙走过去扶起那孩子,又摸摸身上,把随身带的一块厚如砖头的锅盔掏出来,掰碎喂那孩子。岑参见状只好也赶过来。那小孩吃了锅盔,就不哭了,只是吊着鼻涕,瞪着婆娑的泪眼望着两位陌生的大人。杜甫有病,耐不得饥,一饿起来就心慌腿软气短,浑身直冒虚汗,所以总是随身带些干粮,以备不时之需。

这时从麦田里慌忙跑来一个农妇,她头发蓬乱,面黄肌瘦的,背上还背着一个婴儿。为了一家度过青黄不接的春荒,她手里拿着小铁铲,挎着一只柳条筐挑野菜,是听到孩子哭声大了才赶来的。看到孩子吃着路人的食物,不再哭了,农妇连声道谢。

杜甫问道:"这位大嫂,你怎么把这么小的孩子拴在这里不管? 孩子都饿坏了,要是掉进渠沟里该有多危险哪! 你还背着小儿挑野菜,你丈夫呢?"杜甫索性把剩下的半块锅盔都递给了农妇。

"谢谢恩人们救了孩子,你们真是好心人哪! 去年,娃子他大被征兵的官家人绳捆索绑地抓走了,说是要拉到南边和南诏人打仗,留下我孤儿寡母的实在可怜。这几天,家里断了顿,只好出来挑点儿野菜,一家大小总不能眼看着饿死呀! 婆婆瘫痪在床,两个小娃子没人看管,你们说可咋办哩?"农妇说着撩起破衣襟擦眼泪。

杜甫望着杂草丛生的田地中,稀疏的麦苗长得歪歪斜斜,就想起自己在《兵车行》中写的句子"纵有健妇把锄犁,禾生陇亩无东西",不觉叹口气。

岑参见农妇实在穷苦可怜,就问:"这位大嫂,你种的田是谁家的?"

"回官人的话,田主是后村岑大官人。"

岑参听了,忙把脸转向别处,稍一沉吟又说:"那好,我去给岑家的管家交代一下,今秋的地租就给你家免去两成吧!"说完就快步走开,他不愿见到农妇的千恩万谢。

岑参在前面走着走着,忽然省悟,二哥批评自己诗中往往不关心世事,不食人间烟火,说的很对呀! 杜兄受过苦难熬煎,同情民间疾苦,写诗如此,平日待人处世亦如此。而我却对此熟视无睹,无动于衷,仅此一点,在做人的境界上,就比不上杜兄啊!

第五章

圭峰别友

第二天一大早,岑参又陪杜甫走出家门,准备登上此地的名胜圭峰山一游。

出门不远,跨过高冠河上的一座小木桥,沿着山边大路往北走了七八里地,就来到高冠谷谷口。前方豁然开朗,一片阡陌纵横的农田映入眼帘,原来这就是开阔的八百里关中大平原了! 仲春二月末的田野,景物特别赏心悦目,只见白云舒卷,杨柳如烟,桑柘墨绿,麦苗青葱,间有水田漠漠,明灭闪烁,点点白鹭翱翔于其上,色彩明丽,别是一番风光,远远望去宛如大画家吴道子、李思训画的一幅长卷山水。

"杜兄,走了好长的路,一定饿了吧? 走,我们去谷口的饭铺吃顿便饭,吃饱了再去登这圭峰山吧!"岑参见杜甫气喘吁吁的,跟在后面走走停停,步子迈得很慢,就指指前面提议说。

"是有些饿了。"杜甫有气无力地说。

"杜兄,看来你身体的确欠佳,这几步路就把你累坏了!"

他们来到山下大路边一家名叫"望都"的大饭铺,饭铺的黑底金字大招牌,正是岑参的手笔。岑参介绍说这里的羊肉泡馍远近有名,就点了两份大碗的。杜甫大口吃着,连称很合口味。吃完,岑参又要了两个肉夹馍给杜甫带上,然后开始爬山。

圭峰山位于高冠谷谷口西侧,其状如一个等腰三角形,俨然一座金字塔,拔地而起,十分引人注目。岑参解释说,此山由于山形奇特,状如古代君王手中用于奉祀上天的玉圭,故有圭峰之名。世代相传此山为龙脉所系,附近人们敬若神明,从不敢动山上一草一木一石一土,所以虽然地处田边大路旁,过往人多,千百年来林木仍保持得如此郁郁葱葱。

圭峰山虽不甚高,但是山势比较陡峭,生满了老松、古柏和杂草,盘根错节,露水湿滑,攀爬起来很是吃力,累得杜甫汗流浃背。岑参却脚力甚健,一直走在前面。爬了半个多时辰,他们终于爬上山顶。只见松柏掩映着一座圭峰古寺,寺很小,仅有一院禅房,寺中几个老和尚正在打坐参禅做早课。他们不便打扰,就绕到寺院背后空地,倚着几株古松往北远眺都城长安城。

圭峰山下就是茫茫苍苍的关中大平原,山前无任何丘山遮挡,远眺五十里外的皇都可谓一览无余,令人胸襟大开,顿生高远之志。一轮旭日从东方的万山丛中冉冉升起,只见一片青葱的农田极目处,繁华帝都若隐若现于淡紫色的霭霭晨雾之中,灞河、浐河、沣河、滴河皆蜿蜒北流,如一条条弯曲的金带,闪着金光,纷纷朝着都城流去,真是"八水绕长安",景象十分壮观。在这里,似乎还能听到车马喧阗轰轰然的闹市声,甚至依稀传来祥云缭绕、重重殿阁之中击鼓响鞭、百官趋阶的早朝声……此情此景,杜甫和岑参都不禁百感交集。

不过,此时并肩站在圭峰顶上,杜甫与岑参所思所感却不尽相同。杜甫此时想的是自己当年经过泰山,油然而生的那种"会当凌绝顶,一览众山小"的壮志豪情,于今似乎已被消磨殆尽,有的只是"冠盖满京华,斯人独憔悴"的悲苦无奈。他甚至联想起汉代梁鸿站在北邙山上大发感慨,望着洛阳城阙而啸出的《五噫歌》来,于是他也不觉对着寂寥晨空长长地嘘了几口气。而岑参这时却是"终南捷径吾独步"的欣慰兴奋、跃跃欲试,对自己二度出塞充满了自信和期待。

"此番出塞,定可'云霄坐致,青紫附拾'!"岑参不禁在心里暗诵了自己那篇《感旧赋》中的句子,但嘴上却要劝慰老朋友:

"杜兄,太白先生不是说过,'长风破浪会有时,直挂云帆济沧海''仰天大笑出门去,我辈岂是蓬蒿人'吗?皇天不负有心人,不必失望。我相信,我们最终一定会去到长安,同朝共事,辅佐君王,一展胸中所学,为黎民百姓和

江山社稷,聊尽绵薄!"说到这里他犹豫了一阵,最后下了决心说道:

"杜兄,忘了告诉你了,愚弟日前在京中受到安西都护府封常清大人的邀请,拜为判官,不久就要随他远赴西域,二度投笔从戎了。"

杜甫吃了一惊:"此话当真?何不早说?这可是件大好事呀,值得祝贺!"

"杜兄,我正要与兄商量,你可否愿与弟一道出塞?在西域,我们彼此照应,一边共襄军务,一边切磋诗艺,乐何如之!"

杜甫沉吟道:"愚兄在长安困顿了七八年,却一直求告无门,所以至今仍是白身。当下朝中奸相当道,我等恐无进身之阶,建功边塞,不失为一条出路。如弟这样亲赴边塞,当初为兄也曾想过,奈何为兄已年过四旬,恐成军中之累。"

"高适兄比仁兄年长十岁,不是照样去河西幕中任职了吗?"

"唉,别提了,为兄哪像你和高适兄,身体都健壮如许。你看我这身子,骨瘦如柴,病体缠绵,手无缚鸡之力,怎经得起边塞风霜之苦和鞍马劳顿呢?唉,岑弟,我也是心有余而力不足啊,奈何!"

岑参关心地问:"杜兄不过长弟数岁,却显得苍老多了,朋友们都很为兄担心。你应该早日延医诊治才好,看看到底患了什么病,好对症下药。"

杜甫叹口气说:"年来,我老是觉得口渴乏力,每日小便尤其多,饭倒是不少吃,可就是日渐消瘦。请几位郎中看了,都说可能患了消渴之疾……"

"消渴?啊呀,那不就是'长卿病'吗?杜兄你可得注意保养身体呀!"

"正是啊,愚兄要是能像参弟这样健壮,那就好了!"杜甫神情十分凄然。

"我还是希望兄这次能与弟一起出塞,塞外边地新奇的生活,也许能够改变你的心情。"岑参诚恳地说,"此次封大夫可能出任北庭节度使,去收拾西域残局,责任重大,急需用人。兄如有意,我即向封大夫极力推荐。"

杜甫愁苦地摇摇手:"谢谢岑弟一番美意了。可是愚兄年龄已大,身体不好,此其一;其二,实不瞒岑弟说,愚兄不像弟和高适长兄,你们都有功名在身,你是进士高中,达夫兄也中过'有道科'。我呢,落拓举子,一介白衣,不名一文,谁能看得上?我又不懂军事,文弱书生,能到边塞军前干些什么呢?"

杜甫这里对朋友倒是说了实话。他之所以不想随岑参一道出塞入幕，年龄大身体不好等还属于表面的理由，其深层的原因，还在于自己没有功名，缺乏政治本钱。去年，高适被河西节度使哥舒翰任为都护府掌书记，杜甫受到鼓舞，也向哥舒翰献了一首《投赠哥舒翰二十韵》，希望能援引入幕。但是哥舒翰没有看上他，吃了个闭门羹。此事大大伤了杜甫的自尊，令他很是自卑。现在岑参又劝他入幕，远赴边塞，所以就拒绝了。他怕自己又遭到封大夫的拒绝，那么，情将何以堪？就是老友的面子上也不好看了！

　　岑参很同情老朋友，劝慰说："杜兄，可不要这样说。你在天宝六年意外落榜，天下谁不知道那是李林甫之流一手造成的？这个口蜜腹剑的权奸为了向圣皇证明自己的政绩，他已起用了天下所有的贤才，做到了'野无遗贤'，竟故意让那年科考'无一人及第'，真是昧天欺人，扼杀天下才俊，误国误民，死有余辜啊！前年冬杨国忠继任，更属不学无术、无恶不作的大奸相，任用私党，排斥异己，朝野为之侧目，骂声不绝，否则以杜兄的道德文章，怎会落到这步田地呢！"

　　"可惜的是，现在英明一世的圣皇终日只在大明宫里作曲编舞、吹拉弹唱，一味地与妃子们乐个不了，听任李林甫、杨国忠之流把持朝纲，为所欲为。天宝以来，朝纲一天天在败坏下去，开元盛世已风光不再，真令人痛心疾首啊！然而，连庙堂上众多有识的肉食者都视之若素，无能为力，如我等草野中布衣文人，也只能望空浩叹了！"杜甫说着，不禁愁眉紧锁。

　　"杜兄，我现在真正理解你了，也更深切地理解了你的诗。"岑参又低声道，"我听朝中不少知晓内情的高官讲，我大唐天下的忧患，其实还不在虎视眈眈的外敌，而在萧墙之内。安禄山身兼北方三个节度使，拥雄兵二十余万，竟占我大唐边防之兵力一小半，且异志已萌，圣皇却拒不纳谏，一味姑息养奸。安贼一旦利令智昏，举兵反叛，何人可挡？想我大唐百有余年的繁荣昌盛景象，若毁于一旦，岂不痛心！"

　　杜甫点头说："愚兄于此也颇有耳闻，心中亦常为此担忧。岑弟，你想想，那弥漫于兄诗中的万缕愁绪，千般殷忧，难道仅仅是为了自己的身家不幸吗？我是为了天下黎民百姓，为了这大唐社稷而寝食难安啊！有道是天无绝人之路，岑弟刚才你说的好，为兄我也不会失望的。王子安云：'君子安贫,达人知命。老当益壮,宁移白首之心;穷且益坚,不坠青云之志。'我还是要留在长安,看能否寻到一个进取的机会,为我大唐尽一份职责。岑弟,你又要远行了,再借王子安一句送友诗送送你吧,'海内存知己——'"

"'天涯若比邻。'"岑参接口道,"杜兄既不愿随弟出塞,我也不能勉强。你留在长安寻找机会,也好。让我们共同努力吧,将来,你我之中不论谁得济发达了,一定要相互帮衬,相互提携。"

"苟富贵,勿相忘。一言为定!"杜甫坚定地说。

"对,苟富贵,勿相忘!到时候,如果我们能同朝为官,朝夕相处,'联步趋丹陛,分曹限紫微。晓随天仗入,暮惹御香归',那该有多好啊!"岑参脱口而出的这几句当然是玩笑话,却无意间成为谶语,在三年后果真实现了。

"但愿如此,但愿如此。"杜甫苦笑道。

正说着,忽见小弟岑垂喘着气跑上山顶,喊道:

"三哥,杜先生,你们让我好找啊!不好了,快下山吧,家里出事了!"

岑参和杜甫两人一听,大吃一惊,不知家中到底发生了什么事,慌忙相扶着走下圭峰山。

岑参和杜甫匆匆赶下山来,加上心里又紧张,累得满头是汗,一见在山下等候的大弟岑乘,就失急慌忙地问:"家里到底出啥事了?一路问小弟,他就是不说。"

岑乘扑哧一声笑了:"五弟他一定是在吓唬你,给你们卖关子开玩笑哩!三哥,实话给你说吧,武文先生刚才从都城骑马赶到双峰草堂,称圣旨已下,北庭节度使封常清大人请你及早进京听宣,不日西行,共赴北庭任职。"

"这……这是真的?"

"这是武大人急草的手书,你自己看吧!"

岑参激动地接过手书,只见上面写道:

　　岑兄明鉴。圭峰之游乐欤?圣旨已降,册封大夫官北庭都护,领伊西节度使、瀚海军使,兼安西四镇节度使。封大夫已荐准兄为大理评事、摄监察御史、充安西北庭节度判官,并赠金五百为安家之资,委弟前来致贺。封大夫定于三月初十吉时起程。军务急重,望兄即刻返家,速抵京师,随封大夫同赴北庭。文于双峰草堂专候。

杜甫兄处请代为致问，不另。

武文　顿首

岑参读完将信交给杜甫，心情十分激动，问道："今日是二月几日？"

"二月二十八日。"岑垂道。

"只有十来天了，王事为重，不可延误。岑兄，我们赶快回去吧！"杜甫匆匆读完信催促道。

回到双峰草堂与武文见面后，岑参就开始准备一应的行装。第三天一大早，他就与母亲、弟弟、妻子和女儿告别，偕同杜甫、武文匆匆赶到长安。岑参把封常清的聘金转赠给杜甫一百两，要他用这笔钱把奉先县家里那几间漏雨的破草房修好，余下的就赶紧抓药治病。杜甫推辞再三，还是收下了。

在长安大业坊二哥家中分手的时候，杜甫和岑参又一次相互叮咛"苟富贵，勿相忘"。互道珍重，彼此紧握双手久久不愿分开，杜甫甚至难过地流下了热泪。他们知道，此地一别，老朋友天各一方，北庭与长安两地相距万里，关山万重，也不知何时才能再见面。

第六章

万里西行

天宝十三年(754)春三月初十,是个黄道吉日,岑参和武文两位判官,还有岑参已见过面的那位都护府长史姚天喜大人等,随同封常清一行从长安起程,欣然二度出塞,晓行夜宿,赶赴庭州履任。

万里漫漫长征路,岑参经历的故事能装一箩筐,也写了一路的诗。

岑参这次随封大夫西行,与当年第一次仅有数人结伴出塞相比,情形当然大不相同。一路上沿途州、府、县、镇的高官们热情地迎来送往自不必说,单是随行的官员、随从、家属就有三十余人,热热闹闹,浩浩荡荡。另外驼马辎重、行营帐幕、食物饮水也都准备得十分充足,一路上食、住、行自有专人照料安排,根本不用自己操心。岑参心里不由得感叹道:俗话说,大官出行,地动山摇,逢山开道,遇水搭桥,实在是威风八面,如封大夫此番出塞的声势派头,就是不一样啊!

这天,他们到了"古来征战地"的临洮。由于离开长安十多天来,大家一直绕行于秦山陇水之中,鞍马劳顿,封常清决定在临洮休整两天再继续西行。早饭后,当地官员把封大夫、姚长史和武文等人请去了,只有岑参讨厌这类官场虚门假气的应酬活动,借故推辞了。为了自由自在,他随本地一批文人乘一只大木舟,冒着细细的春雨,在满目青葱的洮河上畅游了一天。望着舟外万千雨丝中朦胧的山光水色,岑参又思念起高冠谷的家人和困顿于长安的老友杜甫来。

41

令岑参既高兴又感慨颇深的是,他见到了久违的赵仙舟老先生。

赵先生原是北庭节度使程千里大人幕中的判官,刚由北庭致仕回京。他白发苍苍,老眼昏花,拄着一根藜杖,步履蹒跚,已呈老态,岑参初见之下几乎认不出他来了。但当一班文人相互揖让着鱼贯登船的时候,杂在人群中的赵仙舟却一眼认出了岑参,亲热地迎上来称兄道弟,拍着肩头嘘寒问暖。两人久别重逢,互道契阔,晤谈甚欢。

赵仙舟是河北赞皇县人,年过五旬,属于岑参的前辈诗人了。他与大诗人王维过从甚密,王维曾有题为《淇上别赵仙舟》等诗相赠,记述了两人的友情。十几年前,岑参北游邯郸时,就曾在一次文友雅集时认识了这位喜好吟咏、人品也很方正的赵仙舟。那时他已是县丞了,正值盛年,意气风发,与岑参唱和了好几首诗,对岑参的风度和诗才很是欣赏。事后,赵仙舟还热心地在家中请来一位盲相士为岑参算了一卦。老相士的相术在当地享有盛名,号称"赛君平"。

"老朽在馆驿中听人说,岑老弟随封大夫西赴北庭也到了临洮,心里高兴得不得了,又得知将与幕中友人泛舟洮河,便特地赶来相见。"赵仙舟为了便于话旧,就把岑参拉到船头,避开众人亲切地说,"岑大人,邯郸一别十多年了,除了长出了漂亮的五绺长须,老弟的面相可是一点儿也没有变呀,英姿勃发,潇洒风度依然。而我,唉,你看看,你看看,惭愧得很,竟是老得不成样子了!近年来,下官拜读过大人不少边塞诗,奇情壮思,清词丽句,果然非大手笔不能为也!老朽早就知道,老弟天宝三载进士高第,后亦出塞西来。可是那时你在安西高开府大人幕中任掌书记,我在北庭程千里大人帐下忝列判官,虽同处西域,一南一北,相隔两千余里,惜缘悭一面。今日得重睹风采,实在幸运得很!"接着,他又不无愧色地告诉岑参,程大人因大功沐皇恩升任羽林军金吾大将军,留在朝中,他自己却一无成就,因年老多病而被免职致仕,正准备回河北老家去,在太行山下买屋度过余生了。

"岑老弟你还不知道,那轮台庭州一带,与内地不同,与安西也不一样,天气特别寒冷,一年之中有半年刮风下雪。所以几年下来,我落下个老痰病和老寒腿,一入秋就终日喘得出不来气,连路也走不动了。你看,这就是老朽我不辞劳苦,效力边塞数年的好下场,想来真让人寒心哪!唉,人生如梦啊,岑老弟,你不知道,这官场中的水可是深得很浑得很呀,老弟!"赵仙舟拍着岑参的肩头，本来还想说些什么，却又摆手摇头不想再说下去，表情十分凄苦。

游船正沿着清澈的洮河缓缓北上，两岸连山，满目青葱，间有春花耀目，景色很是怡人。但岑参此时却无心观赏，听老朋友的遭遇，心情很是沉重，免不了要安慰这位不幸的老友几句。过了一会儿，赵仙舟看看周围无人，又悄声说："岑老弟，听说姚天喜也与你们同行，是不是？他比我还大四五岁，奔花甲之年了，本来是与我一起致仕的，不知在京中找了什么门路，又回伊西、北庭都护府继任长史了。岑老弟，你了解此人吗？不是老朽多嘴多舌，爱背后议论人，我只想劝告老弟，与他共事可得特别提防。此人与宫中一帮奸竖有着特殊关系，可能负有特殊使命，平日鬼鬼祟祟的，一脸奸佞之相，专找人的不是密报上峰，系阴险小人。且妒忌贤能，工于心计，一肚子坏水，在北庭我可被他害苦了。他为了打压我，排挤、中伤、构陷无所不用其极，以致程大人也受其谰言的蒙蔽，一直嫌弃冷落我……唉，真是一言难尽哪！"

岑参听了，同情地说："我知道了，谢谢先生提醒。这些年你在边塞受委屈了。但是能全身而退，回乡安度晚年，也算是不幸中之大幸，赵大人要想开些，不必过于忧伤。"说起姚长史，岑参就想起途中发生的一件可笑的事来。那天走在渭河边的官道上，忽然，一阵河风把姚长史的帽子吹下河滩。想不到的是，他竟然仓皇失措，拼命撩起衣襟包住头，蹲在地上如丧考妣似的号哭起来。原来姚大人的光头上长满了癞痢疤，不堪入目，平时被帽子包得严严实实的从不敢示人，现在一下子暴露在众目睽睽之下，实在使他感到丢了丑，难堪极了。一个总爱端着架子拿腔捏调的四品高官，年龄那么大了，竟然如此失态，不顾身份，大庭众人面前像个小孩子似的抱头号哭，给人的印象实在太滑稽了！

赵仙舟望着大船下翻滚的洮河水回忆道："老弟，你可还记得，当年我倒是自信得很，一点儿也不相信什么命好命坏。那年在邯郸敝舍中，我还嘲笑你竟是那样迷信相士的话。如今看来，上天铸就一个人的命运，的确是不可违拗的。"他接着说，"记得那位盲相士曾预言，岑弟中年之期'自有紫衣人助'，今日看来，果然言中了。这'紫衣'当是三品以上朝官的服饰，不就应在封大夫身上了吗？嘻嘻！老弟此番随封大夫守边，必将扫荡胡尘，碑勒天山，衣锦荣归，名标凌烟阁之上！"

"岑某岂敢有此奢望，不过是尽忠王事罢了，正所谓'小来思报国，不是爱封侯'。"岑参此时心中正充满了边塞建功立业的极大期望，可谓壮志凌云，志在必得，他自信不会如赵仙舟这般落魄而归。但之所以要说些言不由衷的客套话，只是为了开导安慰一下这位失意的老朋友而已。

"说的是，岑老弟不是还曾在诗中写过什么'万里奉王事，一身无所求。也知塞垣苦，岂为妻子谋'么，说得多好！"赵仙舟握着岑参的手说。

第二天，冒着淅沥春雨，在洮河桥西长亭折柳话别的时候，岑参将连夜赶写成的《临洮泛舟赵仙舟自北庭罢使还京》一诗赠给老友。他在诗中十分感慨，同情老朋友的不幸命运：

> 白发轮台使，边功竟不成。云沙万里地，孤负一书生。
> 池上风回舫，桥西雨过城。醉眠乡梦罢，东望美归程。

赵仙舟接过诗笺匆匆读了，不禁激动万分，老泪纵横。

与赵仙舟一起回京的还有多名官员，前来送行的也不少。岑参看到那位神秘人物姚天喜也在送行之列，忽然想起赵仙舟昨天说的话，正想躲开他，姚长史偏偏迎上来，眨着一对小眯缝眼对岑参道："咳咳，岑御史也来了啊！原来仙舟兄你们是故交呢，万里迢迢，天涯之旅，临洮相逢，实在难得。岑御史是大诗人，这首送行诗一定写得情真意切，咳咳，特别动人了！"姚长史声音喑哑，说话时不动声色，低着头，眼睛从下往上看人，似乎时刻都在动着什么心思，算计着人。

"下官早年间与赵大人在邯郸有过一面之交，分别十多年了，来送送他，以尽故人之谊。"岑参应付道。他记起长安封府中初次见面时的情景，感觉姚长史看人的表情十分诡异，知道他绝非等闲之辈，忽又记起他在渭河边风吹落帽时的丑态，不禁暗笑起来。

不料姚长喜竟发起感慨来："咳咳，仙舟兄是我在北庭的老同事、老朋友了，现在告老还乡，回家颐养天年，享受天伦之乐去了。奈何圣上偏又不准老朽致仕，还要远赴边塞，继续奔波受罪呢！"

"姚大人偌大年纪，尚且不避风霜，跋涉万里，前往不毛，晚辈敢不效力？这次随封大夫同赴北庭，还望姚大人多多关照，随时指教！"岑参应付道。

"好说,好说!"姚长史鼻孔里哼哼着,点点头走开了。

封常清他们一行沿着河西走廊继续西行,过了金城、武威、张掖、酒泉、瓜州、敦煌,出了玉门关后,再继续往伊州进发时,要过一片千里大沙碛,放眼尽是茫茫无垠、寸草不生的沙漠戈壁,要一连走上五六天才能到达伊吾绿洲。幸亏岑参他们随着封大夫上路,一切都由随从们妥为安排,时至暮春,天气也不太热,每天安排的行程也较短,所以并不觉得过苦过累。虽然如此,时值塞外春夏之际,正是沙尘暴肆虐的季节,他们竟然遭遇到三四回大风沙的袭击。每当沙尘暴来袭,大家就抱头钻进驼马围着的帐幕中,听任外面风沙雷鸣狮吼般铺天盖地倾泻下来,几乎把帐幕都掀翻掩埋了,直觉天昏地暗,日月无光,真如即将进入地狱般恐怖,着实让人领教了这沙尘暴的厉害。好容易熬到沙暴平息,岑参吐掉满嘴尘沙,钻出帐幕,不由得记起老友王昌龄的名句"大漠风尘日色昏,红旗半卷出辕门"来。不过他又联想到,天宝八载他第一次出塞时是在夏秋之际动身,也经过了这片大沙碛。可是那次竟没有遭遇过一场沙尘暴,感到一路上倒也秋高气爽,万里云天,十分高旷而明净。季节不同,自有物候之异,岑参暗思。

岑参还清楚地记得,那天正好是中秋节,黄昏时分,夕阳从极目处辽远的地平线上落下,西天燃烧起一片火红的晚霞。大家乘着凉爽的晚风继续追赶着霞光西行,直到一轮圆月飞上天山山顶。只见万缕清辉洒在无垠的大漠上,雪山反射出璀璨的银光,那雄浑开阔的景象,是中原任何地方也见不到的奇观,为岑参永难忘怀的一次经历。那次西行是六月间离开长安的,屈指算来,他们在路上竟走了两个来月,而且离要去的安西还有两千多里路程呢!当时感慨之余,岑参写下了那首脍炙人口的《碛中作》:

> 走马西来欲到天,辞家见月两回圆。
>
> 今夜不知何处宿,平沙万里绝人烟。

在沙漠里长途跋涉,最难熬的还是孤独寂寞。岑参记得,上次在这片大沙碛上的漫漫行程中,仰望是空旷苍茫的天,俯瞰是无边无沿青灰色的沙碛,色彩单调,周围的一切又是出奇的沉寂,静得连自己的呼吸声都能听见。除了随行的几个军士、驿卒和马匹之外,数天之中竟然没有遇到一个活物,哪怕就是见到一条在沙丘里惊窜的沙鼠、蜥蜴，或者天空中飞过一只小鸟、一只昆虫也是好的，也能给人以短暂的慰藉。正当大家处于极度压抑寂寞之中时，突然迎面走来几骑人马，一见之下，彼此竟惊喜兴奋得高声喊叫起来。原来他们是由西州东归的入京使。两队不期而遇的寂寞旅人，虽然素昧平生，骑在马上竟彼此亲热地问候起来，如见亲人故旧。当得知入京使还是户县的乡党，岑参与之亲切交谈之余，就口占了那首脍炙人口的《逢入京使》，烦请乡党有暇去到高冠谷，向家人传语报个平安：

故园东望路漫漫，双袖龙钟泪不干。

马上相逢无纸笔，凭君传语报平安。

不过，要说在茫茫沙漠中找不到任何生命，也许过于夸张了。岑参这回就在一座大沙包下有个意外发现，令他惊讶。

这天，艳阳下，人们在无边无际的沙海中昏头昏脑地走着，岑参忽然感到内急需要更衣了。可是队伍中有好几位随军的妇女，其中还有封大夫和姚大人的家眷，不敢造次，他只好拨转马头走向侧后方。几十丈开外有一座高高的大沙丘，他就想绕到沙丘背后方便一下。谁知走下被旅人常年踩实了的沙路，马蹄蹚进虚浮的沙地，竟一陷半尺多深，每迈一步都特别艰难。"过碛觉天低，胡沙费马蹄"，岑参脑子里不觉涌出这么两句来。

啊呀！刚转到沙丘背后，岑参竟忍不住惊叫一声。原来沙丘下方低洼处，竟匍匐着一兜绿得晃眼的灌木丛，足有半人多高，密密簇簇，精精神神，在炎热的阳光下罩出两间屋子那么大的一片浓荫！从硬硬的红色枝条和嫩绿色细长呈絮状的叶片，岑参认出那就是荒漠中常见的柽柳，俗名红柳。在周围目所能及的沙地上，在一片单调的黄白色中，这是唯一的一丛喜人的绿，闪烁着异样的生命光彩。岑参兴奋起来，下马弯腰抚摸着细碎的绿叶，仔细观察了半天。最后他终于找到红柳丛那足有大腿般粗细的主根，这才连忙宽衣解带，哗哗哗，把在小腹里憋了许久的"琼浆玉液"，慷慨地馈赠给这株令他感佩不已的耐旱生命。完了，他还捧了几捧沙子将那摊珍贵的尿液掩盖起来。荒漠中，滴水贵如油，别让天上无情的毒太阳全给吸干啦！岑参心里说。

丝路之魂 岑参

岑参好奇地围着红柳看了半天，迟迟不愿离开。看样子这兜红柳足有上百年的树龄，他感到很奇怪，孤独的它，怎么能在这样荒凉缺水的地方顽强地生存下来，而且长得如此蓬勃旺盛呢？它经受过多少风沙、干旱、烈日、霜雪无情的摧残，又该需要多么坚强不屈的忍耐力啊！"爱君一树青青色，装点茫茫万里沙"，岑参又得了这么两句，正想继续展开呢，就听有人在远处喊他：

"岑大人，你在哪儿？快走吧，大队人马都走远了！"

沛然而来的诗兴被打断了，原来是武文骑马过来喊他上路，担心老朋友走失了。

但是能在茫茫沙漠中遇到一丛令人惊喜的绿色，毕竟是一种可遇不可求的偶然。在西行途中，绝大部分时间里人们都会陷入极度的孤寂和绝望之中。出塞西域的路途有万里之遥，实在是太遥远了，所以当上回岑参晓行夜宿走了两个多月才赶到目的地后，一路上数不尽的饥渴、风沙、寂寞、颠簸等劳累之苦，令他回想起来简直都有点儿后怕。当年在安西馆驿中，岑参写了一首《安西馆中思长安》，幻想自己能够借用传说中仙人费长房的缩地之术，挥起神奇的竹杖来作法，念动咒语，把天山以东的漫漫来路缩短，瞬间就能回到故乡，回到亲人的身边：

绝域地欲尽，孤城天遂穷。弥年但走马，终日随飘蓬。
寂寞不得意，辛勤方在公。胡尘净古塞，兵气屯边空。
乡路眇天外，归期如梦中。遥凭长房术，为缩天山东。

这天，时近正午，行走间好长时间默不作声的驼马们，不知为何突然兴奋起来，咴咴叫着，不用人催促，竟昂起头奋蹄奔跑起来。随行向导手搭凉棚望了一下远方，高兴地说："大沙碛快到头了，估计黄昏时分便可赶到伊州城！"

正说着，迎面走来几骑人马，走近一看，原来是安西四镇都护府判官李栖筠等人一行。他们是回京述职的。

李判官系河北赵州人，天宝七年（748）进士及第。他身材高大，四十出头的年纪，为人庄重，不苟言笑，一见面就能给人一种踏实可靠的感觉。李栖筠与岑参彼此间虽早有耳闻，但从未谋面。不过李判官却是封常清在安西都护府的老部下，熟悉得很。下马拜见后，封大夫就动员他回京述职后即来北庭，眼下都护府中很是缺人。李判官称谢了，连说遵命。在封大夫帐幕中一道进中餐时，岑参即席写了一首《碛西头送李判官入京》，为这位新朋友敬酒赠别：

一身从远使，万里向安西。汉月垂乡泪，胡沙费马蹄。

寻河愁地尽，过碛觉天低。送子军中饮，家书醉里题。

李判官也向岑参敬了酒，称谢说："久闻岑大人之诗名，果然名不虚传，感君高义盛情，后会有期！"

在这次西行漫漫的征途中，岑参写下了诸如此类的不少诗。除了前面提到的送给赵仙舟和李栖筠这两首外，其他还有：

西向轮台万里余，也知乡信日应疏。

陇山鹦鹉能言语，为报家人数寄书。

——《赴北庭度陇思家》

闻说轮台路，连年见雪飞。春风不曾到，汉使亦应稀。

白草通疏勒，青山过武威。勤王敢道远，私向梦中归。

——《发临洮将赴北庭留别》

弯弯月出挂城头，城头月出照凉州。

凉州七里十万家，胡人半解弹琵琶。

琵琶一曲肠堪断，风萧萧兮夜漫漫。

河西幕中多故人，故人别来三五春。

花门楼前见秋草，岂能贫贱相看老。

一生大笑能几回，斗酒相逢须醉倒。

——《凉州馆中与诸判官夜集》

48

昨夜宿祁连，今朝过酒泉。黄沙西际海，白草北连天。

愁里难消日，归期尚隔年。阳关万里梦，知处杜陵田。

——《过酒泉忆杜陵别业》

这些诗记录了诗人西行路上的所见所闻和复杂矛盾的思绪，其中既有对出塞万里建功立业的殷切期望，又有对行路艰难的感叹和对边塞苦寒生活的忧惧；既担心此次西行与上回一样无功而返，落得像赵仙舟那样"边功竟不成"，也有深切思念故乡亲人的浓重乡愁。诗中还多次提到思乡梦，其中一个真实的梦境最使岑参纳罕而又忘情。

那天在伊州驿馆，封常清和岑参参加了当地将佐安排的接风酒筵。因为此时已进入北庭都护府所辖之地，四野又呈一派惠风和畅、花红柳绿、渠水畅流的初春之景，而且此处距目的地庭州只剩下不到十日的路程，大家如到家中，心情放松，所以封大夫与众人都喝得十分尽兴，一个个酩酊大醉，相扶而归。

当天夜里岑参做了一个奇怪的梦，梦见自己回到了终南山双峰草堂家中，那里春光明媚，山花烂漫，清风徐来，岸柳拂面，他与妻子小女在高冠河泛舟。可是游着游着，周围的景色忽然变了，河水由澄碧变成湛蓝，忽又变成乳白，他们似乎是在满目青葱的洮河里溯游，又像是在焉耆镇水流湍急的孔雀河中荡舟。回看坐在船头贤淑的妻子，不知为何变成一位高挑美艳的妙龄少女，掩口哧哧笑着，忽又跳入另一只扁舟飘然而去。他扬手招呼她，那少女却乘舟远去了，唯留清歌绕耳，余音袅袅。渐渐地，那曼妙的歌声和倩影，慢慢融入湖光水色之中，模糊不清了……

醒来后，岑参无限伤怀，像是丢失了一件特别珍贵的宝物永难追回似的。他隐隐觉得，此次西来，除了功业之心的驱使之外，仿佛另有一缕特殊的情思牵念，如磁石般在吸引着他。这个怪梦启发了岑参，他终于明白了，吸引他重来西域的是她，梦中正是她那美丽的身影和动听的歌喉。但他又失落地想，离开西域两三年了，山川阻隔，音讯全无，她可能早已嫁作他人妇了！何况，自己这次去的是北庭，不是安西，两地远隔两千余里，能有机会重逢吗？银山道、焉耆镇、铁门关、汉乌垒城、安西都护府、苏巴什大寺、千佛洞，琴音、歌声、舞姿，美目盼兮，巧笑倩兮……唉，不能再想了！

49

第七章

酒肆奇遇

丝路之魂 岑参

　　封常清和岑参一行三月初从长安出发，经河西走廊到了伊州，再涉大沙碛到西州，然后从交河北龙泉馆出发北行，沿穿越天山腹地的一条崎岖山路经柳谷，渡金沙岭，翻越天山达坂后才到达庭州。这条山路被称为车师古道，一般要走五六天时间。他们到达庭州时已是炎炎盛夏的五月中了，果然是"走马西来欲到天，辞家见月两回圆"，前后又走了两个多月。

　　九月初，封大夫率领北庭都护府麾下的瀚海军主力两千兵马，移节驻守轮台，与驻在轮台县附近的静塞军一起在走马川训练新兵，岑参等幕府人员随行。因为最近据边报，安西姑墨（今新疆温宿）地界也有葛逻禄人翻越天山南下作乱，封大夫便委派岑参和徐参军同赴交河郡考察军情民风，并乘便巡察屯田和军粮储备等事宜。如安西战事平息，可持调兵竹符到西州天山军抽调两千精锐马军，火速赶至轮台集结。大军云集，看来，封大夫是在准备一场不小的军事行动了！前天岑参与萧治等分手离开白水镇后，一百二十里地，夕阳刚落山便抵达交河城，果然是"朝发轮台，暮抵交河"。因为不经常骑马长途驰驱，岑参的两条大腿内侧都被马鞍子磨破了，有些疼痛，走起路来一瘸一拐的。

　　岑参从交河郡军政要员口中得知，不久前姑墨镇将率军刚一交兵，袭扰姑墨的胡人即望风退回深山中。唐军斩首一百，大获全胜，远近慑服。现在安西四镇那边局势比较平静，交河郡距离遥远，更没有受到丝毫影响。听如此介绍,岑参虽然看他们讲得吞吞吐吐、含含糊糊,感到可疑,但知道这不过是一场小规模的冲突,不会影响封大夫正在准备的军事行动,也就不再细问了。

这天上午,陈金看望他交河的老朋友去了,岑参独自一人留在驿馆,给封大夫写了一份军情谍报。但仍觉意犹未尽,又写了一首诗,与谍报一并誊抄了,交由信使立即赶往轮台呈交封大夫。诗是这样写的:

> 郡在火山东脚,其地苦热,无雨雪。献封大夫。
> 奉使按胡俗,平明发轮台。暮投交河城,火山赤崔嵬。
> 九月尚流汗,炎风吹沙埃。何事阴阳工,不遣雨雪来。
> 吾君方忧边,分阃资大才。昨者新破胡,安西兵马回。
> 铁关控天崖,万里何辽哉! 烟尘不敢飞,白草空皑皑。
> 军中日无事,醉舞倾金罍。汉代李将军,微功合可咍。
>
> ——《使交河郡》

谁知刚刚给信使交付完毕,忽然交河县尉独孤渐来报,说有故人来访。

独孤渐原是岑参在长安的友人严武的同窗好友,这次在交河邂逅相识,提起这层关系,又见这位年轻人嗜好诗文,人既聪明知礼,言谈也极真诚坦率,岑参自然特别亲切,顿生好感。岑参与独孤渐携手迎出一看,果然有两位老朋友看望他来了。年长的那位是崔侍御,当年与岑参同在安西都护府供职,长驻热海(今吉尔吉斯斯坦境内伊塞克湖)军中,此次奉调径赴长安。年轻的不是别人,却是两个多月前才在庭州分手的契友武文判官。武文被封夫人安排在李光弼副都护帐下,现准备到都护府向封大夫述职,正好可与崔侍御结伴同行,赶往轮台。

年近五旬的崔侍御,是岑参在安西时多有交往唱和的老熟人,武文更是挚友同僚,今日故人相见,分外欣喜。言谈间不觉天近午时,岑参说,这交河郡馆驿往来食宿的人员众多,饭菜极为平常,吃起来味同嚼蜡,不如到街上找家好饭馆聚一聚吧。独孤县尉便带着大家走出馆驿,说交河城中要数太白酒楼的酒菜最为有名。岑参说:"那好,就到太白酒楼点桌菜,大家把盏聚谈,一吐心曲。"

51

交河是西域地界一座千年古城,地势险要,早在西汉时车师前国就在这里建造了自己的都城。交河城是由两条河环抱的一座突兀的小岛,南北长四五里,东西最宽约一里,南低北高,呈狭长的柳条叶状。唐贞观十四年(640),名将侯君集率数路大军,一举破灭了敢与大唐朝廷叫板的高昌麴氏王朝以后,唐太宗即在这里设立安西都护府,成为朝廷经营西域辽阔疆域的最高军政机构所在地。后来都护府西迁至安西,这里始降为郡治,隶属西州管辖。但由于交河地处丝绸之路要冲,历经百余年的发展,仍保有往昔通都大邑的气象。内地汉民纷纷移居于此,中原汉文化已在此地占了主导地位。来自大食、波斯诸国的商人也在这里开设了不少店铺商号,一时间商贾云集,汉胡杂居,市区繁华的程度不减当年。

岑参此前来回曾路过交河城多次,但均来去匆匆,不曾细细游观。这次四人逛了大半个城后才突然发现,交河城的建筑因地制宜,显得十分奇特。虽名曰城,却无城墙,从城外看,那屹立于河畔陡峭的黄土崖就成了天设地造的天然城垣。城中纵横交错的大街小巷,都是在原地生土层中开挖而成,而路两旁留下来的土埂,就自然成了大宅深院的围墙或临街店铺的前墙了。全城有一条南北走向的中央大道,宽阔笔直,连接了南北城区。北城是宗教活动区,建有不少宏伟的寺院、佛塔。南城则是军事和行政区。街区中部沿中央大道两侧,就是热闹的商业区了。岑参他们很快就找到了那座门面宽大的两层酒楼,酒楼门口飘扬着一面长长的彩色酒幌,上写"太白酒家",很是招眼。进得酒楼,见食客已坐得满当当的,最后他们终于在二楼上找到一张空桌坐下来。独孤渐是本地小有名气的诗人,平时十分敬佩岑参,两人争了半天,最后还是由岑参做东,点了一席好酒好菜。

酒宴上,岑参又顺便问起最近安西的战事。武判官告诉他,所谓安西发生的事端,其实不过是姑墨北边天山深处两个胡人部落之间因争夺一位美女而发生的一场械斗罢了,规模并不大。姑墨镇将不免有些风声鹤唳,小题大做,竟兴师动众,调集重兵前往弹压。在弹压过程中又有不尽合适的偏袒举动,所以部分胡人与官军发生了冲突,死伤数人。好在争执双方由地方官员和部落长老从中调停,争执已基本停息了。

岑参听后十分惊讶,万万想不到有人竟会如此弄虚作假,向朝廷谎报军情以冒功。他瞪着眼睛连声说:"怎么能这样?怎么会这样?李都护他难道也不过问亲查吗?"

老成持重的崔侍御只是感慨地摇摇手,没有多说什么,却把话题一转,转向争夺美女的这桩桃色事件上来。原来这位胡人少女生得美若天仙,兼之有副百灵鸟般的好歌喉,一天外出放羊时被东山本部落的老酋长撞见看上了。早已妻妾成群的老酋长立即派人携带重礼前去提亲,那少女的父母自然就答应了。谁知等到迎亲那天,父母却发现女儿与恋人连夜私奔到深山中了。她的恋人原来是西山部落中一位英俊的年轻歌手,两人早就私订终身了。两个相邻的部落本来就有世仇,这下东山部落当然不愿意,于是一场争斗就不可避免地发生了。说到这里,崔侍御卖了个关子:"岑大人,依你看,此事结局会如何?"

"两个部落孰强孰弱?"

"这个吗,西山部落人少力单,根本就不是东山部落的对手。"武文肯定地说。

"如此说来,结局肯定就惨了! 胡人美女和她的情人既然情深似海,难分难舍,那么他们只有两种选择,要么生离死别,要么唯有一死!"

武文鼓掌点头道:"哈,岑兄果然料事如神!"

崔侍御说:"不过官府还是同情少女这一边的。姑墨镇将见那东山部落的老酋长人长得既老又丑,还仗势欺人,而那对年轻的恋人则是天生的一对,而且定情在前,于是自然偏向了后者……"

"便是我,也会同情这对年轻人的!"独孤渐说。

崔侍御说:"谁说不是呢! 后来老酋长不听官军的劝阻,恼羞成怒,带人追寻了三日三夜,最后把这对恋人团团围在了山顶。双方对峙了数日,这对情人不愿被捉受辱,就紧紧搂抱在一起,纵身跳下万丈悬崖,血溅山溪,双双殉情而死。"

"唉,死得真是壮烈!"武文摇摇头说。

崔侍御望着久久凝目出神的岑参道:"这段爱情故事颇为感人,是吧? 岑大人,可否为此写首长诗,或者作一篇传奇,叙叙这个惊天地、泣鬼神的艳情悲剧呢?"

"胡人中竟亦有如此痴情者! 故事果然凄美得很,感人至深,的确值得一叙……"岑参叩着桌子,神驰魂飞,正要发些议论,却听见隔着两张桌子的几位长衫文人高声笑起来,旁若无人,引起满屋客人的注意。看样子他们是在为友人饯别,都已喝得半醉了。岑参定睛看了,可惜一个都不认识,又望望独孤县尉,独孤渐也摇摇头说面生得很。只听其中一位黑胖的文人站起身,拉着朋友的手说道:

"李兄,交河城今日一别,也不知何日才能重晤,想来不胜伤感。小弟就此即席口占几首,为兄送别吧!"

岑参吃了一惊,心想,真是人不可貌相,海水不可斗量。西域是藏龙卧虎之地,这位不知何来的赋诗妙手,见了友人,即席张口就要作出好几首送别诗来,非捷才不能为也。岑参不敢怠慢,准备洗耳恭听,好长长见识。心想,如果诗才不凡,不妨上前结识一下。

酒肆中一时变得很静,周围客人不约而同地放下杯筷,一齐扭头望着这张酒桌。

只见那小黑胖子满脸油汗,轻摇纸扇,煞有介事地低头沉吟了一小会儿,这才站起身,摇头晃脑地拉长声音吟诵起来。他一口气竟诵出四首七绝,中间几乎一个字都没有停顿,端的是文如泉涌,口若悬河,出口成章,且佳句迭出,不同凡响:

走马西来欲到天,辞家见月两回圆。
今夜不知何处宿,平沙万里绝人烟。

黄沙碛里客行迷,四望云天直下低。
为言地尽天还尽,行到西州更向西。

西向轮台万里余,也知乡信日应疏。
天山鹦鹉能言语,为报家人数寄书。

故园东望路漫漫,双袖龙钟泪不干。
酒肆相逢无纸笔,凭君传语报平安。

话音刚落,座中数人听了,惊奇地鼓掌称赞道:"啊呀,好诗好诗!张口就来，顷刻之间即口占四绝，堪称捷才，便是才高八斗的陈留王曹子建在世，也不过如此而已！"

"就仅以此四首拙诗相赠吧。事出仓促，文辞欠工，献丑了，见笑见笑！"小黑胖子倒很谦逊。

酒肆中其他客官听见，也都吃惊地望着那位吟诗的小黑胖子，心想，这位一定是京中来的大才子了！

被送行的那位姓李的文士更是十分感激："张仁兄实在是过谦了！果然句句珠玑，首首都是'黄绢幼妇外孙齑臼'——绝妙好辞！一事不烦二主，今日回到馆驿，还请张兄挥毫亲将四首诗题写下来，也好让愚弟带回老家，使蓬荜生辉呀！"

座中另一位年龄稍长的文士举杯道："子曰'士别三日，当刮目相看'，想不到张仁兄不知受了何方圣贤指点，近来梦笔生花，诗思竟有如此大进，真是可喜可贺！虽然诗句不全像是在送李兄东行，有几句听来不免也有些耳熟，似曾相识，愚兄仍不胜钦佩！来来来，我再敬你一杯！"

"哪里、哪里，不敢、不敢，过奖、过奖！"姓张的小黑胖子仍很自谦。

独孤县尉听了，不禁大为惊骇，掩口悄声道："且慢！你们听，这几首诗……"

武文也想说些什么，却被崔侍御用食指放在嘴唇上嘘了一声，制止他们再说下去。

岑参也忍住笑，说："这酒也喝得差不多了，我们到街市上看看去吧！"

四人鱼贯而出，刚走出太白酒楼，年轻的独孤县尉便忍不住扑哧一声笑出声来："这不就是传诵一时的岑大人名作《赴北庭度陇思家》和《逢入京使》等非一时一地之作的四首七绝么，现在怎么忽然变成这位黑胖子即席口占出来的呢？"

崔侍御也轻声笑道："谁说不是呢？嘻嘻！"

武判官放声大笑起来："奇遇，真是奇遇！世上事果然无奇不有，今日见之，真有这种恬不知耻的文抄公！"

独孤县尉笑道："如果送别时借用现成的名诗名句，对友人表达依依惜别之情，倒也罢了。可是这位张仁兄也不管诗意对题不对题，偏要剽窃岑大人的名作名句，还宣称是自己即席而作，于光天化日之下招摇撞骗，真正的欺世盗名了,哈哈!"

岑参颇不在意地说:"武兄有所不知,这位张先生的诗与在下的那几首拙作,字句还是略有所不同的。如在下的诗是'陇山鹦鹉能言语',人家则为'天山鹦鹉能言语';在下的诗是'马上相逢无纸笔',人家则为'酒肆相逢无纸笔';在下的诗是'行到安西更向西',人家则为'行到西州更向西'。有此数字之异,当然也就算不得是剽窃愚兄我的旧作了!"

崔侍御笑道:"这也属文坛中常见的文贼雅事,长安文人圈子中,也不乏此类附庸风雅、偏爱掠美之人,不足为奇,不足为怪!"他停了停又说,"其实,话又该说回来。此事实属岑兄之殊荣,由此也足见岑兄诗的佳处了,果然不胫而走,为远近人所传诵。岑兄,你还得感谢这位为你做义务宣传的张仁兄哩!"

岑参听了,嘴上不说心中暗暗得意。他挥手笑道:"算了,算了,何必当面去揭人之短,败人雅兴呢。此等细事,不值一提,由他去吧!"

第八章

异人赠剑

走在熙熙攘攘的大街上,岑参忽然想起一件事,就对崔侍御等说:"愚弟久欲购求一把宝剑佩带,却一直未遇如意者。此次临行时轮台关老将军告诉我,交河东城有一'蓝田刘记'铁匠铺,打得好刀剑,在安西、西州、沙州、敦煌一带远近闻名。现在既然来到交河,诸位不妨随岑某去寻访一番,如何?"当下,四人便信步向中央大道两侧的商业作坊区走去。

路两边,是一长溜五颜六色、香气四溢的瓜果摊。

西州一带因日照期长,阳光充足,昼夜之间温差又大,水土也好,自古就是瓜果之乡,而交河更是丝绸之路上传统的瓜果集散地。时值晚秋九月,正是各类瓜果大批成熟、遍地飘香的季节,交河城瓜果市场此时就显得特别火爆热闹。只见大街小巷摆满了地摊,旧毡子、白板铺、手推车、毛驴车上,或者麻袋、褡裢、柳条筐子里,到处都摆着新鲜瓜果。一串串、一堆堆珍珠翠玉般的无核葡萄、圆葡萄、马奶子葡萄,本是西州火焰山下盛产的名品,自不必说;绿皮红瓤西瓜、金黄的甜瓜、红艳艳的苹果、无花果、大红石榴,甚至来自焉耆汁多肉脆的大香梨等,应有尽有,可谓品种繁多,琳琅满目。地摊上也有刚下树的青皮核桃、杏干、桃干、红枣、沙枣和花生等干果,也都堆得像小山一样,吸引着人们的眼球。人行其间,真像徜徉于瓜果的海洋,一种香甜的混合气息在市场上空飘荡,让人垂涎欲滴。兜售瓜果的小商贩们,有胡人,也有汉人,多为老人,也有少年和包着头巾的年轻女人,一见有行人经

57

过,便纷纷站起来,拿起石头砸长杆秤,把瓜果拍得嘭嘭响,扯开嗓子大呼小叫起来,竞相招揽顾客。"哎,哎,客官,客官,来嘛,来嘛,尝一下,尝一下,不甜不要钱哎!"叫卖的吆喝声,讨价还价的争吵声,伴随着叮叮咚咚的琴声和浑厚缠绵的歌声,组成了一种杂乱无章的闹市交响曲,构成了这座丝绸路上西域名城的鲜明特色。要不是岑参他们几位刚刚饭饱酒足,一定会禁不住时鲜瓜果的诱惑,围上去大快朵颐、满嘴流汁地品尝一番。

过了尘土飞扬、喧哗声聒耳的瓜果市场,忽然,岑参看到一家书肆门口挂出一幅"旧书大贱卖"的幌子,便饶有兴趣地进去翻了一通。最后他发现一套八册的《西州图志》,标价四钱纹银,正是他早就听说的一种很有价值的方志。书虽是手抄本,字迹较潦草,图绘得也很笨拙,但好在大体还算完整。岑参又挑拣出几本残破的旧书,也不还价,花了五钱银子一并买了来。

"掌柜的,请问'蓝田刘记'铁匠铺在哪里?"岑参问道。

书肆掌柜开了张,心存感激,便用一块旧土布包好了书,很热情地带他们走到街上,往东北方一指说:"客官,请走好。你看,街对面,往北走,隔着四五家店铺的那间就是。"

岑参他们很快就找到那家铁匠铺,廊前木柱上果然挂着一块"蓝田刘记"的木质匾牌,不过因年深月久字迹已模糊不清了,灰头灰脑的破旧不堪。店铺前墙上挂着几排明晃晃的各种铁质兵器和农具样品,供客人挑选。门前一侧的木架上搭着一领苇席,下面的土炉烟雾缭绕,炭气呛人。铁渣满地的大砧铁旁,一个小学徒正跪在地上左右手交替按动着两只带羊毛的皮袋子,正往炉中鼓风。为锻件加热的炉膛里,随着少年一上一下的按动,便呼呼有节奏地冒出几朵蓝色的火苗来。那羊皮袋被称作"浑脱"风箱,模样古怪,中原地区不曾见过,岑参觉得很是有趣。

"小师傅,你家掌柜在不在呀?"岑参和气地问道,说话间从墙上取下一把长剑样品,与三人把玩鉴赏。

小学徒停手抬起头来,面前竟是个皮肤白皙、连眉高鼻、眼珠微蓝,有着胡人血统的美少年。只见他一扭头用一口汉话喊道:"大大,有人来买货了!"

"来了,来了!"话音刚落,房中走出一个黑脸壮汉来。那黑大汉留着络腮胡子,胸脯子鼓得老高,胳膊粗壮,双手又黑又粗糙,青筋暴突,显得十分强健有力，一看就是个老铁匠。

那强壮的老铁匠拱拱手，嗓音十分洪亮，带一点关西腔：

"诸位客官要买刀剑是吧？算你们找对地方了！咱家'蓝田刘记'铁匠铺，百年老字号，闻名河西十八州。不瞒客官们说，贞观年间，咱家祖爷随军定居这里，手艺传到咱这一辈已是第四代了，哈哈！"

"我曾在军中上好的刀剑上见到有你们'蓝田刘记'的署名，此次正是慕名而来！"岑参用大拇指指甲轻轻弹弹样品的剑刃，又侧耳听听剑声，就不屑地摇头递还了，"不过，老掌柜，恕我直言，你这把剑系用凡铁草草锻就，实非上品。如有上等利剑，尽可多取出几把供我等挑选，果有上佳者，自当倾囊购之。至于价钱……"

"说得好，说得好！"刘铁匠挂好长剑爽朗地笑道，"看来这位客官是识货的行家。请问客官，你们买剑是为了路上防身对不对？听往来中原的客商们言讲，现如今朝廷中一个姓李的奸相刚刚死了，又有个姓杨的权奸继任，一样的排斥贤能，贪赃枉法，横征暴敛，民间怨声载道。前几年高大人又同大食国打了个大败仗，以致民心不稳，边境不宁。唉，现在路途上远不是开元年间'夜不闭户，路不拾遗''行路万里不带尺兵'那样的太平年月了！听客官的口音像是关内人，敢问贵府是……"

"这个吗……关中，户县。"岑参迟疑了一下，终于这么回答道。他原籍虽系山南东道邓州新野县，却生于河南道仙州，但十几年前已举家迁居京畿户县高冠谷，所以称自己是关中人并不为错。

"原来是户县乡党哩！离我们蓝田不过百十里地，亲不亲故乡人嘛，好说，啥都好说！"铁匠师傅一听岑参是自己的乡党，立即亲热地大笑起来，转身进屋取来一只很考究很精致的剑盒，郑重地递给岑参说："这把宝剑，原是当年随程知节、苏定方元帅西征的一位关中将军听说咱家爷爷好手艺，亲送一锭贡品镔铁和定金让咱家爷爷锻造的。爷爷亲手精心锻打了两个多月才成，可是后来总也不见那位将军大人前来购取，想来八成是阵亡沙场了！爷爷生前留下话说，日后但有那识货的关中客人前来买剑，就把这把剑奉送与他，分文不取。客官的身份，不便猜揣，但从风度谈吐上，咱家就知道先生绝不是凡夫俗子。既然是关中乡党来了，又识得真剑器，正合爷爷的遗愿。今天物得其主，咱家恭送，分文不收，算是与客官交个朋友，也了却祖爷一桩心事。哈哈哈哈！"

"这如何使得！"岑参喜不自胜地接过剑盒。

"前天大大还在说哩，"那胡人模样的少年插嘴说道，"说是这几天一到晚上，挂在墙上的这把宝剑就高兴得呜呜直叫唤，自己跳出剑鞘，闪闪发光，叮当作响。大大说，一定是它的主人就要到了！长胡子叔叔，你就是这把宝剑的主人吧？"少年一副胡人面相却是汉人打扮，且操一口纯粹的汉话关西腔，令岑参他们感到很是怪异，却备感亲切。

"小娃子胡说啥哩，找打！"铁匠师傅骂了一句，"不怕客官笑话，这是咱家老三，他妈是个波斯来的大美人，让咱家白捡着了，哈哈！"

四人听了，不由得相视一笑，感到刘铁匠真是豪爽得可爱。

此时岑参心中忽然一动，暗喜道：这大概就是卦辞中所预示的出使交河将遇到两桩好事的第一桩了！正想打开盒子看剑，只听那刘师傅又说：

"乡党可不要小看这把剑，虽比不上名剑干将莫邪、青钢、龙泉之类，也是人间少有、世上罕见哩！不是咱家吹牛自夸，真的称得上削铁如泥、吹毛立断，不信就请客官当场挥剑试试！"

岑参小心地打开锦绣剑盒，从蛇皮鞘中抽出长刃，只见寒光一道，耀人眼目。不觉顺手把剑盒、剑鞘交给独孤渐，迈出几步，在手中绾了个漂亮的剑花，来了个"金鸡独立抢劈"的架势，接着提起右腿，左手撩起长须，右手持剑自左身侧后抡圆，转身凌空翻腕一劈，闪电般劈向几根长长的杨柳枝条。只见锋刃未到处，让剑气一逼，柳梢黄叶飘落了一地。岑参忍不住连声赞道："好剑！好剑！"回身对同行的三人低语道，"闲暇时多多练习骑马、击剑和射箭，即使不为亲自上阵杀敌，也可防身健体。不意今日果然得遇此传奇剑器，长短既合适，轻重又趁手，可谓三生有幸！"他抚剑把玩再三，遂有恋恋不舍之意。良久，复又回剑入鞘，双手递还道："此剑果然大好，然我岂能白手而得？我身上恰巧未带多少银两，不如暂且存放贵店，请师傅开个价，这里先留下五两定金，明日再如数交付所需银两取剑。刘掌柜，你看如何？"

"这是哪里的话来？客官这就小看咱家了！"有些性急的刘铁匠用青筋暴突的大手把宽厚的胸脯拍得嘭嘭直响，诚恳地说："咱家爷爷留下的遗嘱，后辈咋能贪小利而背祖训哩？不怕让雷劈了？咱关中人做事喜欢干脆痛快，我已有言在先，决不反悔。剑，既然被客官看中了，就请带走吧！"说完，他想起了什么,转身从房中取来一把沉重的长柄大刀。

"便是这样的重器大刀,只要遇着看得上咱家的朋友,我也愿白手相送哩!"刘铁匠在地上使劲儿蹾了蹾大刀,刀环便哗啦啦地震响起来,"前些年,那位安西都护府的关老将军也闻咱家'蓝田刘记'之名,前来定制兵器。关将军说他是三国时关老爷之后,要咱家给他也打造一把青龙偃月刀,重二十四斤,比起关老爷那把八十二斤的,当然要少了不少,但也很是不轻的了。是咱家念他是沙场老英雄,又是华阳县人,关中乡党,就白送了他一把。后来,我又依原样打制了这把,平时无事也偷着练上几招。"

岑参道:"师傅说的这位将军,可是都护府折冲都尉关继祖老将军? 我前些年在安西就曾与他结识,他现在领兵驻扎在轮台,也是一位极爽快的人。"

"关将军是官家人,小人不便打问人家的官讳大名。不瞒你们几位说,当年,咱家就是凭着手中这把宝刀,在街上吓跑了持刀弄枪的十几个歹徒,救下一个落难的波斯美女,后来就成了我的好婆娘。哈哈哈……"

独孤渐鼓掌笑道:"想不到刘师傅还是个救美的大英雄哩!"

刘师傅快意地大笑起来。

岑参称赞道:"刘师傅不愧是关西大汉,豪爽可爱,快人快语,盛情厚意却之不恭。看贵店此招牌已开裂了,也有些陈旧褪色,待我回至驿馆,为你重书一通,着人制成,赠予师傅。非以抵剑值,略表寸心耳。不知师傅意下如何?"

独孤县尉一旁忍不住说道:"刘师傅有所不知,我这位朋友乃当今名诗人,也擅长翰墨。他与当代书法大家颜真卿系莫逆之交,于颜体正楷功力颇深,因此,为刘师傅书写这块店铺招牌嘛,可谓宰小鸡而用牛刀……"话未说完,就被崔侍御挡住了。

刘铁匠听了又惊又喜,忙拱手问道:"这么说来,小人是有眼无珠,不识大贵人了,还望多多包涵! 以劣剑换取贵人墨宝,实在是求之不得,受之有愧! 宝剑在箱底压了多年,待小人明日开好刃,仔细打磨过,再亲自送到府上。但不知大人尊姓大名,华府何处……"说着就要行跪拜之礼。

岑参忙伸手阻止道:"刘师傅不必多礼。我姓岑名参,现在北庭大都护府供职。你我既有此书剑之交,就是朋友了,何分贵贱? 这把宝剑来历不凡,已属千金难买,今日一旦为我所有,也是一种难得的缘分。我下榻于南城馆驿,刘师傅明日将宝剑送来好了!"

　　既与故人邂逅相聚,又意外得到传奇宝剑,可谓双喜临门,应了行前占卜之兆,岑参自是兴奋异常。离开刘记铁匠铺后,看看天色尚早,他又心血来潮,建议去城外游玩一番。

丝路之魂
岑参

第九章

交河谈诗

交河城东门内大街上行人很多,尘土飞扬。岑参不知是夹衣太厚还是酒喝多了,竟然走出一身细汗。看看几位朋友,也都是汗津津的,眉毛、头巾、肩上都落了厚厚一层尘土,不由得相视大笑。

岑参他们听说交河城外东南一带风景最为优美,就顺路出了东门。走过一座木桥步上东岸,迎面的沙土高坡上有座接官亭。由亭间向西望去,只见丛丛绿树背后,当作城墙的黄土崖高高地屹立于河边,直上直下,如劈如削,最高处足有十余丈,乃一道天然屏障。此时正值黄昏时分,西边满天火焰般的晚霞,把土崖映衬得愈加巍峨威严,恰如一排巨人挽手挺立于天地之间,蔚为壮观。

"此城形势倒也十分险要,易守而难攻。"武判官望着交河城说,"古人选在这里建城原是不错的,可惜城池太小,一旦被大军长期围困,切断水源,城内军民难免不战自乱,变成一座死城!"

岑参道:"武贤弟有所不知,我曾在方志上读到,交河城中凿有数十口深水井,与城外河水暗通,水源颇为丰富,并不怕断水。只是敌军围城时间过长,粮草告罄,那就有破城之虞了!国初李靖将军在其《李卫公兵法》中说的孤城难守,就是这个道理。现在西有天山军,东有高昌西州城,互成掎角之势,这交河孤城之弊就可消除了。"

独孤县尉证实说:"交河城里确有不少水井,并不缺水,人们用井绳或吊杆、辘轳打水，很是方便。"

"岑公此言有理，不愧当年学过兵法。"崔侍御领首道。

"唉，下官过去要是少把工夫用在学诗上，一直深研兵书，能够直接领兵打仗就好了。"岑参道。

接官亭往南不远便是两条河的交汇处，河面宽阔，回流翻卷，水势汹涌。河边长满了芦荻、菖蒲等水草，两岸则是茂密的柳树、杨树等杂树。树林掩映处，可以看到金黄色的稻田和油绿的葡萄园，甚至还能听到引水渠中嘎吱作响的水车转动声、水磨的隆隆声和鸭鹅的叫声。如果不抬头远望，眼前此情此景感觉就与中原的风物无异了。河上游翻飞的旗影中，传来嬉笑的人声和咴咴的马鸣，那是一群屯田兵士在河边牧牛饮马。"落日照大旗，马鸣风萧萧。"城南远处一带土山逶迤东来，最高处有一座孤零零的烽火台，被晚霞染红了，其时正好飘来一片乌云，傍着烽燧，像是点燃了烽烟，平添一种紧张气氛。这时，横空里飞过数行大雁，把阵阵惊心的哀鸣布下旷野……

看到此番情景，岑参心里不由得一动，随口吟道：

> 白日登山望烽火，黄昏饮马傍交河。
> 行人刁斗风沙暗，公主琵琶幽怨多。
> 野云万里无城郭，雨雪纷纷连大漠。
> 胡雁哀鸣夜夜飞，胡儿眼泪双双落。
> 闻道玉门犹被遮，应将性命逐轻车。
> 年年战骨埋荒外，空见蒲桃入汉家。

吟完又议论道："颖阳李颀的这首古风《古从军行》，写得慷慨悲壮，婉转流畅，动人至极，我十分喜欢，不愧边塞诗之杰构。可惜他本人不曾来过西域，这首诗毕竟只凭想象为之，不无失真之处。即如'雨雪纷纷连大漠'这句吧，分明是天山北道才有的景象，像这终年干旱少雨雪的交河城，何曾有过'雨雪纷纷'的时候呢？其实，我自己以前也写过不少此类昏话哩！"

"岑公斯言极是。"崔侍御捻须点头道，"此皆读书不多且不曾亲自到过西域，仅凭道听途说之过。作诗须得亲历，务求真切，如若纯为面壁虚构，难免成笑柄。岑公斯言极是。"

武判官说道："小弟在长安时，人们哄传当今诗坛上出现了一个'边塞诗派'，王之涣、李颀、王昌龄诸人共举其帜，近年加上岑兄与高适等，一时人才济济，阵容齐整，蔚成一大诗派，庶几与王维等的'田园诗派'相抗衡也。"

岑参补充说："其实李谪仙、王维、杜子美他们也写了不少边塞诗。像摩诘的'大漠孤烟直，长河落日圆'的雄浑壮丽，太白的'明月出天山，苍茫云海间。长风几万里，吹度玉门关'的潇洒天成，还有杜子美的'丈夫誓许国，愤惋复何有。功名图麒麟，战骨当速朽'的慷慨悲壮，都将是边塞诗中的名句。"

武判官接口道："但是岑兄与高适的边塞诗的确更多，亦更有特色。提起来，人们总是将你们二人并称，连杜子美也曾有诗说你们是'高岑殊缓步，沈鲍得同行。意惬关飞动，篇终接混茫'。我还听来自江南、蜀中的朋友讲，他们那里也常常见到岑兄大作流传的抄件，奇丽劲峭，豪迈悲慨，的确不同凡响，足见兄之诗名已满天下了。不少年轻士子，正是在受了岑兄大作的吸引，这才决心仿班超故事，投笔从戎奔赴安西来的。岑兄诗中，像'功名只向马上取，真是英雄一丈夫'等，以身许国，雄心勃发，读之令人热血沸腾，备受鼓舞。再如'银山碛口风似箭，铁门关西月如练''火山五月行人少，看君马去疾如鸟''马汗踏成泥，朝驰几万蹄'，等等，都把边塞景色写得十分神奇壮丽，充满奇思妙想，使人神往，足可与史书中《西域传》一例诵读。"

崔侍御点点头："如此说来，岑公现在已成诗坛后进竞相崇拜仿效的楷模了，哈哈！记得读殷璠《河岳英灵集》时，他就已称你的诗'语奇体峻，意亦造奇'，还引你的诗句'长风吹白茅，野火烧枯桑'，谓为逸才；'山风吹空林，飒飒如有人'，宜称幽致。其实，他所举的这些诗还都是你早年优游河北、河南等地时所写，近年来你在安西、武威等地写下的许多边塞诗，还没有评及呢。这些诗，悲壮、雄奇的风格愈加鲜明成熟了，以致京师传动。尤其像刚才酒店里被人掠美的那首《逢入京使》所写的'马上相逢无纸笔，凭君传语报平安'，情思委婉，感人至深，人人有此种事、臆中语，但无人能诉之于诗。我在安西多年也常常产生类似感触，却无论如何也写不出来。由此可见，仅此数句即可使君诗名不朽了！"

"正是，正是，我们西州数县的诗友，平时相聚一提起岑大人的诗来，无不佩服得五体投地。"独孤县尉说。

岑参道："惭愧,惭愧!"

武判官插话道："当今诗坛,人们往往唯太白、摩诘二人马首是瞻,这原也不错。但我觉得杜甫似不在二位先生之下,不过长安人士对他却相当冷淡,如芮挺章的《国秀集》和殷璠的《河岳英灵集》中,杜兄之诗竟均不曾选得一首,不知何故?"

岑参点头道："时人评诗,眼界所囿,有时颇不能待之以公论,也是古已有之。君不见钟嵘之《诗品》,竟把陶靖节先生如此大才仅列为中品而已!杜兄子美系我挚友,也是我最服膺之一人。他既为国初名诗人杜审言之后,家学渊源,学养深厚,又极勤奋,非常人可比。他仅长我数岁,正值盛年,厚积薄发,来日必后来居上。家兄颇能识人,曾预言杜甫将来必标领诗坛,光昭后世,成就不可限量!"

崔侍御点头道："对于杜子美,我也有同感。而且我以为岑兄的资质素养,比起上述李、王、杜诸位来说,似乎并不逊多少。即如边塞诗而言,我觉得近人视高适与岑兄为当今之翘楚,最具风骨,实为不刊之论。然据我所知,高适兄足迹不出幽燕、河朔、陇右一带,不及岑兄两度西行万里,纵横西域,所见所闻甚夥。且高先生年事已高,于诗艺文辞上固然更加讲究,但已稍减往日的锋芒与风采。我以为,当今能继续高举边塞诗这面猎猎大旗的,非岑兄莫属了!"

"崔兄过奖了! 其实还有如武文、独孤贤弟等这样不少的诗界新锐嘛! 不过,在下自感近年诗风确有大的变化,细思起来,当与前些年出塞安西的经历有关,雪山、大漠、草原、风沙、驼马,我大唐将士的艰辛与豪迈,胡人的强悍与豪放,种种西域奇特的风情,不觉间开阔了眼界胸襟,仿佛变了个人一样。所见所闻既广,这诗写起来也就变得真力弥满、雄奇豪迈了!"

"所言不差,岑兄诗风之大变,多赖边塞生活所赐。"崔侍御点头道。

武文说："果然如此。我记得天宝十载夏,岑兄在武威幕中为送状元刘单大人赴安西的长句,最具荒寒辽远的边塞风味,把西域雪山、大漠、物候种种风情和我大唐将士们的英勇豪迈等,洋洋洒洒、淋漓尽致地写尽了。如果不曾入幕塞外经年,深入漠野,如何能写得如此真切? 这首长诗我至今还能记诵下来。"说着,他吟诵起这首长诗来:

热海亘铁门，火山赫金方。白草磨天涯，湖沙莽茫茫。

夫子佐戎幕，其锋利如霜。中岁学兵符，不能守文章。

功业须及时，立身有行藏。男儿感忠义，万里忘越乡。

孟夏边候迟，胡国草木长。马疾过飞鸟，天穷超夕阳。

都护新出师，五月发军装。甲兵二百万，错落黄金光。

扬旗拂昆仑，伐鼓震蒲昌。太白引官军，天威临大荒。

西望云似蛇，戎夷知丧亡。浑驱大宛马，系取楼兰王。

曾到交河城，风土断人肠。寒驿远如点，边烽互相望。

赤亭多飘风，鼓怒不可当。有时无人行，沙石乱飘扬。

夜静天萧条，鬼哭夹道傍。地上多髑髅，皆是古战场。

置酒高馆夕，边城月苍苍。军中宰肥牛，堂上罗羽觞。

红泪金烛盘，娇歌艳新妆。望君仰青冥，短翮难可翔。

苍然西郊道，握手何慨慷。

——《武威送刘单判官赴安西行营便呈高开府》

诵完，武文又议论道："像诗中'白草磨天涯，湖沙莽茫茫''马疾过飞鸟，天穷超夕阳''寒驿远如点，边烽互相望'等，这些奇字奇句奇景，如果不曾亲历，岂是仅凭想象就能虚造出来的吗？"

岑参真诚地说："武弟说的也是。诗文乃千古事也，平心而论，比起高适兄来，我的诗数量虽不少，只是其中堪称佳作者寥寥，总的气势上尚不能与之比肩。上次回长安，有暇将这批诗作细细研读一遍，颇感不尽如人意处多多。不仅立意肤浅，且尚欠浑厚，许多真切感受未能写进去，且其中伤感、失意的成分又似乎过多了一些。故此次西来，在下有机会想多走一些地方，争取写出一些更有新意，更有分量，充满大气的诗作来！"

"凭岑兄的胸襟和才力，这个吗，那是自不待言的！"崔侍御等三人异口同声道。

这时夕阳即将落山，河边村舍间飘起数抹炊烟，如轻纱般悬挂于丛林中，暮色愈加苍茫浓重了。岑参心有所动，起身望着西天艳丽的晚霞，只见烟幛千里，关山万重。他不由得想象着，那边往西就是银山馆、张三守捉城、焉耆镇了，再往西，铁门关和安西都护府也就到了。不知为什么，一想到铁门关,岑参心里忽然涌出一股很甜蜜、很伤感的东西。他不禁记起这次西来,初至伊州驿馆中所做的那个令他无限伤怀的梦来,两者的感觉,竟是如此相似……蓦地,交河城头吹起了悲凉的号角,他心中不禁升起一种莫名的怅惘和失落,若有所思地说:

"唉,写诗,写诗,诗写得再多再好又有何用? 不过如杨子云所称壮夫不为的雕虫小技而已! 弟曾读《史记》《汉书》《后汉书》《三国志》和国初编撰的《晋书》,发现能入'列传'者,多为功业垂世的名臣良将,而纯以诗文为业者实为凤毛麟角。编撰者似乎过于看重传主的名号官衔了,这怎不令人心有不平,感慨万端! 诗,如今差不多又堕落成一些人应付科考追名逐利的敲门砖,门既入,这'砖'就弃之如敝屣了。不少人贫贱时才热衷于作诗,功名富贵一旦到手,也就往往不再写诗,或者再也写不出好诗了。人心不古,世风日下,不少士子都已变成虚礼假气、言不由衷、见风使舵、善于钻营的势利小人。在长安,我也曾与杜甫兄等感慨当下世风之浇薄。因此,有些人写诗可以说只是一时郁郁不平的牢骚,或是当作一种攀附权贵的阶梯。古人云,'诗言志,歌咏言'。我以为,真正的诗,无非就是你的理想、雄心、抱负、欲望和才情的展示而已,借此消释淤积在胸中的块垒。我写诗有时会产生一种很奇怪的感觉,明明是在写别人,可是写着写着就发生了错觉,好像是在忘情地写我自己了,在想象中似乎不是别人,而是自己真的建立了什么不朽的功业。因此,我写诗往往投进了全部的感情和生命,写诗的兴趣也越来越浓。在写诗的过程中,只要在虚幻的想象里能寄托、能体味建功立业的伟大、自豪、快意和满足,那么,现实中自己是否真的建立了什么功勋,就在其次了。崔老兄,武贤弟,独孤贤弟,不知道在下这些想法,是否胡言乱语的疯话?"

岑参这段关于写诗的内心感受和自我剖白,使三人殊感意外,竟也一时想不出应对的话来,只好含糊应酬道:

"哪里,哪里,岑兄言之有理!"

这时接官亭下大路上驶来几辆牛车,上面装着几只沉重的大木桶,估计盛的是酒水。这里是上坡路,车行艰难,役夫们不停地扬鞭喝骂着,役牛们便瞪眼勾头夹尾拼命地曳车。晚风起处,浮土数寸的路上便腾起滚滚尘烟,遮天蔽日。

天色开始暗下来,岑参他们正准备下亭回城,忽然从牛车队中走出一个人来,朝他们招手高喊:

"岑参军——岑参军——是你吗?"

一边喊着一边奔向接官亭的是一个高高瘦瘦的老人。他喘着气走至岑参身边看了半天,连连拱手道:"啊呀,果然是你!岑参军,不是你那五绺长须惹眼,我还以为天色向晚,老眼昏花看错人了呢!咦,独孤大人,你也在这里啊?"

独孤渐道:"是啊,石老伯,你辛苦!"

岑参定睛一看,连忙道:"原来是石老伯,真是奇遇,奇遇!你怎么会在这里?伯母和令爱她们都好吧?"说到这里,他眼中闪出一种不易觉察的惊喜目光。

"她们母女现在都在交河,还时时惦记着大人你呢!"

"怎么,她们都在交河?那太好了!"

岑参情不自禁地搓搓手,忙扶老人坐下,给朋友介绍道:

"这位是铁门关关吏、孟津石成璧老先生,想不到能在这里邂逅!"

"铁门关?'铁关天西涯,极目少行客。关门一小吏,终日对石壁……'"武判官立即记起岑参《题铁门关楼》诗中的句子,"老人家,想必你就是岑兄诗中铁门关上那位忠于职守的关吏了?"

"不敢,不敢,正是在下,正是老朽。"石成璧老人忙站起来拱手道,"岑参军当年写了这首诗,在关内流传,老朽算是跟着沾光出名了。长安来的文官武将,一到铁门关就来拜访我,还让我讲述岑参军在安西都护府的往事。啊呀呀,问得可细呢,连大人你长得高矮胖瘦都要打问,真是有趣,哈哈!"

独孤县尉说:"便是我,也曾去打问过呢,可是铁门关吏已换人了。对了,老人家别再叫什么岑参军了,岑大人如今已升任监察御史,充大都护府判官了!"

"啊呀,岑大人果然升迁了,恭喜恭喜!"石老人又忙起身深深一揖,恭贺道,"以岑大人之才,我猜想上次由安西回长安,一定会蒙朝廷擢升重用的,现在果然如此。"接着他又告诉岑参,他前年离开安西准备告老还乡,没想到在交河郡碰到孟津县老家来人,都言说内地现在赋税徭役太重,活不下去,劝他不如就留在西域。正在犹豫间,又遇到交河的王县丞。王县丞是东都洛阳人,也算老乡,留他在郡驿馆担任了采买。最后石老人说:"这不,刚从高昌郡洨林乡买回这几牛车葡萄酒,紧赶慢赶,天还是快黑了!"

"洨林乡的葡萄多为无核,最为有名,产量也多。方志上称,西州高昌郡产的葡萄是'七分洨林,三分无半',但不知这'无半'是在何处?"岑参问道。

石老人笑道:"岑大人知道的事情可真多啊!其实无半乡离此不远,就在交河城东,而洨林乡就是高昌西北的葡萄沟……哎,不说这些闲话了,几位大人可都住在敝郡驿馆?噢,这样就好,这样就好。今天太晚了,明天我要在家里好好请你们来喝几杯,几位大人务必赏光,一定要来啊!"

第十章

旧情新恩

后半夜，岑参迷迷糊糊醒来，不知身处何地。

这是个十分陌生的房间，弥漫着一股酒臭与一种说不清的香甜醉人的体香混合而成的气息。岑参习惯地披衣下床，迷迷瞪瞪俯身从床下摸出一只粗陶夜壶来，旁若无人地往里面哗哗撒了一大泡腥臊的热尿。他放下夜壶擦擦手，又顺手端起木几上的白瓷茶壶咕嘟咕嘟喝了几口凉茶，一股凉意便直贯五脏，他不禁打了个寒噤，有点儿清醒了。这几样东西是谁放的？怎么知道我起夜的习惯，几样用物放的位置就好像在家中一样！借着桑皮窗户纸透进来朦胧的月光，岑参终于看清这里并非自己的家。他看清了四周黑黢黢的土坯墙，泥皮剥落了，也没有刷白灰，显得简陋而粗糙。墙上不知为什么还有一轮圆圆的、亮晃晃的月亮。哦，原来是从窗下一只小铜镜上反射上去的月光。床头凹凸不平的地上放了一只瓦盆，里面秽物狼藉，大概是自己昨夜醉后呕吐的秽物。身边是木几、矮凳，还有一张床！原来他刚才就是从这张大床上起身的。怎么还有人睡在床上轻轻呼吸？自己的被窝旁边正躺着一个人，一团乌发披散在圆圆的大枕头上，托出一个美人头的侧面，被头外露出雪白丰美的肩头和手臂。他想起来了，这一定是小琬，昨晚好像是她搀扶自己进屋入睡的。毕竟是九月中，交河的夜晚也变得有些凉意了。风从窗户纸的破洞中吹进来，冷飕飕的。于是带着一种怜惜的心情，岑参轻轻地把那只美人的玉臂掖进被子。当他轻轻握住那只温润柔滑的手腕时，

71

岑参发现,她戴的那副鹅黄色的于阗玉镯,正是当年自己送给她的定情之物,不禁有些感激和内疚起来。

　　昨天下午他与崔侍御、武判官,还有独孤县尉和徐参军等一起,被石老人请到家中做客。老人一家倾其所有盛情招待了几位尊贵的客人。可能由于石老人是驿馆采买的缘故吧,筵席置办得十分丰盛,岑参竟吃到了久违的红烧鲤鱼! 崔侍御吃后赞不绝口,说那味道丝毫不亚于热海里有名的大鲤鱼。除了地道的老窖葡萄酒之外,他们还饮到一种用野生沙棘子熬制的饮料,名叫"刺蜜",也是第一次尝到,说是常喝能补肾益气,味道酸甜,喝起来十分清爽可口。

　　席间,因为崔侍御提到热海的大鲤鱼,岑参就朗诵起昨天为他赶作的送行诗,诗题叫作《热海行送崔侍御还京》:

　　　　　　侧闻阴山胡儿语,西头热海水如煮。
　　　　　　海上众鸟不敢飞,中有鲤鱼长且肥。
　　　　　　岸旁青草常不歇,空中白雪遥旋灭。
　　　　　　蒸沙砾石燃虏云,沸浪炎波煎汉月。
　　　　　　阴火潜烧天地炉,何事偏烘西一隅?
　　　　　　势吞月窟侵太白,气连赤坂通单于。
　　　　　　送君一醉天山郭,正见夕阳海边落。
　　　　　　柏台霜威寒逼人,热海炎气为之薄。

　　此诗最后两句是岑参对老朋友开了个玩笑,意思是说你崔侍御既是朝中御史台中人,身上带着风霜之威使百官害怕,甚至你一到安西西头热海边,那热海炙人的炎气也敌不过你的威寒,减损了许多。崔侍御是个老实人,就说:"你没有到过热海就不要听人胡说八道,其实热海里的水并不太热,如果真的要像你所形容的如沸水那么滚烫,里面的鲤鱼不是早都煮熟煮化了,还能活得成?"武判官就解释说:"岑兄这里不过是从热海之名引起联想,描写他对西州如火焰山一般的感觉罢了,也是用诗给你御史大人逗逗趣。"一席话说得大家都笑起来,席间洋溢着朋友间坦诚真挚的情谊。

　　劝酒时,岑参无意间提起西来途中见到判官赵仙舟先生,因老病而落拓归乡一事,崔侍御就感慨地说:"听说你在临洮分手时还送给他一首诗呢。记得仙舟兄年龄似乎并不大,可谓壮志未酬身先退,可惜了!"

武文说:"赵判官年纪好像比姚长史还小。"

岑参道:"姚大人比他大五六岁呢,奔花甲之年了。两人本来是同时退休致仕的,可是不知怎么回事,姚大人回京后又受命返回北庭赴任了。"

说者无意,听者有心。在岑参这几句最普通的话里,善于在鸡蛋里挑骨头的徐章,却听出一种可资利用的价值,暗自窃喜,不禁眉毛轻轻跳了几下。原来,在北庭都护府,徐章与长史姚天喜大人的关系可是非同一般。

崔侍御道:"你们有所不知,据说,这位长史姚大人可是个大有来历的人物,封大夫说不定很需要他。"

"封大夫是很需要姚大人。"徐参军忍不住道。

岑参没有留意徐参军的奇怪表情,心中只是荡漾着无限的快意,因为他与石小琬终于在这里重逢了!

原来,这才是吸引他二度西来不便明言的心中牵挂,这才是行前卦辞中所预示的交河之行的第二桩喜事!

石小琬原是安西大都护府一个年轻军官的女儿,其母是胡人著名的歌舞伎胡善才。后来那个军官另有新欢,便把胡善才连同不满两岁的小琬一起抛弃了。石成璧看到流落在铁门关一带的母女俩生活无着,孤苦凄凉,十分同情,便收胡善才为妾。小琬遂改姓为石,做了石老人的继女。

汉胡混血儿一般都十分漂亮聪明,小琬更是天生丽质,风姿绰约。她生得面如满月,蛾眉红唇,胸脯丰满,修腿细腰,身材高挑,一双美目顾盼生辉。龟兹是西域有名的歌舞之乡,胡人中能歌善舞者不计其数。母亲又系歌舞能手,耳濡目染,言传身教,不到十岁,石小琬便学会了箜篌、琵琶、胡琴、羌笛等诸般乐器。她既生就一副好嗓子,又能跳热烈奔放的胡旋舞和胡腾舞,可谓歌、舞、乐集于一身,色艺俱佳。石老人一向把她视若掌上明珠,夫人又是来自中原的一位大家闺秀,所以两位老人执意不肯让小琬步其母亲的后尘,沦为官府、军营或教坊里的歌舞伎,就把她养在家中,教她读书识字、女红和烹调。小琬居然件件学得都好,活泼大方的性格中也增添了温柔沉静的因素,这样一直长到十五岁。

天宝八载(749),岑参任安西大都护府录事参军兼掌书记来到安西。当时唐朝国力强盛,胡人畏服,丝绸之路沿线十分平静,在大部分时间里汉人和西域少数民族相处得很好,战事无多。岑参每天除了例行公事起草些军令、奏报之外,就是与同僚们下棋、赋诗唱和,生活乏味得很。岑参为人比较清高孤傲,对素称贪酷的上司高仙芝往往敬而远之,而高仙芝自然也与他感情日渐疏远,不很重用。当时岑参不过三十岁出头,精力旺盛,家隔万里,孤身一人在外,终日无所事事,抱负无处施展,心中不免很是寂寞苦闷。那时他写出的诗虽然表现了自己初至西域的新鲜感和建功立业的雄心壮志,不乏大量昂扬、豪迈和旷达之语,但又时时流露出浓重的思念家乡和妻儿的伤感情绪。如"沙上见日出,沙上见日没。悔向万里来,功名是何物?""试登西楼望,一望头欲白""凭添两行泪,寄向故园流"等,感情十分伤怀、缠绵,心情也很矛盾复杂。岑参在安西的那些日子里,往来都要在铁门关留住,与善良本分的石成璧老人有不少交往,很谈得来。后来岑参写下那首著名的《题铁门关楼》一诗后,二人更成忘年之交了。

后来石成璧调到安西,石家就是岑参常来常往之处,石老人待他就如亲生儿子一般。最使岑参无法忘怀的,是第一次见到石小琬时留下的那份美好印象。

那天在石老人家院中,岑参惊喜地见到茂密的葡萄架下,一位妙龄少女在翩翩起舞,风韵犹存的胡善才在一旁悉心指导。那少女面容姣好,长眉朗目,身段曼妙,红裙飘飘,赤着双脚,粉藕般的手臂和脚腕上都系着小银铃,随着胡善才用小手鼓击出欢快的节拍,在一块小地毯上一会儿向左,一会儿向右,身子风一般飞速旋转,如同朵朵莲花盛开,让人看得眼花缭乱。她身上系的数十只小银铃也叮叮当当响起来,粉红的笑脸笑得天真而又灿烂。岑参看着,不禁怦然心动,顿生爱怜之情。他不由得联想起西来途中,在甘州张掖太守田使君的酒宴上,看到一位胡姬在铁皮鼓、唢呐、手鼓、胡琴等的伴奏下,表演一种"胡旋舞"。只见那胡姬在猩红的大地毯上回裙转袖飞一般旋转,岑参十分惊讶,真是见所未见,激动难抑,连夜写成了一首诗:

美人舞如莲花旋,世人有眼应未见。

高堂满地红氍毹,试舞一曲天下无。

此曲胡人传入汉,诸客见之惊且叹。

慢脸娇娥纤复秾，轻罗金缕花葱茏。

回裾转袖若飞雪，左鋋右鋋生旋风。

琵琶横笛和未匝，花门山头黄云合。

忽作出塞入塞声，白草胡沙寒飒飒。

翻身入破如有神，前见后见回回新。

始知诸曲不可比，采莲落梅徒聒耳。

世人学舞只是舞，姿态岂能得如此?

——《田使君美人舞如莲花北鋋歌》

　　不过比较起来，眼前这位少女如出水芙蓉般的舞姿，比起甘州那位"半老徐娘"的胡姬要婀娜多姿、活泼奔放得远了去了，简直无法相比。岑参心中从此就再也放不下这位少女了。他从石老人口中，得知少女是他的继女，名叫小琬。岑参原本是个多情的种子，他很喜欢小琬的聪明艳丽、大方泼辣和善解人意，两人在一起时他有空就教她读《毛诗》《文选》，学写毛笔字。高兴了岑参就吹起笛子伴奏，小琬在屋中且唱且舞，渐渐地两人产生了感情。岑参的性格自来是喜好标新立异，寻求刺激，促使他深深地爱恋小琬的，是她那倾城的美貌和出色的舞技，还有对她那一半胡人血统的某种神秘的猎奇心理。但是随着双方相互理解和感情的加深，岑参惊奇地发现，小琬年龄虽小，却是一位有头脑、识大体、有情趣的奇女子，最后终于把石小琬视为红粉知己，一种孤独中的精神寄托。在僻远的西域，他意外地圆了一回"红袖添香夜读书"的桃花梦。

　　石小琬也十分崇拜岑参的抱负、才华和风流倜傥，更感激他对自己感情的真挚，终于心甘情愿为他献出了一切，两人迅速坠入爱河。石成璧老人知道，限于继女的身世地位，对岑参是高攀不上的。但他深知岑参之为人，绝非一般野蛮粗鲁的军官或纨绔浮浪子弟那样，朝三暮四、无情无义，仅视女人为玩物。他想，如果最后能成为岑参军这样人物的小妾或外室，也是继女的一条好出路，一种福分。于是老两口默许了两人感情的自然发展，直至他们如胶似漆，情深意长。高冠谷岑参家中的妻子张夫人出身于书香门第，贤淑端庄，文化素养较高，岑参十分爱她。但妻子的性格过于拘谨矜持，平日不苟言笑，寡言少语，又兼体弱多病，这使生命力旺盛、感情丰富的岑参略略

第一辑

感到不满足,因此来西域后他意外地遇到了石小琬,便烈火干柴,一见钟情。他从小琬身上获得了一种不曾有过的生活乐趣。她的美艳,她的活泼热情,她的大胆泼辣,她的天真善良,她的奇思异想,都使岑参十分忘情。特别是她那优美的舞姿和歌喉,更为他们的爱情增添了一份新奇、浪漫的情趣。如果说与远在户县的妻子相处,岑参感到像是面对一座宁静冷寂的青山、一朵含羞带雨的梨花的话,那么与小琬在一起,他就觉得那是一池活泼的春水、一炉熊熊的烈火了,能够唤起他强烈的激情,而这种强烈的激情,又往往转化成诗歌的灵感。

相处一年多以后,岑参调到武威,不久又回到长安,但心的一半已留在安西了。虽远隔万水千山,他还多次往铁门关寄信致问,平时做梦也常常梦到小琬。这次岑参之所以慨然不避艰辛,二度西来,除了感激封大夫的看重,自己终于可以实现建功边塞的政治理想之外,一个秘而不宣的原因,就是幻想有机会能与小琬相遇,重温旧情。有道是"有缘千里来相会",想不到天遂人愿,这次出使交河便意外地与小琬相会了。

昨晚酒席上,喜出望外的小琬为岑参和客人们又是弹琵琶,又是跳舞,还在母亲敲手鼓和岑参吹笛的伴奏下,唱了两首当年岑参初到铁门关认识石成璧一家时写的诗。只见石小琬穿着窄袖白色拖地长裙,外罩红丝披肩,发髻高耸,轻轻地摆动着纤细的素手,轻启朱唇,用婉转圆润而略带苍凉的嗓音吟唱道:

> 铁关天西涯,极目少行客。关门一小吏,终日对石壁。
> 桥跨千仞危,路盘两崖窄。试登西楼望,一望头欲白。
>
> ——《题铁门关楼》

> 马汗踏成泥,朝驰几万蹄。雪中行地角,火处宿天倪。
> 塞迥心常怯,乡遥梦亦迷。那知故园月,也到铁关西。
>
> ——《宿铁关西馆》

听完小琬唱的这两首诗,岑参就忆起当年初与小琬相会的情景来,感慨万端。崔侍御、武判官和独孤县尉听了,不禁拍手称好。

虽然徐参军也听得如痴如醉，但始终只是闭目点头微笑，想着自己的心事，至多言不由衷随声附和几句罢了。

岑参因为行前的卦象应验，果然双喜临门，所以特别高兴，酒喝了不少，还胡乱念了几句自己的旧诗，比如"人生大笑能几回，斗酒相逢须醉倒"，诵完，他醉态可掬地抽出随身佩带的一把短剑，当场为大家舞了一套剑术助兴。最后终于在酒席上不能自持，喝得酩酊大醉，吐得一塌糊涂。岑参只记得仿佛有人将他扶到床上，又替他脱了衣服鞋袜，余下的就什么也不知道了。

喝了几口凉茶，岑参睡意全消，就坐在床上出神地欣赏小琬那被月光映照的姣美而又慵懒的俏脸。过去他就常爱悄悄地欣赏小琬枕席间的这副酣睡的娇态，以为最美不过了。只见朦朦胧胧之中，那张脸白得如美玉一般，温润无瑕，长眉入鬓，鼻梁挺直，红润的小嘴微微翘起。那是一张保留着胡汉民族各自种种佳处的、望之令人销魂的女性的脸。岑参有一次在半醉中写了首诗，把小琬比喻成巫山神女：

朱唇一点桃花殷，宿妆娇羞偏髻鬟。

细看只似阳台女，醉著莫许归巫山。

现在，岑参又见到这张熟悉的姣脸了，不禁感到很是内疚。是的，自己昨晚酒醉失态，没能来得及与石小琬畅叙旧情，辜负了她的一番美意。于是他忍不住伸手轻抚着小琬的脸蛋和长颈，忘情地轻声唤道："请原谅啊，小琬。小琬，你真好，你就是我的金陵子哟！"不知为什么，此时岑参忽然联想起因十分崇拜诗仙李白，而私奔追随他云游天下的那位美艳的歌舞名伎来了。

不料他的"金陵子"竟推开他的手，伏在枕上嘤嘤地啜泣起来。小琬喃喃数落道："官人，你怎么会醉成这样呢？几年来，人家天天都在想你、盼你、等你，都等到一十九岁了，快等老了。多少回在梦里都梦见了你，现在好容易盼到你来了，见了面，你又醉得像一摊烂泥，难道你就没有喝过酒？你好没良心啊，你……你早就把小琬给忘了，呜呜……"

岑参不知说什么好，只是连连发誓道："小琬，小琬，你别瞎猜，我一样天天都在想你呀，做梦也梦到你，要不，为什么还要不远万里再来西域找你？

77

咱们有缘分啊！"

小琬这才破涕为笑，披衣坐起身来："昨晚，父亲让我明天就跟你去轮台。我去给你做饭端茶补衣纺纱织布架火炉，去给你唱歌跳舞磨墨拂纸洗砚台，你说好不好？"

岑参笑着说："好，好，我正求之不得，当然好了！不过，我不是要你给我当婢女，"岑参忘情地拥住小琬，说："我要正式娶你，当个名正言顺的如夫人，给我生个胖儿子……"

第二辑

今见功名胜古人
古来青史谁不见
誓将报主净边尘
亚相勤王甘苦辛
沙口石冻马蹄脱
剑河风急云片阔
战场白骨缠草根
虏塞兵气连云屯
三军大呼阴山动
四边伐鼓雪海涌
平明吹笛大军行
上将拥旄西出征
汉兵屯在轮台北
戍楼西望烟尘黑
单于已在金山西
羽书昨夜过渠黎
轮台城北旄头落
轮台城头夜吹角

第十一章

轮台阅军

　　交河刘铁匠亲自把磨好的宝剑装进一个精美的剑盒一并送来了,岑参也托石成璧老人找人刻制好的手书"蓝田刘记"招牌赠给刘师傅。刘铁匠感激的双手接过桑木招牌,连声称谢。

　　岑参将这把精心制作、来历不凡的宝剑再三把玩,爱不释手,又构思许久,命名为"天山雪"。这个剑名寄寓了岑参自己的人格追求:要像天山上的冰雪一样晶莹高洁,纤尘不染。

　　岑参送别了崔侍御,便与武文一道带着石小琬赶回轮台。在交河城北与老友依依惜别时,天阴着,空中竟飘起西州一带并不多见的雪花来。岑参当即又口占一绝,为崔侍御送行:

　　　　匹马西从天外归,扬鞭只共鸟争飞。

　　　　送君九月交河北,雪里题诗泪满衣。

　　　　　　　　　　　　——《送崔子还京》

　　不出岑参所料,等天山军主力一到,封大夫便准备亲率大军西征了。

　　大唐伊西、北庭都护府下辖五个主力军,分别是瀚海军(驻今吉木萨尔县南)、天山军(驻今托克逊县境)、静塞军(驻今乌鲁木齐境)、伊吾军(驻今巴里坤县大河乡)、清海军(驻今玛纳斯县境),连同分驻在各城、镇、守捉的

80

兵丁,共有兵力三万余人。这些军士除了部分回纥骑兵外,大都是从中原地区招募来的汉兵,基本上一年一换,故称作"换防兵"。平时无战事的时候,这些来自各地农村的兵士就在驻地附近开渠引水,垦荒种地,或在草原上放牛、羊、驼、马等。收获的粮食、油料、牲畜奶肉毛皮等农牧产品,便供部队自己消费,称之为"屯田",此举即称"屯垦戍边"。这一从汉代就开始并沿袭至今的国家军备措施,有效地解决了西北边塞人烟稀少,军需补给线过长也很分散的困难,大大减轻了中央政权的军费开支,对巩固国防、开发边疆发挥了极大的作用。

根据岑参的经验,每年一到秋天,胡人的马匹养得膘肥体壮,冬储草也收割完毕,就是他们用兵的季节了。自古以来,杀伐征战本是草原民族的习惯,这种小邦国之间、部族之间、部落之间,倚恃武力进行永无休止的相互兼并与劫掠,本来就是西北边地胡人们的一种传统生存方式。在胡人看来,争强斗狠,凭勇力抢劫敌方的草场、人口、牲畜、钱粮等,是天经地义的事,如同他们平日在山林草原捕获猎物一样。他们认为,一个男子汉在征战中战死,要比老死病死于帐房中荣耀得多,因此养成了他们勇武、剽悍的民族性格。近据边报,由漠西窜入金山(今阿尔泰山)之西、夷播海(今巴尔喀什湖)之东的阿布思叛军残部,为报北庭都护府前任节度使程千里擒杀他们大酋长之仇,已沿金山之西南下作乱,号称铁蹄五万之众,气势汹汹。封大夫半月前已急令驻轮台的静塞军派精兵两千,与接近战场的清海军三千人马会齐,由清海军主将马步武统领,火速前往驰援。连日来,封大夫又调集瀚海军三千兵马移驻轮台城之北,与静塞军两千人马一起,由都护府左果毅将军赵光烈和折冲将军关继祖两位将军统兵训练。但仍恐兵力不足,故又派岑参和徐参军到天山军调来两千马军前来会合。就在岑参陪同武判官,带着石小琬赶回轮台的第三天,都护府右果毅都尉、天山军主将张先集将军和徐参军率领的天山军主力也开到了。可是天山军兵马到后,封大夫并没有立即出征,只是让行军司马协同几位将军,在轮台城北走马川一带指挥部队继续操练。瀚海军主将赵光烈将军和天山军主将张先集将军为抢头功,屡次请战,要求自己担任先锋,双方争执不下,可是封常清一时尚未确定人选。

这天,封常清召集众将官和群僚在轮台行辕堂中议事。他介绍了当前

81

军情后,便有意向旁边的岑参问道:"关于此番用兵,不知岑先生有何妙策?"

岑参望望封大夫身边的姚长史和米司马,拱手让道:"姚大人和米大人熟读兵书,久戍边塞,经验丰富,熟谙敌情,此时哪有下官说话的份儿!还是请两位大人先讲吧!"

姚长史鼻子里哼了一声,没好气地说:"我和米大人都老了,神志昏聩,脑筋迟钝,怎比岑大人你年富力强,思想新锐!不必谦让,还是请岑大人谈谈高见,献上妙计,我等也愿洗耳恭听!"

原来,姚长史因岑参在临洮向政敌赵仙舟热情赠诗送别,就对岑参颇为不满,这次徐参军从交河回来私下里又告诉他一件事,说岑参和崔御史在交河私下议论,竟攻击姚大人年纪太大,糊涂了,本应该像赵判官一样致仕养老,想不到又回到北庭来滥竽充数,占住茅坑不拉屎。这本是徐章添油加醋的挑拨性谰言,别有用心,想不到几句话果然就把姚天喜气得胡子吹上了天。

米司马也说:"是封大夫请你讲的,岑大人不必客气。"原伊西、北庭都护府节度使程千里和姚长史回京后,米司马一直留守庭州,为人倒也正直本分,只是看样子年纪已不小,身体也欠佳。

封常清笑道:"米大人说的对,我今天正是想先听听岑先生之高见。"

岑参自知无法推脱,只好说:"既如此,恕岑某大胆了!"

他素知封大夫临阵之前一向思考周密,用兵谨慎,但一旦看准,便能当机立断,毫不犹豫。目前更因前几年与大食国作战失利,部队中不少将领心有余悸,甚至产生了畏敌的情绪,因此这时候十分需要打一次大胜仗来振奋军心,鼓舞士气。于是岑参便回答说:

"以下官愚见,来犯之敌阿布思叛军残部,虽号称五万,实为虚张声势,估计不会超过万人。大夫日前已发数千精锐兵马前往支援,如敌兵疲弱,我军不日必将大获全胜,又何必劳师以袭远。再说都护府中各军大都是新近换防的士兵,多为内地农民,不曾经过实战,不识战阵。兵法云,知己知彼,百战不殆,贸然出兵,无异于驱牛羊予虎豹也。卑职以为,目前暂时还是要加紧操练新兵为宜,根据前方战况再做定夺。"

封常清听后点头道:"岑判官之论,颇合兵法,亦甚得吾心。此番本帅出兵讨伐,不战则已,战则务必求胜。"

米司马立即称赞岑大人言之有理。姚长史听了,也不好再说什么。

张将军和赵将军原先以为岑参不过一介胆小怕事的文弱书生,却不意对如何用兵竟也讲得头头是道,见解竟与封大夫所想暗合,受到大人的首肯,不由得很是佩服。

数日后,前军马步武将军派飞骑羽书报急,称阿布思余部之前锋五千余众已逼近西林守捉城,另分兵数千威胁东林守捉城,前线吃紧,故求乞火速来援。于是封大夫决定,下午由天山军主将张将军任指挥,对调集来准备出征的兵马再做最后一次对阵演练,翌日即挥师西进。命令一下,部队立即紧张地行动起来了。

黄昏时分,狂风陡起,天色转暗,横空里又飘起雪花来。这时,岑参、关继祖将军、赵光烈将军和刚到轮台述职的武判官,还有姚长史、米司马、徐参军及侯主簿等一行人,在节度使"卤簿"双节双旌和鼓号的引导下,尾随由六面彩色大纛簇拥着的封大夫,鱼贯登上轮台北城门楼观阵。

封常清身材瘦小,走路还微微有点儿跛,乍一见面很难让人相信这竟是一位声名显赫、指挥过千军万马在西城打过许多大胜仗的封疆大吏。但是他那冷峻的神色、锐利的目光和稳重的举止,却能给人一种威严之感,让人屏气凝息,唯命是从。此刻,一身元帅戎装的打扮更使封常清变得神气了许多。只见他银色头盔上小戟高耸,红缨纷披,镀银的锁子连环铠甲叮当作响,胸前左右两面铜质圆形兽吞和护心镜在雪光的映照下金光闪闪,铠甲外面斜罩着紫红色棉战袍,肩披一件猩红色的斗篷,手按宝剑,一副威风八面的儒将风度。封常清是蒲州人,幼年父母双亡,随有罪的外公充军流放来到西域安西。因家境贫寒,生活艰难,他常在外公守护的安西城门楼上刻苦读书,遂对城门楼有了一种特殊的感情。所以他成为将军后每次带兵出征前,总喜欢在城门楼上检阅军队。好像这对他的独特经历是一种特殊纪念,或者是一个不可缺少的祈祷仪式,以为经过这道程序,就一定会给自己带来军事上的好兆头、好运气,一旦率师出征,定能旗开得胜,马到成功。

封大夫缓步走到城楼垛口前,习惯地挺挺胸脯,踮踮脚,然后放眼远望。只见分布在城下走马川开阔地带数以百计的毡幕军帐,均笼罩在雪幕之中,五颜六色飘动的旌旗映在无垠的皑皑雪原上,鲜艳夺目,煞是壮观。已经变得干涸的走马川两岸,参加演习的两支部队相向而列,步兵手持军械、盾牌,队列齐整,精神抖擞;骑兵则手提弯形马刀,寒光四射,战马萧萧,严阵以待。接着,马军和步兵随着中军的令字旗,不断变换成各种阵形,穿插避让,进退有据,动作十分威猛、整齐。

这时,狂风刮得更猛烈了,呜呜尖叫着刮得走马川里的鹅卵石满川滚动飞走,积雪和沙土石子飞到半空,直扑人面,城头旌旗上的几根赤色的旄头都被吹落了。轮台城西面天空低垂的阴云中,突然蹿出一道黑气,更增添了场面气氛的紧张。岑参猜想,在这狂风大作的恶劣天气下,一场大规模的军事演习可能就要暂时中止了。谁知偏在这时,封大夫果断地拔剑向上一指,城楼上数十面战鼓便立即一齐擂响,声若半空里滚过一阵惊雷,盖过了满川呼呼的风声。紧接着,一阵或尖厉或雄壮的号角,此起彼伏,声震旷野。指挥演习的张先集将军纵马奔驰而来,站在土台上,将手中的红色令字旗一挥,下达了演习开始的命令。只听扮演敌我双方的兵士齐发一声呐喊,挥舞着各种兵器,排山倒海般地冲向对方。于是在数里远近、平坦开阔的乱石河滩上,即刻腾起阵阵尘雾。只听战鼓隆隆,号角震天,脚步踏踏,刀枪相击,乒乒乓乓,锵然有声。一时人喊马嘶,红旗翻卷,夹杂着呼呼的风声,搅成一团,只觉得地动山摇,山呼海啸,响遏行云。那场景、那声响真令人意气风发,热血沸腾。

这次军演,封大夫特意安排了"磨刀方阵"的对敌演练。所谓"磨刀方阵",系驻守并州一带的唐军近年为对付胡人骑兵的集团式冲击而新发明的一种步兵队列,五十人左右为一个方队。士兵皆为精心挑选出来的身强力壮的健卒,每人双手持一杆特制的长柄大刀。战斗时方队如一堵石墙般整体推进,直奔敌骑的下三路而去,专门挥刀砍杀马腿。再配以远距离射马的强弩队,长短兵器远近配合,对付胡人骑兵的集团式冲锋极具慑力和杀伤力。"磨刀方阵"在伊西、北庭都护府部队中最先由张将军在天山军中试行,已经组队训练数月了。此次一试之下,扮演胡骑的人马一遇到脚步沉稳、刀光耀眼的"磨刀方阵",便乱了阵脚,纷纷人仰马翻,四散败逃,演习大获成功。

岑参从没见过如此壮观、近似实战的演习场面,激动得不能自已。他意识到此时应该向封大夫赠一首送行诗,以壮声色。于是他迅速用语言符号捕捉住这眼前的景象和耳边的声响,在脑际逐渐化成一串激动人心的诗的意象，一时间创作冲动难抑，不觉间他走到封大夫面前，草草施了一个叉手礼，忘情地说：

"封大夫，请让我在这里向大人献上一首壮行诗吧！"

封大夫笑着点点头说："好啊，岑先生。"唐代各边塞都护府聘任的判官，一般都是多才饱学之士，社会声望比较高，节度使或都护往往要以师事之，习惯上尊称为"先生"，以表敬重。说完，封大夫望着足足比自己高出一头的岑参，下意识地又踮了踮脚，挺直了胸脯。

他们的对答城门楼上的人都听到了，不约而同地用赞许和期待的目光注视着岑参。只有姚长史和徐章撇撇嘴，相互交换了轻蔑的眼色。

岑参退回几步，倚着垛口不再说话。他左手抚着"天山雪"剑柄，右手将着胸前的五绺长须，凝眉遥望城楼下激战的演习场面，想象着几天后远方那刀光剑影、血肉横飞的战场。一瞬间，古今边塞诗中的许多名句，都被他在脑海中搜检了一遍。不过此时一种鲜明的意念攫住了他，那就是：半句也不要袭蹈前人的，诗的形式也要来一个独出心裁，出奇制胜！

"此诗就称作《走马川行奉送封大夫出师西征》吧！天宝中，匈奴回纥寇边，逾花门，略金山，烟尘相连，侵轶海滨，天子于是授钺常清出师征之。"岑参缓缓吟完作为起兴的诗序后，稍停片刻，诗的灵感来了，突然脱口而出：

君不见走马川行雪海边，平沙莽莽黄入天。

"好，如风发泉涌，先声夺人，好句子！"城楼上好几个声音几乎同时轻叫了一声。

岑参接着又声若洪钟地诵道：

轮台九月风夜吼，一川碎石大如斗，随风满地石乱走。

"气势不凡，皆为眼前奇景，好极！"武判官忍不住压低声音对侯京称赞道，"如听汉高祖的《大风歌》，句句用韵，三句一转，古今少见，势险节短，听之紧张得令人喘不过气来！"

侯京点头道："诗句的节奏果然急促极了！"

85

岑参听到议论,很受鼓舞,看了幕中朋友们一眼,会意地点点头。他想,此诗形式上的特点,武贤弟他们已看出来了,不愧是诗坛新进。绘景铺垫已毕,下面该写人事了,不过在众人面前,把奉承封大夫的句子不加掩饰地直接入诗,不无肉麻,未免羞于出口,不如委婉一些,借用汉武帝时征讨匈奴的故事吧。至于诗中的汉家大将到底指的是谁,只是个模糊概念,不是确指,你理解为霍去病、狄青,还是贰师将军李广利、飞将军李广,甚至后汉的班超、郑吉都是可以的:

> 匈奴草黄马正肥,金山西见烟尘飞,汉家大将西出师。

这时岑参眼睛的余光感到封大夫转身惊奇地注视着自己,身上铠甲的金属片也随之发出轻轻的撞击摩擦之声。岑参灵机一动,由此联想到出征后封大夫和将士们,因战况复杂,军情紧急,随时都有可能投入战斗。寒冷的夜晚往往就要在军帐中和甲而卧、枕戈待旦,忽闻鼓声四震,便纷纷跃起,跨上战马,于旷野中夜半行军,刀戈相碰,锵然有声……他这时脑海中又飞速闪过北朝民歌《木兰辞》中的句子"朔气传金柝,寒光照铁衣"来,于是他口中又冒出一组奇句:

> 将军金甲夜不脱,半夜行军戈相拨……

诵到这里,忽一阵狂风刮来,把城头的马面和女墙上的积雪吹了人们一脸一身,冰凉冰凉。岑参猛地一激灵,下意识地用手拂去面颊上的雪水。他不禁回忆起前不久驱马顶风冒雪奔赴交河的情景,甚至联想到那天大风刮在脸上如刀割火燎般的痛楚感觉,似乎还闻到马身上散出的那种呛人的汗腥味来。这时,他又瞥见侯主簿正在满是冰碴的砚台中哈气研墨,准备草写军令,于是很快补上上一节所缺的尾句,并立即接着诵出下一节的三句来:

> 风头如刀面如割。马毛带雪汗气蒸,
> 五花连钱旋作冰,幕中草檄砚水凝。

有人在小声称赞道:"末句正是今日军中情形的实写！没有亲临其境见过幕中笔砚结冰的人,无论如何也是写不出来的！"

岑参听后笑笑,轻轻地缓了口气,因为他感觉这首诗写到这里达到最高潮,已基本完成了。看看正在惊异地倾听他诵诗的封大夫等人,望望城下进行演习的威武之师,岑参坚信这次出征定可横扫敌军,捷报飞传,心里充满了必胜的信念。于是,他接下来诵出最后三句,十分自然流畅地作了一个完美有力而又耐人寻味的结尾,戛然而止:

虏骑闻之应胆慑,料知短兵不敢接,庭州西门伫献捷。

在吐出这最后几句诗的时候,岑参的脑子似乎有点儿昏眩。此时他所想象的,是战争的厮杀场面,接着是封大夫凯旋时的情景,而且竟不期然地冒出屈原《九歌·国殇》中的句子"车错毂兮短兵接"来。实际上,他的这句"料知短兵不敢接"正是从那句楚辞中自然而然出来的。

诗诵完了,周围鸦雀无声,人们仿佛还在静静地期待着什么。听不到任何声响,甚至连四野的风声和城外兵士演练的喊杀声也似乎听不见了。大家不约而同地感到一种说不出的惊异、快意和满足,不知是被岑参惊人的才华所震慑,还是已被诗中所营造的那种特殊的战斗气氛和意境所深深地感染陶醉了。

半晌,城楼上仍是寂无人声。

终于,封大夫凝重的嗓音响起来:

"七步成诗,今日乃见,岑先生真不愧是捷才。此诗堪称古今边塞诗中别开生面之作！"

武判官也称赞道:"封大夫之评甚当。岑大人此诗极为真切,景奇语亦奇,层次井然,一气呵成,感情自信、激越、超拔,音节雄壮、急切、响亮,充满我大唐将士一股雄强豪放、一往无前之气势,自有某种万钧遒劲之力,夺人心魄。"

"不敢不敢,大夫和武贤弟过奖了！"岑参此时心中实际很是得意。

"不过,此诗尚有美中不足之处。"只听封常清笑道,"如果先生不介意的话,我建议把诗中最后一句的'庭州'两字改过来！"

封大夫知道岑参平日恃才傲物,锋芒毕露,幕僚中对他已开始有些微词,觉得这时需要给他发热的头脑泼点儿冷水,杀杀他的傲气。同时也想向幕僚们间接表明,我封常清虽系行伍出身,不是什么"进士""明经",甚至举人、秀才出身,没有功名在身,仅以军功才升任现职。然而究其实,我书读了不少,对撰文赋诗也不是外行。当年在安西四镇幕中,连高仙芝大人也十分欣赏我的文笔呢,不要小瞧我!于是他解释道:

"为何要改动这两个字呢?前面先生你既已提到'匈奴''汉家大将'云云,托言古事,诗正应如此来写。那么,为前后呼应起见,庭州既系古汉代疆域,为汉戊己校尉耿恭屯垦戍边之地金满城,这里就应改用相应的汉朝地名了。现在诗中的'庭州',乃我大唐所采用的新地名,前后不太一致。不知岑先生以为然否?"

"大夫所见极是!"正在兴头上的岑参虽然脸上有点儿挂不住,但对封大夫的这个批评还是心悦诚服的,于是他又似不假思索随口敏捷地应道:

"庭州既为古车师后国夏都王庭所在地,那就不妨依旧用典,把'庭州'改称'车师'吧,尾句改为'车师西门伫献捷',如此前后照应统一,用语也似更具古意。"

封常清安慰道:"'车师西门伫献捷''车师西门伫献捷',唔,改得好!对景临时口占,无暇仔细斟酌,个别字句未能妥帖,在所难免。此诗,先生于仓促间写得如此自然现成而又力透纸背,已属极大不易了!"

封常清停了停,又转身对众幕僚说:"诸位,岑判官在诗中说得好,'虏骑闻之应胆慑,料知短兵不敢接',恰如《孙子兵法》云,'不战而屈人之兵,善之善者也'。兵不血刃即能克敌制胜,为将者何乐而不为呢?故而本帅此次调集重兵,在轮台操练多日,就是想以绝对优势兵力、泰山压顶之势威慑敌军,迫使敌人不战而退。天兵一到,望风而降,以取一劳永逸之功。"

岑参道:"封大夫的高见,使下官记起老友杜甫《前出塞》中的句子来。他在诗中写道,'挽弓当挽强,用箭当用长。射人先射马,擒贼先擒王。杀人亦有限,列国自有疆。苟能制侵陵,岂在多杀伤',讲的也正是这个意思。"

封常清笑道:"写得真好,好一个'苟能制侵陵,岂在多杀伤!'就借杜先生的吉言,明日出征,马到成功,定可不战而胜!"

岑参兴奋地说:"封大夫,请允许下官也能执鞭随镫,去亲身经历一下紧

88

张惨烈的战斗场面吧！武判官也有此意，我们很想亲临前线，去看看封大夫和诸位将军是如何指挥打仗、奋勇杀敌的。"

"打仗有什么好看的？嘿嘿！"岑参的话刚说完，身材魁梧、满脸络腮大胡子的赵光烈就冷笑道，"打起仗来，不是你死就是我活。给老子上呀，心一横，老子豁出去了，冲呀、杀呀、血呀、头颅呀、折胳膊断腿呀、死尸呀，看得你们都吃不下饭睡不着觉了！算啦，岑判官，你们都是文弱书生，手无缚鸡之力，上了战场，碰上敌人还不是让人家像砍瓜切菜一样，把你们一个个宰小鸡一样都给宰了？哈哈，还是留在后方城里头，写你们的啥子奏章呀诗呀文章的是正经！"

在一旁的姚长史说道："赵将军说得有理。披坚执锐，冲锋陷阵，领兵打仗，是赵将军、张将军人家武将们的事情，咱们这些文官是派不上用场的。我和米大人年老体弱，更无力随大军出征。岑大人，以下官看，你我还是跟着关将军留在营中，静候封大夫、赵将军他们的捷报好啦！"

徐参军应和道："是啊，还是姚大人说的对。"

封常清说道："武判官可随我出征。岑先生，你就与姚大人、米大人和关老将军一起留守都护府吧！你到北庭时间不长，可抽空多走些地方，实地考察那里的山川形势、军事布防和风俗民情，多写几首好诗来。"

岑参听了，不免有些失望。春天，他们一起从长安西来的漫漫征途中，岑参有一种明显的感觉，就是不知何故，封大夫对武文总是另眼相待，照顾有加。但此时也不便多说什么，只好说声"遵命"，叉手退到一旁。

封大夫忽然威严地高声命令中军道：

"传我的将令，军中每队赏牛一头，羊两只，美酒十坛，让将士们尽醉一饱，明日五鼓，出发西征！"

第十二章

马背觅句

天已放晴,晨空中仍飘着零星小雪,在此起彼伏的鼓角和军士们齐发的呐喊声中,封大夫亲率大军从轮台城北出发了。北庭都护府折冲都尉关继祖将军和判官岑参等率领留守轮台的文武官员,一直送出二里多地方才挥手告别。曚昽的晨曦中,铺天盖地的旌旗导引下的数千大军,在皑皑雪原上像一道铁流,黑压压地涌向西北方。大军穿过走马川茫茫的雪地,然后绕过一座雄伟的山峰,终于被一片茂密的榆树林挡住看不见了。渐渐地,大军行进时震得天摇地动的嚓嚓脚步声也愈来愈远,听不见了,驮着粮草辎重因而行动迟缓走在最后的驼队也望不到了,除了呜呜的风声,喧闹一时的走马川终于平静了下来。

"岑大人,封大夫走远了,我们回去吧!"关将军催马赶到岑参身边。

但是此时岑参什么也没有听到,他正信马由缰地走在送行人群的最前面,仰着头,直直地凝望着前方。他的心已随着封大夫,随着晨风中飘扬的旗影,随着雄壮的鼓声、笛声、马蹄声、脚步声,飞远了,飞远了,一直飞向遥远的西北方金山下那风雪迷蒙、杀机四伏的战场。此时岑参的心情很复杂,既激动兴奋,又有点儿失落不平,因为他总觉得失去了这次随封大夫亲赴前线作战的机会,以后是很难再补回来了;而他的年龄,已不宜再错过能够建功立业的大好时机。此刻,"功业须及时"的意念又开始在折磨他的心灵了。

在岑参以往的经历中,心中每有所动就要作诗,每有不平也要作诗,所以此刻他又在心里作诗了。"君不见走马川雪海边,平沙莽莽黄入天……"昨天在轮台城楼上,那首即兴而作的送行诗所形成的特有的音节旋律,又回响在他的耳畔。但是这首诗并没有把他心中涌动的所感所思全部表达出来,今天黎明时雪中大军远征的壮观景象,更使他激动难抑。"上将拥旄西出征,平明吹笛大军行……"鼓声,人吼马叫声,雪海涌,阴山动——"四边伐鼓雪海涌,三军大呼阴山动……"他脑海里涌出了这么几句诗的片段,而且颇为这些如神来之笔的有声有色、豪迈雄浑的好句子而暗自得意。他望着被马蹄践踏过的覆盖着冰雪的白色碎石和紫红色荒草,不禁想到,这里本是兵气凝重、经历过无数次杀伐征战的战场,说不定此时此刻,就在自己的马蹄下,在某一石块草根旁,能发现当年战死者狰厉的骷髅或胫骨哩!他不禁忆起常常出现的金戈铁马、雪地冰河的梦境,耳边似乎传来隐隐约约的刀枪撞击声、厮杀声、鲜血喷溅声、惨叫声,脑际忽又闪出这么几句有点儿瘆人的句子:"虏塞兵气连云屯,战场白骨缠草根……"

"看样子岑大人又在心里头作诗,做着他那铁马冰河的美梦啦!关大人,不到跟前大声喊叫他是听不见的,哈哈!"徐参军在一边打趣道。

"岑大人,岑大人,请留步,我们该回去了!"关将军用战靴跟轻轻点了点马肚子,赶到岑参马前大声喊道。

"啊,啊,什么?"岑参这才回过神来,怔怔地望着关老将军,一脸茫然。

"封大夫率军已走远,我们该回去了!"

"啊?原来是关大人。对对,封大夫走远了,我们是该回城了。"

岑参不好意思地笑笑,勒转马头迎着人群走去。于是一行人便迎着冬晨料峭的寒风,踏上归途。一路上积雪都被大队人马踩烂了,翻起的泥浆没了马蹄,路面泥泞湿滑,马匹走得十分吃力。

当远远望见轮台那高大城楼黑黑的模糊轮廓时,天色已有些大亮了。岑参惊异地发现,一轮旭日在远山背后喷薄欲出,逆光中,正东方白山那座被称作神山的主峰高大雄峻的身影,由于朝阳强光的衍射而远近高低不同,或紫红、或赭黄、或土绿、或灰蓝、或浅绛,色彩浓淡也微微有别,形成十几个层次。每个层次的轮廓都因受光的原因,被瘦硬清晰的金色线条勾勒了出来,显得色彩斑斓而又层次分明。这眼前的奇景使岑参联想起在长安的几座佛寺中,见到大画家吴道子、李思训等绘制的金碧山水大型壁画来。他们

91

常在画中给不同色块渲染的山体轮廓上勾上一道金线，然后在金线上随意点苔，这种艺术手法叫作"勾金"，不光是为了增强某种层次效果和装饰意味，原来也是有其生活根据的。艺术技巧和表现方法，并不是画家凭空臆想出来的，都是从观察现实生活中悟出来的呀！平时颇能画几笔的岑参，对自己的这个意外发现很是得意。

此时朝阳虽已跃出东方地平线，但仍被高插云端的白山主峰挡得严严实实。那三座状如笔架的雪峰高傲而倔强的头颅，在黎明的天空中留出大片长长的暗灰色投影。阴影与天空中的乌云浑然一体，只有从白山那略略低矮些的肩膀上状如锯齿般的缝隙中，才怒射出为数不多的几道耀眼夺目的万丈霞光。这奇异壮观的景象令岑参十分激动，以致浮想联翩。"总为浮云能蔽日，长安不见使人愁！"此时的他，不知怎么记起李太白的这几句诗来，那是诗仙模仿崔颢《黄鹤楼》写的那首《登金陵凤凰台》中的尾句。其实，岂止是天边的浮云能蔽日，就是这平素看来圣洁的、令人肃然起敬的高山雪峰，不也是常常有意无意遮挡或者独占了阳光吗？"白日"和"阳光"等意象，自古以来就是诗人们在诗中对君王的借代或隐喻。由眼前实景联想到这层社会现实和人生道理，又联想到自己十来年的仕途坎坷，岑参忽有所悟，不由得感慨万千。

关将军可不像岑参这样多愁善感，也没有诗人的浪漫情怀，在他大半生的杀伐征战中，此情此景可谓司空见惯，变得熟视无睹了。只见他加快了几步，并辔走在岑参身边说道：

"岑大人，听说日前你在交河城得了一把宝剑，取名叫啥'天山雪'的，不知可愿让老夫见识见识？"

"你说那把宝剑吗？对了，关老将军，下官正想向大人请教呢！在交河，我只是听那个刘铁匠把自己的铸剑手艺好一通夸赞，到底如何，我自己也没有充分把握，还想请你这位兵器行家来检验一下哩！"岑参整理整理被风吹乱了的五绺长须说道。

关将军道："说起来，这个交河刘铁匠，末将倒也认识。不瞒你说，老夫这把青龙偃月关爷刀就是他赠给我的。你看，果然是好刀，锋利无比，咱家提刀上阵，舞动起来，所向无敌，如有神助。所以如果岑大人这把剑真的是刘铁匠祖上亲自打制的，那保准没错。"他举起手中大刀，大刀映着旭日闪闪发亮。

"宝剑现在驿馆下榻处,我随时恭候老将军。"

岑参这时终于从充满诗情画意的想象中回到现实。他看到关将军手提那把大刀,口中哈出的白气在茂密的胡须上、粗重的眉毛上都结成了一层白霜,而脸色则是愈加地红润,真个是鹤发童颜,神采奕奕。年届七旬的老人气色仍然如此之好,精神这么健旺,岑参佩服之余不由得有些吃惊。

关将军笑道:"想来上午正是岑大人读书作诗的时间,我午后去咋样?"

"悉听尊便,不才随时恭候老将军光临客舍。"

果不出关将军之所料,因为这几天的感受十分强烈,岑参的创作激情特别高涨,一个上午他都在驿馆里苦苦构思。土墙泥顶的客舍陈设十分简陋,除了岑参自带的几件衣物和文房四宝外,仅一几两床一毯而已。房间温度很低,窗台和屋顶上都结满了冰霜。幸亏陈金抱来不少红柳梭梭柴,把里间的壁炉烧得很旺,红红的炉火为冰冷潮湿的小屋增添了几丝暖意。石小琬为他研好了一池浓墨,又在壁炉旁用一只不大的胡式铜茶炊煮着奶茶,一边为他翻烤早晨被打湿了的毡靴和袜子。于是因怕冷封得很严实的小房间里,便弥漫出一股不大好闻的湿臭气味来。

岑参轻轻皱着眉头盘腿坐在几旁,一边回忆早晨为封大夫送行时那激动人心的情景,一边提笔在纸上写下刚才在马背上油然而得的佳句,以便以此为基础加以调整、展开和润色,写成一首完整的诗来。很快,当石小琬刚刚收起烤干的衣物时,一首题为《轮台歌奉送封大夫出师西征》的诗稿也就完成了。这首诗音韵铿锵,基本上句句押韵,两句一换韵,情绪激越,词句雄健,格调豪放,描绘出封大夫的雄姿和大军出征时的壮观景象,可以看作昨天下午在城楼上口占的那首《走马川行奉送封大夫出师西征》的姊妹篇。诗中也借用了汉代故事,使用了"单于""汉兵"等字词,不过当提到统军主帅时,却用了明指封大夫的"上将""亚相"等词。因为这不是当面献诗,岑参不至于感到羞口,可以直抒胸臆了:

轮台城头夜吹角,轮台城北旄头落。

羽书昨夜过渠黎,单于已在金山西。

戍楼西望烟尘黑,汉兵屯在轮台北。

上将拥旄西出征，平明吹笛大军行。

四边伐鼓雪海涌，三军大呼阴山动。

虏塞兵气连云屯，战场白骨缠草根，

剑河风急云片阔，沙口石冻马蹄脱。

亚相勤王甘苦辛，誓将报主净边尘。

古来青史谁不见，今见功名胜古人。

诗几乎是一气呵成，写完后岑参感到十分畅心达意，周身有说不出的爽快轻松。

"小琬哪，奶茶烧好了没有？端过来吧！"他放下笔，搓搓手，伸开双臂，长长地打了一个哈欠。

丝路之魂

岑参

94

第十三章

塞外知己

午饭后,岑参心满意足地在里间拥被休息了一会儿,醒来后擦了擦脸,正想对那两首送行诗的词句再仔细推敲润色的时候,住在隔壁的亲随陈金把来访的关老将军引进房间。

这关继祖老将军原籍华州,据说是蜀汉五虎上将之首、汉寿亭侯关羽的后裔,祖上移居关中华州,才绵延了他们这一支关氏家族。他少年时喜好武事,终日舞枪弄棒,学得一身过人的武功,又生就一副侠肝义胆,爱酒后使气,打抱不平,与一伙少年斗鸡走马,并用拳头在方圆百里打出一股威风。后因出手过重打死了一个骗奸良家妻女的恶少,逃至函谷关外躲避,后来又跑到临洮从了军,最后来到西域军中任下级军官,戍守征战,至今已经四十多个春秋了。因战功累累,他从队、镇、守捉、游击将军一步步干起,如今升任伊西北庭都护府折冲都尉、轮台静塞军主将,官秩从五品下。他生着与先祖相近的仪表和风神,身长八尺有余,紫红脸膛,丹凤眼,卧蚕眉,长髯过腹,善使一柄二十四斤重的关爷大刀,有万夫不当之勇。现在虽已年届七旬,仍然精神矍铄,身板挺直,目光似电,声若洪钟。关将军近年开始喜爱读书,也如其先祖一样,尤对《春秋》手不释卷。为人慷慨仗义,正直忠勇,又为官廉洁,体恤下属,在军中上下声誉极好。

“咋说哩,岑先生原来就住在这里呀,又带有家眷,房间又小又潮,这如何使得?实在是末将照顾不周,有辱斯文了!”进屋后关将军环顾了岑参简陋、清冷的房间，很不安地说，"近年来，胡人屡屡从北庭西北方向犯边，轮台郡是封大夫经常驻节之地，每次发兵前也多在此地集中练兵。岑大人以后少不得要随封大夫来轮台常住，这样胡乱凑合咋行呢？这样吧，明天我就去给轮台县打个招呼，让他们给先生安排一院像样的住室来，末将也好随时过来讨教。"

"多谢关大人，有个地方住下就行了，何必麻烦轮台县呢！"岑参恭敬地为关将军让了座。他提起茶壶想给关将军倒水，却发现壶中是空的，就解释道，"你看，这简陋的驿馆里，也没有什么可拿来招待关大人的。贱内可能到外面买牛奶去了，等她回来给老将军烧碗奶茶喝吧！"

"不客气，不用不用！"关将军看到几上有几张诗稿，就笑道，"老夫猜得不错，岑大人果然又在写诗了，念给老夫听听吧！"

岑参道："下官正想听听关将军你的高见哩！"说着，他拿起诗稿轻声诵起来：

> 轮台城头夜吹角，轮台城北旄头落。
> 羽书昨夜过渠黎，单于已在金山西。
> ……

"果然写得好。"关将军仔细听完拂须称赞道，"四边伐鼓雪海涌，三军大呼阴山动……战场白骨缠草根……沙口石冻马蹄脱……写得可真带劲，就是那么回事！"

接下来，当谈起未能随军出征而留守轮台时，不善于掩饰感情的岑参面色就有些不快。关将军懂得他的心思，就劝慰道：

"封大夫这次不让岑大人随军出征，实出于一番好意。在整个北庭都护府里，谁能有岑大人你这么大的诗名呢？封大夫他也是爱才心切呀，怕你亲临前线万一有个啥三长两短，他不好交代啊！再说你刚来北庭不久，是需要下去多走走多看看，对北庭一带的风土人情、地理山川情况做些详细了解。"

岑参点头道："其实下官也是这么想的。辞别帝京西来已经数月，北庭各郡县尚未遍访，尤其是庭州以东至伊州一带地方竟未曾涉足。过几日，待前方封大夫那边有了确切消息，没什么重要事情办理，我即遵大夫之命，动身到东线伊州一带考察一番。但是……"岑参略一沉吟，轻叹口气又说，"但是，岑参自幼以身许国，常以张骞和班超、班勇父子事业相激励，投笔从戎，别母抛妻，打马西来，不就是想亲至幕中献计献策，甚至到沙场与来犯之敌一刀一枪拼杀一番，好建功立业嘛！此前在安西都护府那几年，关将军你也知道，高开府大人也说他爱惜下官诗才，担心一旦有个闪失不好，因此几次大军出征，与大食国交兵，一直不令岑某到前线协助谋划，以尽一个幕僚的职责。几年中只是在后方闲居，碌碌于笔砚之间，结果是白白耗去两年生命，无功而返。这一回在北庭都护府如果依然如故，浪得虚名的我，这能写几句歪诗的雕虫小技不就反倒成为拖累了吗？那么我顶沙冒雪，两度出塞却又所为何来呢？我这个人不爱做梦，但是只要做梦大半都是铁马冰河、弯弓挥剑与敌虏拼斗。关将军，你说，难道我这一辈子就这样只能在梦中与胡虏作战，在纸上与敌人打仗吗？"

关将军抚须笑道："哈哈，好一个'在纸上与敌人打仗！'听你这样一说，倒使末将想起岑大人那许多诗来，读起来真是痛快过瘾，只觉一股豪勇之气扑面而来。你是在纸上用诗句与敌人打仗啊！老夫一介武夫，虽不懂诗，但是偶尔读到这些充满英雄豪气的诗来，也深受感动鼓舞，十分喜爱。"接着他又安慰岑参道，"不过，岑大人不必性急，来日方长。身处边塞，跟着贤能大度的封大夫，这建功立业的机会一定还是有的。"

正说着，石小琬端着一大木盆鲜牛奶进来了。

关将军一见就笑起来："啊哈，我当是谁哩，原来是琬儿啊！才一年多不见，你就把义父我给忘了吗？"

"关爹爹，孩儿怎能忘了您老人家呢，忘了谁也不能忘了老人家您呀！"小琬放下牛奶，连忙给关将军行了跪拜之礼，"关爹爹是大将军，正忙着打仗，我随岑官人来到轮台才几天，正准备抽空去看望关爹爹哩！"

"怎么，你们原来认识？"岑参惊奇地问道。

"岂止是认识，哈哈！"关将军扶起小琬，得意地捋捋长长的银须，笑着解释说，"这小琬还是我当年认下的义女，因了小琬的关系，我与那铁门关关吏石成璧还有八拜之交哩！"

"原来如此！"岑参听了也喜不自胜，想不到小琬与关将军还有这么一层特殊关系，当下又向关老将军施了一礼。

"这下子就好了，你们终于又在塞外相会了！小琬今后跟在岑大人身边，一定能长进不少。"关将军对岑参说，"琬儿是个好姑娘，聪明伶俐，心眼也好。岑大人，你也许还不知道，就在你回关内这几年里，小琬为了苦苦等你，可是遭了大罪哩！"

岑参自从天宝十年(751)初夏匆匆离开安西时，只是给小琬他们留下了一笔银子，后来又分别从武威和长安给石成璧一家寄过几封信，此后就再也没有联系了。在安西镇家中，小琬经常偷偷拿出岑参留下的物品和书信，抚摸着，读着，陷入苦苦的思念。她还常常忍不住让继父石成璧，甚至母亲一有机会就到馆驿或酒肆中去打听，看看岑参回来了没有，她一直期盼着岑官人能够回到自己身边。这期间，小琬的容貌心性和能歌善舞，吸引了好几位安西都护府的年轻军官、幕僚或商人。有的还正儿八经托媒送来聘金，表示要郑重地迎娶小琬。到了后来，连母亲胡善才都有些动心，几次劝女儿死了这条心，不要再等下去了，找个合适的人嫁出去算了，以免耽误了自己的终身。但都被小琬坚决拒绝了，表示非岑参不嫁，就是等到老等到死也要等岑官人回来。她坚信岑参绝不是那种薄情寡义的人，说不定哪一天他就会来西域与她相会，或者接她去内地的。

"岑大人，你也不知道小琬是个多么烈性的女子，明事理，有主见，敢作敢为，老夫这辈子也十分少见，佩服得不得了！"说着，关将军绘声绘色地讲述了一桩惊心动魄的往事。

有一天，一位汉人中年军官带着一包金银珠宝首饰来到石成璧的家，一进门就给小琬母亲胡善才跪下来，口称"岳母大人在上，容小婿一拜"，并且对闻声出来的石成璧解释说："岳父大人有所不知，前天岳母大人已亲口答应将小琬姑娘嫁给小婿，这不，小婿特来下聘礼了。"说着，他又指天发誓一定要好好善待小琬。老两口一时丈二和尚摸不着头脑，当闻到来人一身酒气，才知道是个来胡搅蛮缠的。老两口正要把他劝出去，门口却又进来一个面容清秀、体格健壮的年轻军官，也拿着一大包金银首饰绸缎，说是来下聘礼，请岳父母大人收下，早点儿让小琬与他完婚。先进来的那个军官一见，恼羞成怒地骂道：

"王小山，你好不要脸！岳母大人已答应把小琬许给我了，你……你来干什么？"

"好你个林老二,岳母大人相中的女婿是我,那天我让你来是给我帮忙壮胆的,想不到你狼心狗肺,背地里起了坏心,先下手为强,要夺走我的心上人,老子跟你拼了!"

说着,两人你一言我一语指着鼻子大吵大闹起来,眼看就要动手打将起来。

石小琬在里屋听到,气不打一处来,冲过来抓起两包聘礼狠狠地朝门外扔去,口里骂道:

"都给我滚出去,谁稀罕你们这些臭东西?谁答应嫁给你了?我早就明明白白告诉过你们,我早就有男人了,除了岑大官人,我谁都不嫁!"

小琬的哥哥石仲义也跑出来,一手一个把两人推出门外,气愤地骂道:"哪里来的狗杂种,也不撒泡尿照照镜子,癞蛤蟆想吃天鹅肉,白日做梦去吧!"

两个军官被推出门外,顾不得散开一地的财宝绸缎,相互骂着,扑上去扭在一起厮打。打了半天也不分胜负,两人最后打红了眼,竟拔出腰刀拼起命来!

石成璧老两口一见,吓得闩上门躲在屋里不知如何是好。

石家门口的打斗叫骂声,引得半条街的街坊邻居都围上来看热闹,人围得越来越多。

忽然有人发一声喊:"啊呀,看哪,流血了,要出人命了!"

众人一看,那个先来的林老二看来武功差点儿,头上挨了一刀,血把半个脸都染红了,还兀自挥刀奋战。

这时,忽听背后一声断喝:"快住手!两个不要脸的东西,都给我住手!有种的不想活了,就滚到远远的戈壁滩上去拼命!这里是姑娘的家门口,清清白白,绝不许你们在这里撒野!"

要拼命的两人闻声立即停了手,只见石小琬一脸怒气站在门口,手握一把长长的宰羊尖刀,不知道要干什么。

稍停,两人又挥起刀乒乒乓乓地斗将起来。这个节骨眼儿上可不能露怯,他们要在心上人面前装好汉,一决雌雄。

"放下刀来滚回去,再不停手,我就先死在你们面前!"

忽如听到一声惊雷,两个情敌和围观的众人都大吃一惊。只见小琬柳眉倒竖,咬住头发,双手将明晃晃的一柄长刀横在自己的脖颈上。

"女儿呀,可不敢哪!"胡善才追出来,不顾一切想上前去制止小琬,却被儿子拦住了。石仲义知道妹妹的脾气,害怕她受到刺激,一旦赌气动了真格的,那可就完了!

王小山和林老二看到石小琬举刀欲自刎的架势,不约而同地惊叫一声:"小琬姑娘,可不敢,你……你可不能死啊……"哐啷,两人松了手,两把刀都掉在地上。那个林老二甚至捂着流血的脸,惊慌失措地跪下去了。

"军士们,将这两个不成器的东西给我捆起来!"正在这时,人群中有人发下威严的命令,声若洪钟,"拉出去各打四十军棍,再号令军营三天! 狗娘养的,恃强逼婚,无法无天,太不像话了!"

原来是附近驻军的关继祖将军,听到石成璧赶来报告,就带着亲兵匆忙赶来。

小琬见两个闹事者被捆走,这才放下尖刀掩面哭泣起来。石仲义乘机拿走宰羊刀,与母亲一起将小琬扶进屋里。关老将军放下心来,命军士把围观的人群驱散,然后进屋去安慰小琬一家。

石小琬不惜一死来抗暴的举动,深深感动了关老将军。不久,关老将军就将石小琬收为义女,并与石成璧八拜为交,结为金兰。这样一来,有了关老将军的保护,敢来石家胡闹纠缠的军官或商人就少多了,小琬一家从此清静了许多。

"小琬姑娘这一等,岑大人,可就是苦苦地等了你四年多了啊!"关将军讲完这段故事,摇头感叹地说。

听了关爹爹的讲述,小琬委屈地躲进里屋失声痛哭起来。

"别看小琬是半个胡人,可是个少见的性情刚烈的痴情姑娘啊! 这样的好女人天底下就是打着灯笼也难以找到。岑大人,你以后可要好好关照她,要是亏待了小琬,可就太对不起她了,老夫也决不依你!"

"我知道小琬是个好姑娘,不劳老将军嘱咐,我永远不会抛弃她。我这次来西域,就是想再见到小琬,见到她,我真的高兴极了。她对我有如此情意,下官不胜感激。唉,你们不知道,这些年,我在长安,很不如意……"岑参有些愧疚地解释说。

"小琬哪,听到岑大人说的话没有? 大人这不是又来西域找到你了嘛,别再哭了,小琬!"关老将军停了停又说道,"小琬,过来,你的故事讲得我嗓子也发干了,去给干爹我烧碗奶茶来喝喝吧!"

小琬听了,只好红着眼睛出来端起牛奶进去烧奶茶,一边抽抽搭搭地抹眼泪。岑参跟进里屋劝慰她,好说歹说,劝了好一会儿,小琬终于止住了啼哭,岑参这才走出来。

关老将军抚须朗声笑道:"天上下雨地下流,小两口吵架不记仇。岑大人已认错了,小琬,你就不要再哭了,以后你们可要和和美美地过日子!"

第二辑

第十四章

老将论剑

小琬熬好奶茶，斟满两大碗端上来。

关老将军等奶茶稍稍放凉，尝了一口，称赞道："琬儿熬的奶茶清香醇厚，就是好喝，比我家老婆子的手艺强多了。岑大人，你真是有福气啊！"

岑参笑着也喝了一口，想起什么，就凑近关老将军耳边说道："关将军不是外人，下官有一事不明，不知当问不当问？"

"岑大人但讲不妨。"

"从这些日子的交往，关将军大概可以感觉到，下官一向坦诚待人，胸无城府。可是自天宝三年进入仕途以来，始终很不顺利。此次初到北庭，岑某思来想去，并不曾开罪任何人，但就有那么几位同僚，言谈之间总是语带讥讽，似乎对下官不是那么友好，背后又爱挤眉弄眼，指指戳戳。这次从交河把小琬带回来，人们更是议论纷纷，好像我岑参做了什么见不得人的事似的。武判官告诉我，有人到处散布我的坏话，甚至传到封大夫那里了。下官对此百思不得其解，还望老将军以长辈身份，不吝指教为感！"

"岑大人，不瞒你说，在见到你之前，老夫就从石老弟口中知道你的为人了。这回轮台几次接触，还有你的那些显示心胸的诗，老夫早看出来，你善良真诚，心地纯洁，是个正派有血性的男子汉大丈夫，老夫很愿与你结为忘年友。至于大人讲的那些人事纠纷、流言蜚语等，实在是官场中常见的恶习，本不足怪。"说到这里，关将军轻声叹口气，"岑大人，你不知道，年轻时老夫也有你这些人生困惑和不解，受了不少委屈和磨难，有些事提起来真叫人气破肚皮。但是在西域磕磕碰碰几十年啦，老夫终于慢慢懂了，也想通了。人心隔肚皮，人人都有自己的小打算，除了几位知己的掏心朋友可以肝胆相照，哪里有啥子人人相敬如宾、温良恭俭让的世外桃源？就在这北庭都护府，上下数百名官员将佐，大都是同床异梦，人心各异，鱼龙混杂呀！岑大人才华过人，诗名很大，加上深受封大夫器重，这本来是好事。但对那些本事不大、心胸狭隘的小人来说，就是他们升迁的威胁和拦路虎，所以有人看不惯你，嫉妒你，有机会就挤对你，中伤你，想看你的笑话。这都是正常的，自然的，并不一定是你在啥地方冒犯他们了，有啥子私仇，是他们容不得你呀！俗话说，害人之心不可有，防人之心不可无，以后呢，岑大人待人处世、说话都要多长个心眼，注意保护好自己就行了。"

"谢谢关将军的指教！"岑参听了关老将军的一席话，自然联想起这次离京前长安二兄那些相似的"庭训"，这都是过来人的经验之谈啊！于是他真诚地说，"世道险恶，人心叵测，看来人活一世，实在是太艰难了，以后下官无论说话做事，须得再小心谨慎些才是。"

"其实，也不必过于谨小慎微、终日疑神疑鬼的。再说，江山易改，本性难移。先生本是性情中人，一下子变成个圆滑世故、察言观色的伪君子，'见人只说三分话，未可全抛一片心'，说实在话，那你也做不到。只要自己行得端走得正，就不怕别人背后嚼舌头瞎议论。俗话不是说'人正不怕影子歪'嘛！这里胡人也有句谚语说得好，说是'让路旁的恶狗们咬去吧，骆驼队只管走自己的路'。其实，都护府中多数人并不坏，只有那么几个人……"

"噢，对了，隔壁与侯主簿临时住在一起的那个徐章徐参军，此次与下官一同出使交河，一路上不知怎么总是阴阳怪气的，言语间多有抵牾，颇不投机。还有那位姚长史，看样子与徐参军是一路人，两人关系很近，经常背着人神神秘秘地议论着什么。安西崔侍御也说姚大人来历不同一般。关将军，你与姚长史和徐参军在北庭共事时间较长，他们之为人、身世，可否告知一二？"

"看来岑大人还是能识人的，本来老夫想提醒你特别注意的，也主要指的是这两位。"关将军抚须笑道，"末将从来不爱在背后道人长短，可是对这两位却要除外。说来不怕岑先生笑话，老夫有点儿以貌取人。俗话说，'不

第二辑

好惹的仰头婆娘低头汉'，一看两人那副尖嘴猴腮的长相，平时走路总是低头瞅着脚底下想心事，还有常在屋角与人嘁嘁喳喳指指戳戳，一说话就拍肩邪笑、挤眉弄眼的做派，就觉得不像个正派人。岑大人，你不知道，这个姚天喜可不简单，原是大奸相李林甫的手下红人，为人鬼鬼道道的，当年，据说是宫中专门派来监视程千里大人的，等于监军，平时连程大人都要让他三分。他本来已经致仕，不知何故又回庭州继任了原职，说不定又是宫中派来监视封大夫的，要不封大夫对他总是客客气气。徐章原是剑南一个落魄的举子，直到五十来岁才来西域混上一官半职，所以特别忌恨像岑大人、武判官你们这些进士及第的同僚。物以类聚，人以群分，所以这两个工于心计的小人就结成一伙了，平素善用小恩小惠笼络人，在都护府中惯于察言观色，拉一派打一派，属于那种拨弄是非、唯恐天下不乱的小人。这是北庭都护府上下的一致看法。徐章的参军之职还是赵光烈给他要来的——对了，忘了告诉你，这两人有些亲戚关系，赵将军好像是他的表侄。正是在他的调唆下，原本爽直放诞、与我无话不谈的赵将军，慢慢变得斤斤计较，不知为啥就与我生了嫌隙，处处与老夫攀比，如今我们都有点儿话不投机了。后来才知道，那原因说来很好笑，老夫是都护府的折冲都尉、静塞军主将，从五品；赵光烈是左果毅都尉、瀚海军主将，正六品，老夫的官阶比他高了半级，他就为这点儿事和我暗中斗气。要知道老夫可是比他痴长三十岁，也比他多受过西域的风沙、多喝了西域的碱苦水啊！当年在安西都护府，老夫是左果毅都尉，他才是个下面小小的参将。你看，后来我们俩在西域并肩征战多年，算得上出生入死的老战友，竟听信小人一番拨弄，就把情义给断送了，你说可有啥办法？"

"真是想不到啊！今后下官对这两位是得多提防着点儿了！"岑参听后不住摇头叹息，"人生在世真是难啊，人与人竟是如此的不同！下官别的不怕，就是怕人心难测，令人防不胜防。下官此次西来北庭，人际关系竟是如此复杂，封大夫又不放心见用，恐怕就要像这把宝剑，永远闲置在这面土墙上了！"说着，他指指墙上挂的那把宝剑。

关老将军一听，忽然拍拍脑门大笑道："哈哈，你看，咱们光顾说闲话了，把正事给忘了，老夫今天本来是专程要看看你这把宝剑的呀！"

岑参也大笑道："你不说我也忘了，哈哈！"说着，就从墙上取下那把"天山雪"宝剑,一边讲起此剑不同一般的来历。

正在这时,徐参军和侯主簿也掀开羊毛毡门帘走进来。几天前侯京来到轮台县上任,临时住在驿馆里,刚好与徐章住隔壁,不知为什么,一来二去两人竟情投意合,进出同行了。徐参军望着岑、关二人说:"原来关将军也在这里,一定是前方封大夫有好消息了,否则怎么这么高兴呀?"

岑、关相视一笑。岑参说:"没有什么,关将军是来看我这把宝剑的,下官正在给他讲述交河郡那位蓝田刘铁匠的故事哩!"

"要说那个刘铁匠么,经历不同一般,可算得一位塞外奇人!"徐参军点头说。

"是奇人必有奇事,且让老夫见识见识这把宝剑吧。"关老将军抽出寒光闪闪的宝剑,顺手使出一个招式,然后又放在眼前仔细观察了一会儿,再用指甲轻轻试试剑锋,最后点头递还给岑参。

"果然是把上等好剑,单是从这贡品镔铁原料上来看,就十分难得。锻造、淬火的工艺也属上乘,柔中有刚,硬而不脆,恰到火候,没有两三个月的工夫是打造不出来的。你看剑根上这'刘记'的印记,也证明它是真的。大人给它起了个名字,叫啥? 对了,'天山雪',那天山横在半天云里的一长溜冰峰雪冠,远远望去真像是把银亮的宝剑哩! 毕竟是诗人嘛,想象丰富,能编会写,哈哈!"关老将军称赞道,"在交河郡坊间,'蓝田刘记'是个老字号,刘铁匠是关中蓝田乡党,是个爽快人。岑大人一到交河就认识了他,还得到这把宝剑,缘分不浅啊!"

"由此看来,这是岑大人的缘分和福气!"侯京在一旁赞叹道。

"这剑么,的确是把好剑。可是岑大人,请恕我徐某直言。"徐参军伸出食指在空中轻轻摇摇,一脸的诡秘,"愈是世所罕有的宝物,例如像干将莫邪那样的名剑,再如制成传国玉玺的和氏璧等,有时反倒会给主人带来一些意想不到的灾祸。制造或发现它们的人,不是后来一个被砍了头,一个被砍掉脚了吗? 这就是古人所说的'宝物妨主'之灾了。夫剑,杀人之凶器也。现在岑大人这把'天山雪',虽然在到手之前,已经害死过一名将军,但是并没有直接见过血光,因此此剑日后是否还要害什么人,可就难说了……"

岑参听了,脸色唰地变得煞白,不解地问道:"徐大人此言究系何意?"说着,忙将"天山雪"插入剑鞘。

徐参军皮笑肉不笑地说:"没什么,没什么。俗话说,良药苦口利于病,忠言逆耳利于行。话虽不中听,实为一番好意,万望岑大人海涵才是。其实,这不过是下官听幕中人们私下议论的,也是为岑大人今后提个醒。老子《道德经》云,福祸相倚,我这么说也是免得岑大人乐极而生悲呀!"

侯京证实道:"下官的确也听到有人这么讲过。"

关老将军正色道:"徐大人,你说的这叫啥话嘛!祸福自有天定,吉人自有天相,为人不做亏心事,不怕半夜鬼叫门。要老夫说,说不定这'天山雪'专门防小人、制仇敌,能半夜里飞出剑匣,将欲加害岑大人的小人斩首,保佑岑大人一家平安无事哩!徐大人,你说我说的对不对?哈哈!"这几句半真半假的玩笑话,说得岑参和小琬都笑了起来。

徐参军一听,脸上就有些挂不住,他习惯地伸伸细长脖子,讪讪地道:"关老将军此言有些道理,唉,有些道理,祸福相倚嘛,但愿如此,但愿如此。好,徐某告辞了!"

"几位大人原来都爱开玩笑呀!算了算了。"侯京见状,忙打了个马虎眼。

徐参军和侯主簿走后,关老将军劝道:"岑大人,徐章这些狗屁话千万不要往心里去。他就是这么个阴阳怪气的人,刺他几句,他就老实了。"为了缓和紧张的气氛,关老将军又岔开话题说道,"对了,听说岑大人平日里喜欢骑射、击剑,果然文武双全,实属不易。末将当年在华山投名师学艺,学了一套'华山神剑',对老夫沙场征战多有助力。可惜几十年来戎马倥偬,竟没有机会传授给一个合适的人。如今眼看我人老力衰,日薄西山,如果这套剑术将来随老夫带进土里去,岂不太可惜了?岑大人是个很有悟性的人,听说还有少林武学的根基,可愿学练这套剑法?"

石小琬在一旁忙说:"关爹爹你不知道,官人可喜欢练拳舞剑呢,早晚都要在屋外头练上几套哩,你一定要把这套剑术教给他!"

"这实在是求之不得,晚辈当然愿学。"岑参喜出望外,当下依例在几上燃了几炷香,躬身向关老将军展拜,尽了师徒之礼。

自此以后,岑参每天晚饭后就到将军府中跟关老将军学练剑法,风雪无阻。令关老将军十分惊奇的是,这套属于道家内家武学的华山神剑,共有九九八十一式外加一百零八个变招,变化多端,相当难学,岑参竟然不消几天

106

工夫就基本学会了,因此关老将军对他的领悟力很是惊喜。

关老将军毕竟是行伍出身,做事说一不二,雷厉风行,第三天就在轮台县衙附近,为岑参安排好一处独门独院的住房。虽是土墙土房顶,但是比较宽敞,其中正房三间,厢房四间,后院还有个马棚可拴马匹、放杂物。

在带岑参看房子的时候,关老将军随口说了一句:"这座院子原来是都护府判官赵仙舟先生在轮台的住所,他去职返京不久,还没有安排人来住,现在就委屈岑大人先住下。大人看看要是觉得满意,老夫马上就派兵丁来打扫收拾一下。"

"巧了,想不到这里曾是仙舟先生的住室!"

"咋,这位赵老先生你也认识?"

"我十多年前在河北游历时就认识赵先生了,是谈诗论文的忘年交。此前西来北庭途中,在临洮又与先生巧遇,临别时还赠给他一首诗呢!赵先生边塞风霜数年,不意竟失望落寞而归,倒是一位品行方正的饱学之士。"岑参说。

"赵先生多好的人,善良忠厚,又有文才,可惜在宦海中混了三十多年,老了,头发都白完了,生了一肚子气,还落下了一身的病。在北庭这些年,就是因为他生性耿直,直言不讳,看不惯都护府中那帮结党营私、趋炎附势的家伙,与程千里大人闹了些别扭,所以才长期屈沉下僚,很不得意。说起来,赵先生与程大人的隔阂,还是姚长史从中挑起来的。到后来,这伙宵小百般阴谋设计,硬是把人家处处挤对,欺侮得无立足之地,最后只好告老还乡了。"关老将军说完,不禁连连摇头叹息。

岑参听如此说,立即记起他在临洮送给赵仙舟的那首诗来,"白发轮台使,边功竟不成。云沙万里地,孤负一书生……"不禁联想到,自己与赵仙舟是北庭都护府前后任的判官,如今恰巧在轮台又住进他的旧居,难道这是上天的安排,是个不吉利的征兆?我会重蹈赵先生的覆辙,与他的命运一样,到了也是"边功竟不成",最后落个"孤负一书生"吗?想到这里,岑参狐疑地望望空荡荡的、有些不祥的房间,眉头紧锁,脸色就有些黯然。

关老将军不安地问道:"看来,岑大人对这所住房不太满意,是不是?这座土房子有些年头了,你看这土墙根上长满了硝碱,石灰都掉光了,黑黢黢的,地上连砖也没有铺满,潮湿得很,要不要改天另找一套?"

107

"老将军说哪里话来！麻烦老将军费心,此屋已很好了。再说这里只是下官一处临时的住所,不必过于讲究。"岑参回过神来,连忙掩饰道。

这样,岑参除了在庭州都护府拥有一院三进的宽敞住房外,在轮台也有一处固定的住所。

这天,岑参应邀来到关老将军府院中看从前方传回的战报,还是姚长史转给关老将军的。战报上称,大军还在进军途中,自金山南下的犯军在东林守捉与唐军前部稍一接触,即被击溃,先锋赵光烈将军虏敌百余人。阿布思余部主力闻风丧胆,便在西林守捉一线停止了进攻。出征的大军虽然路途遥远,一路上免不了迎风斗雪,忍饥受寒,但众将士斗志却异常旺盛,不日就会有捷报传回。关老将军还告诉岑参,封大夫还在给姚长史和他的密信中称,要他们尽快筹措两千两纹银和一批珠宝绸缎,务必在十天之内押运至军中,不得延误。

"这个姚长史是个奸诈的老滑头,平时老称自己年老有病,腿脚不便,啥麻烦事都推给别人去干,唯独碰上这些筹办金银珠宝绸缎的事,就都要一手承揽下来。"

"这为什么?"

"为什么? 哼,还不是因为其中有油水可捞么!"

岑参冷笑一声,心中有些纳闷,既然我军已稳操胜券,前线还要这么多银两珠宝绸缎有何用处? 但他知道这可能是封大夫的军事机密,就没有再多问什么。

第十五章

番王托孤

这天,岑参到关老将军府中议完了事,正要告辞,忽见庭中悬挂了一幅崭新的寿字锦幛,很是奇怪,便指着寿幛问道:"关老将军,这是怎么回事?"

"这个吗,是南山黑姓胡人老番王为老夫送的寿礼。因为他身患重病,已半身不遂,不能亲自来为末将祝寿,所以准备明日在驻地宴请老夫,赔赔情,还说另有要事相商,要我务必前往。岑大人,你可肯与老夫同去吗?"关老将军解释说。

岑参不解地问:"随老将军游南山赴宴,下官当然愿意奉陪。不过听小琬讲,关将军是十月二十日生人,离七十大寿尚有十多天,为什么要提前祝寿呢?下官的一份寿礼尚未备好哩!"

"岑大人你不知道,是那位老番王记错了日子,把二十日记成十二日了,因此昨天派人送来了贺礼和请柬。既然人家破费了,又杀牛宰羊地做好了准备,一番盛意不便拒绝。再说,把寿日时间说破了也不好,只好将错就错吧,为老年人提前祝寿也是常有的事。岑大人,这位老番王一向老实忠厚,极讲信义,末将驻防轮台这些年来,与他有不少交往,已是很要好的朋友了。这轮台一带多年也没有发生过啥汉胡间的纠纷,很是平静。现在老番王年事已高,据说病得很重,中风昏过去好几次,怕活不长久了,老夫正想去探望他呢。他这回盛情来邀请我,很可能有预留后事、议定新番王继位与老夫相商的意思。"最后关老将军又说,"岑大人,老番王的牙帐在南山白杨沟,离轮

109

台城不过五十多里地，骑马一个多时辰就到了。听说你十分喜欢游览观光，这次可随老夫见识见识胡人的风俗，其实这南山密林深处冬天的雪景也很值得一游。咋样，陪老夫走一遭吧？哈哈！"

岑参一听，高兴得直搓手，说道："如此甚好，如此甚好，明日下官一定随将军前往！"

第二天，岑参带着陈金，各乘一匹快马，随着关老将军一行人出发去南山。天气很好，无雪无云也无风，野外一点儿也不冷。太阳照在一望无垠，厚厚的、银白晶莹的雪地上，强烈的反光有些刺目。大家在老番王派来迎接的使者引导下，出了轮台南门，一直往西南方向走去。他们沿着走马川的一条支流走了半个多时辰，就来到一道又深又宽的大河沟，河水此时早已结冰断流，冰河上落满了积雪。沿着深沟北岸往西南方向继续前进，不久就遇到了一条白杨夹岸、乱石满川、结着冰凌的山溪。关老将军对岑参说，这条夏天水量很大的山溪就叫白杨沟。白杨沟的上游，是从一堵几十丈高的悬崖峭壁上倾泻而下的一道大瀑布。再往上，瀑布的源头，则是一道几十里长的大冰川，夏天冰川融化后就汇成多条山溪，最后注入走马川。关老将军说，那道高山瀑布和大冰川他在盛夏季节都亲自上去察看过，壮观极了。岑参听着，就想起终南山家乡的高冠瀑布来，眼里闪出兴奋的光芒。

踏着几块巨石跨过白杨沟，南岸有条曲折迂回、愈走愈高的羊肠小路直通老番王的牙帐。河两岸是一大片开阔平坦的草地，覆盖着厚厚的积雪，白雪衬托着远处乌森森、莽苍苍的山林，景色十分怡人。

岑参一行沿着山路绕过一面直立如屏的陡壁，进入一处不小的山间盆地，立即感觉到这里风势小了许多，也暖和了许多。在一片浓密山林掩映的山坳中，突然出现了一片大小不一、错落有致的白色毡房。毡房顶吐出一缕缕炊烟，像一道道柔软的淡蓝色带子，飘浮在墨绿色的山林间，堪可入画。

胡人向导指着前面的毡房群，用比较流利的汉话说："到了，到了！"话音刚落，就听见一阵吓人的咆哮嘶吼，只见毡房旁冲出一大群凶猛的牧羊犬，一个个高大健壮，大张着口伸长了舌头，吼叫着，疯狂地扑向陌生的马队。岑参一见，吓得心咚咚直跳。关老将军却安坐马上，泰然自若。

向导忙跳下马挥手大叫着，制止牧羊犬的猖狂吠叫。

大概是听到了毡房外的犬吠和人声，老番王被人搀扶着，艰难地挪着步子,带着一大群胡人迎了出来,喝退了群狗。

老番王六十余岁,身穿一领华贵的貂皮裘,头上缠着大唐天子亲赐的葡萄宫整匹的锦缎(这大概是当地胡人的头领们,为迎接唐朝官员例行仪式中一种必备的衣饰)。尤其引人注意的是,他虽然病重,身上仍背着用黄锦缎包袱裹着的一枚将军银印,那是朝廷颁发给他的一种象征官衔的凭证。老番王是西天山一带突厥人苏禄部落一位很有威望的黑姓番王,与西域名将、西平郡王、现任河西、陇右节度使哥舒翰将军还沾点儿亲。大唐朝廷授予他归德郎将的虚衔,还兼着挂名的庭州司马的官职,官居从五品上。老番王早年曾与住在庭州一带娑葛部落的黄姓番王,为了争夺白山主峰下的几片草场,多次发生争斗。因力弱势危,常常吃亏,幸而驻守轮台的关老将军竭力从中斡旋调停,两家讲了和,这才得以保存了实力,没被驱逐,因此对关老将军十分感激。从长相上看,老番王生得十分慈善、朴实,身材极其高大魁梧,一望而知,他年轻时一定是位能用胳膊夹死野狼的剽悍汉子。只是现在由于长期卧病,面色萎黄,身体臃肿,且已偏瘫,步履蹒跚,说起话来气喘吁吁的上气不接下气,显得十分衰老虚弱,看上去反要比关老将军苍老得多。老番王在众人的搀扶下,勾着左手,拖着腿,拐拐拉拉地走上前来,与关老将军亲热地拥抱亲吻,相互拍打。岑参知道,这是胡人亲密朋友之间相见时的习惯礼节。

在关老将军的介绍下,老番王也与岑判官等人互相致问施礼。

相见已毕,主人请客人进到一顶特别高大的毡房,大概是老番王特用的将军牙帐。进得毡房,见地上铺着好几层厚厚的花地毯,地毯上放着一张长矮桌,上面摆满了盛在大银盘子中的各种熟肉、奶制品、油炸面食、葡萄酒和大把木筷,银质餐具刀、叉、勺之类。靠门口架着一个取暖用的大铁炉子,里面烧着劈柴,火焰熊熊,烟雾缭绕。毡房顶正中虽留有一孔带盖的圆天窗供烟雾散出,但毡房内的烟气仍十分呛人。挨着花毡墙,站着好几个衣着鲜艳、帽子上插着漂亮鸟羽的年轻姑娘,还有几个盘腿坐着抱着各种乐器,是奏乐的乐工。

老番王拉着关老将军和岑参在正面长桌后盘腿坐下,奴婢们马上在他们背后塞上好几个半人高的大花枕头,作为靠垫。

"关将军,记得你比我还大五六岁,可是身体这么健壮,真让人羡慕和高兴啊！你看我，都病成啥样子了，怕是活不长啦！最近听说我大哥哥舒翰王爷也患上重病，行走不便，快瘫痪在床了。唉，年岁不饶人哪，没办法！"

老番王喘着，用胡语唠唠叨叨地说着。岑参一句也听不懂，幸好有陈金简单地给他小声翻译过来。

在器乐演奏声中，向关老将军举酒祝寿之后，颤颤巍巍的老番王即向贵客介绍他的三个儿子。年纪稍长的长子身材高大，但瞎了一只眼，右手也像有点儿残疾，据说是有次与一只大棕熊搏斗时留下的伤残；老二是个长得十分剽悍英俊的小伙子，二十来岁；老三还是个四五岁的幼儿，为后妻所生。老番王说，他已病体不支，说不定哪天就蹬腿闭眼了，以后还要请封大夫、关将军和各位大人多多关照，扶持他的孩子。这些话，都是由随来的通事译官和粗通胡语的关老将军断断续续地给岑参翻译的。这使岑参很不好意思，心想，如果今后要在北庭都护府长驻，就应该把当地胡语尽快学会了，这是在西域供职时间较长的军政官员们都应掌握的一种基本技能。岑参明白，不通胡语，就无法与当地胡人头领们直接打交道，沟通感情，更无法了解胡人的所思所想，许多事情也就无法处理，甚至会听信别有用心人的谎言而贻误大事。实际上，岑参这些天已开始向小琬和陈金学习简单的胡语单词了，像"昆"是天啦，"苏"是水啦，"野尔"是地啦，"阿依"是月亮啦，"陶"是山啦，"卡尔"是雪啦，等等。岑参觉得很新奇，也很有趣，自信能够很快学会。

大概因为老番王身体不好，而贵客关将军也是位老年人，厌烦吵闹，所以酒宴上没有安排歌舞助兴，乐工们演奏了几曲后就很快退出去了。但酒肉却异常丰盛，大块的牛羊马熟肉在盘中堆积如山，美酒一摆就是十几坛。不知不觉间，随关老将军来的几位汉军将佐，由于年轻好胜，与老番王的几个儿子及其手下人拼上了酒。他们又是唱着劝酒歌，又是互相逗笑，大毡房里气氛十分融洽热闹。

正喝得高兴，老番王忽然下令停止喝酒喧闹，挥了挥手，口气坚决地说了一大段什么话。说完，那三个儿子忽然一齐跪倒在地毯上，朝着关老将军和岑参直磕头。

岑参吃了一惊，通事译官解释道，归德将军说，他已宣布从明天起，由二儿子接任番王，让官府大人今天当着众人的面给他二儿子做证，让老大、老三以后要老老实实听从老二的指挥，协助他管好部落，并服从大唐天可汗和封大夫的将令,不得惹是生非、骨肉相残、争夺王位。如有违犯,关将军和岑大人就要严惩不贷,绝不宽恕。

接着老番王又对他的两位弟弟说了一通话。那两个健壮的中年胡人酋长听完,一齐跪下来表白了一通。

其实关老将军和岑参早就看明白了,这就是老番王在临终托孤,便立即站起来。只见关老将军对老番王点点头,前去扶起他的二儿子,拍拍他的肩头,竖起大拇指,又对仍跪着的大儿子和三儿子,还有老番王的两个弟弟用胡语说起来。大意是说,你们的父王、王兄年高病重,不能理事了,你们弟兄三个,老大有残疾,老三年幼,由身强力壮正当年的老二接任番王是很合适的。我们官府都已同意了,正准备为他向朝廷申报袭封归德将军之衔,并接任庭州司马之职。希望你们几个兄弟,还有几个叔叔,一切都要按照老番王的安排办,支持协助新番王,不得闹事,如有违犯,我们官府决不答应。

老番王的三个儿子和两个弟弟,还有在座的几位白胡子部落长老,都静静地听着,不住点头称是。接着,老番王和关老将军又请岑参讲话。

岑参觉得关老将军该讲的都差不多讲到了,自己再重复一遍意思也不大。他忽然想起,前些年在河西听到一个故事,说是早年间吐谷浑部落有一位老酋长年老了,因为几十个儿子长期不和,相互间不服气,矛盾很大,担心自己去世后他们会闹内讧,为争王位而自相残杀,就想出了一个巧妙的办法,终于让儿子们懂得了兄弟们团结一致的道理而和解了。

岑参简单说了几句勉励大家的话后,就从食案上拿起一大把杨树枝木筷,攒成一把交给老番王的三个儿子和弟弟,让他们依次用力撅断这把筷子。当然,无论他们之间谁的力气再大,也是撅不断这粗粗的一大把筷子的。岑参于是又从中抽出一支细筷子,交给小儿子来撅。那孩子接过筷子,望着岑参,稍一使劲儿就轻松地撅断了!

一时间,在座的人都有些莫名其妙。

"这就是团结起来力量大嘛!"岑参举着断筷子,把吐谷浑部落老酋长的这个故事对他们做了一大通发挥。

岑参的话都被通事译官翻译了。大儿子、三儿子和两个叔王低头听完,便一齐指天画地地起誓,表示兄弟叔侄们一定要团结一心,忠心扶助新番王,绝不敢有谋反的逆志。

岑参这个独出心裁的新鲜比喻,很有说服力,给大家印象也极深。老番王和在座的人都鼓起掌来。

老番王让儿子和弟弟们都站起来,气喘吁吁地指指新番王,又指指关老将军和岑参,对年轻的后妻表情严峻地发了一通话。说话间他甚至用还听使唤的右手做了一个砍头的手势,小儿子一听就吓哭了。年轻美艳的后妻也吓得脸色发白,忙拉起小儿子跪下来向关老将军他们不住磕头。原来老番王是在教训后妻和小儿子,要他们以后不能干预部落中的大事。

新番王看来很懂事,他对老番王磕了几个头,然后站起来表决心似的对兄长、弟弟和后母说了一大通话,说得慷慨激昂,很动感情。说完,三兄弟紧紧地拥抱在一起,相互拍打着,诉说了好一阵。

简短的托孤传位仪式就这样结束了,酒宴又在欢乐的气氛中接着进行。

老番王十分高兴,把关老将军拉到身边,流着泪,用沙哑的声音有一句没一句地向关老将军唱劝酒歌。众人也接着依次唱着歌,拼命地劝酒。眼看两个老年人都喝得酩酊大醉,红着脸,说话时舌头都不会打弯了。

岑参看看不是事,就谎称"须出恭更衣",想逃出这吓人的酒宴,但是被眼疾手快的新番王一把抓住了。这位力气很大的年轻人用半通不通的汉语说:"哈哈,秦大人,想逃跑嘛,不行,我们跟前肚子是要发胀的。不喝酒也行嘛,就给我们唱个歌也好嘛!"受语音习惯的限制,他把"岑"的音发作"秦"了。

岑参忙说自己再不敢多喝了,歌也不会唱,如今内急得很,水火不留情,求诸位饶了他。但大家都不答应。同来的轮台县丞出来打圆场说,诸位也许不知道,岑大人是位著名的大诗人,最会写诗了,不唱歌就让他当场给关大人和老番王献上一首诗也好嘛。岑参用眼色向关老将军求救,关老将军摊开双手表示无能为力,劝他最好入乡随俗,干脆为老王爷当场作一首诗算了,否则他们不会放你走的,这是本地胡人的规矩。说完他又让随来的胡人通事向老番王翻译了一遍,在场的胡人一齐吹口哨鼓掌叫好。老番王也高兴地点点头同意了,用期望的目光看着岑参。

岑参看没有办法,就打量着老番王和关老将军,开始构思起来。沉吟了片刻,很快就有了,便说道:

"好吧,就献上一首诗吧。这首诗也可以唱,前两句是写老王爷,后两句是写关将军,把你们两人写到一首诗里。不过我有言在先,吟完诗就请大家与我一起干一杯喜酒,为老王爷祝福,向新王爷祝贺,为关将军祝寿,诸位看好不好?"

"好,干一杯,大家一起干一杯!"众人都举起了酒杯。

只见岑参端起酒杯呷了一口,然后朗声吟诵道:

黑姓番王貂鼠裘,葡萄官锦醉缠头。
关西老将能苦战,七十行兵仍未休!

诵完岑参又高声道:"敬祝老王爷健康,祝小王爷幸福,敬祝关将军长寿! 干杯!"然后一饮而尽。那位通事把诗的大意给老番王等翻译了一遍,大家听了也是一阵欢呼,又干了一大杯。

第十六章

汉胡结亲

献完了诗,岑参这才被人放出来。他披上斗篷走出毡房,陈金立刻也跟了出来。

其实此时岑参倒是真的需要"出恭更衣"了。酒宴上大块大块的牛肉羊肉马肉都煮得半生不熟,撕也撕不下,咬也咬不动,需要用小刀子才能切碎放进嘴里;有的还带着粉红色的血水,油水又大,很不合口味。这当然是胡人的饮食习惯,岑参吃得很不舒服,所以等到他一走出毡房,就感到肚子咕噜噜好一阵响,隐隐作痛起来。然而环顾四周,附近偏偏没有能避人的出恭之处,他不得不捂着肚子,强忍着痛,东拐西拐,向河边的几块大石头后面跑去。直到看不见远处的毡房和人影了,这才手忙脚乱地撩开棉袍,解开腰带蹲下去宣泄了一番。

肚子轻松了之后,岑参立即像是换了个人,浑身舒坦,精神焕发,这才有了观赏周围奇景的闲情逸致。

老番王选择的驻地很有讲究,是一片能避风的山间小台地,周围山高林密,风也小,气温暖和得多,所以当地人称作"冬窝子"。附近白杨沟早已结成了冰,乱石遍布的河岸两旁,足足有两尺多厚的白雪覆盖了大片草场,阳光下晶莹闪光,白亮晃眼。两边高峻的高山上,长满了密密丛丛、亭亭玉立的云岭杉,高插蓝天。树皆呈墨绿色,在白雪的衬托下显得愈发浓郁苍翠了。微风起处,树上的积雪簌簌地落下,几只不知名的小鸟从树丛中飞出来,啾啾叫着,于是山野便显得更为幽静了。群山背后,则是明澄如洗、蓝得出奇的天空。放眼四望,仿佛整个宁静的宇宙,就剩下了三种颜色:银白、墨绿和瓦蓝,既纯净又鲜明,望之令人赏心悦目,神清而气爽。岑参在内地的嵩山和终南山下都住过多年,对比眼前这雪大冰厚的天山深处,那里冬天短促的雪景简直不值一提了。岑参还惊喜地发现,那白皑皑、平展展,微微有些起伏和坡度的雪原,像是一块硕大无朋的白色绒毯,其上竟不曾有一丝人迹或兽迹的污染。他此时真想到雪地上纵马扬鞭跑上几遭,或者乘爬犁从高处风驰电掣地滑下来,弄得满身满头都是雪粉,那该是多么痛快惬意啊!这时他忽然想起路上关老将军说过,白杨沟上游有一道飞流直下的高山瀑布,银亮银亮,从悬崖峭壁上飞跌下来,高达数十丈,比起老家的高冠瀑布来高大多了,那该是一种怎样的情状呢?记得李太白《望庐山瀑布》诗中有一名句"飞流直下三千尺,疑是银河落九天",这近在咫尺的天山瀑布,没有三千尺总该也有三百尺吧,何不趁此机会亲到跟前看看,也好长长见识。那瀑布上游几十里长的大冰川,就更可观了。有些人说我在白水镇送萧治兄写下的那句诗"阑干阴崖千丈冰",不过是仅凭想象而作的无稽之谈,怀疑哪有这么长的冰溜啊,其实那是来自我对白山主峰雪山的强烈印象,其中自然少不了夸张成分……想不到在这白杨沟,倒有真正的"阑干阴崖千丈冰"哩!想到这里,岑参就让跟在身后的陈金去找胡人问问,看那道瀑布离这儿有多远,路好走不好走。

"怕是只会白白跑一趟。这天寒地冻的,那瀑布早就冻成冰坨子了!"陈金脑子一转,这么提醒主人道。

"陈金啊,你可真够啰唆的,要是会说胡语我就不劳你的大驾了。瀑布就是真的结成了冰,去看看也好嘛!"

陈金知道他的这位主人虽说对下人很和善,平时就是当面顶撞几句,他也只是笑笑绝不会生气。但性格却出奇地执拗,认准的事八匹大马也拉不回来,不达目的决不罢休,于是他只好拔腿去找胡人打听。

岑参留在河边一边继续欣赏雪景,一边等候消息。他发现河边有一株高大的胡杨树,孤零零地立在雪地上,不知什么时候被天雷劈了,三四个人也搂抱不住的粗大树干一半都被雷火烧毁了,空空的树心黑黢黢的,在白雪的映衬下惨不忍睹。但是奇怪的是,剩下那一半,上方的枝条仍不屈不挠地伸向天空,生长得异常茂盛。岑参想象着这株胡杨树当日在雷火中熊熊燃烧的情景,也联想到这次西来的路上在沙漠中见到那丛茂盛的红柳,不禁为自然界的残酷和树木生命力的顽强而暗暗感叹。他忽然想作诗了,唔……诗就题作《雷击树》吧。"何事遭天殛?霹雳烧不死。根扎大地深,冬去发新枝……"岑参不期然得了这么几句。

正在这时,曾遭雷劈的大树下走来两位胡人妇女,衣饰色彩鲜明,在雪地上特别醒目。一位年纪略长,但很健壮精神;另一个是位身段曼妙的少女,她头上那高高的皮帽檐上,还有几根白色的山鹰羽毛迎风抖动。岑参知道,这种头饰是胡人尚未出嫁的姑娘的显著标志。她俩都带着杉树枝、小斧头和一条粗毛绳。岑参很奇怪,不知道这是干什么用的。只见两位看样子像是母女的胡女说着笑着走下河床,开始用杉树枝扫净河面上的积雪,下面就露出一片晶莹的裂开了的冰块。她们挥动小斧头咚咚地砍着冰,冰碴子四处飞溅,不一会儿就刨出两大块厚厚的、透明的冰块来。母女又互相搭手帮衬着,用毛绳把冰块捆起来,跪在地上准备背到脊背上。岑参猜出来了,原来她们要把冰块背回去加热融化,好饮用。他这才想到,寒冬季节,河水全都结了冰,这冰块和积雪就是人们不可离的水资源了。他很想走过去扶她们一把,但是两位胡女看样子并不需要帮忙,各自背起一大块冰,手按着巨石轻松地站起来,踩着积雪走过来了。帽子上插鹰毛的少女走在前面,忽然扭头快得像闪电一样地瞥了岑参一眼。一刹那间,岑参感到这姑娘那一瞥美极了,面孔红艳得如一朵春天的鲜花,眼睛明净得像是一轮秋月。走在后面的母亲,看来性格开朗,眼神活泼,她走过岑参身边时竟主动打了招呼:

"加克斯(好)吗?"

"苏(水)……木孜(冰)……加克斯!"岑参不知为什么突然说了几个毫不关联的胡语单词,反映出他此时思维的跳跃。与此同时他也看清了,她们的衣裙虽然远远地看起来大红大绿色彩晃眼,但近看却都比较粗糙、陈旧,油腻腻的。

目送两位胡女走开了,岑参心里不由得想,胡人居住在这深山雪原中,生活也太艰苦了,他们其实也很需要和平宁静的生活啊!想到这里,岑参摇摇头,深深地叹了口气。

两位胡女背着大冰块,弯腰走上河岸,走向不远处的一座白色毡房。这时陈金刚好从那座毡房里出来,与那位胡人少女打了个照面。两人不知为什么对视了好久,最后陈金似乎还同她说了几句话,那少女忽然羞红了脸,赶快低头钻进毡房。

　　中年胡女问了陈金几句以后也钻进了毡房。陈金好像有些恋恋不舍,在毡房旁不甘心地呆立好久,这才咯吱咯吱地踩着积雪走过来。

　　"陈金,让你问的事怎么样了?"岑参说。

　　"她,她叫阿依茄茄克……"陈金所答非所问,一脸的茫然。

　　"什么阿依茄茄克?"

　　"就是那个小丫头的名字呀,名字怪好听的,是吧? 汉话翻过来就是月亮花的意思。"陈金不禁回头又望了望那毡房一眼。

　　"陈金,你糊涂了,让什么把你的魂叼走了是不是? 谁问你这个了,我让你问的是去看瀑布的事!"

　　"啊,对了,对了。"陈金这才回过神来,拍拍自己的头笑道,"回大人的话,依小人之见就不必去看了,那山上的瀑布早已变成一长溜冰疙瘩了。刚才我问了,从这里上去还有十好几里地。路远雪深难走不说,胡人还告诉小的,靠近瀑布那一带地方,因为三面都是高高的悬崖,如今成了一个大雪窝子,积雪好几丈深,能把马匹骆驼都陷进去,人根本到不了跟前!"说到这里陈金忽然笑了起来,原来他想起刚到庭州时的一件事。当时岑参听人说,白山主峰半山腰间有一泓很大的高山湖泊,名叫瑶池,风景非常美,就逼着陈金带他上山一游,可是最后却失败而归。因为那山特别陡峭,又没有路,突遇大雨,爬山时岑参从马上摔下来,掉进山溪里,浑身湿透了,还摔伤了胳膊,弄得狼狈不堪。

　　岑参不信:"你说的可是真的?"

　　"小的怎敢对大人说瞎话呢?"陈金又补充一句说,"大人,再说时间也来不及,刚才有人来找大人,说是那个老番王感谢你给他写诗,要回赠你一匹乌孙良马,等你回去挑选呢!"

　　岑参摇摇头说:"谢谢老番王的好意,可惜我不懂得马匹的好坏,你替我去挑一匹就行了。那高山瀑布今天既然看不成,不去就不去了,以后再说。咱们先回老番王那里去吧!"

那陈金鬼精灵,心眼多,领着岑参没有沿原路回去,却故意绕到胡人母女那座毡房前面。说来也真凑巧,陈金刚走到毡房门口,阿依茄茄克就突然撩开门帘钻出来,两人撞了个满怀。陈金眼疾手快,顺手一把将她拦腰抱住,立脚不稳又一起摔倒在雪地上。那胡女看到自己被陈金紧紧抱在怀里,压到身上,不但没有生气,反而咯咯地笑起来,爬起来,挣开身子退回到毡房里去了。

"这个丫头子!"陈金占了便宜,得意地笑道。

"陈金,看来你与这个阿依茄茄克有些缘分,对不对?"

"有缘分也没有办法,咱们今天就要离开这里了!"

"你小子倒还有些眼光,这个阿依茄茄克,长得可真不错!"

"可惜她像天上的月亮,我恐怕只能看着眼馋却够不着啊!"

"这么说来,你傻小子真的看上人家姑娘了?"

"这丫头子与小的碰了个脸对脸,一见是我就笑,脸儿红红的,也一定是喜欢上小的了!大人,你可知道,当今圣皇下诏,男十五、女十三就可成婚,小人今年可是已经二十二岁了……"

"好你个陈金哪,哈哈,好吧,我就给你当一回大媒吧!我让关老将军向老番王提提亲,让他把这个阿依茄茄克赏给你做媳妇,好不好?"

"大人你说话可当真?"

"这是小事一桩,再说,小琬也需要一个做伴的。"

"那样的话,小的这里就给您这个月下老人先磕个头吧!"说着,陈金就趴到雪地上,真的给岑参磕了几个头。

骑着老番王赠送的骏马回到轮台后,岑参果然托关老将军派人带了一份厚礼,到南山去提亲了。那老番王不敢怠慢,立即就应承了。原来,阿依茄茄克一家是老番王的家奴,他们刚好都见过年轻精明的陈金,还知道他会说一口熟练流利的胡语,因此二话没说就应允了。在他们看来,由关老将军亲自提亲实在是一件十分露脸的事,也是胡汉之间一种修好的表示。

在岑参和小琬的一手操办下,很快就置备了一应被褥衣服,给他们完婚了。成婚那天,阿依茄茄克的父母兄弟,还有白杨沟的胡人乡亲来了好几十人。新娘穿着一身鲜艳的衣裙,蒙着长长的红绸盖头,骑着一匹红骠马。送亲的马队驮着一头宰杀好了的牛和四五只羊,吹吹打打一起来到轮台城,在

120

打扫好的那院岑参的新居厢房里,热热闹闹地把婚事办了。岑参想,这场喜事,也许能把赵仙舟原来的晦气给冲散一些吧!

陈金的面子可真大,婚礼由岑参主婚,关老将军证婚,轮台郡的官员和静塞军的将佐也来了不少,连徐章和侯京也过来喝了喜酒,凑了份子。胡汉一家亲,大家觉得这是轮台郡少有的喜事。

岑参根据阿依茄茄克名字的含义,为她起了个汉名:胡月华。

婚后,陈金自是喜不自胜,整天笑呵呵的,服侍主人更尽心了。胡月华见丈夫在官府中做事,受主人抬举,人也年轻聪明,又会说胡语,知寒知暖的,而且自己还能与漂亮贤惠的女主人小琬做伴,所以心中也特别满意——尽管在告别父母时她躲在毡房里哭了大半天。

陈金婚后不久,为了照料岑参的日常生活,小琬的父母也由交河来到轮台,与岑参他们住在一起。岑参准备回庭州后,为石成璧老人安排了一份看守军械库房的差事。

这天,封大夫送来战报称,金山那边战事平静,南下作乱的胡人接连受挫,已有退兵之意,所以暂时不必派兵支援或押运粮草了。但所需的银两和珠宝绸缎,务必如数早日送至封大夫驻节的西林守捉城。不过这些事已由姚长史和徐章等人经办去了,用不着关老将军和他来插手,于是岑参就准备带家眷和陈金夫妇回庭州,然后根据封大夫临出征时的交代,到蒲类县伊吾军和伊州一带察看军情,并在庭州准备迎候封大夫凯旋等事宜。此事与关老将军一商量,关老将军也同意了。

第十七章

伊吾古碑

岑参回到庭州后,把小琬和石成璧夫妇安顿完毕,就带了两位熟悉道路的军卒做向导,与陈金一行共四人乘马赶赴伊吾军。

从庭州一直往西,到驻蒲类县的伊吾军有七百多里地,一多半为荒漠地带,路况也极差,非常难走。不过,一路上每隔几十里都有驿站或烽火台,并不是想象中的那种茫茫千里无人烟。加上有向导带路,相互间开开玩笑,讲些风土人情和民间故事传说,甚至唱些酸曲说些荤话,还不至于过于寂寞,也不怎么劳累。岑参还感到,与这些朴实厚道的下层兵卒交往,根本无须提防顾虑什么,叫人特别放心。

正走着,老军卒王老大忽然指着右手方向连绵的高山,兴奋地喊道:

"看,那就是折罗漫山,快到蒲类海子大草原了!"

听到老军卒的喊声,岑参抬头望去,只见浓雾散开处,南方天空果然展露出一长列雪山。雪山整个山顶都是高低参差的冰峰,银光闪闪,山腰则缠绕着一道墨绿色云岭杉林带,起伏连绵,密密匝匝,逶迤东去。但再往下就没有森林了,全是赭黄色和白雪相间的丘陵,笼罩在淡紫色的薄雾中。正前方,隐约可以看到一座土黄色的烽火台屹立在路边积雪中。

只听老军卒又喊道:"哎呀,刚才一路上雾太大,蒲类海子早就过了,就连蒲类县城也走过了。这座烽燧我认识,名叫石人子大墩,前面过了甘露川大桥不远,就是伊吾军了。"

陈金说："大人,天寒地冻的,要不要返回县城到驿馆里歇一会儿,喝点儿热茶暖暖身子?"

　　岑参看看时间尚早,就说："算了,蒲类系一座三等小县城,伊吾军既然不远,何必枉道去打扰地方,直接去伊吾军便是!"

　　伊吾军驻地在蒲类海东南的甘露川北侧,驻扎着四千多兵马。伊吾军城垣虽然不大,周长不过三四里地,但城墙高大,有东西南北四座雄伟的城门。城中又分内外两城,内城在东南角,是将军府所在地,外城住着中下级军官和家属。紧挨着东城墙外则为辅城,是伊吾军的兵营、马棚和操场。城内外自然少不了商铺、饭馆和作坊,供应军民的日常所需,甚至还有几座不小的寺院。因为伊吾军的任务主要是防备从东北方向南犯的胡人,离轮台远达一千多里,所以封大夫这次率军西征金山时,没有调用伊吾军的兵马。

　　伊吾军的主将是北庭都护府刀斧兵马副使王维岳将军。王将军四十多岁,高高瘦瘦的。他虽然不像瀚海军主将赵将军和天山军主将张都尉那样强悍威武,但一望而知是一位能独当一面的军人,显得稳重干练。当下,王将军在将军府热情接待了岑参,他知道岑判官在都护府中摄监察御史之职,是封大夫的左膀右臂,负责军纪和后勤诸般事务,诗名也很高,不同于一般官员。

　　第二天清晨,四野的浓雾已经渐渐消散,王将军领着岑参巡视了兵营设施,又冒着刺骨寒风登上西城门楼观景。王维岳指着城外空旷的田野说,这伊吾军城垒建在两座大山之间开阔的草原上,城南甘露川是一条大河,往西流入蒲类海子,两岸有数万亩肥沃的屯田,都是自汉代以来屯垦戍边的军士们开垦出来的熟田好地。这一带水草丰美,是西域少见的一片辽阔的大草原,十分适宜放牧驼马牛羊。胡人还在这里培育出有名的良种马伊吾马,为五大名马之一。最后,王将军遗憾地说："可惜现在草原都被冰雪覆盖了,要是岑大人夏天能再来,就可以看到这里到处都长满了没膝的酥油草、苜蓿和三叶草,满眼青葱,开满了野花异卉,五颜六色,真个是'天苍苍,野茫茫,风吹草低见牛羊',景象十分壮观。"

　　岑参笑道："对了,有人说这首有名的北朝民歌《敕勒歌》,其实就是写你们甘露川的草原风光哩!"

　　"所以我们伊吾军的军需粮草和马匹,可以自给而有余。"

123

岑参点头道:"是的,甘露川果然是一处肥沃富庶的草场和粮仓,自古乃兵家必争之地。难怪当年汉军在这蒲类海周围与匈奴人征战不断,反复争夺,《史记》和两汉书上多有这方面的记载。伊吾军东连河西、敦煌,雄峙东天山之北,算得上西域咽喉、北庭锁钥。王大人,你的责任重大呀!"

"末将十分感谢圣皇和封大夫的信任。"

在接风晚宴上,岑参意外见到了熟人李栖筠。

李栖筠上次回京不久,就在封常清的催促下来到北庭,被安排到伊吾任县令兼都护府别将,常驻伊吾军协助王维岳处理军务。李栖筠谈起春天在碛西相遇时岑参为他赠诗的事,特意敬了一大杯酒表示感谢。

岑参笑道:"春天在碛西揖别时,李大人曾说,后会有期,现在,我们果然又见面了!"

李栖筠只是憨厚木讷地笑笑,没有多说话。

"李大人不善言谈,但为人却十分热诚。"王将军解释说,"他虽兼着伊州伊吾县令,大部分时间却在伊吾军助末将筹划军事。"

"哪里,哪里!伊吾县虽系二等县治,但与州府同居一城,一应政事民事,幸赖县丞和县尉主持处理,故下官方能常在军中听候王将军指教。王将军专命末将管辖马军,午后正在城外河滩里督察马军演练,故而不曾来迎候岑大人,望乞恕罪!"

"李大人忙于公务,何罪之有? 倒是下官来叨扰你们了!"

"岑大人,别看李大人系进士出身,于军事上也颇通晓,可谓上马管军,下马管民,文武双全!"

"惭愧得很,王将军过奖了!"

说话间,岑参忽然想起一件事,便问王维岳道:

"王将军,在都护府曾见到一份谍报,称你们在蒲类海边发现了一通汉代的纪功碑,不知现在何处?"

"那份报告末将早就呈上去了,一直没有下文。原以为系区区小事,也没有放在心上,想不到岑大人如此看重。那份呈报,正是李别将的手笔呢!"

王将军说完,就让李栖筠把发现纪功碑的经过细说一遍。

原来,夏天屯田士兵在蒲类海东边开荒种地时,发现一块年深月久的石碑倒卧在荒草丛中,碑文上记载着东汉一位敦煌太守率部在海子边大败匈

124

奴人的事迹。因为这里人迹罕至，又深埋在土中，所以保存完好。

"现在那石碑放在何处？"

"在蒲类海边一座烽燧旁保存。"

"怎么不运回来妥为保管呢，不会损坏丢失吧？"

"那倒不会，军士们已用石块垒了一堵墙保护起来了。"李栖筠解释道，"其实，这里也没有什么人要损坏它。军士弟兄和附近胡人都传说经年古碑是神物，能辟邪魅、避水火。他们害怕一旦损坏了就要遭上天惩罚，或风雪大作，或火烧雷劈，不得好死，因此对它都敬若神明，一点儿也不敢动它。"

"那就好，我想明天就去看看。如果真的是块汉碑，那就太珍贵了，要设法运回来，再修座汉碑亭，永久保护起来。"

王将军道："此事好办，明天即派几个军卒，赶辆牛车，去把石碑拉回来就是了。"

王将军又说："那里还保存着一块古碑，但不算太早，是圣朝贞观年间的。"

"是块什么碑？"岑参问道。

李栖筠回答说："此碑下官也曾查看过，是国朝初年左屯卫将军上柱国姜行本将军命人镌刻的。好像是记述他当年在侯君集元帅帐下任先锋，率部攻占伊吾关，又经柳谷穿天山南下灭高昌王的行军纪功碑。"

"噢，那是贞观十四年间的事，离现在也有百多年了。"

"是啊，也算古物了。"

第二天天气晴朗，冬阳高照，岑参和李栖筠一行骑马奔波一个多时辰，就赶到闻名已久的蒲类海边了。岑参这才发现，原来他们昨天就曾路过这里，只因当时藏在雾中，没有注意到罢了。岑参下马走到湖边，向湖面眺望。

可惜节令不合，正值枯水季节，此时这方圆数百里的大咸水湖已缩小了许多，哪里有什么平常所说的烟波浩渺、白浪滔天的景象！只见湖冰上落满了厚厚的一层积雪，白茫茫的，分不清湖与岸的界线。只有湖中心似乎尚未结冰冻实，还能隐隐约约望到一抹深蓝色的湖水在风中荡漾。近岸，被积雪压伏的杂树荒草在呜呜的北风里瑟瑟颤抖，往北望去，只见混茫一片，竟与其他天山北麓冬天的荒野没两样了。

这倒有点儿出乎岑参的意料，不免感到有些煞风景。不过，这一切对于他来讲都不是主要的,只要能亲自来此实地踏勘一番,站在湖边望上一眼,感受湖风的吹拂,就足够了。剩下的什么像天宫遗落下的一面天镜啊,大地镶嵌的一块蓝宝石啊,水天一色、一碧万顷呀,波涛翻涌、水鸟翔集呀,等等,他那诗人的头脑是随时都可以想象出来的,虽然在他早年的游历中,还从来没有见过水面如此之大、令人惊讶的湖泊。

李栖筠带岑参来到离烽燧不远的一段石围墙前面,让人从石墙上扒开一道门,扫掉积雪,就看到一尊石人和靠里边一大一小两块石碑躺卧在草丛中。

门口这尊草原石人足有四尺多高,用整块藏青色的石头雕成。石人头很大很圆,约占全身的四分之一,脸庞宽平而圆,长着一对突起而细长的眼睛和高高的颧骨,上唇还留着两撇翘起来的八字胡须。他身穿翻领皮大衣,腰间扎条宽腰带,右手端一只像是酒杯一样的物件,高高举在胸前,好像在向访问他的人殷殷敬酒致意;左手却警惕地握着一把斜挂在腰部的长剑,似乎对来访者又不很放心。石人脚蹬皮靴,脚后跟相对向外分开。再细心看去,发现他的腰带上佩着一个小口袋和一把小匕首。石人表情凝重深沉,显得有些怪异,从长相和装束上看,显然是位突厥武士的形象。

岑参微笑着,对着草原石人想入非非,猜想他是怎么个来历,辨别它与内地王侯墓前神道上的翁仲或大户人家坟前的石人石马石羊有何区别。

李栖筠说:"岑大人,这种石人在这一带草原发现了不少,不足为奇。这尊形体较大,也较完好,所以我们也把它保存在这里。"说着,他命随来的军士去掉那块大石碑上的乱草,细心扫去尘沙,就辨认出上面镌刻着一行大字:姜行本行军碑。石碑足有一人多高,因为发现时间不长,几乎没有多少损伤。

李县令指着一段楷书碑文说:"岑大人,你看这几句,'铁骑亘原野,金鼓动天地,高旗蔽日,长戟彗云,自秦汉出师,未有如斯之盛也',这样形容军容之强大,是不是有些过于夸张了?"

岑参笑道:"既是纪功碑文,文辞难免会夸饰铺张一些,多些溢美之词在所难免,此系通例。不过,据岑某所知,当年陈国公侯君集元帅西征平麹氏高昌国之役,竟统领步、骑兵十五万之众,兵分两路,南北夹击,的确声势浩大。在西域地界,如此战争规模自古也是少见的。"说完,他轻声读了一段文

126

字后又说：

"国初大将姜行本果然是'深谋间出，妙思纵横'。他本名将之后，曾为将作大匠，极善工巧。你看这碑上写的'依山采木，造攻城器械，伐木则山林殚尽，叱咤则山谷荡薄……墨翟之距无施，公输之妙讵比'，想那高昌城高大坚固，最是易守难攻，正需要云梯、抛石机等此类特殊攻城战具。有姜行本这样的将军率兵打仗，怎能不旗开得胜呢？ 环顾当前我们大都护府中上下，这样多才多艺的将领就太少了，真是惭愧得很！"

"大人说的是。不过，你觉得这块石碑的石质如何？"

"石质坚硬，细润如玉，色泽纯净，果为上乘。"

"岑大人，其实这块碑原为后汉班超投笔从戎的纪功碑，被姜行本将军将其上的字迹磨掉，刻上颂扬圣朝国威的新碑文了！"

"真的吗？"

"是真的，你看，这块碑背后尚存有原碑文的痕迹哩！"

岑参听了，就让人把那块石碑立起来仔细察看，不满地摇头道："果然如此。我刚才还在称赞姜将军呢，现在看来就是他的不是了！ 你功劳再大，甚至再加上侯君集元帅平高昌的功劳，也盖不过人家定远侯率三十六人与匈奴人周旋，经营西域数十年的不世之功吧！ 这位姜大人怎么能这样干呢？伐功自傲，目无古人，数典忘祖，莫过于此！ 难道新选一块石料，镌刻上吹嘘你们功劳的文字都不行吗？ 真是的！"

"也许是军情紧急的缘故吧！"

"非也，此碑显系灭高昌之后所造。"岑参仍愤愤然，"其实，即使匆匆镌造，也不必毁掉古物呀！ 新造一块石碑又需几多时日？ 唉，一件如此宝贵的古物，就这样损坏了，真是可惜得很！"岑参心中很不以姜行本为然，遂不想细看了，转向旁边那块体积较小些的汉碑。

这块石碑体量虽然小些，也足有半人多高，用古朴的汉隶书写的碑文十分简练，石刻的笔画锋棱都比较清晰，几乎没有缺损漫漶之处，正是汉代的《裴岑纪功碑》。只见碑文写道：

维汉永和二年八月，敦煌太守云中裴岑，将郡兵三千人，诛呼衍王寿，斩馘部众，克敌全师。除西域之灾，蠲四郡之害，边境艾安。震威到此,立德祠以表万世。

当岑参看到所记太守"裴岑"二字中有自己的姓氏"岑"字时,顿时备感亲切,深为数百年前有这么一位以自己本姓为名的出色太守感到自豪。连忙让陈金取出随身带来的纸笔,磨好墨,不顾手冻得发僵,亲自将碑文抄写下来。

"汉永和,是后汉年间的年号吧? 离现在怕已有五百多年了……"李县令说。

"不,还要早些。永和是后汉顺帝年号,距今六百多年了。"岑参略略屈指计算了一下,答道。

"有人怀疑,说此碑可能是后人伪造的。"

岑参笑着摇头道:"此碑文正是两汉时古奥简约而质朴的文体习惯,隶书体字形扁长,结构疏朗,风格古峭劲健,后世之人是无法模仿的。再说,在如此僻远荒凉之地,费时费力伪制一通汉碑,又能干什么用呢?"

"大人此言有理,下官也是这样想的。"

"这倒巧了。"岑参抄写碑文时忽然想起一件事,"下官前几年在安西时,也曾见到一件摩崖汉碑的拓片,名叫《刘平国颂碑》,是军士在龟兹深山古寺旁的石壁上发现的。可惜仅残留数字,字体同是这种古朴、奇劲的汉隶,刻碑的时间也是'永和二年',你说巧不巧?"

"果然巧极了。"李栖筠听了拊掌笑道。

岑参感慨道:"这两通汉碑一在天山之南,一在天山之北,相距两千里,不约而同,足以证明西域广袤地域至少在六百多年前就属于我们的版图,并设有官员司守了!"

抄好了碑文,岑参就让军士们小心翼翼地将两块石碑和石人搬出来,再用带来的麦草稿荐反复裹了好几层,放在牛车上准备运回县城暂时安置下来。

李县令看看时间还早,就说:"牛车走得慢,不如下官陪岑大人沿湖边走一遭,看看那里的景色。"岑参自然高兴地同意了。

蒲类海西南方向,紧靠湖岸,矗立着一座孤立的石山。山虽不大而顶极尖,所以当地人称作"尖山子"。岑参在李县令和陈金陪同下登上怪石嶙峋的尖山顶,往北远眺浩瀚的蒲类海,又转身观赏远处那一横列白皑皑的雪峰和乌森森的山林。接着，岑参等下到山脚，踩着冰雪观看了陡壁上被称为"眼泪泉"的三眼清泉。令岑参感到特别惊奇的是，"眼泪泉"在这滴水成冰的隆冬季节，仍从石缝中汩汩地往外渗流着清冽的泉水，并且腾起团团白气，显然是一处地热温泉，倒也生气勃勃，令人惊喜。

陈金也很好奇，上前用手接了一捧泉水喝了几口，连称："好甜，泉水一点儿也不冰手！"

可惜泉水流量不大，在崖畔汇成一小洼清池，又从缺口流出。岑参看到，当泉水被乱石分成数道浅流，潺湲曲折地流往蒲类海时，却在半道上被冻成冰溜，流不动了。"眼泪泉"壮志难酬，敏感的岑参把它理解成某种人生悲剧的暗示或隐喻，联想起自己半生坎坷，感慨不已，不觉诗思飞扬，又想写诗了。诗题么，就题作《咏眼泪泉》吧。"非为无长足，天寒滞健步"，这两句当然最好是放到结句，那么，前面不妨再加几句吧，"泠泠岩隙出，蒲海望踟蹰，空怀千里志，不意止中途……"

"岑大人，"李栖筠走过来，见岑参正凝望着蒲类海出神，就建议道，"你也该为蒲类海留下一首诗了！"

不期而至的诗思被打断了，岑参回过头来怔怔地说："啊啊，李大人，你说什么？为蒲类海写诗？不，不，不，当年，太白先生在黄鹤楼上见到有前贤题的诗，就道'眼前有景道不得，崔颢题诗在上头'。国初诗坛四杰之一的骆宾王当年任裴行俭将军幕僚，出塞西域来到此地，就曾写过一首《夕次蒲类津》。既有先贤雄词佳句在前，不才岂敢班门弄斧！"说着，他吟起骆宾王的这首诗来：

> 二庭归望断，万里客心愁。山路犹南属，河源自北流。
> 晚风连朔气，新月照边秋。灶火通军壁，烽烟上戍楼。
> 龙庭但苦战，燕颔会封侯。莫作兰山下，空令汉国羞。
> ——《夕次蒲类津》

吟完，岑参对李县令说："是啊，我等此次随封大夫戍守北庭，一定要竭诚王事，确保丝路畅通，西域无虞，为圣皇分忧，绝不能有辱使命而复'令汉国羞'，让后世之人讥笑我辈无能！"

李栖筠听后,点头说:"岑大人所言极是。"脸色立即就变得很严肃而庄重了。

第二天,岑参拜别了王维岳将军,随李县令翻越折罗漫山,出口门子,去了伊州按察。

半个多月后回到庭州,岑参对发现伊吾古碑的事一直念念不忘,觉得这是此行的一大收获。他抽空查阅了《后汉书》,发现关于敦煌太守裴岑率兵大破匈奴的事,竟然没有只言片语的记载,不知何故。岑参仔细翻阅《后汉书·匈奴传》,最后只查到班超之子班勇破匈奴呼衍王寿的事迹。呼衍王寿是匈奴右部的最高统治者,经常率部到汉王朝的河西郡和西域一带掠夺侵扰,给当地造成极大的危害。早在汉安帝延光二年(123),呼衍王寿就联合车师国,发兵袭击敦煌、酒泉、武威和张掖一带。当时的敦煌太守张珰曾上书朝廷,请求派兵反击,收复西域失地。安帝就任命班勇为西域长史,带大兵屯田于柳中(今鄯善县鲁克沁镇)。三年后班勇终于找到一个战机,调集西域都护府各地部队,与呼衍王寿大战于天山东部,匈奴大败远遁,降者两万余人。后来班勇蒙冤入狱,朝廷则安于现状,苟且偷安,边防松弛,呼衍王寿见有机可乘,便卷土重来。估计就是此时新任敦煌太守的裴岑,仅依靠属下郡兵三千,在荒漠上转战千里,终于在蒲类海重创匈奴,斩杀了呼衍王寿,保卫了河西和西域的安全。读到这里,岑参感慨之余又觉得好笑,心里道:修史不易啊!那位颇为自负的南朝刘宋时顺阳人范晔,常自诩自己撰写的《后汉书》资料颇为完备,水平不亚于《史记》和《汉书》,谁知连这样重大的事件都给遗漏了,十分不该。当然,也许与作者死得太早有些关系吧。现在伊吾军无意中发现了这块石碑,一桩六百多年前的重要史实才得以重见天日!

岑参很是重视裴岑纪功碑的历史意义,也为裴岑和他的属下三千将士的赫赫战功不幸被遗忘好几百年而感到愤愤不平。他准备立即汇报给封大夫,建议拨一笔银两,托王维岳将军在蒲类县建座汉碑亭,以便将古碑妥为保护下来,以古人戍边平乱的英勇事迹激励今人,真正做到"立德祠以表万世"。他还准备将发现这两通碑的经过和碑文呈报长安,作为集贤殿书院修史的重要补充资料。

第十八章

庭州伫捷

　　岑参在等候封大夫西征的消息期间,无事就常在庭州城中走走。说实在的,到都护府半年了,他还没有到街市上好好转过几回呢!

　　庭州城历史悠久,最早系姑师人所建,车师后国的夏都王庭曾设于此地,故有庭州此名。东汉明帝时,戊己校尉耿恭于此建金满城,作为屯戍之地。后来西突厥可汗又在这里修建浮图城。由于这里扼守草原丝绸之路北道与车师古道的要冲,军事、交通地位重要,故唐于贞观十四年(640)在此建州,现为大唐伊西、北庭都护府和庭州治所所在地,孚远县城位于城南。距城南六十里车师古道旁的疏勒古城要塞,驻扎着都护府的主力瀚海军数千兵马。庭州城区宏伟,与西州高昌城规模大小相仿,城呈不规则的长方形,分内外两城,周长十里有余。城墙通高四丈,底宽三丈余,城门楼和角楼高耸,北城门甚至还有御敌的瓮城和兵马场,极为气派。都护府和州治衙门设在内城,外城则为手工作坊和商业区,全城居民六万余人,胡汉参半,往来的汉胡行商和僧人众多,熙熙攘攘,显得十分热闹。

　　岑参的住宅在庭州内城都护府背后,坐北朝南,是一处三进的套院。石成璧老人一家和陈金一家分别住在前院的东西厢房,岑参和小琬住在中院三间正房,后院则是库房、马厩和置放杂物之处。这天晚饭后,岑参正在书房读书,留守庭州的关继祖将军匆匆赶来,告诉他一个好消息,称封大夫已由前线回到轮台,稍事休整后将率部班师东来,预计五日后即可抵达庭州。

131

封大夫这次率军西征十分顺利,与敌在西林守捉相持数天,仅仅发生过几次规模不大的战斗。阿布思余部叛军迫于唐军与葛逻禄部的东西夹击,在强大攻势下请降了。几次战斗中唐军仅伤亡二百余人,却斩获敌首千余,俘虏四千余人,几乎是兵不血刃,大获全胜。关于在庭州西门外举行迎捷仪式的诸多细节,关将军与岑参根据以往的经验做了周密安排。他们商量定了以后,关将军就告辞走了。

送走客人后,岑参毫无睡意,心里不住想,封大夫这次凯旋,心情自然极佳,正是向他敬献贺诗以增进对自己理解的好机会。想到这里,他诗思活跃起来,坐在几前准备写诗了。

岑参让小琬给瓷油灯添满了油,备好纸,再在一只洮砚上为他研磨一池浓墨。这只雕刻着几条蟠龙的古砚是他这次西来路过临洮时,一位河西幕中故友送给他的。临洮是中国四大名砚之一洮砚的故乡,实物果然地道而名贵,据说当年汉朝大将霍去病西逐匈奴时,一位幕僚曾使用过这只紫色的石砚。这只千年古砚石质极佳,温润细腻,击之其声如磬,手拭之如摸孩儿面。岑参已把这件古玩视为一种辟邪的吉祥物,以为能给自己带来好运气,十分珍惜。那只瓷油灯是双层的,中间灌满凉水,用于冷却燃油,所以民间称之为"省油灯",是位敦煌的朋友赠送的。小琬在"省油灯"下磨着墨,望着岑参定定坐在窗前构思,像一个木头人。她想不明白,一个人的脑子里怎么会有那么多美丽动人的诗句,一动笔就能在纸上唰唰地写出来,行云流水一般,像是装满了一肚子的斑斓锦绣,永远也倾吐不完。

这时,西大寺浑厚、悠扬的钟声传过来,岑参浮想联翩,却一时捕捉不住诗意。半晌,他忽然意识到,要使自己尽快进入写诗的最佳状态,不如先把那天在轮台写的两首壮行诗取出来读上几遍,作为一种起兴,好从中受到感染和启发,产生联想,另制新篇。于是他取出堪称姊妹篇的那两首诗稿,默吟起来。

"君不见,走马川,雪海边,平沙莽莽黄入天……""轮台城头夜吹角,轮台城北旄头落。羽书昨夜过渠黎,单于已在金山西……"岑参轻吟这些诗句,情绪不觉亢奋了,诗思也开始活跃起来。看看小琬已将墨研好,他就把两首诗稿又认真润色了一遍,交给小琬,让她再各誊抄一份保存起来。小琬离开他的这些年,在石大娘的督促下,从没有停止读书练字,对岑参诗稿中比较潦草的字体也能很快辨认出来。岑参发现她受了自己的影响,学的也是虞世南的行书字体,秀丽流畅,无论笔画还是间架,都已有几分相像了。

读了这两首送封大夫的出征诗,岑参仿佛回到当日人欢马叫、鼓角齐鸣、旌旗翻飞、激动人心的场面了。这时又听门外传来风雪的呼啸声,想象着几天后西城门外大军凯旋的盛况,又联想起封大夫的战功和威仪,还有自己未卜的命运,一时间心潮难平,诗思奔涌。恰在这时,陈金抱着几捆青青的干苜蓿草从窗前走过。岑参知道,他是要到后院马厩去喂马的。

"胡地苜蓿美……征马肥……"岑参无意间看到陈金抱的苜蓿草,诗思火花般一闪,受到触发,忽然来了灵感,觉得有了一个很新鲜的开头。思路既然畅通,便提笔在手,一路写了下来:

> 胡地苜蓿美,轮台征马肥。大夫讨匈奴,前月西出师。
> 甲兵未得战,降虏来如归。橐驼何连连,穹帐亦累累。
> 阴山烽火灭,剑水羽书稀。却笑霍嫖姚,区区徒尔为。
> 西郊候中军,平沙悬落晖。驿马从西来,双节夹路驰。
> 喜鹊捧金印,蛟龙盘画旗,如公未四十,富贵能及时。
> 直上排青云,傍看疾若飞,前年斩楼兰,去岁平月支。
> 天子日殊宠,朝廷方见推,何幸一书生,忽蒙国士知。
> 侧身佐戎幕,敛衽事边陲,自逐定远侯,亦着短后衣。
> 近来能走马,不弱并州儿。
>
> ——《北庭西郊候封大夫受降回军献上》

"自逐定远侯,亦着短后衣。近来能走马,不弱并州儿。"岑参不觉轻声吟了两遍诗的结尾,觉得自然洒脱,遒劲有力,又有不尽的言外之意,点出了诗的主旨,自是全诗画龙点睛的得意之笔。小琬往壁炉里添了几块干梭梭柴,炉火蓦地爆燃起来,岑参觉得浑身有些燥热。"近来能走马,不弱并州儿",可是我目前仍是"侧身佐戎幕,敛衽事边陲"!难道我堂堂八尺男儿,就不能独当一面,率一支兵马亲上战场杀敌立功吗?难道只配为别人作些歌功颂德的诗,只能做些铁马冰河的英雄梦,在纸上凭着想象挥刀迎敌吗?他想起那天轮台城楼上姚长史、赵将军、徐参军等人奚落他的话,不禁愤慨不

第二辑

已。他站起来把勾画满纸的诗稿递给小琬,径直走向兵器架,噌的一声抽出宝剑在手。那剑身在灯光炉火中轻轻颤动着,蓝莹莹地熠熠生辉,正是那把"天山雪"!

"小琬,把这首新草成的诗也抄出来吧,我到院里去练趟剑。"

岑参给小琬交代完毕,已换上短衣,提剑快步迈到院中。

岑参的住处是一套土木结构的平房。与内地不同的是,这种典型的西域民居因常年雨水不多,房顶比较平缓,上面既不必盖瓦也无须苫草,而只在铺的苇席上抹了半尺多厚掺了麦糠的泥浆,土房顶和厚厚的土坯墙既结实又保温,房子外观上看去虽有些厚实笨拙,但冬暖夏凉,十分实用。岑参住的堂屋与两侧厢房之间有一道小回廊相通。廊前院子很大,堂屋檐前长着两株高大的榆树。院中冰雪早已被陈金夫妇铲除得干干净净,高高地堆在旁边小花圃里,露出两丈见方的一块平地。岑参一早一晚都要在这里练上几套拳、剑。关老将军给他传授的那套"华山神剑",果然神出鬼没,变化多端,岑参练得有些入迷。他十几岁时家住嵩山少室山侧,距少林寺不远,曾向少林武僧学过几套少林拳,腿脚本来就有些童子功,悟性又好,所以现在新学这套剑,能够很快入门。他还根据自己的理解,将释门的少林拳意与道家的武当剑韵自然融为一体,于飘逸潇洒之中不失浑厚凝重,轻捷流畅之间不乏沉雄刚健,刚柔相济,攻守兼备。前些天关老将军见他练过一趟,连声称赞他学得快,学得好,已有七八分火候,对他鼓舞很大。

雪已停了,一轮明镜般的圆月在云海中穿行,向大地布下忽明忽暗清冷的光,照在刚刚落下不久薄薄的一层细雪上,晶莹闪亮。雪厚约两寸,十分松软,也不滑,像是铺上一条富有弹性的地毯,踩上去吱吱作响,十分舒服。岑参很是惬意,在院中面朝南方稳稳站定,目视前方,放松身子,含胸拔背,气沉丹田,屏息凝神运了一阵气,然后伸出剑指向虚空,吐了一口气,一招"仙人指路"拉开架势,开始缓缓出剑。起式一毕,一瞬间,行云流水般地劈、刺、挑、点、带、扫、拦、截、撩、推、穿、挡、托、架、格、云、挂、抹、崩、绞……一口气使出了九九八十一个招式,意在剑先,力道沉雄,把小院的四面八方都打到了。只见嗖嗖的千百道白光,罩住了人影,果然神出鬼没、龙飞凤舞,令人眼花缭乱。一套"华山神剑"练毕,岑参沉稳地并脚收了式,习惯地理顺了五绺长须,不觉额头上微微渗出一层细汗,但心不慌,意不乱,面不红,手不颤,呼吸平稳,周身上下感觉十分通泰舒畅。

谁说书生不能仗剑请缨、沙场建功呢?岑参在心里不知向谁这么愤愤地问道。但仍觉意犹未尽,便把剑插进一人多高的雪堆上,深吸口气,又舒拳踢腿练了一套刚健硬朗、排山倒海般的少林拳,呼呼生风,气势不凡,这才畅心达意地提剑进屋。

"剑练完了?"小琬起身为岑参倒了一碗热气腾腾的奶茶晾着,指着誊抄好的诗稿笑道:"官人,看你写的这几句诗吧,你们几天后才能见到封大夫回来,可是这诗里就已经写上啥'降虏来如归,囊驼何连连,穹帐亦累累'了,还有'西郊候中军,平沙悬落晖,驿马从西来,双节夹路驰',好像是已经亲眼看到了一般。再说,要是那天下场大雪,是个大阴天,根本见不到太阳,你那'平沙悬落晖'啥的,不就没有着落了吗?你可真能胡编乱造啊!"说完,伏在几上咯咯笑得直不起腰来。

"我过去见过好多次将军们凯旋的迎接仪式,一些程序大同小异都差不多,我当然现在就能把候捷时的情景写出来了!除了这些,还有哪些不好的地方,我的女诗人?"岑参关上门,放下棉门帘,在兵器架旁靠好"天山雪"剑,好等待上面的冰雪水化完后再揩干,又在门后铜盆里洗把脸,换上长衫,这才走过来笑道。

小琬笑罢,直起身子又说:"当然还有啦!你看这'喜鹊捧金印,蛟龙盘画旗',这寒冬腊月天,哪有什么喜鹊呀蛟龙的呀?还有像'霍嫖姚''定远侯',我听官人说过多次,他们是汉朝两员大将的名号,明明是写给人家封大夫看的,却用这些古人的名号干啥嘛!"

"这个吗,都是因为你不懂得写诗!"岑参摇摇头。

这时岑参忽然想到,如果是双峰草堂家中张夫人读到这首诗,深谙诗理的她,大概不会提出这样幼稚可笑的问题吧?于是他耐心地对小琬解释道:"写诗要运用想象,还要用赋比兴手法,引用一些典故,文字又要求精练新奇、含蓄有味,还有韵律、平仄、对仗等等,像平时说大白话那样直说,平淡无奇的,就不成诗了,那有什么意思!就如这'喜鹊''蛟龙',还有'霍嫖姚''定远侯'等词来说,其实都是指代而非实写……唉,不跟你说这些了,诗的学问大了,一时半会儿也讲不清楚!"

"原来写诗还有这么多的穷讲究,这样难,我一辈子也不想写啥子诗

第二辑

了。"小琬笑着说。

岑参端起茶碗吹开漂浮在上面的茶叶末儿，呷了一口，香气扑鼻，咸淡正合适，感到很爽口。在西域这些年，他一直很喜欢喝奶茶，小琬用文火精心煨制的奶茶尤其可口好喝，差不多一早一晚都要喝上一大碗。

停了一会儿，小琬倚着木几用手掌托着脸，若有所思地说："我真不明白，那些单于、番王、将军们为什么总爱打仗，不是今天你跑过来打我，就是明天我跑过去打你，成天刀啊枪啊，杀啊冲啊，砍头割耳，血淋淋的，何苦哩！大家不都是大唐天子的臣民嘛，亲兄弟亲姐妹一样地和睦相处，互通有无，一块儿平平安安过日子，该有多好，难道不打不行吗？"

岑参笑道："贪欲生争执啊！世上的人，要是都像你和我这样地懂礼仪、知忍让、软心肠、与世无争就好了，保准打不起仗来！"说着，他起身上前小心翼翼地用一块干布把剑上的水汽拭去。

"'如公未四十'，哎呀！"小琬拿起诗稿又突然叫起来，"封大夫原来还不到四十岁，和你差不多哩！可是我看他倒像是个五六十岁干瘪的小老头，未老先衰。哪像你，脸上一条皱纹都没有，猛一看还像是个三十来岁的人，身体壮得跟头牛一样……"小琬说到这里，不知为什么脸忽地红了，羞得低下了头。

岑参正要把"天山雪"插进剑鞘，听小琬这一说，忽然手一滑，宝剑当的一声掉在地上。他失神地站在那里，心里说：是啊，封大夫是和我同庚，我也是快四十岁的人了，而且当年还考了个甲等第二名进士，出身名门，才学满腹，可是却要万里迢迢跑到这荒寒之地，像家奴一般为别人大写什么颂诗献辞，眼巴巴地期待人家来提携和引荐……唉！窗外暗下来，月亮钻进乌云中去了，院中风声阵阵，又飘起雪花来。岑参刚练完剑拳的那份意气风发的振奋劲头，像一只被扎破了的气泡，一下子瘪了下去。他伤感得很，不禁深深地嘘了一口气。

小琬吃了一惊，以为自己说错了什么引得官人不高兴，忙放下诗稿轻轻走来，同情地依偎在岑参身上。只听岑参的喉头在咕咕作响，嘴里喃喃念叨什么"可知年四十，犹自未封侯"，并流下几行热泪，竟然滴到小琬的面颊上。

小琬猛地踮起脚抱着岑参的脖子，用湖水般明净的眸子望着岑参，动情地说："官人，我懂得你的心事，你怀才不遇，心里痛苦得很啊。可是，你千万要想开一些,像关老伯说的,这一切都是上天安排好的命啊,有啥办法呢?一个人安安稳稳地活一辈子就行了,何必为那些盼不到的功名利禄自寻烦恼呢? 唉,我能为官人做些什么呢?"她松开手,四处张望着,最后发现掉在地上的"天山雪"剑,就弯腰拾起来说,"如果能使你得到快乐和满足,我真愿意替你去死……"她眼里闪着泪花,用衣袖轻轻拭去剑上的尘土,仔细看看宝剑,慢慢将它插进剑鞘里。

岑参什么也说不出,只是长叹一声,泪眼婆娑地伸臂把小琬揽在怀里。

这时风雪声中,隐隐传来远处西大寺鼓楼上报三更的漏鼓声。

第二辑

第三辑

蓓昨胡暮平万满蓓秣洗千日大丈破鸣葱蒲营官只天捷汉
军夜烟雨明箭谷军马兵群落将夫国笳山海幕军令子书将
只将白旗流千连遥龙鱼面辕龙鹊平叠夜晚傍西谁预先承
见军草旗血刀山见堆海缚门旗印蓓鼓雪霜临出数开奏恩
马连日湿漫一遍汉月云出鼓掣摇昔拥扑凝月过贰麟未西
空晓光未空夜哭家照迎蓓角海边未回旗马窟楼师阁央破
鞍战寒干城杀声营营阵城鸣云月闻军竿尾塞兰功诗宫戎

第十九章

奇计平蕃

呀，又下大雪了！

清晨，岑参起床后漱洗已毕，照例要到院中练上一趟拳剑。昨夜悄悄又落下足有半尺厚的雪，在雪地上练剑，平平的，松松的，踩在上面很舒服。他心里笑道，看来永远也不能带上我这把"天山雪"上战场杀敌了，那么，只好在自己的院子里耍一耍吧！岑参胸中一股郁闷之气油然而生。精神专注地练完了拳剑，收势提剑，习惯地越过西厢房房顶，往西南方看了一眼。原来白山主峰那三座拔地而起的雪峰，就矗立在那个方向。昨夜这场风雪把一天的雾霾全部扫荡殆尽，天空瓦蓝瓦蓝的，格外晴朗。白山主峰笔架山那峻拔的身姿，被旭日镀上一层耀眼的金边，如天宫中的仙人高举起一面绯红色的大纛，高高地飘扬在蓝蓝的晴空，比其他雪峰明显要高出一大截，十分醒目。岑参很喜欢看到它，一看到它那引颈直插云霄的奇峭身姿，就联想起故乡的高冠峰，联想到长安慈恩寺塔，感到精神特别振奋。这时街上又传来阵阵士兵早操的马蹄声、脚步声和口号声，异常嘹亮、雄壮，岑参心里不觉涌出几句诗来：

都护新灭胡，士马气亦粗。萧条虏尘净，突兀天山孤。

——《灭胡曲》

岑参觉得诗中尾句这五字，最是畅心达意，写出了天山的精气神，堪称神来之笔，就忙跑回书房提笔记下来。顿时他感到诗意来袭，乘兴又写下一首五律的草稿：

> 雁塞通盐泽，龙堆接醋沟。孤城天北畔，绝域海西头。
>
> 秋雪春仍下，朝风夜不休。可知年四十，犹自未封侯！
>
> ——《北庭作》

写完，他默念了最后两句，不觉深深叹了口气。他明白，这两句是从他献给封大夫那首《北庭西郊候封大夫受降回军献上》中，"如公未四十，富贵能及时"两句里不觉间化出来的，而且一直萦绕在心头。十年前他在《思旧赋》就曾写道"嗟世路之其阻，恐岁月之不留"，这一时不我待，渴望尽早建功立业的情结，在岑参意识中可谓根深蒂固，拂之不去，消解不了。

唉，人比人真是气死人！

已经立春了。现在是天宝十四年腊月底，除夕将至，自己过了年就年届不惑！可是二度出塞一年多了，仍是寸功未建。封大夫西征凯旋已月余，边地一直很平静，自己在都护府中无所事事，枉做了一个又一个铁马冰河、挥剑杀敌的美梦，看来这立功封侯之愿永远只是一场梦了！难道我又是一个"白发轮台使，边功竟不成"的赵仙舟吗？想到这里，岑参不免有些凄然，心里很不平静。

然而军中之事，从来都是突如其来、瞬息万变的。向晚时分，正当岑参围着火炉与小琬闲话的时候，陈金带进来都护府的一位衙推。原来交河郡传来告急羽书称，盘踞于蒲昌县播仙镇（今且末县北）多年的吐蕃人突然作乱，拥兵北犯，若羌告急。封大夫即命幕府各位将军职事，即刻到府中议事。

又有战事了！岑参多少有些兴奋。他刚出门又忽然转身回屋，从书架上取下用蓝布裹着的一卷羊皮纸，他想在这次军事会议上一定能派上用场。

岑参赶到都护府议事厅时，封大夫已等候多时，表情与往常一样镇静自若。在庭州的姚长史以及高级将领和幕中群僚均已陆续到齐。此前，米司马因患中风不语已离职回京了，在姚长史的极力举荐下，瀚海军主将赵光烈已升为北庭都护府代行军司马之职，在整个北庭都护府中，仅次于封大夫而位居军事长官第二把交椅。因此,半截铁塔似的赵光烈,就大大咧咧地坐于封大夫右首,俨然有军中次帅的架势。

封大夫见部属已到齐,就先请新升任都护府掌书记的侯京将告急文书向大家宣读一遍。八百里告急羽书曰:

交河郡转呈

北庭都护常清封大夫

安西都护府李副都护帐下:

盘踞播仙镇经年之吐蕃兵,近日忽举叛旗,贼众数千,狼奔豕突,其势汹汹,将犯若羌。若羌守卒不足五百,且孤悬漠中,恐难久持。盼速发大兵,南下驰援。火急十万!

若羌镇将　陈

天宝十四年腊月初九

读完,众人尽皆大惊失色,议论纷纷:"此为半月前的加急羽书,怎么今日方到?"

侯京解释道:"据交河郡传使称,车师古道大雪封山,路途险阻,传报途中使者竟有两人遭到不幸,一人连人带马摔下悬崖,一人被雪崩所掩埋,幸存二人冒雪跋涉六日方赶至庭州,因此延误。"

封常清不动声色慢慢说道:"若羌距庭州有一千四百余里之遥,翻山越岭,雪大路滑,半月已是快了,不足为奇。播仙镇原为我大唐且末城,后为吐谷浑所占,吐蕃兵攻灭吐谷浑,遂踞有此地,已历多年。前些年,高仙芝大人曾偕于阗王尉迟胜等联兵讨伐,贼势稍减。近年来,因我大唐为大食国及西北作乱胡人所牵掣,一时无暇南顾,竟使南蕃坐大,得寸进尺,以致成今日心腹之患。另据西州军报,播仙蕃贼依托吐蕃、青海本土,气焰嚣张,战斗力极强。日前西州镇将已命蒲昌县鄯善镇发兵一千星夜驰援,可保若羌暂时无虞,但恐无法持久。如若羌失守,则米兰、尉犁,乃至整个西域均将受到严重威胁,不容坐视。想我北庭驻军西征归来未久,军士疲惫,正在休整期间。如何应对,愿闻诸位之高见。"

言未了,只听代司马赵光烈道:"想那播仙镇,不过是葱岭之北、大漠之

142

东一座弹丸小城,穷得叮当响,人烟稀少,蕃兵不过千把人,能成啥子大气候嘛!若羌镇那个龟儿陈镇将,我晓得,硬是个胆小怕事的窝囊废,小题大做,如此惊动封大夫很不应该。封大夫,这事就交给赵某好了,末将愿提瀚海军本部兵马三千,星夜南下,克日一举而荡平播仙!"

姚长史道:"封大夫率军西征连月,鞍马劳顿,宜继续留在府中总揽全局。赵司马神勇,惯于征战,新升任代司马,正合代大人率军南征。"

徐参军立即迎合:"姚大人此议甚是。"

侯京由轮台县主簿升任都护府掌书记是经赵光烈和姚长史大力举荐的,于是也不失时机地附和道:"赵将军在军中威望甚高,胡人闻之胆寒,况新任都护府代司马,正可担当此任。下官初任府职,亦愿随赵将军南征破敌。"

赵光烈用威严的目光扫了众将一眼,于是不少将官便纷纷表示赞同,称:"末将亦愿执鞭坠镫,随赵司马出征,定可早日平蕃。"

其他将佐幕僚你看我,我看你,一时无言。

封常清看了一眼岑参:"岑先生的意思呢?"

岑参道:"封大夫对播仙战事全局的分析,所言极是。下官在河西、长安时,曾听说吐蕃近年悖逆其高祖松赞干布与我大唐世代修好之遗训,欺天蔑祖,野心颇大,一贯出尔反尔,背信弃义。贼兵在西蜀、云南、青海等地与南诏国相互勾结,接连袭扰、蚕食我大唐领土,劫掠烧杀,为所欲为,严重威胁我河西走廊之大通道。武后临朝时,吐蕃竟遣使来朝,狂妄提出要我大唐退出西域四镇,连同西突厥十姓全部划归他们管辖,其狼子野心在于避免腹背受敌,好集中兵力,攻取我河西诸郡,进而威胁关中。其阴谋当即被我朝识破,予以严词拒绝。吐蕃贼人战斗力颇强,几十年来,朝廷虽多次发大军征讨而未果。天宝八年,哥舒翰将军以战死数万唐军之惨烈代价,始拔除青海之东石堡城,仅擒得吐蕃贼四百余人,蕃贼之凶顽可知。若今一任播仙蕃贼猖獗,一旦得逞,东西连成一片,夺取河西,截断中原与西域之间通道,其后果难以设想。故此次南征,事关重大,切不可掉以轻心,务必做好充分准备,一举收复播仙,将贼兵逐出昆仑山之北,永绝后患!"

封常清道:"那么,以先生之见该如何呢?"

岑参听了,就取出随身带来的那卷羊皮纸。原来这是他根据查阅各种

143

史籍、方志,特别是经实地考察收集到的资料,绘制而成的一幅西域军事地图。岑参在封大夫案前慢慢将地图展开,说道:"此西域军事地图,系下官亲手绘制。大人,你请看——"他在地图东南方部位指点着,"播仙镇在这里,汉为且末国都,位于一条大河的西岸,下临峡谷,城垣坚固,地势险峻,宜守而难攻,为扼守丝路南道上的一处重要城镇。播仙西距毗沙都督府精绝城约七百里,东北距我西州所辖若羌镇约三百里,西北距我焉耆镇尉犁军约一千里,北距我天山军更有一千二百余里之遥。路途既远,且沿途多为荒漠流沙,干旱缺水,无论是伊西、北庭都护府,还是安西四镇都护府,均感鞭长莫及,故数年间竟使吐蕃坐大而野心膨胀。若羌镇人烟尤其稀少,我大唐守军不多,如欲独力抗击狂暴之蕃兵当然不敌。为今之计,如欲调兵南征,可否就近以天山军和焉耆都督府尉犁军兵为主,与前发西州米兰军之一部,集中于若羌城,待机协同作战。如果用赵司马之议,动用瀚海军主力,穿白山而南下,实为劳师以袭远,颇为不利。为协调安西、北庭诸军计,还是请封大夫亲自挂帅为宜。天山军张先集将军年轻骁勇,带兵有方,前军指挥可由他出任。此议当否,还请封大夫定夺。"

赵光烈听了,掀髯哈哈大笑:"诸位请听听看,岑判官此言,岂不是长敌人之志气,灭自己之威风?再说,哪有像岑御史这样,拿着地图指挥作战的,纯粹是纸上谈兵的书生之见嘛!"

姚长史冷笑道:"何况,这幅羊皮军事地图,还是岑判官他自己私下里画的,能可靠吗?"

徐章道:"姚大人所言极是,果然是羊皮纸上谈兵!"

封常清道:"此言差矣,赵将军!为大将者征战岂有不参考地图指挥之理?"他又对姚长史解释说,"姚大人,你有所不知,岑先生这幅地图,早在前几年安西时他就开始画了,本帅也曾多次拜读过,甚至还提过修改意见。比起已有的西域地图来,此图更为完整详细,且纠正了许多失误和遗漏,对各处城镇、要塞、烽燧、邮亭、戈壁、沙漠、河流、山脉,道路,甚至村落、树林,井泉的位置、相距的里程,都标示得清清楚楚,一目了然。这样,无论于驻守、行军、攻防均可做到心中有数。此图很好,待进一步补充修订后,拟由都护府复制多份,分发各军参用。姚大人,此图可靠性不容置疑。"说到这里,封常清停了停又说,"本帅过去从没与吐蕃军交过手,哥舒翰郡王曾与某谈及,吐蕃贼凶悍异常,切不可小视。不知在座诸位还有何高见?"

几位幕僚轻声说:"岑判官所言有些道理,播仙吐蕃贼人的确不可轻视。岑大人所精绘地图,我等也曾见过,确实比较准确详尽。"

封常清道:"岑先生所言调兵方案,与我意相近。此次征讨播仙,宜就近调集兵力,务必做好充分准备,集中兵力,出奇制胜,从而一鼓而定。本帅此次受命西来,早就抱定决心,誓保我大唐西北边疆安宁,为圣皇分忧。至于征战中辛苦劳累种种,本不在念中。谚云,养兵千日,用在一时,故封某自当亲自提兵南下。目前,圣皇仍命我暂时兼领安西四镇节度使。焉耆镇之兵本系我之旧部,必乐于听从封某将令。赵将军,前次西征你任前锋,身先士卒,劳苦功高,受累了,这次南征就不再随我去了,由你与姚大人和关老将军留后。至于何人担任前军指挥,拟到天山军驻地后再定。"

赵司马还想争,封常清摆摆手道:"我意已决,不必再议!"

赵光烈不得已又道:"那么,末将愿留守庭州。今冬雪硬是多得很,车师古道大雪封山,不利行军。末将可否率部先行,为封大夫清雪开道,护送大人直到交河城下?"

岑参听了,忍不住又建言道:"以下官愚见,大人此行不宜走车师古道南下,可先绕行轮台,然后经白水涧道东行至天山军。沿此路线虽然可能多用一两天时间,但路途比较平坦,可节省将士体力。车师古道翻山越岭多在悬崖峭壁峡谷中穿行,最狭处如石门子等处仅容一人一马通过,有谚语形容这条古道是'一天有四季,十里不同天',天气变化极大,何况现在正值隆冬腊月。诚如赵司马和侯书记所言,今冬多雪,山间小道雪深更达数尺,且不时有雪崩滚石之虞,穿行其间十分危险,大军反欲速而不达矣!"

封常清点头道:"诚如岑先生所言,本帅也正是这么想的。就经轮台绕行,前往交河!"

赵司马无奈,只好同意了:"谨遵封大夫之命。"

封常清转对岑参道:"那么,就请岑先生辛苦一趟,带上调兵竹符,明日即先行赶往天山军,知会张将军等做好粮草准备,然后再赴安西着李光弼副都护调尉犁军一部,径至若羌会齐,不得有误!"

赵司马一听,忙说:"末将有一提议,徐参军可与岑判官一路同行,相互间好有个照应;再说,他们已是老搭档了!"

"就依司马之议。"

岑参和徐章道："遵命！我等明晨即整装出发。"

"军情紧急，各部回去做好远征一应准备，后日拂晓本帅出发南征。"封常清说完，留下姚长史和赵司马等人就粮草驼马辎重诸事做具体部署安排。

岑参心情振奋地踏雪回到家中，又点上胡麻油灯仔细察看那幅军事地图。看着看着，突然，如电光一闪，一个绝佳而又大胆的奇计浮上脑海，他高兴地拍了一下桌案：

"妙哉妙哉，出奇制胜，真乃妙计也！"

"哎呀！"小琬刚进门请岑参去吃晚饭，被岑参这一拍一喊吓了一大跳。

"不吃了，不吃了，我得立即面见封大夫！"岑参说着，卷起地图就要出门。

小琬喊道："急啥呀，你？外面又下雪了，风也大得很，穿厚一点儿再出去嘛！"岑参只得回头披上皮袍，戴上小琬递过来的胡式皮帽，匆匆赶往都护府。

封常清送走姚长史赵司马等人，正在饭堂准备吃晚饭，听说岑参连夜赶来，知道一定有紧急要事禀报，就请他到饭堂见面。

"岑先生，还没有吃晚饭吧，就在舍间用便饭何如？我们边吃边谈吧！"封常清一向自奉俭朴，二品大员的晚餐也不过是一荤两素一汤。

岑参感动地说："大人饮食果然简单得很，下官十分敬佩！"

"我自幼受苦，又常年在军中生活，简便惯了，能吃饱就行。"说着他吩咐在旁边听候的胡姬，让厨下加两道好菜来，再取出一坛好酒。

岑参看看那两位胡姬生得都很美艳，心里想道，人言不差，果然封大夫也养有胡姬啊！遂笑道："这酒就不喝了吧，喝醉了恐有误军机大事。"

"夜雪天寒，少饮点儿没事。刚才府中议事，赵将军有些失礼，他就这么个脾气，岑先生不要往心里去。"

"赵司马为人豪爽，心直口快，下官难道还能不知道？封大夫既然要听大家的建议，我是知无不言，言无不尽，以尽幕僚之责。再说，下官的意见是从南征大局上考虑的，并非专意与哪位将军过不去。至于下官建议当否，全凭封大夫裁处。"

封常清道："岑先生不介意就好了。快说吧，你连夜赶来，有何见教？"

岑参取出地图指画着说："不才回家又翻阅了此图,突然产生了一个想法……"说到这里,他环顾四周,欲言又止。

封常清会意,就对旁边伺立的胡姬摆手道："都退下去,我与岑大人有军机要事相商,酒菜上齐后就不要再进来了。"

胡姬关门退去后,岑参方低声道："正如播仙羽书所称,吐蕃兵势极盛,多年来养精蓄锐,不可小视。下官恐长途奔袭,如初战不利,势必挫我军锐气,所以必须出其不意,攻其不备,一战而制胜。"

"这奇兵之策,先生可已想好了吗?"

"正是。下官想出的这条奇计,本是受到大人所言的此战宜出奇兵破敌的启发。"岑参不无得意地说,"大人知道,下官平昔熟读地图,对西域方域了若指掌。刚才回家后细读地图时突发奇想,可由安西派出可靠军使,径至播仙西之精绝镇,令其派精兵一部由贼兵背后实施突袭。如此,与正面我大军遥相呼应,南北夹击,蕃兵首尾不能相顾,必将不战自乱,那么,我军定可稳操胜券!"

封常清眼睛一亮,举杯称赞道："好主意! 好主意! 岑先生果为封某得力的左膀右臂,谢谢你了。来,先干了这杯!"

封常清碰完了杯,稍一沉吟又说："不过,吐蕃在播仙盘踞经年,南下精绝之路早被封锁,且又在双方对垒之中,贼人防守必然特别严密。如此,这密调精绝奇兵之令将如何越过播仙镇境,安全传递过去呢? 岑先生,请,请吃菜呀!"

"这一点,下官也考虑到了。"岑参呷了一口酒,夹了一片烤羊羔肉嚼着,然后用筷子指着地图上安西之南的图伦碛(今称塔克拉玛干大沙漠),胸有成竹地说:"封大夫请看,这里一大片空旷处,就是图伦碛大沙漠。下官前些年在安西时就曾听同僚说过,由龟兹都督府往南,涉过赤河(亦称龟兹河,即塔里木河),沿于阗河南行,即可纵穿图伦碛到达于阗国毗沙都督府。沿途既有水道可循,绝不至迷途,也不缺水,土著猎人或商人多有循此路南下北上者。下官猜想,大人在安西多年,肯定也听说过这条纵穿大碛的秘道吧?今时值隆冬季节,天气不热,因此路途并不难行。体健力壮者带足干粮,就地取冰化用,策马急行,十日左右即可达于阗,然后请于阗王密调精绝镇之兵助战。据我所知,精绝镇有一守捉城,颇大,常驻两千兵马,多为回纥兵,

147

英勇善战,足可一用。"

封常清听了,俯在地图上察看了半天,然后点头道:"此奇计大好,果然出其不意,攻其不备。我在安西确也曾听说图伦碛大漠中有此险路南通于阗,猎人商贾往来不绝。问题是此系高度机密,要由非常可靠之人携符南下,方可确保调兵成功,以免军机泄露,功败垂成。"

"大人所见极是。下官以为,武判官现在安西李副都护帐下,在下星夜赶赴安西,与李都护和武先生共商密调精绝奇兵之事。由武判官亲手办理,大人足可放心。"

"武先生足可相托。到安西后,可请李大人着尉犁兵径直沿丝路中线南下,不必再枉道绕银山道到天山军集中。"封常清又看了看地图,在心中盘算了半天,最后说:"我刚才粗粗计算了一下,军情火急,元旦佳节也无暇过了,可定于十五日后,即明年正月初十日与我天山军在若羌镇会齐。再候半月,即正月二十五日向播仙发起进攻。精绝军也务于此日从敌后方发动突袭,两下夹击,定可一鼓而定!此役可称'新春大捷',岑先生你看这样如何?"

岑参伸出手指仔细计算了好一会儿,这才点头道:"好个'新春大捷'!从今天算起,三十日后方开始破播仙之役,时间是充裕的。大人谋划,一向极为周密。"

"好,十分感谢岑先生献此奇策妙计,功成之日,本使定将上表为你请功邀赏。岑老弟,再干了这杯吧!"

岑参饮了酒,说:"建言献策,本为门客分内事,岂止为讨朝廷封赏!不过,封大夫,前次西征大人不允下官跟随,这次就该让岑参执鞭坠镫了吧?"

"不。"封常清笑道,"先生还是留在后方,静待前方佳音。到凯旋之日,再为我写几首好诗相贺吧!"

岑参急了:"下官如不亲赴前线,见将士们如何跃马扬刀、浴血奋战,仅凭面壁想象,这好诗也就写不出来了!"

"好吧,等你从安西调兵返回,我们在天山军见面时再议。"

第二十章

焉耆遇旧

岑参和徐章出发赶往轮台时,乘坐的不是马匹,而是陈金他们找来的一辆马拉着的大爬犁。爬犁是胡人冬天用的便于雪地行驶的一种特殊交通工具,由坚硬的榆木或红柳木制成,土卒驾马牵引着爬犁在溜滑的冰道上奔走,快捷如飞。陈金又在爬犁的毛毡上铺上厚厚的麦草、羊皮,人坐上去很是平稳舒适。岑参等人安坐其上,望着两旁飞驰而过的雪山和雪原,两耳生风,真有乘风驭浪、腾云驾雾之感,十分新奇、畅快。

赶到轮台,岑参等与关老将军一同商议了迎候封大夫诸事后,又与徐参军改乘马匹,沿白水涧道赶至天山军。

因早已接到若羌的告急军书,据以往经验,天山军主将张先集将军判定,都护府封大夫定然要就近调天山军驰援若羌,所以他早就开始调集部队、帐幕、粮草和驼马,以便随时南征平乱。特别是长途行军用的炒面、干奶酪和风干牛马肉,还有贮水的皮袋子等,都准备得很充足。岑参感到张将军可谓粗中有细,诸事均已考虑得周全了,很是满意,于是辞别张将军,踏上通往焉耆镇的银山古道。临别时,岑参交给张将军一幅复制的小型羊皮地图,上面比较详细地绘制着有关若羌、播仙一带的山川形势,说是供他在行军作战时参考。

银山古道是古代从西州翻越连绵高峻的天山,连通焉耆、龟兹的一条必经的天然孔道。所谓银山,根据玄奘的弟子慧立等人所著的《大慈恩寺三藏

149

法师传》记载,因"此山甚高,皆是银矿,西国银钱所从出也"而得名。当然,这只是一种夸张的说法,实际上当地银矿的储量有限。银山古道是条狭窄的盘山路,曲折蜿蜒,最窄处仅容两个人马相错而行,十分难走。沿路常与一条山溪伴行,泉水也不少,甚至还有从半空飞流而下的悬泉,所以行人饮水并不觉特别困难。从天山县出发,经过一片灰色的茫茫戈壁大碛,再经过一道大慢坡,便开始爬山。翻过高高的山顶,就见到下方半山腰有处不小的驿馆,名为银山馆(今称库米什),附近有树有水,还有大片屯田,住着一队戍卒守卫,是二百余里银山古道中仅有的一处大驿站。

这条路岑参当年走过多次,故地重游,所以边走边看十分亲切。他和徐参军与陈金等赶到银山馆,已是傍晚时分。晚饭时,忽然狂风大作,尘沙飞扬,打在门板和窗户纸上沙沙作响,岑参不禁吟起数年前路经这里遇到大风,夜不成寐时写的那首诗来:

银山碛口风似箭,铁门关西月如练。

双双愁泪沾马毛,飒飒胡沙迸人面。

丈夫三十未富贵,安能终日守笔砚。

——《银山碛西馆》

徐章听了点头道:"此诗大好,读之无异于今夜情景再现。岑大人立志效汉定远侯投笔从军,要在边塞建功立业的精神,敝人实在感佩。"不知为什么,徐章对岑参才华横溢,特别是颇受封常清的倚重,虽然嫉恨交加,但其实内心还是很佩服的。此刻,他又说:

"岑大人,说起来你可不要见怪。大人出身名门,又进士高中,才学满腹,此次所呈西域军事地图可见一斑。可是偏偏天不佑人,长期蹭蹬于下僚,如今已是'丈夫四十未富贵'了,下官实在为大人愤愤不平!"

岑参听后,正色道:"徐大人讲差了!想岑某虽两度出塞,怎奈才学疏浅,更兼一介书生,不习战阵,所以寸功未建。朝廷和封大夫却不嫌弃,予以擢升,委以重任,岑某已是感激不尽了,岂敢奢望?"

"请原谅下官谬言。其实,不才只是十分同情岑大人罢了。"说到这里,徐参军看看左右,又悄声道,"此次行前,风闻岑大人与封大夫密谋至深夜,定有出奇制胜的妙计，可否透露一二，让下官也高兴高兴？"

"没有什么特别的妙计，只是一些想法而已，还要与安西李光弼等大人相商，方可成事。"岑参口气有些不高兴，觉得徐参军此问是很不得体的，"此事还在筹划中，日后自会揭晓。封大夫行事特别谨慎，徐大人应该是知道的，还是暂时不讲为好，望大人见谅！"

"当然，当然！下官不过随便问问而已。"徐章只好找了个台阶自己下，说，"夜已深了，明日还要早行，大人早点儿歇息吧！"

清晨，馆驿中的雄鸡刚刚报晓，岑参一行便匆匆吃完早饭起身登程。同住馆驿的一批波斯商人，一个个深目高鼻大胡子，头戴尖顶高帽，有男有女数十人，正陆续把沉重的货物驮子架到驼马身上，吆喝着，准备东行前往西州、伊州和敦煌等地。长年往来奔波于丝绸古道上的胡商们，只考虑将本求利，他们也许并不知道，一场激烈的战事正在这里紧张筹划着。

下山路上走了半个多时辰，迎面来了一位骑马的官员和几名随从。岑参一眼就认出来了，来人正是行色匆匆的武文判官。两人上次在轮台一别数月，想不到又在这里相遇了。荒野途中老友邂逅，自然十分兴奋，于是下马拜见。

原来，安西都护府已收到交河郡转呈的火急军书，李光弼副都护和武文判官立即做出了部署。他们考虑，焉耆镇南的尉犁军是丝绸之路中道上的重镇，距离若羌最近，南下沿赤水河东南行数日即可抵达若羌。而位于敦薨薮（今博斯腾湖）畔东北的张三守捉城，则又距天山军最近。这两处都是封常清任安西副大都护时特别注意加强的军事要塞，各驻兵三五千人。前天武判官随李副都护赶至焉耆镇时，已派要员先行到尉犁城做了安排，命当地驻军随时听令，做好远征播仙的准备。李副都护留在焉耆镇等候封大夫的将令，如果有令下，即命尉犁军主将率兵两千前往助战。武文是昨天才离开张三守捉城的，此刻他要赶往天山军面见封大夫，接受具体将令。武文说，按李副都护估计，封大夫一定会暂于天山军驻节，好进行南征部队的调配集结。

"封大夫也正是如此筹划的，可谓不谋而合。李大人和武文老弟，你们可真是未雨绸缪，料事如神啊！"岑参对两位老朋友的预见很是赞赏。

"不，做出决策的，还是李光弼大人。他曾任安西节度长史，系封大夫当年的副手，两人配合一向极为默契。弟与岑兄此次同来西域，李大人征得封大夫应允，要愚弟长驻安西，参与赞画军务，彼此相处甚洽。"

"这位李光弼将军，愚兄也曾相识。前几年他调赴安西任职，在临洮邂逅，见将军气宇非凡，倾慕之至，临行我还赠给他一首诗哩！"

"说起那首诗，李大人至今谈起来还十分感激岑兄你呢！"

岑参说道："本来，封大夫命我赶赴安西面见李副都护，一千多里路程，正担心时间来不及呢！现在李将军驻节焉耆，实在太好了！你们的调兵计划既然与封大夫相契，若羌形势危急，兵贵神速，我这里正好带有封大夫的手谕和调兵竹符，尉犁军应火速派兵前往若羌助阵。另外，此次离开北庭之前，封大夫要我将一件十分重要的机密事交由李将军和你完成。事不宜迟，我们尽快赶往焉耆去面见李大人吧！"

"好，我们这就返回焉耆镇！"

岑参上了马，忽然转身对徐参军说："徐大人，你年事已高，这一路过于辛苦了！我意，请先生就此回辔，至天山军协助张先集将军迎候封大夫，并及早向封大夫禀告，尉犁军已遵令不日南下驰援若羌，请封大夫放心，不知徐大人意下如何？"

岑参说完想起了什么，又嘱咐说："请徐参军专禀封大夫，就说那条破敌奇计，李副使和武判官定可克服困难，依计而行，绝不会贻误战机，亦请大人放心。此事十分重要，切切，望徐大人千万不要忘了！"

徐章年龄较大，天寒地冻，长途奔波数天，已劳累不堪，本来就不想再跟着岑参继续受罪了。此时他想，回天山军能及早回到封大夫帐下随侍左右，多多露脸，何乐而不为？他望望黄尘漫天的遥遥前路，就说："既如此，就多劳岑、武二位大人了！下官遵命就是。所托诸事，下官自会办妥，不待特别嘱咐。祝二位大人一路顺风，就此告辞！"说完，他从武文手中接过军书，拱拱手，拨转马头，招呼随从原路返回。

岑参和武文看徐参军一行人走远，就上马并辔缓步而行。武文道："封大夫交代给李副使的机密，愚弟恐不便与闻。"

岑参笑道："不，此计封大夫正欲令贤弟亲自执行。说起来，这机密系我与封大夫一起设计的，真可谓奇计也！"他回头对陈金等随从道："你们前面先走吧，我与武大人有要事相商。"

陈金会意,就与几名随从立即策马奔往前面去了。此时路上也没有别的行人。

岑参低声对武文说:"在下与封大夫都曾在安西多年,听说由龟兹渡赤水南下,沿于阗河道蹀行十天左右,即可抵达于阗。土著猎人和行商于冬春之际,常借此道南下北上,并不感特别难行。"

武文点头道:"是的,愚弟也有所耳闻。"

岑参接着说:"目前播仙蕃贼作乱,十分猖獗,若羌危急。如设法传密命于阗镇东之精绝军一部,令其突袭敌军后方,与北面封大夫亲率的大军形成南北夹击之势,则播仙之乱可一鼓荡平。可是丝绸之路南道已被播仙阻断,军令无法传达,于是我就向封大夫建议,如果有人由龟兹出发,纵穿图伦碛……"

武文听到这里,立即摆手道:"岑兄,不必再说下去,我已明白了。岑兄,你是怎么想出来的,此破敌奇计果然大妙!"他望望四周,说,"此时路上行人多了起来,我们还是尽快赶到焉耆,与李大人商议实施吧!"说完,他扬鞭催促胯下的骏马。

"哈哈,武兄,与你共事真是愉快,可谓'响鼓不用重槌敲'啊!"岑参很为朋友反应敏捷而高兴。

此时已快到山下,风小了些,一下子也变得温和许多。望着山下一望无际的白茫茫雪原,岑参心里道,这里就是汉代西域三十六国中大国之一危须国的地界,果然平坦而开阔。再往南,就该是烟波浩渺的敦薨薮大湖了,背山面湖,果然是好地方!想着,他脱下皮袍,纵马奔驰起来。

路上,武文抽空悄悄告诉岑参,李光弼大人可能就要升任安西四镇节度正使了,封大夫将不再兼任此职。岑参就说,真为李大人高兴,这也是众望所归嘛。又问是听谁说的,武文却笑而不答。

在焉耆镇都督府,副都护李光弼将军见久违的老友岑御史到了,喜出望外,高兴地说:"啊呀,岑大人,欢迎,欢迎!几年不见,先生风采依旧啊!"

当晚,李光弼大摆酒宴,亲自把盏为两位判官接风。酒席间,频频劝酒,大家晤谈甚欢,自然又谈起岑参为他所作的那首流传很广的诗来。

原来,岑参天宝十年(751)夏末东归时,在临洮遇见了奉诏去安西的河西节度副使李光弼将军。岑参看到李光弼与自己年龄相仿,身形魁梧,仪表不凡,又喜读书,能文能武,十分佩服。他心里道:高仙芝大人是高句丽人,李光弼大人是契丹人,两人均非汉人大将,却都生得魁伟俊秀,颇有大将风度。联想封常清大人,虽然与高、李二人一样,长于治军,但却生得形容猥琐,跛脚眇目,其貌不扬,人与人可真是不一样啊!这李副都护为人看来比起高开府大人更为雍容大度,谈吐爽朗,如果让我选择,我更愿意在如这样"美丰仪、伟丈夫"的李大人手下任职。岑参看到李光弼,一见如故,心中十分愉快,在路旁酒肆里一起饮酒的时候,当即赠了一首诗,题为《送李副使赴碛西官军》:

> 火山六月应更热,赤亭道口行人绝。
> 知君惯度祁连城,岂能愁见轮台月?
> 脱鞍暂入酒家垆,送君万里西击胡。
> 功名只向马上取,真是英雄一丈夫!

诗中最后两句由于极具艺术概括力,随之成了边塞诗中引用率颇高的格言警句,岑参也常以这两句诗自励。

酒过三巡,李光弼特向岑参敬了一杯酒,说:"真是要感谢岑先生,你这两句诗在军中到处传诵,使在下天下扬名了!其实依我看,这句诗既是写我,也写出了先生你自己的胸中大志哩!"

"正是正是,李大人说得极好,这就叫惺惺相惜,英雄所见略同!"武文笑道,"其实除了这两句外,岑兄还有两句诗我也特别欣赏,'丈夫三十未富贵,安能终日守笔砚',两者意思差不多,都极有边塞男儿的英雄气概,读之令人神往,令人鼓舞。"

"过奖,过奖!"岑参摇手道。

李光弼又说:"哪里只是这几句?岑御史在上次返京途中,在武威送刘单判官的那首七绝,本将也十分喜欢,音节流利、急促、响亮,读来非常痛快解气!"说着他诵道:

> 火山五月行人少,看君马去疾如鸟。

丝路之魂 岑参

都护行营太白西,角声一动胡天晓。

　　　　　　——《武威送刘判官赴碛西行军》

　　"刘单先生天宝三年与岑某同榜中进士,且为状元公,他熟读兵书,亦颇有诗才,下官十分服膺。这首诗是我在武威时送他的两首诗之一,另一首是请他便呈高开府大人的,是首长篇歌行。此前,武老弟在交河相见时还当场吟诵过呢!当时,高大人正在安西厉兵秣马,准备与来犯的大食国作战,敦请刘大人星夜赶赴安西襄助。刘大人很是兴奋,下官羡慕他有这个建功立业的机会,自己却没有被命同行,就连写了两首诗为刘大人壮行。说起来,这一首短诗在下亦较满意。记得当时我写得很快,好像脱口而出,刘先生也很惊喜。几年未见面了,听说刘单大人前几年已奉诏入都,但不知现在何处任职。"

　　"前些年刘状元随高大人西征大食,高大人被围时曾亲自跃马挥刀,斩杀胡将多人,因边功回京调任礼部。听说,近日已由员外郎迁为侍郎,已是朝中三品大员了。"

　　不太善于掩饰内心感情的岑参听李光弼如此说,目光便有些黯然,将脸移到别处,不再说什么了。原来他忽然记起,当年在安西四镇,刘单是都护府判官,自己是参军,西征大食时,高仙芝大人只让刘判官随军,而命封常清与自己留守都护府,结果失去了在浴血征战中立功的机会。他又记起那首长诗中的句子来:"功业须及时,立身有行藏……望君仰青冥,短翮难为翔。"唉,命运不可违,十年前金榜题名时,我为一甲第二名,是榜眼,距你这位状元郎不过半步之遥。当年,我们又先后到安西幕中为僚,至今不过四五年光景,你是振长翅而高翔,青云直上,飞黄腾达,已列朝班,位居三品高官,而我岑参却翅短难飞,至今仍处边塞,屈居从六品。看来,错失了机遇,一步跟不上就步步跟不上,永远也赶不上你刘兄了。"短翮难为翔",可真是一语成谶了啊!

　　李光弼是明白人,理解岑参的不快,就把话题转到当前播仙的战事上来。

　　三人连夜商定了几件事,并做了分派:李副都护明日即亲赴尉犁军选将率兵马南下,驰援若羌,然后继续留守焉耆镇,以为后援,随时听候封大夫调遣;武文速速赶往安西,选可靠军使南涉图伦碛,密调精绝兵于正月初十这天,向播仙镇发起突袭,不得有误;岑参则东返张三守捉城选将,随时赴天山军接防。

155

第二十一章

御史行权

早上，三人在焉耆驿馆饯别时，武文忽然想起一件事，就说："对了，张三守捉城最近出了件麻烦事，一名郎将带领两个军士在北山草场抢捉羊只，受到当地胡人的阻拦，遂怒杀四个牧人，并割耳带回军营，妄图冒功请赏。胡人为此怨声鼎沸，几位酋长已数次下山告到有司，要求严惩肇事者，看来事情要闹大。愚弟以为，岑兄兼任都护府大理评事摄监察御史之衔，正合处理此事。李大人，你看可好？"

李光弼将军听了事情经过，不禁拍案大怒道："竟有此事！为何不早报？"

"此事下官也是前天才在张三守捉城听杨守捉使讲的。"武文解释道。

李光弼便对岑参说："这个杨守捉使是个文人出身，办事文绉绉的一点儿也不利索。武先生说得对，此正是岑御史分内事，可立即前往处理。"

岑参顿足抱怨道："当此南征事急之际，此等不良军官竟做出如此为非作歹之事，真是不识时务，成事不足败事有余！遵李大人将令，我即赴张三守捉城查办，依法处置。唉，这真是给封大夫李大人你们添乱啊！"

李光弼将军也自责地说："这也是本将对属下管束不严之过。岑御史请放心，李某绝不会偏袒此类害群之马，若查有实据，不管是什么人，望岑御史千万不要手下留情，定要严惩不贷，该杀就杀，以肃军纪。"说着他又对身边的一位黄别将吩咐道："黄将军，你可随岑御史同往张三守捉城，传我的口谕,令杨守捉使协助岑御史,尽快查明此事,一切听由岑御史处置,不得从中阻挠和拖延,否则,我连他也一并查处!"

黄别将忙拱手道:"末将遵命。"

岑参送别了李副都护,又与武判官依依惜别。他没有在焉耆耽搁片刻,当天就与黄别将一道赶到了张三守捉城。

这张三守捉城是安西四镇最东的一座重要的军事营垒,与北庭都护府所辖的天山军一东一西,扼守银山道两侧,互为犄角之势。守捉城为正方形,城区很大,城墙周长四里多,十分高大坚固。城周围尽是肥沃的屯田,阡陌纵横,驻有戍兵两千多人,另有数千军人家属、汉胡商人和工匠,市面相当繁荣。

杨守捉使迎接他们到驿馆住下后,就告知岑参,他们已接到军令,正在做一应准备,随时分兵赴天山军接防。当黄别将传达了李大人的口谕后,杨守捉使立即命人将进山盗羊不成,反而杀良冒功案件的有关卷宗抱来,交由岑御史审处。

岑参看完卷宗,又分别听取了北山胡人酋长的申诉和已收监的三个案犯的口供,当即表示犯罪事实确凿无误,应予严肃处理,依律当判处斩刑。

杨守捉使看到岑参就要宣判,就把他拉进内室,为难地说:"岑大人,此事并非下官处置不力,实有隐情在内。"

"怎么回事?"

"岑大人,这个领头犯事的,不是别人,是一位都护府的郎将,他系北庭都护府长史姚大人的内亲,微有战功……"

岑参听到犯罪者竟是姚长史的亲戚,稍稍沉吟一下,不满地说:"哼,王子犯法与庶民同罪,何况一个小小的郎将!依下官想来,姚老大人素来深明大义,事后得知,一定不会姑息这个不可饶恕的亲戚的!"他忽然联想起当年在安西都护府,高仙芝大人养母之子郑德诠严重违禁,封大夫并没有因高大人有恩于己而宽恕了他,最后毅然按律杖杀了人犯,而高大人事后也没有怎么追究。于是,岑参就向杨守捉使讲起封大夫这件往事来,最后说:

"说来凑巧,那个仗势欺人、严重违纪的郑德诠,刚好也是个郎将。此次离开焉耆前李副使明令,要岑某查明事实,不管是谁,决不留情,该杀就杀,以肃军纪。我们应该像封大夫一样,秉公执法,不徇私情,依法治罪,特别在

157

当前南征战事紧急的情势下。杨将军,你看我说的对吗?"

黄别将也说:"李大人也是这样给末将交代的,是该严办,绝不能宽容。"

"那么,末将同意严办,此事全凭御史大人做主。"杨守捉使说。

"那好,我们就此定案吧!"

可是,当岑参宣判时,那三个利令智昏的犯罪军官跪在堂前痛哭流涕,称他们在边塞拼杀多年,多有军功,现在一时醉酒犯了军法,又系初犯,情愿交纳一笔献金,到军前效力,万望御史大人免了死罪,给他们一个戴罪立功的机会,说着叩首流血,连声求饶。岑参记起《孟子》上亚圣之言"为政不难,不得罪于巨室"。又联想起自己在幕中与姚大人多有话不投机之处,如此治罪不免开罪于姚长史,以后在幕中将如何相处? 而杨守捉使在一旁也似有不忍之色,岑参便沉吟起来。可是他又听到跪在旁边的胡人酋长和死者家属哭号阵阵,齐声喊冤,要求严惩凶手,这就使得岑参犹豫再三,写判决书的笔在他手中,一下子变得十分沉重了!

这时,岑参又记起封大夫平昔在军中严于执法、赏罚分明、处事果断的大将风范,自己又岂能为取悦于姚某人而欺心枉法? 想我岑参,自幼遵循圣人之训,如此惧怕权势,岂不变成丑类宵小? 他明白,现在正值非常时期,小不忍则乱大谋,绝不能以此事失信于胡人而激起变故,对南征形成掣肘。于是岑参心中油然升起一腔义愤,暗暗皱皱眉咬咬牙,不再犹豫,大笔一挥:斩立决,并号令军内外。

这是岑参平生第一次行使御史职权,直接下令杀人,眼见堂下三个活活生生的将士,顷刻间便要身首分离,血流满地,心中老大不忍。但是当他提笔亲自草拟通告时,心一横,口气也就变得坚决,义正词严,感情激奋起来:

查张三守捉城郎将姚某,军士王某、全某三人,蔑视国法,践踏军令,利令智昏,深夜持械私闯北山草场,意欲抢劫牛羊。时四牧竖前往阻拦,不意竟惨遭屠戮;复诬为暴民,冒骗军功,实属胆大妄为,是可忍孰不可忍! 彼牧胡者,亦我天朝之子民也,曩昔安分守己,放牧牛羊,何犯于汝,竟遭此荼毒? 汝有父母妻子,彼岂无父母妻子乎? 而今余属何依,号泣于天,凄惨何如! 况彼胡酋长,喊冤官府,如激民变,遗患无穷。该三凶犯所为,实属天理难容,国法不允,罪不容诛。今奉封都护、李副都护之军令,已查明结案,且凶犯姚某等均供认不讳。乃于明日午时三刻,验明正身,绑赴刑场斩立决,以儆效尤。尔等守捉官员上下,宜严饬军纪,所统将士亦应以此为训,严守法纪,如再违犯,定严惩不贷。

传檄周知,肃肃此布!

大唐大理寺评事摄监察御史岑

张三守捉城守捉使杨

天宝十五载正月

三名凶犯在城西门外刑场于众人围观之中被处斩后,岑参草拟的布告也遍贴于城内外,在张三守捉城一带影响很大,平日免不了的民事纠纷一下子减少了许多。杨守捉使觉得岑御史此事处理得当,令人心悦诚服,并为自己平日疏于管理,向都护府请求了处分。

此次真正行使生杀予夺权力的经历,使岑参产生了一种从来没有过的新鲜感和成就感。他真切体会到,作为一名御史,不畏权势,铁面无私,严格执法,对赢得民心、统军治民是十分必要和重要的啊!

这杨守捉使原来也是个喜爱舞文弄墨的人,早就听说岑御史是位名震京师的大诗人,就提议陪岑参到西海敦薨薮一游。杨守捉使称,此湖与西域其他大湖泊不同,系一淡水湖,烟波浩渺,水面颇大,盛产芦苇、莲藕和大鲤鱼。现虽时值隆冬,环湖近岸数里仍是水波荡漾,更有数百只白天鹅戏水高鸣,翱翔于天,景色绮丽,值得一观。岑参生性好奇,听后不免动了心,心想,现在天已过午,当天是赶不到银山馆投宿了,封大夫此时估计尚在行军途中,自己明晨出发,后天赶到天山军,恐不致误事,于是就与几位军中文人应邀去了。

几位强悍的胡人猎手也骑马跟在后面。他们身背弓箭,缠着厚厚兽皮的左手臂上,都停着一只很不安分的海冬青,不时闪动着赤褐色的羽翅以保持身体的平衡。这是一种体形较小的猎隼,尖喙利爪,眼睛很是锐利。

在荒原上纵马奔驰的时候,岑参丝毫也不亚于这些惯于征战、长于驰骤的将士和猎人。只见他手握缰绳,身体前倾,臀部微微抬起,脚尖紧扣马镫,轻松自如地驭马奔驰如飞。杨守捉使很感意外,连连称赞岑御史的骑术不错。岑参听了，兴奋地说："杨将军，你看下官这身手能不能随大军冲锋杀敌?"杨守捉使道："那还用说! 真看不出来，大人能文能武，真像是久经沙场的将军!"岑参听了很是高兴，不禁念起自己的诗来——"近来能走马，不弱并州儿"。

他们乘马径奔西南，来到一座大烽燧前。因为这里离守捉城刚好四十里，所以俗称为"四十里大墩"，住着戍卒二十余人。大烽燧突兀在一片湖滨荒草丛中，系由泥土在红柳树枝上逐层夯筑而成，高约三丈余，长宽各四五丈，十分雄伟坚固。烽燧四面旷野平坦，站到高高的烽燧顶上四望，方圆几十里地面尽收眼底，远处张三守捉城和西边另一处烽燧的身影，都历历在目。而敦薨薮湖滔滔的黑水白浪，就在烽燧下不远处翻卷荡漾，水声哗哗，传得很远。岑参和杨守捉使眺望了好一会儿，才走下烽燧，顺便查看驻守烽燧的戍卒们的生活设施。

附近就地取材建有两排简陋的营房，墙是在红柳篱笆两边糊上泥巴做成的，房顶则铺着厚厚的芦苇白草。宿舍、厨房、粮仓、柴火垛等一应俱全，甚至还有一块菜地和一个小羊圈。原来，烽燧周围是长满了红柳、梭梭、白草、骆驼刺的大草滩，平时戍卒们轮流赶着羊群在草滩上放牧。饮水更不困难，两里外就是敦薨薮大湖，淡水自是用之不竭。看来，住在这里的戍卒基本生活无忧。

看完四十里大墩周围的形势，岑参就随杨守捉使带领众人赶往敦薨薮。

敦薨薮大湖近岸处长满了两三人高的芦苇，密密丛丛，朵朵芦花迎风起伏，状如一片白雪，一眼望不到边。湖中浪花拍岸，似是奔腾回流的活水，但湖中央却结着一大片耀眼的厚冰。令人失望的是，一行人迎着冷飕飕的湖风等候了许久，却不见一只白天鹅那高贵优雅的踪影。

杨守捉使便命手下人乘小木船下湖，敲响战鼓，想把藏在芦草丛中的天鹅惊飞起来，然后让猎人放飞海冬青去捕杀它们。然而奇怪的是，仍然没有一只天鹅飞出来。

"岑大人，你别看这海冬青个头小，可厉害了，专门啄开天鹅的脑壳吃脑髓。它们动作敏捷，眼睛锐利，一旦放飞，绝不空回。"杨守捉使向岑参这样介绍猎禽海冬青。

"啊呀，得亏天鹅们没有出来，一旦飞出来那可就惨了!"岑参听说海冬青这样凶残，心中就有些不忍，连连摆手道。

"这些天鹅都通人性,大概是怕大人伤心,都躲到别处去了!"杨守捉使笑着打趣道,"盛夏季节,这里倒是一个好去处,满眼青葱,蓝天碧水,水天一色,凉爽宜人。如欲游泳,沿着一大片沙滩下到湖中,搏浪戏水,最为惬意。西湖中还有千亩野睡莲,盛开时姹紫嫣红,湖风送香,尤为可观。届时,岑大人如有暇来此避暑吟诗作赋,末将定将驾舟陪大人进湖一游。"

"谢谢杨将军的盛意!这里果然是西域少见的一处浩瀚的大水面,比起伊州的蒲类海要大多了,果然不虚此行!待播仙战事平息了,明年夏日我或将寻机来此一游。"岑参想起此行的重任,心无旁骛,并没有产生想作诗的冲动,看看天色将晚,便驱马回城了。

想不到的是,当岑参第二天与陈金赶到银山馆住宿时,却遇天气突变,气温骤降,一场罕见的暴风雪席卷了莽莽银山。暴雪竟一连下了两天两夜,大雪茫茫,覆盖了群峰、山道,堆起足有两尺多厚的积雪。岑参在馆舍中急如热锅上的蚂蚁,不住催促牵马上路,但都被陈金和银山馆吏劝阻了。说此时绝不可上路,风大雪厚,山路险峻,人马根本无法行走,而且山上随时会发生雪崩,极其危险。事已至此,岑参困在驿馆房舍中急得团团转,不住唉声叹气。这样一直等到三天后,狂风吹去了山道上的积雪,银山道始能通行。岑参为此懊悔不已。

第二十二章

若羌大捷

"封大夫一路风雪,辛苦了,末将率众军在此专候已久!"

封常清率领的轮台静塞军两千兵马,沿白水涧道一路急行军,两天后即到达天山军军营。天山军主将张先集将军带着部下将佐出营一里,在寒风中恭候迎接。

封常清见他的爱将已事先做好了南征的一应准备,特别是天山军的"磨刀阵兵"将士情绪高涨,求战心切,心里自是特别高兴。接风酒后,稍事休息,便在天山军召开了军前会议,听取军情汇报。

只见豹头环眼、形体彪悍的张将军上前禀报说:"封大夫,据近报,米兰一千援军尚未到达之前,播仙吐蕃军已先行攻占了若羌。陷城后贼军扬言即日北上,妄图强占我西州、焉耆镇等地,断绝我大唐朝廷与安西四镇的交通,进而鲸吞整个西域,气焰极为嚣张。"

"那只不过是吐蕃贼不自量力,痴心妄想!"封常清听后冷笑道,"我若羌退兵和米兰援军现在何处?"

"在若羌城北二十里处驻扎待命。"

封常清微笑道:"据徐参军从银山回报,李光弼大人已命尉犁军两千直接南下驰援若羌,估计与米兰援军不久即可会合。两三千兵马,暂时足可阻止蕃军北上了,诸将不必惊慌。"

张先集将军随封大夫春天西征金山时,由赵光烈任前锋,只因敌我双方

162

对垒时大的战事无多,他率领的"磨刀兵"竟没有派上多少用场,所以战功平平,凯旋后也就没有像赵光烈将军那样风光无限,受到嘉奖提升。张将军一直对此深以为憾,憋了一肚子气。所以这次南征播仙,见赵将军和关老将军都没有随军南来,心想,这前部先锋肯定是自己的囊中之物了,就摩拳擦掌,暗下决心,一定要在这场播仙战役中奋勇杀敌,抢下头功。只见他精神抖擞地请战道:

"吐蕃军占领若羌不久,立足未稳,末将愿率麾下磨刀兵即刻南下,一举收复若羌,并乘势攻取蕃贼巢穴播仙镇!"

"好,就着张将军任前部先锋,明日率两千军南下。米兰、尉犁等军也拨你统一指挥,寻机收复若羌。至于播仙么,因敌势大,盘踞既久,更兼城池坚固,地势险要,所以要暂缓用兵,可就近砍伐大树,征集木材,打造云梯、抛石机等攻城器械。我带来的百名铁木工匠也拨给你调用。另外还要多多筹集粮草,以备不时之需。本帅在此休整两日,随即率军南下,共议破播仙之策。张都尉,若羌一线的地形你可熟悉?"

"惭愧得很,末将还没有去过若羌。不过,岑御史日前来天山军时,曾交给末将一幅羊皮地图,上面所标若羌、播仙一带山川形势等都十分详细,末将仔细看过,胸中已有数了!"

封常清说:"岑御史也没有亲到若羌等处实地踏勘过,仅依据一些方志,所绘地图未必准确无误。你还要找当地知情的猎户打问,或审问俘虏,一一调查核对方好。"

"末将遵命。"

"我知道,你是个'猛张飞',遇事有些急躁,作战勇猛有余而谋略稍显不足,此去要三思而后行,决不可莽撞。徐参军足智多谋,可随张都尉南下,协助赞画军务。"

"谢谢大人提醒,末将记下了!"张先集记起去秋轮台阅军时,这位其貌不扬,人也阴阳怪气的徐参军与赵光烈一唱一和,语带讥刺,对岑大人很是不恭,就有些不大待见。心想,如果能与岑御史一起共事就好了,说不定这次打了大胜仗,他还能为自己写下几首诗,扬扬名哩!

"下官愿随帐听命于张将军。"徐章一听到封常清无意间贬低了岑参,不免暗暗高兴,就乘机添油加醋地说:"封大夫,在银山道辞别时,岑御史再三

163

要我代为向大人致意,说此次播仙之役非同寻常,他已向大人献了决战决胜的妙计,还有不少奇计妙策要献给大人,返回天山军后想随军南下,好在幕中替大人继续参谋筹划。"

封常清听了,就有些不太高兴:"岑御史在焉耆将与李副使实施一项重要军机要务,数日后方能返回,往来奔波十分辛苦,南征播仙么,他就不必去了。我率静塞军主力南下,北庭防务空虚,张将军,可命留守天山军的将佐知会岑先生,着他回来后无须南下,务必立即返回庭州,协助赵、关二将军等严防北方胡人乘虚来犯。我四路天兵,挟天子威怒,雄师逾万,战将百员,幕僚盈帐,不用什么奇计妙策,亦可一举而踏平播仙,请他放心好了!"

于是,岑参在银山馆阻雪四日后赶到天山军时,封常清已率大军浩浩荡荡地南下了。他听了天山军将领传达封大夫的命令,望着战云密布的南方,跺脚仰天长叹道:"又错失机会了!"只好与陈金一起快快回到庭州。

张先集将军得了军令,第二天就率两千兵马疾速南下。部队穿过一道崎岖不平的山谷险道来到古山国城,再往南进发,眼前不是看不见一棵草的青色戈壁,就是平沙漠漠,再就是连绵不绝、海浪般起伏的沙丘群。西边的图伦碛大沙漠不时刮来漫天沙尘,遮天蔽日,连行走都很艰难。大军顶风冒雪,忍饥受渴,幸亏有向导引路,加上岑参留给他的羊皮地图,他们才没有迷失方向,而且还能随时找到水源。这样走了五六天方才到达赤水河。当时正是枯水季节,宽阔的河床大半已经干涸,只有一小段一小段的河谷里还积存着一些白白的薄冰。看着像是渡口的河边,系着密密麻麻大小几十只木船,是在夏秋洪水期间渡河打鱼用的,可以想见那时水上交通的繁忙。河两岸生满了高大茂密的原始胡杨林,奇形怪状,据说一到秋天满眼都是璀璨耀目的金黄,绵延数百里,十分壮观。可惜此时已脱尽了叶子,一抹灰黄,景象一片萧瑟。

在赤水河边休整了一天后,部队继续南行。到了第五天黄昏时分,他们终于在小河边一片胡杨林中发现了众多军帐,从旗号上看,正是唐军。士兵们亮着火把,在林中空地生了许多篝火驱寒,照耀得夜空一片火红。正行间,见几个巡逻的骑兵迎了上来,果然是从米兰来的援军和若羌的退兵。相隔不远,则是增援来的尉犁军营帐,他们是两天前赶到的,也在这里待命,等候封大夫的调遣。

当晚,张先集将军召集各路将佐来帐中议事。众将军说起吐蕃人攻占了若羌城,都十分气愤,认为这是我大唐的奇耻大辱,纷纷向张将军请战,要尽快收复若羌。张将军被将士们激昂的情绪感染了,决定明天准备一天,后天便向敌人发起反击。

虽然自己也恨不得马上率军夺回若羌,但粗中有细的张将军还是稳住了情绪,第二天他询问了从若羌败退的陈镇将,又审问了几个吐蕃俘虏,对二十里外的若羌城防形势已了然于胸。

若羌城建在沙漠中一块大绿洲上,濒临车尔臣河的一条大支流,四面平旷,东南方连绵的阿尔金山离城有数十里之遥,无险可守。先前攻占若羌的吐蕃军虽只有一千多人,但据斥候侦报,播仙敌军近日又增派了约两千兵马到来,准备继续北犯。张将军望着河南岸隐隐约约的敌军营帐,计算了双方的兵力对比,我军五千余人对敌军三千,仍有很大的胜算,加上同仇敌忾,明天一战,定可顺利收复若羌。于是张先集与众将一起制定一个作战方案:米兰军一千为左军,佯攻东城;尉犁军两千为右军,攻打西城;自己率两千天山军为中军,正面主攻北城。三军中都拨了一批原来若羌的守军,好利用熟悉地形的优势引领部队冲杀。为了鼓励将士们奋勇杀敌,张将军宣布率先攻入城者为头功。

黎明时分,事先趁夜色埋伏在河边芦苇丛中的唐兵,突发一阵呐喊,在阵阵震耳欲聋的鼓角声中,分三路冲杀过去。看来吐蕃军早有准备,而且战斗力极强。唐军骑的是焉耆马,吐蕃军骑的是青海马,都是个头不大但极具耐力的良种军马,正好是对手。双方苦斗厮杀了一个多时辰仍互有进退,不分胜负。战斗打得十分激烈,刀光剑影中双方都有不少兵马倒地死伤,鲜血染红了沙地。

张先集将军站在一处高高的红柳沙包上观察战局,指挥战斗。他看到与中军对阵的敌军多为密集队形的马军,往来驰骤,冲击力极强,在敌将的指挥下渐渐冲近了沙包,看样子是想要来个"斩首行动",捉拿自己这位指挥大将。张将军不禁大喜,心想,来得正好,是我的"磨刀阵"大显神威的时候了!随即他率领陈镇将和几十名亲兵纵马冲下沙包,挺起丈八蛇矛杀入敌阵。当先敌将是一个魁梧的黑脸大汉,张将军见面也不搭话,挺矛就刺,两马相交不几合,便刺中敌将咽喉。只见那黑大汉大叫一声,倒于马下。张将

165

军顺势拍马掩杀过去,如入无人之境。见来将凶猛,敌骑都吓坏了,纷纷后退如波浪开。张将军大发神威,吼声如雷,长矛起处,鲜血飞溅,瞬间刺倒了七八个吐蕃骑兵。陈镇将和亲兵也不甘示弱,奋力枪挑刀劈了十余名敌兵。敌军经过一阵慌乱之后很快稳住了阵脚,数百骑兵嗷嗷叫着,蜂拥而至。然而张将军并不恋战,稍一接触即拨马率队向两座沙包间退去。众敌骑不知是计,紧追不舍,如潮水般追杀过来。这时,早已埋伏在沙包两侧的弓箭手闪将出来,一时间箭如飞蝗,敌兵纷纷中箭落马,队形大乱。随后,隐蔽在沙包背后红柳丛里的磨刀方队,便如一道滔滔的洪流迎了上去。两军相接,只见弯腰低头稳步推进的唐军方阵,将手中的长刀划出一片银光,唰唰唰,敌军战马便纷纷被砍断了马腿,咴咴地惨叫着,顷刻间倒下一大片。唐军后队跟上来,挥刀只顾砍人头。吐蕃兵从来没有见过这样的阵势,如突遇神兵,很快就丧失了斗志,剩下的骑兵在一片惊慌喊叫声中纷纷败退。唐军各路大军见敌军溃退了,一时军心大振,冲杀得更猛烈了。

张先集将军复又掉转马头反身冲了过来,率军一鼓作气掩杀了十多里。吐蕃军兵败如山倒,相互冲撞践踏,夺路而逃。一部分败兵连若羌的北城门也来不及关闭,尾追而来的唐军就跟着冲进城中。

整个收复若羌城的战斗,到了午后就胜利结束了,唐军斩首数百,夺取了大批战马、军械和辎重。剩下的敌军打开南门,仓皇逃往老巢播仙镇去了。

张将军率军追杀一阵,凯旋进城,很快安排打扫战场,犒赏三军,出榜安民。他实在没有想到,收复若羌之战竟是这样顺利,不费吹灰之力,心中自然十分得意,连夜派人向封大夫报捷。

第二十三章

血战播仙

徐参军随后队进了若羌城，见张先集将军领兵大获全胜，不免犯了嘀咕，心想，如果让姓张的继收复若羌之后，再随封大夫横扫播仙，如此大功，必然会在封大夫心中留下不可磨灭的印象，侄子赵光烈在都护府中的威望和地位，便要受到严重挑战了。张先集这人年轻，在都护府上下口碑又很好，那么，此后提升甚至接任大都护职位的机会就将大大增加。这是徐章他们一伙极不愿意看到的，为此他不禁嫉恨交加。看来，光烈是需要我来帮他一把了！徐章眉头一皱，计上心来。

"可喜可贺呀，张将军！"在灯火辉煌的庆功酒宴上，徐章伸着长脖子端着一大杯酒迎了上来，"此次将军不负皇恩，一战而收复若羌，贼兵闻风丧胆，立下了如此盖世奇功，真不愧是封大夫手下爱将。想不到将军还能施诈败诱敌之计，堪称智勇双全。来来来，下官要敬将军三杯！"

张先集已被部下灌得差不多了，接过徐参军敬来的迷魂汤，又连连喝了下去，兴奋得朗声大笑。

"张将军，下官有一言相告。"徐章又斟了一满杯劝道，"此一战，足见吐蕃兵徒有虚名，不堪一击。既然如此，将军何不乘蕃兵新败，个个如惊弓之鸟退守贼巢立足未稳而援军未到之际，即日挥军南下，直取播仙，创下连战连捷的惊世之功，好让封大夫高兴高兴！"

旁边的幕僚听后，便提醒道："张将军，徐大人此计还要三思而行。临行时封大夫不是叮嘱说,播仙城池坚固,要将军攻取若羌后就地待命,筹集充足粮草,督造攻城器械,等候封大夫到来后再议攻取播仙镇吗?"

"诸位此言差了!"徐章摇手笑道,"有道是,将在外君命有所不受。战场之事,瞬息万变,为将者自当随机应变,及时捕捉战机。想目前我大军一举收复若羌,贼兵胆寒,我军中上下情绪高涨,战斗力正旺,求战心切,此气可鼓而不可泄也,乘势出击,必获大胜。张将军,我想就是封大夫在此,也一定会这样决断的。这可是千载难逢的战机啊,万万不可错过!"他望着军帐里有不少急于请战的将领,又怂恿说,"诸位将军,即使初战不胜,也可替封大夫挫动贼兵锐气,试试敌人虚实,仍不失为一件功劳。你们看,是不是啊?"

"徐参军言之有理,末将等愿随张将军出战,夺此大功!"几位将军听了,受到徐章的鼓动,一齐喊道。

徐章又补充说:"至于筹集粮草、修造攻城器械之事,在若羌留下铁木工匠,带着几百老弱军士也就足够了。"

张先集此时大概已让胜利冲昏了头脑,又在酒醉中,受了徐章的蛊惑挑动,立功心切,当即就下令:"明日五更发兵乘胜追击,攻占播仙!"

但是张先集贸然发起进攻播仙的战斗,却遇到无法想象的困难和危险。

播仙镇位于昆仑山余脉阿尔金山之西北、图伦碛大沙漠之东,本为古西域三十六国之一且末国都所在地,农牧业比较繁荣。城郭濒水建在一条大峡谷的西侧,一半建在平地,一半建在山上。城墙都是用坚硬的胡杨沙枣木夹着胶泥夯筑而成,高大坚固,蜿蜒盘曲而上,状如蟠龙,气势雄伟。城中还有众多佛寺屹立于半山上,修建得金碧辉煌,为播仙镇平添了不少庄严神秘的气氛。只是吐蕃人占据了播仙数十年,把诸多原本属于汉传佛教模式的佛寺,内部都改造成藏传佛教的式样了。但既然都信仰佛教,这些佛寺都保存较好,没有受到多少损坏。进出播仙城只有一条路,沿着大峡谷悬崖上一条曲折迂回的木栈道,绕行两三里才能到达城下。吐蕃人经营播仙已历多年,修建了多处工事,加上地势险要,真的是一夫当关、万夫莫开,易守而难攻。

张将军率领大军在向导的带领下,来到大峡谷的入口时,遇到吐蕃守军的顽强阻击。经过几番冲杀激战,唐军终于攻破了这处堡垒,接着又沿着栈道向前推进。敌军且战且退,一路上,正面不时有冷箭射来,头顶又有滚木

168

礌石从山上打将下来，不足三尺宽的狭窄木栈道上，不少唐军士兵马匹防不胜防，都葬身于峡谷之下。看到部下伤亡如此惨重，张先集气得呀呀大叫，拔剑斩杀了几个胆怯后退的军士，恨不得一口吞了蕃军。气恼中，他不顾一切地下令大军冒死进攻，苦战两天，以死伤数百人的惨痛代价，终于攻到播仙城下。

播仙城东门外有一大片开阔的农田，其间生满了胡杨、杨柳、白杨等杂树，既在弓箭强弩的射程之外，山崖上的滚木礌石也威胁不到，唐军正好可以在这里扎下营盘，摆开战场。大概吐蕃军在若羌战役中尝到了唐军"磨刀方阵"的厉害，逃回播仙城后接受了教训，与唐军作战时再也不敢采用骑兵集团式冲锋了，改为凭借高大的城墙和山上的堡垒用抛石机向下抛石。张将军不甘心就罢，只是一味指挥部队强攻。

但是，任凭你怎样在城下挑战叫骂，吐蕃人就是闭门不出。可惜没有准备好攻城的器械，唐军无法攻城。正当张将军无计可施时，徐章献了一条看似不错的计策，说不如分兵从两侧向山上发起进攻，然后迂回至山顶，居高临下攻破西侧门。张先集求胜心切，不假思索就照计施行了。谁知蕃军对此早有防备，而且战斗力很强，唐军几次仰攻均被滚木礌石和箭矢压下去了，死伤不少将士。张将军气得暴跳如雷。原来，张先集并不知道，就在唐军收复若羌之前，吐蕃人已从青海派了三千余部队，穿越阿尔金山山口赶来驰援，播仙军随之实力大增，拥有五六千之众，战斗热情空前高涨。张先集将军误判了敌情，不免有些轻敌。这天，他忍不住亲临前线观察，想在悬崖中找到一条适合攻上山去的路径。忽然，山上箭如飞蝗般射下，张将军躲闪不及身中两箭，一箭射中大腿，一箭正中左肩窝，他大叫一声摔下马来。张先集恼怒地拔下左肩的箭头，顿时血流如注，战袍都染红了，人也几乎昏厥。被军士强行抬下战场后，重伤的张先集只好下令停止攻城，匆忙中委托尉犁军游击将军代为指挥部队。

在后军营帐里，随军郎中为张将军做了简单的包扎治疗，幸而没有生命危险。徐章听说后，前来假惺惺地安慰。其实张将军受了重伤他十分高兴，乐滋滋地想：妙得很，你龟儿中了老子的激将法了！可惜这吐蕃人的箭法也太没准头了，如果肩窝上这一箭再往下移那么一两寸，或者在箭头上涂上剧毒，不就要了这位"猛张飞"的小命了嘛！可惜了，算你龟儿命大！不过，纵使不死,违抗军令,打了大败仗,损兵折将,也会把你龟儿收复若羌的功劳折去大半的,嘻嘻!

封常清率主力进驻若羌不久,就接到张将军进攻播仙受挫,部队死伤惨重,自己也身负重伤的报告。他生气地想,真的可恼,谁让你好胜心切,对我的命令置若罔闻,贸然攻打播仙镇的呢!但是他还是赶去看望了被送回若羌的张将军。当见到爱将面如黄纸、懊丧不已时,也不便过多责备,只是抚慰道:

"先集,收复若羌你立了大功,身先士卒,抢占播仙栈道,功劳也不小。胜败本是兵家常事,留在若羌好好养伤吧!"

尽管部下纷纷请战,封常清心中有数,他计算了精绝兵到达的时日,并没有立即赶往播仙前线,只派出两千兵马前往增援,协助守住栈道,继续围困播仙城,自己则留在若羌,加紧督造云梯和抛石机。

这天是天宝十五载(756)春正月二十日,眼见数十种攻城器械陆续建造完毕,封常清私下里用牛角卦占卜已过,见是上上大吉,不禁大喜,遂下令大军出发南下。

三天后,浩浩荡荡的唐军赶到播仙镇城下,待安装好各种攻城器械后就准备攻城。此时他忽然记起来一桩事,原来岑参在庭州与他密商攻取播仙的密计时,曾谈起一个民间传说,说是当年去西方取经的玄奘大师在由印度返回长安时,没有走原来西行的路,而选择的是沿着昆仑山北缘丝绸之路的南道东行,这是条捷路。他带着一大批求来的佛经和随从,经过于阗赶往敦煌,途中要路过播仙城。在这里他应且末国王之请,设坛讲经近一个月,听众踊跃,盛况空前。国王盛情款待了他,临走还慷慨地赠送了数袋金银珠宝表示谢意。玄奘大师是大德高僧,化外之人,早已看破了红尘,不爱什么珍宝。加上嫌宝物过多,东行路上携带不便,而且可能会遇到危险,就命人将宝物悄悄埋藏起来。于是这批金银珠宝至今仍沉睡在播仙城某处神秘的地方,无人知晓。吐蕃人之所以要死守播仙城,一个原因也许就是他们已经得知有这大宗的宝物,正想设法找到并挖掘出来呢!封常清想到这里,心生一计,就传谕全体将士,称播仙城中埋藏有古代的大量金银宝物,破城之后,有挖到者,只需上缴一半,余下的尽归发现者所有。他想以此巨大的利益做驱动,鼓励唐军将士奋勇作战,早日扫平播仙。重赏之下必有勇夫,封常清此计果然奏效,全军立时士气大振。

在接下来的两天中,封常清下令用抛石机抛掷巨石将城墙砸塌了好几处,并用少量的云梯去做试探性进攻,目的只是为了试验战具的性能,并牵制敌人。但几次小规模的战斗,却让封常清发现吐蕃军的战斗力确实不弱,他们据险拼死反抗,每次战斗下来,总有多架云梯被折毁,唐军死伤上百人。蕃军甚至用战死的双方士兵尸体堵上城墙缺口,继续血战,显示了殊死的斗志。封常清不禁惊恐地想,看来贼兵已得到大量兵马增援,播仙地势险要,城防坚固,如果仅靠强攻硬打,短时间实难奏效。而我数千大军长途奔袭,粮草难继,天寒地冻,绝难在此险地进行持久的消耗战。如果拖得时间一长,吐蕃再从青海派出大批援军赶到,后果简直不敢设想!如此看来,岑御史所献的那个奇策妙计,利在出其不意,速战速决,如能成功,实在厥功甚伟啊!

转眼间,到了正月二十五日这天清晨,封常清暗暗自语道,时间到了,成败在此一举!当即下令,调集重兵,全线发动猛攻,务必今天要攻破城池,全歼播仙守军。

守城的吐蕃军见唐军同时在三面城墙上搭上数十架云梯,在火箭如蝗、抛石如雨的掩护下,狂吼着挥动大刀,不顾死活,一批又一批地爬梯攻城,知道是决战的时刻了。他们调集了全城的兵力登城严防死守,做拼命抵抗。血战中,唐军不时因梯断人伤而摔将下去,惨叫声盈耳,几个时辰竟然一兵一卒也没能攻进城内。此时天空落下大片雪花来,城头上浓烟滚滚,刀光剑影,杀声震天,敌人似乎越战越勇,而唐军则有再战而竭之势。封常清见此,不禁忧心忡忡。

正当战斗胜负难分,处于胶着状态时,忽然蕃兵后方大乱,喊杀惊叫声响成一片。原来一支唐军有生力量似从天而降,从播仙城西翻越积雪的山顶,潮水般杀将下来,迅速攻破了防备薄弱的西城门。原来,于阗镇精绝回纥奇兵及时赶到了!

封常清见状,长出一口气,舒心地笑了:武判官不曾误我!遂急忙下令从东、南、北三个方向同时加紧攻城。只见石弹从抛石机上雨点儿般飞掷到城头,终于在城墙上砸开了几处巨大的豁口。风雪交加之中,鼓角如潮,大火映天,唐军受到天上飞来的援军鼓舞,士气大振,个个奋勇争先,纷纷攀梯

171

爬进城头的豁口,拼命挥刀砍杀蕃兵。双方死伤枕藉,鲜血染红了城上的积雪。蕃军腹背受敌,惊恐万状,坚守了半个多时辰,终于完全失去了斗志,崩溃了。唐军陆续攻破三座城门,潮水般冲进城中展开巷战,顿时杀声震天。守城的数千蕃兵被分割包围,截杀了两三千人,以至血流全城,满山遍野都是贼兵的号哭之声。最后只有数百吐蕃残兵在将领的率领下,丢盔弃甲,匆忙从南门窜出,拼命冲开一条血路,沿着阿尔金山荒凉的峡谷逃往青海老巢去了。唐军大获全胜,一举收复了播仙镇。

第二天黎明,封常清与众将和幕僚登上西城门楼,居高下望。只见城中四处起火冒烟,遍地都是敌我双方将士横陈的尸体、死马、血迹和丢弃的旗鼓、军械,一批又一批的蕃兵俘虏被绑缚着,押出城外。封常清如释重负地对属下叹道:"想不到播仙一战,竟是如此惨烈,在常清平生所经历过的无数次恶战中,也十分罕见。俗话说'杀敌一千,自损八百',这场战斗,我军也死伤了两三千人马,是近年来伤亡最为惨重的一次,着实令人惊诧,伤感。尤其可恨至极者,差一点儿竟折损了我一员大将!"

众将想起来也有些后怕,不由得感慨地说:"此番东西夹击的'新春大捷',多亏封大夫的妙计,密调精绝奇兵从天而降,否则久攻不下,吐蕃从青海来的援兵赶到,我大军粮草用尽,胜负就很难预料了!"

"是啊,果然是运筹帷幄,决胜于千里之外。播仙大胜,全仗了封大夫的这条奇策妙计,真个是神机妙算,亚赛诸葛孔明先生再世!"徐参军摇晃着长长的脖颈,向封常清伸出大拇指微笑道。他心里已经明白,原来,这就是岑参向他保密的那条奇计啊!

"哼,这条决胜妙计,难道还不能算在我封某的名下吗?"封常清心里这么说,一边有些心虚地瞥了徐章一眼。不知为什么,他从徐章的微笑中,读到了一种说不出的诡谲。

第二十四章
夜读汉书

西域以孝武时始通，本三十六国，其后稍分至五十余，皆在匈奴之西，乌孙之南。南北有大山，中央有河，东西六千余里，南北千余里。东则接汉，厄以玉门、阳关，西则限以葱岭。

汉兴至于孝武，事征四夷，广德威，而张骞始开西域之迹。其后骠骑将军击破匈奴右地，降浑邪、休屠王，遂空其地，始筑令居以西。初置酒泉郡，后稍发徙民充实之，分置武威、张掖、敦煌，列四郡据两关焉。自贰师将军伐大宛之后，西域震惧，多遣使来贡献，汉使西域者益得职。于是自敦煌西至盐泽，往往起亭，而轮台、渠犁皆有田卒数百人，置使者校尉领护，以给使外国者。

……

在庭州城家中书房里，岑参专心致志地翻读着班固所著的《汉书·西域传》，一边遥想着西域地界的广袤无垠，感慨着自汉代以来先辈们开边拓土的丰功伟绩和创业的艰辛。

岑参随封大夫由长安来北庭时，由于路途遥远不便多带书籍，所以他只挑拣了班固的《汉书》和范晔的《后汉书》等典籍中有关西域的篇章，装了满满一小书箱。这都是他在长安坊间用重金搜购的精印善本书，岑参很是珍爱。至于《诗》《书》《礼》《易》《春秋》《论语》《孟子》《老子》《庄子》等经典，

173

那是无须随身携带的,因为这些他自幼就已烂熟于心,倒背如流了。他的脑子就像是一间小书库,需要时是随时都可以搜索检阅的。

封大夫率大军南征播仙已逾两月,其间不断有好消息传至北庭都护府。昨日传报说大军已大破蕃兵,顺利收复了播仙镇,封大夫率军班师回到交河郡后,拟在那里休整一段时间。岑参当然知道,眼下位于天山北麓的北庭虽然已进入惊蛰节气,可是仍然一派冬令景象,冰雪尚未融化,北风呼啸,天气相当寒冷。白山之南的西州一带气候则与北庭迥异,如今田野上杏红柳绿,麦苗青青,渠水奔流,万物复苏,已进入初春时节,天气温和,正适合征战归来的部队将士们休养。捷报是早已星夜报往长安了,朝廷很快就从敦煌拨来了贺仪、奖旗、仪仗等,且已直接送往交河,向封大夫和将士们贺功。

岑参听到封大夫率军收复了若羌、播仙,打了一场大胜仗,心里自是高兴。但又为自己在银山馆雪阻,失去了向封大夫力争随军作战的大好机会而后悔不已。夜来无眠,岑参早上练完剑,就在那盏"省油灯"下,身上披一条小毛毯,席毡而坐,在书案前读起《汉书》《后汉书》来。

省油灯里的胡麻油被小琬添得满满的,又多加了一根通草灯芯,灯光明亮。岑参读着读着,不觉忘情地轻轻诵出声来——

> 乌孙国,大昆弥治赤谷城,去长安八千九百里。户十二万,口六十三万,胜兵十八万八千八百人。相大禄,左右大将二人……东至都护治所千七百二十一里,西至康居蕃内地五千里。地莽平,多雨寒,山多松槲。不田作种树,随畜逐水草,与匈奴同俗。国多马,富人至四五千匹……

岑参读《汉书》《后汉书》时,特别注意书中对北庭都护府所辖各州县地理、物产、气候、户口和兵力部署的记述,并常常与目前大唐的情况做对比。例如,《汉书》关于交河郡是这样描述的:

> 车师前国,王治交河城。河水分流绕城下,故号交河。去长安八千一百五十里。户七百,口六千五十,胜兵千八百六十五人……西南至都护治所千八百七里,至焉耆八百三十五里……

又如记庭州时则称：

> 车师后国，王治务涂谷，去长安八千九百五十里。户五百九十五，口四千七百七十四，胜兵千八百六十五人……车师后国西南至都护治所千二百三十七里。

岑参对先贤们关于里程数字记述的确切，甚至精确到可以忽略不计的个位数而感到十分惊异。心想，古人是怎样测出那多出五里、七里的距离呢？从记载中岑参发现，古往今来地名的沿革很是有趣。如今天的交河郡系车师前国国都，地名是古已有之了，而车师后国国都汉代则称作"务涂谷"，十分别致。这个务涂谷《后汉书》则称为"金满城"，而今又改称庭州孚远县城，已北移数十里于开阔平坦之地另建。他推测，这个"务涂"，可能就是"浮图"的音转，庭州原来就曾称作浮图城。岑参对书中记载的这些地方当时人口和驻防兵力的变化颇为感慨。因为历经七八百年，屯兵和移民已在荒地上陆续开垦出数以万亩计的农田，西州交河一带已有人口六万余人，仅天山军就有驻军五千人马；而伊州、庭州一带的人口和兵员也分别增长了十几倍。岑参更清楚，开元二十一年改置的北庭节度使，管辖静塞、清海、瀚海、天山和伊吾五个军，以及守捉城十余处，共驻兵三万余人，马五千余匹，衣赐四万八千匹段。今昔对比可谓悬殊，岑参不禁为大唐国力强大、人口繁盛而兴奋自豪。

岑参对《后汉书·西域传》更感兴趣，因为据作者范晔在书中称，他所依据的文献，主要是班超之子、西域长史班勇根据自己在西域的亲历撰写的，所述似乎更为翔实可信。岑参特别喜欢范晔对两汉之际西域风物、历史沿革和重要地位的概括记述：

> 自敦煌西出玉门、阳关，涉鄯善，北通伊吾千余里，自伊吾北通车师前部高昌壁千二百里，自高昌壁北通后部金满城五百里。此其西域之门户也，故戊己校尉更互屯焉。伊吾地宜五谷、桑麻、葡萄。其北又有柳中，皆膏腴之地。故汉常与匈奴争车师、伊吾，以制西域焉。
>
> 武帝时，西域内属，有三十六国。汉为置使者、校尉领护之。宣

第三辑

帝改曰都护。元帝又置戊己二校尉,屯田车师前王庭……王莽篡位,贬易侯王,由是西域怨叛,与中国遂绝,并复役属匈奴。匈奴敛税重刻,诸国不堪命,建武中,皆遣使求内属,愿请都护。光武以天下初定,未遑外事,竟不许之。永平中,北虏乃胁诸国共寇河西,郡县城门昼闭。十六年,明帝乃命将帅北征匈奴,取伊吾卢地,置宜禾都尉以屯田,遂通西域,于窴诸国皆遣子入侍。西域自绝六十五载,乃复通焉……及明帝崩,焉耆、龟兹攻没都护陈睦,悉覆其众……章帝不欲疲敝中国以事夷狄,乃迎还戊己校尉,不复遣都护。二年,复罢屯田伊吾……时军司马班超留于于窴,绥集诸国。和帝永元元年,大将军窦宪大破匈奴……三年,班超遂定西域,因以超为都护,居龟兹。复置戊己校尉,领兵五百人,居车师前部高昌壁,又置戊部候,居车师后部候城,相去五百里。六年,班超复击破焉耆,于是五十余国悉纳质内属……

两汉四百年之于西域,可谓几进几出,可是随后呢?岑参思绪万千,不无痛心疾首地回顾了几百年来中原华夏不幸分裂衰落的历史:到了东汉末年,宦竖祸乱汉室,中原群雄并起,魏、蜀、吴三国鼎立,你争我夺,长期陷于内乱,已无力顾及西域了。延至魏晋南北朝,数百年间,中原王朝不是黯弱无能,就是分崩离析,几乎完全放弃经营西域了,以致听任匈奴、鲜卑、羯、氐、羌五胡乱华,长期占据整个北中国。我堂堂偌大中央上国,只好偏安龟缩于江南一隅,听任无数胡人小国小邦在西域广袤大地上争来抢去,你杀我,我杀你,民不聊生,百业凋零,繁忙的丝绸古道也被迫几度中断,想来真令英雄气短,丈夫扼腕啊!只是到了隋文帝,特别是我大唐太宗先皇帝,雄才大略,重振雄风,屡派大军西征,终于一举收复了西域大片疆域。当今圣皇又经营数十年,繁荣强盛的局面已远远超过极盛的汉武时期了!

岑参从《汉书》《后汉书》对西域历史的描述得出结论,八百年来,中原天朝势力在西域得而复失,失而复得,概与国力强弱有关;其次则是英主用人得当与否。不过岑参感到,除了上述两个主因之外,治理西域的国策也许更重要,民为邦本,恩威并施,善待胡人,加强汉胡之间的感情沟通,增强信任,树立其归属感、认同感,方是长治久安的固本之策。兵书云,攻心者上,倘若一味诉诸武力,依势逞强,则胡人不能心服,自是致乱之由。由此,岑参对《汉书》《后汉书》中一些看法很不以为然。如班固说胡人"民刚恶,贪狠无信,多寇盗"。范晔也说胡人"人性淫虚,不率华礼,莫有典书"。他认为这是对胡人的无知、歧视与偏见。正因如此,历代统治西域的官员,往往不能平等对待胡人,也就不能深入胡人之中与之交流感情而施以教化,久而久之就造成了隔阂嫌隙,相互猜忌,遂易为强敌所乘,常因一两件小事处置不当而酿成大乱。

岑参经过与石小琬母女,还有胡月华、轮台老番王的交往,深深知道,胡人并非都是"刚恶,贪狠无信"的。相反,相处久了,胡人同样富于亲情和友谊,也是很讲信誉的。譬如小琬在其母亲支持下,竟然为我矢志不渝守节数年,能说她们无情无义无信吗?岑参在与胡人的接触中,发现他们也很讲究人伦礼仪,尤其对老人的尊敬程度甚至超过了内地汉人。岑参还请通事译官口译了不少胡人的诗歌,发现那些祖祖辈辈口口相传下来的叙事长诗,讲述自己民族的英雄史诗,规模相当宏伟,动辄成千上万行,人物形象鲜明,故事也相当精彩,即使艺人连续弹唱数月也不能尽兴,深受胡人民众喜爱。而此类鸿篇巨制,我华夏诗坛自《诗》《骚》以降,迄今无由得见。胡人的诗歌,赋、比、兴诸多手法具臻,长于想象,善于用夸张比喻,也很讲究韵律节奏,语言优美,极富感情和人生哲理。还有胡人能歌善舞,秉有"会说话就能唱歌,能走路就会跳舞"的传统风习,他们的曼妙歌舞和百戏杂耍在长安和关内各地都盛演不衰,对中原文化影响极大。由此可见,胡人也并非如范晔所称"不率华礼,莫有典书",人家自有其经典汝不知矣!岑参深深感到,尽管有华夷之分,风习之异,人与人还是可以心灵相通的。何况西域胡人所养之良马、壮驴,还有所产的葡萄、西瓜、甜瓜、胡桃、苜蓿、胡萝卜、菠菜、芫荽等诸般瓜果蔬菜,还有冶铁、建筑、家具、绘画、织毯工艺等,通过丝绸之路传至内地,于国计民生贡献极大。至于胡人民风强悍、体格魁梧、性格豪爽、崇尚武事、作战骁勇等长处,岑参更是敬佩不已。中原与西域、汉人与胡人完全可以互通有无、取长补短、相互尊重、和睦相处的,这是岑参的结论。

岑参不由得想到,现在,我大唐经过列祖列宗百有余年励精图治的积累,国力空前强大,四方慑服,万邦来贺。一代雄主明皇文采风流,高瞻远瞩,又有封大夫、李副使这样能征惯战、指挥有方的封疆大吏镇守西域,再辅之以善待胡人之策,使胡人百畜兴旺,安居乐业,保持丝绸之路畅通无阻,那么经营西域,使之长治久安就水到渠成了。想到这里,岑参不禁兴奋起来,觉得自己真是生逢其时,此次出塞是走对了一着棋,建功封侯当其时也! 他要弥补古人的不足,从而完善朝廷安邦固边的大计。他暗下决心加倍努力,积极出谋划策,协助封大夫完成此旷古少见的大功业。

封大夫两次远征期间,遵照封大夫临行时的口谕,岑参先后顶风冒雪在交河、天山军、轮台、庭州、伊吾军、银山馆、焉耆镇、张三守捉城等地巡察了好多地方。每到一地他都认真考察那里的地理位置和地形特征,带着通事译官走访了不少当地熟悉情况的人士,甚至包括一些胡人酋长耆老。每到险要的州、县、城、乡、镇、守捉、烽燧和驿站,以及附近的井、渠、水道,他总要依据步勘实测不断修正补充那幅羊皮军事地图。他根据自己实地勘测的结果,纠正、补充了史书上《地理志》《西域传》和《水经注》等文献中有关的记载和数据。例如,一般关于西域的著作都称"轮台县在庭州以西四百二十里",可是岑参反复实地测算,认为轮台其实并不在庭州正西,而在偏西南方向,两地实际相距应该是四百五十余里,恰好多出一个驿站的路程。岑参认为,这些差错都是因撰写者不曾亲到实地考察或测量不准确的结果。他有时想,古人著书不乏相因袭的毛病,你抄我,我抄你,以致以讹传讹,贻误后人。"尽信书,则不如无书",还是孟子言之有理。

由此,岑参产生了一个想法,给自己制订了一套著述计划。他两次来西域,深感最大的不便,就是手头缺乏一部关于西域,特别是天山北路一带的地理、历史和军事方面比较准确、完整而实用的著作。岑参认为,班固、范晔所著的《西域传》,是最早的关于西域的可靠文献了。但一来时间久远,如今汉朝在北方的心腹大患匈奴早已不复存在,丝绸之路沿途西域各邦国的情况发生了很大的变化;二来所述的内容又过于简略了,因此今天读来不免有些不满足之感。而玄奘大师的《大唐西域记》虽然作于圣朝初年,记述西域诸国情况亦甚详尽,但其中涉及经济、军事方面的内容却不多,尤其大师本人并没有到过庭州、轮台一带,因此关于丝绸之路天山北路的记载几乎阙如,所以此书冠以《西域记》之名,不能不说存在着较大的缺憾。岑参想,自己这次来北庭不妨下功夫广泛收集资料,争取写出一部《大唐西域记补》和《水经新注》来,献至阙下,以为古人的勘误或补缺。他想,如能完成这两部著作,似可以纠正幕中一些人的错误看法。很多人认为岑参只不过是一位

178

诗人，整天就知道舞文弄墨、觅句吟诗，生活在艺术想象之中，而于社会、经济和军事则是既不懂也不关心，这真是对我岑参的天大误解啊！

对于贞观年间卫国公李靖率军西征时所选定轮台建城的地理位置，岑参也很不以为然。几次由庭州到轮台的路上，他都发现，在轮台城北走马川河畔，有一处地势平坦、土地肥沃、泉水四流的地方，似乎更适宜修建一座大城镇。这里地面相当开阔，其西面有座高大威武的山峰，可看作新城的"中堂"。东面正对着白山的主峰，三山簇拥，犹如笔床，直插云汉，可看作新城的"影壁"。尤其是它的北面，有一道游龙般的山岭虎头山逶迤西来，至走马川河边戛然而止，拔地而起，形成一堵高达三十余丈的赤红色悬崖峭壁，形势十分险峻，可作为城北的一道天然屏障。更为重要的是，此处因三面环山，冬春之际少有大风，很适宜人居住。相比之下，现在的轮台城孤守在百里风口的要冲，一年四季风沙不断，土地又贫瘠，给那里的军民生活带来诸多不便。如能奏明当朝，拨来钱粮人役，以虎头山下神山守捉城为基础，另筑新城，然后将轮台县衙，甚至把北庭都护府也迁至这里，岂不大好？此地经白水涧道去交河西州，较之经车师古道往来更为平坦便捷。近几年，胡人总是沿金山西缘南下来犯，所以常常要从四处调兵在轮台集结再行出征。如果将都护府迁移至此，既可免去部队长途跋涉之累，大军又能迫近金山，自然对胡人构成极大的威慑。

岑参对于处理好与西域各民族的关系极为重视。他认为，除了选拔重用并以诚相待当地胡人酋长，尊重他们的生活和风俗习惯之外，还要设法促进汉、胡间的来往，加强感情上的联系。为此，他根据历史上以"下嫁公主"为主要内容的和亲政策和西域一带的社会现实，替封大夫向朝廷起草了一道奏章，大意是：应由官府出面大力促成奖励汉胡庶人之间的婚姻，形成胡汉之间分拆不开的血亲关系。此举对于体恤下情，稳定汉兵驻军下层军官，解除其后顾之忧，安心屯垦戍边意义极大，从而真正实现西域的长治久安。岑参在表章中称此为汉胡"民间和亲"之策。同时，他还建议应鼓励关内移民包括妇女大量来西域垦荒屯田，这样不仅能保证军中的粮秣供应，也可随时随地补充兵员。可惜的是，封大夫不知何故，竟将此表压下了没有上奏朝廷。

"甲兵未得战，降虏来如归"，在每次战斗中，唐军总会抓到不少胡兵俘虏。如何处理这批战俘，将他们改造、训练成为一支可靠的部队，更是岑参颇费心思的地方。岑参觉得，胡人体格强壮，极善骑射，历来有以老病而死为耻、以战死最为荣的风习，故而作战十分勇猛。只要他们敬畏天朝，诚服圣皇，附之以信任尊重和优渥的待遇，委以重任，这支军队就完全可以变成效忠大唐的极具战斗力的雄师。如今大唐边疆十来个节度使，多数由异族将帅担任且多能胜任就是明证。

岑参通过调查发现，都护府内各处屯田的收支账目十分混乱，甚至边远的地方根本就不记账，开支多少全凭主持的将军官吏们说了算。这就给一部分有司者造成贪污挪用、中饱私囊的可乘之机；而终年辛辛苦苦的戍卒们，则常常口粮不继，饮水困难，不能维持起码的生活，成天纷纷抱怨，骂爹骂娘。如此，天长日久，势必军心动摇，这对保持部队的战斗力是十分不利的。因此，在都护府建立健全财务制度，是一桩迫在眉睫的事。

如此等等，岑参在阅读《汉书》《后汉书》时，对伊西、北庭都护府防务、吏治、社会民情、交通和经济活动的种种设想和建议，如同他的诗思一样，总是思如泉涌，各种想法纷至沓来。

岑参十分欣赏范晔严谨深刻的文笔，觉得书中之传、论写得尤其精彩，取材精当，议论则鞭辟入里，颇有见地。岑参对《后汉书》中关于西域当年和平安宁、繁荣昌盛的景象，还有丝绸之路上千蹄相接、交通繁忙的描绘十分心仪，由此对大唐治下的西域充满了自信和期望。

房间突然噼啪作响闪起了火光，顿时热了起来。原来小琬也已起身，为壁炉加添了几块干梭梭柴。这种采自荒原上的柴火油性大，十分耐烧，而且火力很猛。岑参望着炉中跳动的火焰，忽然感到此时他的心情也像炉火一样在熊熊燃烧，于是他又捧起《后汉书》朗声诵读起来——

论曰：西域风土之载，前古未闻也。汉世张骞怀致远之略，班超奋封侯之志，终能立功西遐，羁服外域。自兵威之所肃服，财赂之所怀诱，莫不献方奇，纳爱质，露顶肘行，东向而朝天子。故设戊己校尉之官，分任其事；建都护之帅，总令其权……立屯田于膏腴之野，列邮置于要害之路。驰命走驿，不绝于时月；商胡贩客，日款于塞下……

180

第二十五章

不惑忧思

近来,岑参睡眠很不好,每到西大寺的钟声响起,天刚蒙蒙亮就醒来了。怕打扰小琬,他就轻手轻脚地摸到书房来读书。

今年是倒春寒,清明节将近,积雪才刚开始融化,天气还相当寒冷。小琬起夜时还不忘给壁炉里添柴火,以保持室内的温度。柴火有些潮湿,火燃烧得不很旺。为了放放屋内的烟气,岑参就把古书推到一边,站起身,费了好大的劲儿才打开结了冰的窗子。

一打开《汉书》《后汉书》,古人的记述和关于稳定、开发西域和保持丝路畅通的种种议论,便不时引起他的胡思乱想。每有所思所悟,他首先就想到应该马上与封大夫相商,可是又记起封大夫此时仍在交河休整,不禁哑然失笑。

院中仍是冰雪的世界,雪堆表面白天融化了,夜间则又变成一层薄冰。廊檐上悬挂着一排排冰溜,状如冰帘,长达数尺,锋利如剑的凌尖几乎刺到地面,算作是西域冬春之际一大奇观。窗外又飘起雪花来,几只麻雀可怜地躲在屋檐下,叽叽喳喳,冻得瑟瑟发抖。"一九二九不出手,三九四九冰上走,五九六九冻死狗,七九八九仰脸看柳……"岑参记起流传于家乡一带关于气候节令的谚语,小时候外祖母常常这么念给他听。现在,想那嵩山和终南山一带,春风和煦中,河边村头,桃李花盛开,那密密丛丛的柳树林,可能早已绿色葱茏了吧? 小孩子们又该纷纷折下柳条,做成"柳絮疙瘩",开始互相追逐嬉戏。放风筝的孩子们,在一望无际已经返青的麦田里,奔跑着、尖叫着,他们放飞的风筝五颜六色,在万里晴空中翩翩起舞……北庭真正的春天毕竟就要到了! 他忽然想起最近写的几首即景感怀诗,就从抽屉中翻拣出来,准备再做些整理和润色。

其中一首题为《轮台即事》,是前些天与关老将军一起去轮台,妥善处理了一件胡人部落之间的麻烦事后写成的,描述了轮台一带的物候和风习:

> 轮台风物异,地是古单于。三月无青草,千家尽白榆。
> 蕃书文字别,胡俗语音殊。愁见流沙北,天西海一隅。

还有一首《北庭作》,里面有这么几句:

> 秋雪春仍下,朝风夜不休。可知年四十,犹自未封侯。

是啊,"可知年四十,犹自未封侯",二度入西域将及一载,倏然虚龄已至不惑之年,有道是"春风不度玉门关",岁月无情催人老啊,功名还是遥遥无期。唉! 岑参体会着这首诗的寓意,摸摸自己有些蓬乱的五绺长须直摇头。他品到的是一种辛酸、苦涩、失落和伤感的滋味。

岑参是一位自许才能很高、心气颇傲的才子。他出身官宦世家,为本州的冠族,因此两次科考失利后,他于二十七岁那年撰写的《感旧赋》自序中,曾骄傲地自称"参,相门子,五岁读书,九岁属文,十五岁隐于嵩阳,二十献书阙下,尝自谓曰:'云霄坐致,青紫俯拾。'",宣称"国家六叶,吾门三相矣",字里行间流露着出身于如此荣耀高贵的冠带家族的自豪感。早年他颇相信"龙生龙,凤生凤""相门必出相"的说法,以为托了祖宗的荫福和灵佑,可以轻而易举地金榜题名,蟾宫折桂。他希望自己有朝一日也能像祖辈那样拜相入阁,紫衣绶带,在庙堂上一展胸中的才学和政治抱负,荣宗耀祖。在这点上,岑参与同样为书香门第出身的杜甫想法完全一致,这也许正是他们同病相怜、荣辱与共的思想基础。

可是正当岑参踌躇满志,视科考如探囊取物,志在必得之际,却受到平生第一次挫折。开元二十三年(735)春,十九岁的他到长安献书阙下,竟因

182

对策不中而落第了。初次参加科考不幸失手,这在士林中本来是一件司空见惯的事。特别是在开元至天宝年间,三年一次的科考很严格,每次从上千名全国各地到东西两京赶考的举子中,不过只取二三十名进士,考中率极低,甚至有一名也没有考取的记录。可是过于自尊而又自我期许过高的岑参却对此看得颇重,以致感到羞于再见"江东父老"。那年,当他名落孙山失意东归路过潼关时,那位好心的潼关吏,还要设宴慰劳他们这一批进京投考的举子。对此,岑参却感到羞愧难当、无脸见人而偷偷地溜了。一路上他低头缩身,孤零零一个人沿着老路潜回嵩阳老家,可谓乘兴而去败兴而归。事后他为此还写了一首题为《戏题关门》的诗,自嘲道:

> 来亦一布衣,去亦一布衣。羞见关城吏,还从故路归。

诗中羞愧之情,溢于言表,以为是奇耻大辱。直到九年后,天宝三年(744)他二十八岁时,终于天遂人愿考中了进士,这在他那个年龄段已是很难得了,而且考试成绩优异,取得了一甲第二名,差一步就考了个状元及第。接着又参加对策考试,成绩同样出类拔萃。这多少满足了岑参的虚荣心。子曰"学而优则仕",他觉得青云直上在此一举了。可是当时在奸相李林甫的把持下,岑参初入官场并不如意,仅授了一个为太子东宫看管兵器甲仗的从八品参军小官,而且不久就外放了。无奈中,他开始明白"功业须及时,立身有行藏"的道理,把个人飞黄腾达、封侯拜相的希望寄托到投笔从戎,去边塞建功立业上来。"丈夫三十未富贵,安能终日守笔砚""功名只向马上取,真是英雄一丈夫"这几句脍炙人口的励志诗,就是在这种背景下写出来的。

其实,亲赴边塞建功立业这条出路既符合时代风尚,也与岑参独特的个性有关。

岑参从幼年起就有一种英雄崇拜情结,古代投笔从戎出使西域,历尽艰辛终成人事业的博望侯张骞、定远侯班超等传奇人物,更是他极为倾慕敬仰的大英雄。于是,在"功业须及时"思想的驱使下,便有了几年前到安西都护府帐下任职之举。去年春他又受封常清大夫的赏识,慨然第二次奔赴西域。岑参清醒地意识到,这是自己实现人生目标的最后机会了,因此情绪很是高涨,甚至带了一种成败利钝在此一搏的情绪在内。同时,岑参从自己十年来仕途坎坷之中,逐渐明白了不少官场的"潜规则"或"奥秘诀窍"。他知道,真要想在仕途上一帆风顺,出人头地,全凭个人之力是不行的,还需要强有力的政治靠山来提携与引荐。岑参上次从河西回长安后,曾在一首题为《石上藤》的诗中这样写道:

> 石上生孤藤,弱蔓依石长。
>
> 不逢高枝引,未得凌空上。
>
> 何处堪托身,为君长万丈。

这首诗明显可以看出,岑参对仕途的无奈和渴望有人举荐自己的殷切期盼。这些思想,与他在《感旧赋》中所说的"强学以待知音,不无思达人之惠顾,庶几有望于亨衢"的意思一脉相承。也许是困顿长安多年,苦于找不到进身之阶因而同病相怜的缘故吧,这首诗还受到杜甫的认可,认为也写出了他的心曲。

可是为人正直、心地纯正的岑参,心气又过于清高自傲了,于世间待人处世也过于迂阔刻板了。他耻于"摧眉折腰事权贵",决不肯涎着脸奔走于高官门下,随便去投靠一个人。他觉得,向自己反感、厌恶的权贵们违心曲意地阿谀奉承,大唱赞歌,甚至涎着脸呈上银两,以博取掌权者的青睐与欢心,这实在是对自己固守的人格理想的背叛和亵渎,在精神上也是一种痛苦的折磨,无法承受。上次在安西都护府幕中时,他就因厌恶高仙芝为人贪婪、冷酷而不愿亲近他,相处数年,仅为高写过一两首诗。由此可见岑参绝非那种厚颜无耻、不要原则、不择手段的趋炎附势之徒。岑参对于择友是相当挑剔的,在他的心目中,除了王维、李白、杜甫、王昌龄、颜真卿、高适、严武等有数的几位外,身边经历颇有传奇色彩的封常清,也许是他为数不多的服膺者之一,而且是更接近他理想人生和足可效法的特殊人物。

岑参在安西都护府中就与封常清认识了。岑参认为封常清与不少以功名或凭借裙带关系升迁者所不同,他出身寒微,完全是靠自己的真才实学和累累战功才赢得朝廷重用的。有三件广为传颂的事例,使岑参对封常清的为人和才能由衷的佩服。第一件是封常清当初以布衣之身想到高仙芝手下当一名随从,却因形容猥琐、身有残疾而被多次拒之门外。封常清虽极力据理力争也无济于事。于是他就痛下狠心,硬是在高仙芝的门口守夜,连候了几十天,一天也不落,终于以自己锲而不舍的顽强精神打动了高仙芝,最后收留了他。第二件是"潜作捷书"。有一次高仙芝率部打了个大胜仗,封常清虽未随军征战,但却事先于幕中起草了捷报,"具言次舍井泉,遇贼形势,克获谋略,事颇精审。仙芝所欲言,无不周悉"。一个部属如此料敌如神,竟然与主帅不谋而合,显示了极高的军事才能。高仙芝读后很惊诧,遂聘他为幕中判官,留在身边参与赞画军务。第三件是封常清被高仙芝提拔后不久,竟然冒着得罪恩人的危险,把仗势欺人、藐视法度的高大人乳母之子郎将郑德诠杖死。高仙芝得知后虽然心中不快,但也没有说什么。此后,封常清还下令将几名犯法的军官斩首,以至令"军中股栗"。这些事例证明,封常清真不愧是执法如山、敢做敢当的大丈夫。岑参之所以年前在张三守捉城杀了姚郎将等,就是受了封常清此举的精神鼓舞。前些日子,姚长史得知内亲受诛的消息,气得大病一场。岑参听说后曾与众幕僚前往探视,但唯有他被姚大人拒之门外。猥琐、阴险如姚长史者,毕竟没有高仙芝大人的雅量,我依法处置,你奈我何? 岑参对此处之坦然,心想,等封大夫班师回来后,自有公断。

封常清平时生活简朴,又平易近人,赏罚分明,这些也使岑参感到敬佩和亲近。所以这次蒙封大夫看重,聘到帐下任职,岑参感到十分兴奋和幸运,觉得总算遇到一位值得自己佩服、也真正赏识自己的"紫衣人"了,定能不负平生所学而一展宏图。有时他甚至想,莫非上天有意把我安排到封大夫身边,为我树立一个榜样,让我顺着他走过的升迁之路而青云直上? 因此,岑参对封常清怀有一种异常的神秘感和期待感。来到北庭后,他有空就去拜见封大夫,一起燕饮唱和,并不断向他呈递安边定邦的建议,而献诗赠句更为热情频繁。

在有唐一代,地位卑下、怀才不遇的文人以上书呈诗献赋等方式,向达官显宦"干谒"以自荐,指望依靠这些人的赏识和推举而进入仕途,进而受到重用是相当普遍的。连李白、杜甫等这些盖世奇才也不例外。李白十九岁时就带着诗赋拜谒剑南大都督府长史苏颋,希图得到提携引荐。后来李白的名句"生不愿封万户侯,但愿一识韩荆州",也出自呈给被看作礼贤下士榜样的荆州刺史韩朝宗的自荐书。杜甫更曾有过一段在长安"朝扣富儿门,暮

185

随肥马尘"求告权贵的屈辱经历。在以身许国、为人正直、心地纯正、性格坦率的岑参看来,几乎已是出将入相的封大夫既然如此看重自己,双方感情又很融洽,那么亲近一些又何尝不可?"女为悦己者容,士为知己者死",岑参正是抱着感激知遇之恩的心情去接近、去敬重封常清的,是光明磊落的,因此对自己这方面的言行从来不加掩饰。岑参在同僚中有时还不分场合得意地宣称,封大夫怎么怎么善待自己啦,怎么怎么重视自己的献策啦,有时言谈中不无夸张和炫耀之处。但是心地单纯、充满幻想的岑参并不十分懂得,在尔虞我诈、阴谋重重的官场,公开与主要当权者的特殊关系其实是一大禁忌。须知,锋芒毕露的做法并不一定受到当权者的喜欢,也注定会引起同僚的猜忌和嫉恨,造成严重后果。

午饭后岑参的习惯是要睡一会儿的,但是他躺了半天又睡不着,于是又爬起来读起《汉书·西域传》来。读着想着,偶有所得,便提笔疾书,于是在书眉上留下了他密密麻麻的心得体会。不觉间已至向晚,天色暗下来,城西西大寺沉重的钟声又隐隐传来。封常清这次主政北庭后,拨款重修了西大寺,还从龟兹请来一位胡僧帛上人法师任住持。岑参很快就结识了这位法师,并结为沙门朋友。听到寺中的钟声,岑参忽然想起许久没有与帛法师谈心了,正想抽空去西大寺看看,请帛大师预测一下播仙大胜之后北庭的时局。这时,小琬进屋来点亮了油灯,准备做晚饭。岑参是个独立生活能力很差的人,起居很不规律,过去饮食皆由陈金和两个老军操持,很不合口味,饥一顿饱一顿的。小琬来了以后,把一日三餐料理得十分细致周到,岑参生活起居从此变得舒适和有规律了,心情和身体也好了许多。

西域的春季天黑得特别早,岑参正想挑灯接着读几段《汉书·西域传》,就听到小琬在院里同什么人说话。

"关爹爹,你来了。官人在看书哩,快请进屋吧!"

原来是关老将军来了。

岑参闻声走出堂屋迎接。关老将军已脱掉绿色斗篷交给小琬,撩起羊毛毡门帘大步走进来,随身带进来一股袭人的寒气。

"这雪下得更大了。岑大人,又在用功啦,也不好好陪着如夫人玩玩!"

关老将军对晚辈爱开玩笑。他明知道小琬尚未正式成为岑参的妾,却故意要用"如夫人"来称呼她,意在督促他们早日成亲。

186

岑参听出关老将军说话的意思，笑笑，心里暗暗决定，过些日子就把小琬收为妾吧，以后出入接待宾客也更名正言顺些。

"关老将军，昨天输了不服气，还想同我战两盘是不是？小琬啊，拿棋盘来！"岑参和关老将军是下围棋的老伙伴，可谓棋逢对手。关老将军的棋艺老谋深算，步步为营，而岑参的棋风则往往攻势凌厉，出奇制胜。两人以往在纹枰上手谈时互有胜负，但总体上来说，岑参的棋艺要比关老将军略胜一筹。

"战两盘就战两盘，难道老夫还怕你不成？不过，你先看看封大夫送来的这几份战报吧。"关老将军取出一叠军书递给岑参。

"封大夫率部在交河已休整多日，该班师回来了吧？"

关老将军指指窗外："你看，庭州现在雪还在下，天这么冷，估计还得一段时间才能回来。"

"嗬！'斩获蕃贼首级三千余'！哈哈，大军这次南征可真是大获全胜啊！"岑参虽然此前已经知道了前方战况，看完战报后仍然十分兴奋。

关老将军捋捋银色的长髯，摇摇头，不安地道："岑大人，这回破播仙，可大不同于上次西征那么顺利，如你以前诗中曾说的是啥'虏骑闻之应胆慑，料知短兵不敢接'。真是想不到，这次战役竟受到吐蕃军的拼死反抗，战斗十分惨烈，我军伤亡两千余人，折损将领数十人，连张先集将军也受了重伤，差一点儿丢了性命。"接着，他绘声绘色地讲述了这次播仙战役的战况，说多亏精绝军出奇兵突袭，南北夹击才大获全胜，否则，胜负还很难预料哩！

"好呀，我这条妙计果然成功了！"岑参忍不住高兴地拍拍手。

"咋？这条奇计，难道是岑大人……"

"不，不，是封大夫和我一起想出来的。"岑参发现自己说漏了嘴，连忙改了过来。

"哈，明白了！明白了！"关老将军会意地笑笑，"岑大人真不愧是封大夫的好参谋啊！"

岑参岔开话题说："此次平蕃战役如此激烈，张将军还受了重伤，实出意外。可是上次封大夫西征阿布思余部时，为什么竟能兵不血刃，降虏来如归，那么顺利？"

"岑大人有所不知，其实，封大夫数月前的金山大捷，也不光是依靠大军压境,用兵布阵得当。岑大人可还记得,当时封大夫让我们为他准备的珠宝、银两和绸缎,那是干啥用的? 那些……"关老将军说到这里,不知何故欲言又止,没有再说下去。

"以老将军你的经验,此次大捷,朝廷方面会有些什么嘉奖?"岑参问道。此时处于兴奋状态的他,并没有注意关老将军的语气和脸色,只是继续按照自己的思路说下去。

"对都护府一般将士来说,还能有啥嘉奖?"关老将军轻舒了口气说,"还不是送上几匹白帛勉励大家一下。朝廷轻战功啊,'一将功成万骨枯'嘛! 当然,少数有功的主将还是少不了要升赏的。"提起战功,关老将军情绪就一下子低落下来。他一定是想起自己边塞四十多年的风风雨雨,立下许多战功却已垂垂老矣,没有得到相应回报。但是他心中的不快像风中的烟云一样,很快就消失得无影无踪了。

岑参听了,望望挂在墙上的那把"天山雪"宝剑说:"这次南征播仙,又不让下官亲赴前线,就像这把剑,一直挂在这里不用,不就日久生锈了嘛!"

关老将军安慰他道:"不要着急,封大夫如果在边塞屡建奇功,朝廷看重,能够入朝执掌大权,那么,属下和幕僚们升迁的机会也就多了。封大夫可不是那种爱伐功之人啊,难得难得!"

"晚辈在轮台南山曾有诗称赞老将军'关西老将能苦战,七十行兵仍未休',如关老将军这样,守边四十余年如一日,身经百战,屡立战功者,军中能有几人? 如有封赏,理应首先考虑的。"岑参有些同情关老将军。

"老夫就不必提了,行将就木之人,空负廉颇匹夫之勇,复有李广数奇之命啊! 不像岑判官你,出身名门,才华横溢,年富力强,封大夫又十分赏识,前程自是无量。唉,不说这个了,长史姚大人又犯病了,不能理事,咱们还是商量明天在西门外迎捷的正事吧!"关老将军摇摇手,转向跪在毡毯上给壁炉添柴的小琬说:

"小琬哪,快备些酒菜来,我爷儿俩要好好畅饮几杯。喝完酒再下儿盘,然后老夫还想看看你把我的'华山神剑'练得咋样了。好剑别人不用,那就拿来在家里咱们自己用吧,哈哈!"

第二十六章

烽亭献诗

　　刚进入六月，滚滚的干热风便开始肆虐白山之南的柳中、西州、交河、天山县一带了。这里现在被统称为吐鲁托盆地，最低处艾丁湖竟低于海平面一百五十多米，号称第二低地，酷热异常。这里夏季白天直如老君八卦炉喷火，入夜则似蒸笼聚气，人们走路连脚都要被烫得直跳，像一只"跳跳鸡"。有人做过试验，中午时分把一枚鸡蛋埋进沙堆里，要不了半炷香工夫就能烤爆；如果往向阳的土墙上贴一张生面饼，也要不了多少时间就烤熟了！夜晚闷热睡不成觉，人们只好像逃避洪水猛兽一样纷纷躲进地窖或钻进桑树丛，把双脚伸进清凉的渠水里，就这样仍然不能逃出这炙人的酷暑热浪的煎熬。西州原名"火州"，倒是更能说明这里气候的真实情况。前几年岑参第一次途经西州时，就曾领教过这出奇的酷热，在题为《经火山》的诗中描述道：

　　　　火山今始见，突兀蒲昌东。赤焰烧虏云，炎氛蒸塞空。
　　　　不知阴阳炭，何独烧此中？我来严冬时，山下多炎风。
　　　　人马尽流汗，孰知造化功！

　　后来他又路过高昌城北的火焰山，见火云满山，赤焰蒸腾，也有诗叹道：

火山突兀赤亭口，火山五月火云厚。

火云满山凝未开，飞鸟千里不敢来。

平明乍逐胡风断，薄暮浑随塞雨回。

缭绕斜吞铁关树，氛氲半掩交河戍。

迢迢征路火山东，山上孤云随马去。

　　　　　　　——《火山云歌送别》

　　岑参的这些吟咏火焰山的诗传至中原，人们都不敢相信，觉得西域地处西北高寒地带，怎么有些地方比内地还热？还以为这是故意耸人听闻、信口开河的夸张之词哩！这几天庭州城中，不断有来自西州各县避暑的官吏、将校和商人，他们逃难似的纷纷骑着骡马，妇女则乘"担子"（兜子），带着细软，经车师古道来庭州避暑。一时间，孚远城和北庭都护府大大小小的驿馆和旅店，都人满为患了。

　　其实庭州城里此时同样暑气逼人。白天，骄阳似火，树木、庄稼的叶子都干得卷缩起来，连狗也热得没了精神，躲在门洞里、树荫下，伸长舌头大喘气。所以人们便向封大夫建议，一起到南山瀚海亭去玩上一两天，避避暑气。半年多来，除了去秋西征阿布思残部和春天南征播仙之外，安西四镇和伊西、北庭都护府所属各地倒也平静无战事。为了不拂属下的美意，有一个与部属同乐的机会，封大夫同意带大家去瀚海亭游玩一次。

　　瀚海亭在庭州南山务涂谷附近的山上，扼守着车师古道，由庭州城经孚远县城再往南行几十里就到了，与北庭都护府主力瀚海军隔着一道山谷。那里有一堵极为陡峭的石壁，足有数十丈高，怪石嶙峋，犬牙交错，绿苔斑驳，石缝中多生奇松怪杉。当地胡人所称的"瀚海"（或译作"杭爱"），其实就是指太阳照不到的石壁阴崖。阴崖下更有一个天然小海子，约一里方圆，湖底有十多眼不间歇的泉水，四周又有多条小山溪蜿蜒注入，共同汇聚成这略呈椭圆形的小湖泊。近岸，湖水湛蓝，清澈见底。环湖岸边，则是一大片平坦开阔的草地，芳草如茵，山花盛开。瀚海亭即于半山间临湖而建。登亭北眺，只见天风浩然，水鸟翔集，天光云影，徘徊其中，风景如画。瀚海亭侧畔，有一道银亮的小瀑布从悬崖间曲折泻出，跌成几段，最后泻入一泓小深潭，隐隐听到水声如虎啸龙吟，从峡谷绿树丛中轰然传来。远山山势峥嵘，绿树森森，白云悠悠，极高处偶见雪峰崔嵬，寒光刺目，望之油然而生冷意，是一处避暑消夏的胜地。据说，当年后车师国王也因此处天气凉爽，风景宜人而建造了一处夏宫，天热时国王就带着王室官员由交河搬到这里避暑，立秋天冷后再迁回去。

这天平明，都护府上下近百人携家带口，由兵丁举旗引路向瀚海亭进发。一路上熙熙攘攘，人喊马嘶，热闹异常。姚长史因老病，行走不便，没有来。赵司马和徐章、侯京等人骑马走在队列前头。新近由安西调回北庭的武文判官，还有一些幕中常在一起谈诗论文的友僚，加上一批西州来的官员等，这时都与岑参骑马并辔走在封大夫之后。他们用马鞭向远山近水指指画画，说着什么，像是在品评这里的山水风景。石老人陪着小琬母女也来了，和关老将军的家小一起乘坐在几辆牛车上。

一行人马顶着毒太阳走走停停，约莫走了两个时辰，便进入青幽幽的南山谷地，天气也就随之变得清凉了。远远望见胡人番王带人在一处草场上迎候，原来他们接到通知，早早派人宰好了牛、羊，又在海子岸边草地上搭就几顶白毡房。小溪旁几口支在石头上的大铁锅飘起袅袅白烟，正在煮肉。还有人围着几堆篝火，用红柳枝扦子穿着大块肉进行烧烤，大木架子上翻转炙烤着几只油汪汪的全羊。

当下，封大夫与番王互致问候并互赠了礼品，然后便带着众将官和幕僚们鱼贯登上瀚海亭。余下的人四下分散在湖边树丛或草地上，互相追逐嬉戏玩耍。还有人乘着几只用整段沙枣原木凿成的小木船，在不太深的湖面上轻轻地划来划去，倒也优哉游哉。

瀚海亭原是一座古代石砌的烽火瞭望亭，后经改造成为专供登临的休闲用建筑。它六柱八角，亭下是丛丛天山云岭杉，皆挺拔青翠如伞，亭亭玉立。登亭而望，草地、远山、山溪、小湖尽收眼底，山风徐来，清爽怡人，山下的热燥顿觉一扫。此亭是当年从敦煌请来的能工巧匠修建的，斗拱飞檐，画梁雕栋，四周设有回栏，相当宽敞。造型据说与长安兴庆宫中的沉香亭近似，当然规模形制要小得多，也简陋得多。亭上临时铺了几条厚地毯，人们分宾主坐定，随从们便把各色食品依次端上来。除番王准备的诸多烤煮的肉食、奶制品和油炸馃子之外，还有由城中带来的甜点、美酒、鲜葡萄、黄杏、甜瓜、西瓜等时鲜水果，以及蜂蜜水、"刺蜜"等甜浆。杯盘碗碟，五颜六色，

第三辑

顷刻罗列了一席。

伺候在亭边的胡汉乐工歌女们，开始叮叮咚咚地奏响手中的琵琶、胡琴、羌笛、玉箫、牙板、钟鼓诸般乐器，亭上酒宴也便开始了。

"嗨！黄姓单于老家伙，"坐在封大夫左首的代司马赵光烈忽然大声说道，"我们封大夫军务繁忙，轻易不出门，这回你龟儿可要好好地劝酒啊！不然的话，咔嚓——"他拍拍身旁番王的脖颈，然后用手掌使劲儿往空中一砍，做了个杀头动作。他仍兼着瀚海军主将，与番王是近邻，看来彼此十分熟悉，已到了毫无忌讳、可以互相开玩笑打骂的地步了。

"红大人嘛，是我等的这个，"被称为"黄姓单于"的藩王跷起大拇指爽朗地笑道，"是我等的最尊贵的客人。我等嘛，当然要敬红大人几大碗了嘛！"他因为"封"字的汉语音发不好，就说成"红"大人了。

番王被朝廷封为世袭归德将军，并兼挂名的庭州刺史，官居正五品。他四十多岁，身高体壮，像一座铁塔似的；眼睛较小，面部很宽，面色黑红，留着两撇棕红色的胡须，声若洪钟，性情十分豪爽。他头上高高地缠了一匹红色的锦缎，是大唐天子明皇亲赐给他的，每到重要集会便要特意缠上。他还把一件绯红色的官服套在胡服上，同时与轮台南山那位黑姓老番王一样，也把皇帝颁给他的将军银印包在黄缎子里斜背在肩上。这些额外的装束打扮，虽然絮絮吊吊，不伦不类，但是表示了一种身份和不忘天恩之意。他居然会说汉语，虽然咬字不清，腔调怪异，说一句总爱带一个"嘛"字做停顿，还爱把"我"说成"我等"，但大家还是都听懂了。

"不过，我等嘛，首先要再为天可汗嘛，敬上一杯，祝天可汗嘛，万寿无疆！万寿无疆！"番王举起酒杯道。"天可汗"是胡人对大唐皇帝的尊称。

在座的一听，不敢怠慢，也纷纷举杯向着东方同呼："吾皇万岁万万岁！"

"十几年前，我到过长安。"归德将军回忆道，"天可汗请我等嘛，喝了一回酒，在一座好大好大好漂亮的房子里，叫啥大明宫。那酒嘛，嘿，各种样子的都有，多得很，名字都叫不下来！哎呀，还有上百个光着膀子露出肚脐眼的漂亮丫头子，披着纱巾，拖着长长的袖子在红红的大地毯上嘛，扭腰撅屁股，又是跳又是唱。旁边，吹笛拉弦敲鼓的，也有百十号子人，声音可好听哩！天可汗说，大家好好喝酒嘛，我等都是亲戚嘛，以后再不要打仗了嘛！我说，对着哩，成天打仗干啥嘛，我等都是亲戚嘛。我等嘛，都是乌孙人的后代,你们汉人嘛,都是我等的舅舅……"

"你龟儿胡说啥子?"赵将军听了,忍不住斥骂道。在他的故乡剑南,称人"舅子"是一句骂人的话,"哪个是你的舅子?"

归德将军不服气地争辩道:"你等汉人当然是我等的舅舅了,连长安的天可汗都说是,你敢说不是?"

赵将军气得瞪起眼,说:"你个龟儿还胡说!"

老番王也瞪起眼:"牲口毛驴子才胡说哩!"

"你就是个牲口毛驴子!"

封常清生气地喝道:"光烈,你给我住口!怎么又张口骂人了?"他望望老番王,安慰道,"归德将军,你不要生气,赵司马在跟你开玩笑!"

老番王笑说:"啥关系也没有,我们知道嘛,我们不生气!"

封常清又对岑参说:"至于说汉人是舅舅的事,还是请岑先生来解释解释吧!"

"两位将军先别争个脸红脖子粗,先喝了我敬的这碗酒再给你们讲讲。"岑参敬了酒,看着两人都气呼呼地喝干了酒,这才笑道,"要说吗,归德将军说的有些道理,是有这么个来历。当年汉武帝推行和亲政策,不是先后将细君公主和解忧公主嫁给乌孙王猎骄靡和军须靡了嘛。解忧公主的侍女冯嫽,也嫁给了乌孙的右将军。归德将军既是乌孙人的后代,而我们汉人则是公主们的兄弟,当然就是他们的舅舅了。归德将军,你说的可是这个意思?"最后几句话,岑参是用半通不通的胡语对番王说的。近来他跟小琬母亲和陈金学了一些胡人生活常用语,觉得很有意思,一见到胡人就想用胡语同他们对话,虽然说得结结巴巴的。

"对着哩!对着哩!汉人都是我等的舅舅嘛!"番王使劲儿点着头,也用胡语回答。他见座中有人替自己说话,显得很高兴。

"原来是这么回事,有道理,有道理!"听岑参这么一解释,座中人都恍然大悟地笑起来。

番王接着说:"就是嘛,还是秦大人知道的事情多嘛,舅舅就是舅舅嘛,这是我等老祖宗传下来的话嘛,还能是骗你等的不成?"番王因为对汉语"岑"字的音也发不准,说成"秦"字,说着他举起斟满酒的银碗:"下面嘛,我等再先敬红大人三大碗酒,各位大人将军嘛,我等也要敬三大碗!红大人,

193

第三辑

秦大人，你们看，我先喝干啦！"接着，他仰起脖子咕咚咕咚一气喝干了三大碗，喝得胡子上都是酒水。

赵将军笑道："你龟儿喝酒是英雄，就是打猎嘛，不行，是狗熊，哈哈！去年龟儿你跟老子我比赛打猎，输了两张红狐狸皮，心疼得要命，是不是？今年冬天，还敢不敢再和老子赌猎了？"

封大夫听赵将军讲话又如此放肆，略略有些不安，看了番王一眼，想看看他的反应。

"敢！敢！"看来率直坦荡的藩王对赵将军的出言不逊似乎并不介意，放下酒碗撸着袖子喊道，"谁要是不敢嘛，谁就是'二尾子'人！'二尾子'是啥，懂吗？就是裤裆里那个东西不行嘛，不能跟女人睡觉的男人嘛，哈哈哈！"

众人也被番王粗鲁的笑话惹得哄堂大笑。

番王又挤挤眼狡黠地笑笑："赵将军，你说，我等赌猎都赌些啥东西？来嘛，来嘛，让都护府御史秦大人嘛，给我等做个证人，现在我们就进山去，跟你比一比嘛！"说话间他站起来，挽起袖子。

"好，一言为定，你要不服气咱们就再赌一回。不过现在封大夫在此，末将不敢造次。等到了冬天下了大雪，老子就跟你进山再赌一次！"

"好嘛，说话算话，冬天我等再来赌嘛！"番王眼睛瞪得老大。

关老将军插话道："诸位现在还是先喝酒吧！哎，这西州的白杏子又大又甜，下酒可真是没说的啊！"

徐参军坐在旁边，只见他走过去同赵将军咬了一阵耳朵，又退回原座说："关老将军说的对，喝酒，大家先喝酒！不过，封大夫竟肯拨冗来瀚海亭与大家远足同乐，实属难得！故今日之会，不同寻常。我想平日在府中酒宴上，那些老曲旧歌，诸位也都听腻了，今日面对如此美景，如无新歌助兴，岂不是太煞风景了！"

"听徐参军这一提，我倒想起来了。"赵将军立即掀起黑胡须笑道，"我听说岑大人是金屋藏娇，家中养有一名歌舞胡姬，名唤小琬，人长得好看，歌喉也美妙动人。听说今天小琬也来了，不如就请岑大人于宴前为封大夫献上一首诗，再由小琬姑娘登亭演唱出来，诸位看好不好？"这位赵将军看来很会看人说话，现在他一改刚才与老番王说话时的粗野，变得文雅些了。

赵将军这么一说,座上立即响起一片赞同声。

岑参知道这是冲他来了,立即以攻为守回答道:"我听说,司马大人胡语说得好极了,胡歌唱得也好。现在就请赵将军先为诸位唱一支胡人敬酒歌吧,大家鼓掌欢迎!"

"唱一支就唱一支,有啥子了不起的!"赵将军大包大揽,"不过,要我唱歌可得有个条件。"

"什么条件?"

"等听完小琬的歌以后我再唱!"

岑参还想婉拒,就听见番王拍手叫道:"好嘛,秦大人,先让你那个漂亮丫头子嘛,上来唱一个听听嘛!"

封大夫也笑着说:"连归德将军都想听小琬姑娘唱歌了,既如此,岑先生就不要再推三阻四拂诸位的意了!光烈那破锣嗓子,吼起来就跟草驴叫一样,有什么听头?我也很想欣赏欣赏小琬姑娘美妙的歌喉呢。"

这样一来,岑参就不好再拒绝,就说:"仓促之间另作新歌,恐构思费时冷了场,反为不美。今年春天,封大夫率师大破播仙归来时,我写了几首《献封大夫破播仙凯歌》,大家都没有听过,小琬却很熟悉,不如就让她上亭来唱这几段,给封大夫和大家助助兴,如何?"

"好!好!"亭中一阵掌声。

石小琬正与一群年轻妇女和小孩子在草地上扑蝴蝶、捉蜻蜓,高兴地玩耍,忽听岑参叫她上亭唱歌,也不扭捏,痛快地答应了。

小琬长到二十岁,还没有登过大台面在达官贵人面前显露自己的才艺,因此不免有些兴奋,跃跃欲试。她母亲也很得意,特意在女儿耳鬓和发髻上插了几朵红艳艳的野花,送她到亭边时还感到不放心,又小声叮咛了几句。小琬定了定神,轻提纱裙款步走上台阶。只见她站在亭子边,身穿一件窄窄的淡紫色暗花短袖绸上衣,白色丝质的裙腰低低地束在胸前,露出酥胸半抹。粉臂如藕,裸肩上披着一条鲜红色的纱巾,裙下摆直拖到地,被微风吹拂着,更衬托出她那高挑、婀娜、富有曲线美的身段,仪态万方。她面施淡妆,插在高高的两盘发髻上的瑰红色野花,把她的笑靥映衬得分外动人,竟把周围那些浓妆艳抹打扮得花枝招展的歌伎们,一个个都比下去了。亭上的人都被她的绝色和风姿给逼得没有了声息,赵将军更是巴着眼,远远地张

大了嘴巴麻了半个身子。小琬站在亭口,轻摇一柄团扇,清清嗓子,待鼓乐过门曲子响过之后,便唱起来:

汉将承恩西破戎,捷书先奏未央宫。
天子预开麟阁待,祇今谁数贰师功。

官军西出过楼兰,营幕傍临月窟寒。
蒲海晓霜凝马尾,葱山夜雪扑旌竿。

鸣笳擂鼓拥回军,破国平蕃昔未闻。
大夫鹊印摇边月,天将龙旗掣海云。

日落辕门鼓角鸣,千群面缚出蕃城。
洗兵鱼海云迎阵,秣马龙堆月照营。

蕃军遥见汉家营,满谷连山遍哭声。
万箭千刀一夜杀,平明流血浸空城。

暮雨旌旗湿未干,胡尘白草日光寒。
昨夜将军连晓战,蕃军只见马空鞍。

歌曲描绘了唐军的英勇威武和播仙之战的悲壮惨烈,小琬的嗓音也很苍凉、婉转,充满了感情,大家听得痴痴地愣了半天,

番王听通事译官说,小琬唱的是封大夫大败吐蕃人的故事,也使劲儿鼓掌叫好。不过由于经过翻译,番王的反应和掌声在时间上要晚半拍,往往接不上茬儿,一时弄得大家莫名其妙。

一曲唱完,小琬接着习惯性地在原地跳了一小段胡旋舞,舞姿翩跹,大家不禁齐声叫好,报以热烈的掌声。

岑参虽为小琬的歌舞获得成功感到得意,但当他看到赵将军盯着小琬,喝一口酒叫一声好,竟把头巾都戴歪了,心里未免有些不自在。没等小琬跳

196

完,他就借口地方太小跳不开,亲自把小琬送下亭去。

接下来,待歌伎们群舞了几曲之后,湖边胡人青年男女们叼羊、赛马等竞技游戏,也就陆续开始了。

第二十七章

疑忌生隙

　　黄昏时分,夕阳染红了湖面,景色分外迷人,来瀚海亭消夏的人们,三五成群还在湖边草地上嬉戏喧闹。岑参与武判官、侯主簿等几位幕友,聚在一起攘臂赛诗赌酒,不时传来阵阵快活的笑声。封常清性格内向,是个不苟言笑的人,不爱热闹,他把关老将军从人群中叫出来,两人绕过一大丛匍匐于地的青翠的地柏,走向一面远离众人的高坡,促膝坐在绿苔斑驳的白石头上,一边拍打城中很少见的长腿蚊子。

　　几个亲兵自动散开,站在远处警戒。

　　关老将军是封常清在安西都护府的老友,相交多年。封大夫深知关老将军为人忠勇诚朴,老成持重,在军中威望很高。关老将军自从在陇右道临洮从军,四十余年来,身经百战,阅历丰富。特别是几年前在安西一场恶战中,关老将军与赵将军一起奋勇挥刀杀退敌军,拼死突出重围,救了封常清一命,以致身负重伤,血染征袍。因此封大夫十分感激两人的救命之恩,对关老将军更是敬重有加。此刻,微风起处,山上松涛阵阵,胭脂色的湖面荡起层层涟漪。封常清望着不平静的湖水,若有所思地说:

　　"这里的蚊子可真厉害——关将军,听说了吧,李光弼大人将要接替我,升任安西四镇节度正使了!"

　　"是吗? 那肯定是大人主动让贤,向朝廷推荐的了!"不知为什么,关老将军听出了封常清语气中的失落。老将军明白,立下收复播仙镇之大功,封大夫反而被朝廷削去兼任安西四镇节度使的大权,未免感到不被圣上信任,封大夫的失意是可以想到的,就安慰他说:"在安西,光弼是大人的副手,以前还任过都护府的长史,对四镇防务很熟悉,倒是最合适的人选。依老夫看,他文武兼备,处事谨慎,这次大破播仙之役中,只是配合大人,并不主动出战,无意争功,做得十分得体。"

"唔,李大人之为人,很聪明,很明理,颇知进退。"封常清点头道,"感谢圣皇倚重,命我兼任安西、北庭两节度使,地跨天山南北,纵横数千里,统兵数万,常清一直深感责任重大,精力顾不过来。再说,一个人,权力过大,不好,所以常清多次上表请辞兼职,力举李大人接任。感谢圣上明鉴和体谅,现在终于卸却这副沉重的担子了!"

"说起兼职来,有些人可不像你封大夫,不知轻重,贪得无厌,胃口越来越大。像胡儿安禄山,不就是一人兼着范阳、平卢、河东三镇节度使,统领二十多万人马吗? 哼,好像天下再没有别人了!"

"关将军,河北的情形听说了吗?"封常清表情凝重地望着关老将军的脸。

"听到些风声了,说就是这个安禄山,拥兵自重,暗中交通宫中宦官,阴谋叛逆的迹象越来越明显了。可是,一来这家伙善于装孙子骗人,偌大年纪还要给杨贵妃当干儿子;二来圣上一再受到身边人的蒙蔽,居然始终宠信他,放心地把几十万兵马都交给他。想圣皇半世英明,现在竟这样糊涂,偏听偏信,真叫人想不通。咋咧,大人有啥新消息吗?"

封常清叹口气,良久才说:"我曾见过这个安禄山,好大的块头啊,足有三百多斤重,大头大脸粗脖子,大肚皮都快垂到地上了! 可是他还很会跳舞,连胡旋舞都会,更会装疯卖傻,并以此取悦于喜爱歌舞的圣皇和杨贵妃。此人野心勃勃,奸诈骄横至极且善于权变,不惜重金贿赂宫中更是他的拿手好戏。朝中不少有识之人都认为他系魏延之流,脑后生就反骨,久后必反。张九龄大人对其包藏祸心早有预见,曾说'乱幽州者,此胡人也!'现在他羽毛已丰,异志渐露,朝廷却仍掉以轻心,毫无戒备,恐中原就要多事了!"封常清看看左右无人,又凑近来说,"关将军,依据河西都护府传来的消息,我有个不祥的预感,不出今年可能就要出事。果真如此,高开府大人、光弼和我,很可能都要被召入关勤王。那时朝廷就要遴选北庭继任者,而我的举荐是很重要的。那么，据老将军你看，下官走后这北庭的防务，由谁来代为主持方为好呢？"

"这事干系重大，末将可不敢胡说！"

"老将军不必过分谦让——唉，将军你是生不逢时啊，如若早上十年二十年……"

"大人不说这个了！末将大半个身子都埋进土里了，还有啥想头！唯愿拼上一把老骨头，战死边关，马革裹尸，报效朝廷了！"

"老将军耿耿忠勇之心，都护府上下谁人不知？还是就此预后之事，说说你的高见吧！"

"也好，那就听末将胡诌几句吧！"关老将军捋捋银白长须，端坐沉吟一会儿才说："北庭府各位将军中，伊吾军王维岳兼通文武，沉着老练，战功卓著，天山军张先集忠勇过人，破播仙战役中身先士卒，立下大功，更兼年富力强，都是合适的人选。"

"王将军乃吾之副手爱将，伊吾军距关内最近，我如进关勤王，势必要带上他的。张将军可惜只有血气之勇，性情急躁，还较年轻，一时恐难以服众。"

"岑判官咋样？先生来西域多年了，大人好像很器重他。"

"岑先生天资过人，志趣高远，两次西来，深入边荒，壮心可嘉，且诗名早播，我是很钦佩他的才华的。只是……"封常清缓口气，"可惜的是，他秉性过于刚直，恃才傲物，往往直言不讳，难有人缘；平日又耽于吟咏，热衷游山玩水，疏于军政具体琐事，恐非大将之才。据人说，他近来外出实地考察，不过就是挖出一些石人、古碑之类细枝末节罢了，均与军国大事无补。上次征讨播仙期间，他不顾军情紧急，竟乘舟下西海敦薨薮游玩，结果被银山大雪阻隔了数天，延误了行程。"

关老将军道："不，不，不！大人千万不能听人胡言乱语。半年来，岑御史马不停蹄跑遍了伊西、北庭几乎所有地方，甚至连一些烽燧邮亭都去考察过。每到一处，都要做详细调查，做笔记、绘地图。那幅羊皮西域地图，不是连大人都很看重吗？岑大人目光远大，胸有韬略，提出过不少有益的治军治边建议。不久前，在张三守捉城他还不避忌讳，果断处理了几个杀良冒功的军士，在当地胡人中反响极好，消除了隐患，可见岑御史处事的干练……"

200

封常清听着，就想起病中的姚长史对他的警告，称岑参为马谡式的人物，言过其实，贪图虚名，终不堪大用。封常清当然知道，姚大人因岑参不顾情面杀了他的内亲深为衔恨，难免有挟嫌报复之意，但毕竟说的有些道理，就对关老将军说道："岑御史出身名门，博览群书，的确所知甚多。可是他从未亲上战场指挥作战，因此有不少系书生之见，不切实用。啊，对了，有件事我正想问问关将军呢。"

"啥事呢？"

"二三月间，我率军南征途中，你和岑判官一起到轮台北处理了一件大事，是胡人因草场争执而引发的械斗，是吧？"

"是啊，有这回事。"

原来，胡人西白山黑姓部落和东白山黄姓部落之间一向有矛盾，为了山下交界处几块草场，年年春天都要发生争执，甚至多次聚众械斗。那几块山间草场面积颇大，水草丰美，很适合放牧，本为黑姓部落牧人的传统草场，但近年黄姓部落的牧人却每每企图强占。黄姓部落酋长是庭州南山归德将军的外甥，黑姓部落酋长则是轮台南山归德将军的侄子，都有后台背景，势均力敌，谁也不服谁，所以争执日久未能解决。今年雨水不足，从冬牧场转下来的牲畜没有足够的牧草吃，黄姓部落的人便在头人的授意下，故意越界放牧，甚至发生盗抢羊羔马匹事件，肆意挑衅。结果引起黑姓部落的不满，双方发生了争闹，最后导致上百人啸聚走马川，持刀弄枪，弯弓盘马，眼看就要发生流血事件。关老将军接到消息，急忙带了百余兵马前往劝导，但争执双方各不相让，闹腾了几天几夜也平息不下来。最后，幸亏岑参想出个巧妙的办法，确定了草场的归属，让两家和解了。

岑参出的主意，就是让争议双方各派出十名歌手乐师进行斗歌，如果一方斗胜，这块草场就永远归属于谁；斗败的一方则须心服口服，永不反悔。待双方认可斗歌的结果后，即由头人和德高望重的长老出面，在官府主持下签订草场归属协议，并到官府备案，任何一方以后若有违反，官府将予以追究。这办法还是幕府的一位老通事译官告诉岑参的，说这是他们胡人之间，在解决此类棘手的民事财产纠纷时，经常采用的一种传统方式，约定俗成，十分有效，已沿用几百上千年了，一般都能保证遵守。

岑参此议得到关老将军的支持，经反复磋商，最后征得双方同意，并分

第三辑

头做好准备。到了以赛歌一决胜负那天,庭州归德将军的外甥和轮台归德将军的侄子,这双方部落的酋长都亲自带着人马来了。他们从本部落里精心挑选出最好的歌手和乐师,穿上色彩鲜艳的服装,骑着骏马,在众人的簇拥欢呼下赶到有争议的草场。双方选手个个摩拳擦掌,斗志昂扬,决心要用自己的歌喉压倒对方,为本部落争得荣誉并最终赢得草场。观战的人来了不少,老老少少、男男女女或坐在草地石头上,或骑在马背上等待赛歌,兴高采烈,喜笑颜开,像是来参加一场盛大的联欢会。两个部落选出来的五男五女十名优秀歌手,有老有少,手持乐器,与乐师们排成两排,隔着一条小山溪边弹边唱,等候赛歌开始。

关老将军、岑参和轮台县令独孤渐等官府的人员率领兵马早早地来了。独孤渐原在交河县任县尉,后由岑参和武文两人联名向封大夫力荐,于年初才调至轮台任县令的。

岑参站在山溪边,通过通事的翻译把赛歌程序交代完毕,又让双方领头的人抓阄定出先后,最后一挥手,赛歌就开始了。只见双方选手一问一答,此起彼伏,又弹又唱又跳,手舞足蹈,喊得汗流浃背,声嘶力竭,有两个白胡子老琴师甚至激动得把手中的羊肠子琴弦都弹断了。随来的观众也跟着拼命起哄,或者为自己的歌手呐喊助威,或者向对方发出干扰、压制的嘘声,海潮一样一浪高过一浪,声震旷野。唱累了,唱饿了,就暂停赛歌,各自在现场宰羊宰牛喝酒吃肉。小孩子们也在草地上跑来跑去,大呼小叫的,像是在欢度盛大节日一样。

赛歌活动从日出一直进行到月上中天,一时不分胜负。夜深了,人们意犹未尽,就在临时搭成的毡房里休息,第二天天刚亮又接着出来比赛。等到祖祖辈辈传下来的几百支老歌都唱完了,真正的较量才算开始。只见双方歌手用即兴创作的歌词进行自我吹嘘,配合着威武、勇猛的动作手势,以图震慑压倒对方。唱词中充分发挥了想象力,拼命夸大其词,说自己如何力大无穷,能搬山填海,一顿能吃十只羊五头牛;自称是古代某个部落大英雄的后裔,神通广大,能呼风唤雨,打雷扯闪,赛过雄鹰猛狮老虎野熊和大仙天神,英勇无敌;又嘲笑对方像老鼠兔子毒蛇癞蛤蟆和妖魔鬼怪,不堪一击。他们拼命夸赞自己神通广大,以大话进行恫吓,扬言要一口吃掉对方,嚼碎骨头,变成屎尿撒在草地上。有时候唱词又变成互相揭短讽刺挖苦,用极其夸张可笑的表情和动作来丑化矮化对方,言辞十分风趣诙谐。如果听到特别精彩有趣的唱词,不分敌我,观众便一齐爆发出哄堂大笑。比赛进行到了第三天傍晚,看来东白山黄姓部落歌手们的本事是差了一点儿,唱到最后精疲力竭,张口结舌再也编不出新歌来应战了,只好灰溜溜地蹲下来,放下乐器认输。西白山黑姓部落的选手一见,举起乐器高高跳起来,发出胜利的欢呼。

结果,东白山部落被迫签署了协议,确定草场永远归属于西白山黑姓部落所有,不得侵占。

关老将军讲述了这场草场争执如何得到和平解决后,说道:"封大夫,这样处理,难道有啥不妥之处吗?"

封常清正色道:"倒也没有什么欠妥之处。不过,听说那几天河边集中了上千胡人,手持兵器,争斗得不可开交,死伤了不少人。要是惹出什么大乱子,谁能担当得起啊!你们想过没有?"封常清记得,姚长史明明告诉他,那天双方大打出手,死伤数十人。

"是谁无中生有,胡谝乱造谣呢? 大人明鉴,赛歌之前双方倒是发生了几回争斗,伤了人。但到了赛歌那天,双方从山上下来总共不过三五百人,而且大都是些老汉、女人和娃娃,一个个赤手空拳坐在草地上听赛歌、看热闹,快活得像是过节一样,能出啥事呢? 事后听说,赛歌会上,还成全了七八对青年男女的姻缘哩!"

封常清听如此说,口气缓和了些,但还是有些不放心:"没有出事最好。但是这样决出来的胜负,真的能算数吗?"

关老将军道:"大人容禀。岑御史这个办法是经过双方酋长反复协商后才确定的。东白山黄姓部落真的认输了,而且输得很服气。双方还在一起称兄道弟,喝了血酒,然后又在文书上签字画押,末将和岑判官还替他们作了保。两种文字写的文书一式三份,盖上通红的官方大印,双方各保存一份,轮台县衙也保存了一份,咋能不作数呢?"关老将军又补充说,"事后,末将也问过几位胡人老酋长和通事,他们说这是祖先传下来的规矩,可不敢违背。因为人们知道,赛歌决胜斗败那都是天意,如有违反,天神一旦发了怒,一定会降灾惩罚你的。黄姓部落那位酋长还拍着胸脯向末将发誓,决不反悔。自从签了协议后,几个月来草场一直都很平静。"

封大夫听了也不再说什么，只是说："我总觉得岑御史这个主意有些荒唐,异想天开,像儿戏一般。也只有像他这样想入非非的诗人,才能想出这种让人哭笑不得的解决办法来!"

"封大夫,恕末将直言,岑判官的这个办法好不好,要看实际效果咋样。这样处理总比他们年年为此动刀械斗,死人伤人,结下永世的仇怨要好得多吧?"

"算了,不出事就好,此事就这样吧。"封常清不想与老将军争论,但口中仍振振有词,"不过,以后再遇到这种事,要慎重处置,一定要先禀报我再相机行事,听到了没有?"

"末将遵命。"关老将军拱拱手,嘴里答应着,心里却不满地说:当时你不是在几百里外休整么,事情都火烧眉毛了,到哪里去找你请示呢? 我们倒是派快马去庭州禀报给长史姚大人了,可是他称病重不能理事,不置可否,要我们自己想办法解决。

停了一会儿,封常清又说:"岑判官是位典型的文人,文人有其所长也有所短。遇事多凭想象而与现实相去甚远,这是文人的通病。我听不少人都在背后议论他,说他只爱'纸上谈兵',炫耀自己的才能,沽名钓誉。有人还拿他与战国时赵国大将赵括和三国时诸葛孔明也看走了眼的马谡相提并论……"

封常清因为自己出身寒微,又不是进士及第或明经出身,仅以军功升得高位,所以平日未免有些自卑,尤其对有功名且才高名显的属下幕僚,总是怀有某种戒心或偏见。对像岑参这样有突出文才和名望的人,更是在意识深层中多少有点儿嫉妒,怕他们瞧不起自己,功劳盖过自己,甚至危及自己的地位。这是封常清不愿承认也不敢正视的隐私。姚天喜、徐章等不正派的人,对封常清这处软肋心知肚明,一有机会就投其所好,拿这类事进行挑拨,以期中伤他们怀恨的对手,往往奏效。封常清近年做了权力极大的封疆大吏,下属言听计从,又被一批阿谀奉承的小人所包围,听惯了歌功颂德之词,于是头脑膨胀,逐渐变得自信、自负而听不得任何逆耳之言了。这些,加上岑参在张三守捉城执意判斩了姚长史内侄,致使姚长史迁怒于他,就更使得封常清不满于岑参了。

"封大夫,谁是赵括、马谡? 纯粹胡说八道嘛!"关老将军急切地争辩道,

204

"岑大人才华高,有诗名,自然遭人嫉妒。加上他正直坦诚,与人相处从不设防,因此言谈之间难免会得罪人。古人不是说'峣峣者易折,皎皎者易污''木秀于林,风必摧之'……"关老将军实在想不到,自己十分敬重的封大夫一向精明通达,不知为何竟也受议论的左右,对岑大人产生了偏见。

"岑御史之为人品性,封某何尝不知? 但是我们不是评论人品之高下,而是商量如何用人。"封常清吐了一口痰,振振有词道:"一个人才学高、人品好,不一定就能担当起朝廷的重任。这一点在古人中自孔、孟、屈子、贾谊以降,不胜枚举,不必细说。当朝斗酒诗百篇的大诗人李白,不是比岑大人诗才诗名还要高嘛,结果怎么样,前些年不是照样被圣上赐金还山,就是现成的例子……"

关老将军听到这里,就记起自己过去认识的好几位才高八斗的府中文人,却都往往得不到重用,难道都是命运吗? 但关老将军很快又回到现实,因为他听见封大夫的语调高了起来。

"天真烂漫,想象丰富,对属文作诗确是大好事,但对治军打仗,统属下员,以及管理黎民百姓就不一定行得通了!"封常清十分清楚,岑参与关老将军的关系非同一般,似乎很想摊开来谈,以便能说服关老将军,于是他接着又道:

"岑御史既不适合接任,我倒想推荐光烈赵将军暂代。姚长史老大人也有此意。"

关老将军听后,很长时间不说话。

"老将军意下如何?"封常清不安地问道。

"末将还是觉得岑御史更为合适。"

"关老将军,看来你这人也很固执,其实你是只知其一不知其二啊!"封常清欲言又止,站起身来。

这时夕阳快要落山,暮色四合,晚风吹来,有些凉意,封常清招来亲兵为他披上斗篷,然后吩咐道:

"鞴马,传令回瀚海军!"

封常清说话的时候,故意把自己的脊背对着关老将军,心里在说:哼,你关继祖倚老卖老,拿我封某不当回事,但我并不计较,你对我是构不成任何威胁的。

205

封大夫变了!

关老将军心里这样说。他感到封大夫这些举动是在听到不同意见后,对自己摆谱和故作姿态,心里很不是滋味。封常清当年在安西时一向骑的是一匹大青骡子,衣食简朴,待人接物也没有什么架子,常与营中将士一条毯子睡觉,一个吊斗里吃饭。有年秋天,在战斗间隙甚至曾与军士一起脱光衣服晒太阳、抓虱子,一时军中传为美谈。可惜,这些都已成过去了!来北庭任节度使后,他不再骑青骡了,改骑皇上赐的那匹大宛汗血马,并且开始讲究起仪表、威严来。每出行,随从跟了一大溜;平日与人站在一起,往往还要踮起脚,挺胸昂首;与人说话的口气渐渐有些拿腔拿调、颐指气使的味道;而一听到不同的意见便眉头紧皱,面露愠色,颇不耐烦⋯⋯

真是的,一阔脸就变,地位一变,人就不一样了!人哪,同患难易,共富贵难!关老将军尴尬地站在一旁,深感惋惜地叹了口气。

橘红色的夕阳,终于从西山千山万岭上收回最后的光线,天色暗了下来。回看东山顶上,早已升起一轮银盘似的圆月,在这空旷的草原上给人的感觉是分外皎洁,分外明媚,分外硕大。来避暑的人们将到瀚海军休息一晚,明天再来继续消夏。人群在旌旗飞扬中踏上归途,唯有幕府中的文人们余兴犹未尽,他们竟然骑在马上还要举着酒杯进行赋诗联句,一路上嘻嘻哈哈的。看来今天瀚海亭之游,大家玩得十分尽兴惬意。

暮色苍茫,半山腰堆满了迟缓的乌云,落日余晖中焦急的鸟儿成群地飞来飞去,吱吱呀呀地在树林里寻找归宿。忽然,瀚海军辕门上高悬的大红灯笼点亮了,远远望去很像是几串醉红的夕阳。这时只听岑参在人群里得意地高叫:"拿酒来,快拿酒来!哈哈,我先喝,我先喝,我的诗先已成了。哈哈,你们听听我这首诗吧!"他醉了,口齿不清地念道:

> 细管杂清丝,千杯倒接蓠。军中乘兴出,海上纳凉时。
> 日没鸟飞急,山高云过迟。吾从大夫后,归路拥旌旗。
> ——《陪封大夫宴瀚海亭纳凉》

关老将军听了,想起刚才与封大夫的一席谈话,哭笑不得地摇摇头。

第二十八章

诗多必失

"关将军在吗?"

关老将军正收拾行李准备返回轮台静塞军驻地,忽听馆舍门外有人喊话,出来一看,原来是都护府的一位衙推。衙推拱拱手说:"关将军,封大夫专请老将军过府一叙。"

关老将军不知封大夫有何军机大事,便与衙推步出馆驿,匆匆赶往都护府官邸。

封常清听人报关老将军到了,便迎上去请他到书房坐下叙谈。

"关老将军,你就要回轮台了。在整个北庭,老将军最为德高望重,你的意见十分重要,所以还想与你谈谈这都护府预后之事。那天,有些话还没有来得及谈完呢!"封常清的态度比较诚恳。

"末将愿意洗耳恭听。"

"你我是老朋友了,用不着客套,还是先说说岑御史吧!"

封常清清了清嗓子,侃侃而谈,看来他经过两天的思考,想把自己的理由讲得更充分更有说服力些:"那天在瀚海亭咱们提到过太白先生,听岑先生说,他眼下正在庐山隐居。开元年间,李诗仙本来在宫中任翰林供奉,却被圣上客气地'赐金还山',为什么? 是有人嫉妒他谗毁他吗? 是今圣上昏庸不识人吗? 均非也。我以为,恰恰是圣上太了解李白了,深知这样狂放的天才人物,整天想入非非,只知空发议论,不能脚踏实地地干实事,当然不能重用了,还不如放他到民间,去当他的大诗人算了! 圣上对李白的态度对下官很有启发,我看,岑御史就属于李白一类的人物。"

封常清停了停,接着说:"你别不以为然,听我再说下去。还有一点就是岑先生天真纯洁,正直坦荡,善良仁义,从不以恶意度人,因此极容易上当受骗,中奸人之圈套。《孙子兵法》云:'兵者,诡道也。'兵不厌诈,为大将者须深藏不露,恩威兼施,方可言治军打仗。像楚汉相争之际,项羽、韩信处于优势时却心慈手软,当断不断,以致错失良机,坏了大事,结果一个乌江自刎,一个未央宫受诛。再如春秋之宋襄公、战国之赵国大将陈余,自诩为仁义之师,不愿乘人之危以谋略取胜,结果都战败被杀,为后人所笑。这都是妇人之仁,不足为训,岑御史可能就是这种忠厚无用之人。我以为,岑参似更适合担任朝中的拾遗、补阙、谏议、御史等职。对了,他这次来北庭写下的诗,愈发好了,悲壮豪放,奇峭瑰丽,我看古今写西域的边塞诗,尚无几人能达到他这个境界。有人评价岑御史的诗风是'奇峭',我看倒是一语中的,与他的性格完全相符。但是,作为一名总揽全局的封疆大员,以岑御史刚直峻急、心慈面软的性格而言,恐不尽相宜。"封常清语气很真诚,讲得头头是道,看来的确很想说服关老将军。

关老将军听了,不禁联想起封大夫率军打的那几次胜仗,其实往往辅之以大批金帛笼络敌军首领,或者收买下属叛将,软硬兼施,分化瓦解,并非全是使用武力的结果。以前,岑大人常怀疑封大夫率军打仗为什么总是要带去许多财帛,看来心地纯洁的他,压根儿不懂得这其中的奥妙啊! 他是绝不会同意这种有辱朝廷尊严、不无阴谋诡计之嫌的贿赂举措的。于是关老将军微笑了一下,问道:"如此说来,这接任都护的人选封大夫还是看好赵代司马了?"

"看来,你对赵司马是不放心的。"

"赵将军当然有他的长处,但末将以为,他并不适合掌管都护府大权。"

"赵将军之事容后再议。至于岑御史,幕府中对他的议论可是不少!"忽然封常清笑起来说,"呵呵,真是个风流才子,家中养了个比自己小二十岁的胡人小美女,能当她的父亲了! 这也倒罢了,匪夷所思的是,听说他还要正式聘她为如夫人呢,呵呵!"

"那又咋样? 岑御史与小琬相好了四五年,心心相印,不离不弃,正式收为侧室,有啥不好? 总比有些人朝秦暮楚,成天寻花问柳,染上一身杨梅大疮要好得多吧!"关老将军说完心里笑道:说起家养胡姬之事,你封大夫不是早在安西就有过? 现在庭州都护府里正养着三四位哩! 既然如此,咋好意思来嘲笑岑大人呢?

封常清没有留意关老将军别有深意的微笑,说:"老将军言重了! 有人还说他是文弱书生,上不得战场,只会空发议论。"

"岑御史可不是文弱书生,你看看他那身体强壮、步履矫健的样子嘛! 大人有所不知,他的剑术不错,还精通少林拳术,又熟读兵书,颇懂得排兵布阵。只可惜没有机会随大人亲赴战场杀敌,露上几手!"

"对了,西大寺的住持帛上人大师,你认识吗? 这位胡僧也曾对我讲过,岑御史的少林拳颇有根基。好了好了,不说这个了! 你有所不知,我当能舍得把这样的大才子大诗人派上前线,当一介勇夫来用!"封常清转了话题,"我总在想,岑御史的心思究竟如何,我是摸不着头脑的。"

"这还有啥怀疑的? 岑御史是个言行如一的人,从不会虚情假意待人。他为封大夫你写了那么多诗……"

"可是有人说那都是表面文章,只为了讨好我封某人,对我献媚,其实言不由衷。"

"有些人就爱嚼舌头! 封大夫,末将可要和你抬杠了! 请问,那么他们一有机会就给大人你献的那些狗屁诗,又是做啥的呢? 岑御史为大人写的诗,可都是呕心沥血,出于真诚的啊! 末将虽是一介武夫,但也懂得那些诗既是歌颂你封大夫的,同时也是颂扬我大唐天威、赞美我北庭将士们战功的。岑御史为大人写过多少诗我都算不过来了,他对大人可是由衷地敬佩啊!"

"但愿如此。哎,对了,关将军,你既是蜀汉五虎上将之首关羽的后人,想必对《春秋》也很熟悉吧?"

"末将行伍出身,读书不多,但遵祖训,近年《春秋》倒也读过几遍。"

"那好,《春秋》上说的齐国管仲与鲍叔牙的故事,你可记得?"

"管鲍交谊,是贫贱不移的生死莫逆之交,千古绝唱,这谁不知道?"

"你看,两人关系这样好,可是,当管仲临终时齐桓公要他推荐掌国大臣,并且问起鲍叔牙的为人时,管仲却说他的这位至交'其为人也,好善恶恶已甚,见一恶终生不忘',也就是古人常说的'水至清则无鱼,人至察则无徒',疾恶如仇过分未必就好的意思。我以为,为人不能容物,处事不懂通融,不能委以国家重任。岑御史么,可能就是这样不堪大用的好人。"

关老将军听了,若有所思地摇摇头。

"怎么,将军你还是不同意我的看法?"封常清又补充说,"你可能也听说了,上次在张三守捉城,岑御史就因杀良冒功判斩了姚郎将。其实不必如此认真嘛,只需把那两个下级军士杀了,再判姚郎将对部下管束不严,打他几十军棍,发到军前效力不就行了嘛!结果呢,把长史大人气得半死,甚至深深责怪我不该袒护岑御史,多次向我发脾气。老人家感到没面子,正闹着要致仕回长安哩!唉,姚长史在宫中的背景,你也清楚,实际上他在都护府兼有监军的特殊使命,连我平时都惧他三分,怎敢轻易得罪呢!姚大人如果真的怀着一腔怨恨回京,对我们北庭都护府可是大大的不利啊!岑御史做事不留后路,根本就没有考虑到这一层!"

说到这里,封常清差一点儿讲出一个大秘密来。原来,侯京曾向他密报,说是姚长史背着他向朝廷上了一道密表,称播仙之役幸亏安西四镇李光弼大人密调精绝奇兵而制胜,虽然最后收复了播仙,但率军担任正面进攻的封常清却因指挥失误,用人不当,致唐军死伤多达三千余众,一名大将也差一点儿阵亡,使天朝威望大大受损。还说封常清此前上的奏表夸大了战功,隐瞒了损失惨重的真实情况。封常清猜想,姚长史上的这道密表,也许正是播仙大捷后自己非但没有受到嘉奖,反而被免去安西四镇节度使兼职的原因。对自己仕途影响如此严重,难怪封常清要如此迁怒于岑参了。

关老将军当然无法得知此事的底细,只是不满地想道:这是啥话?你当年在安西刚发迹的时候,为何不讲情面,执意要杖杀郑郎将呢?那可是提携你的大恩人高大人乳母的爱子啊!唉,此一时彼一时也,封大夫如今官做大了,心思也变了!

"你别不以为然,关将军!岑御史还有一个毛病,就是一不高兴就要作上一首诗发一通牢骚,还动辄耍名士脾气,说在这里不受重用,那里有人压制他,他大才无从施展,想离开这里……"

"在末将看来,恐怕未必。"

"不,关大人,这是有诗为证的。这首是他前些天才写成的,诗题称作

210

《登北庭北楼呈幕中诸公》，你拿去好好看看吧！"封常清说着取出誊在纸上的一首诗，交给关老将军。

原来，自去秋以来接连打了几场大胜仗，北庭地界数月无事，那天，岑参便与一批幕中僚友约好，一起登上庭州北城瓮城门楼乘凉，并举行一次雅集诗会。微凉的漠风拂过广袤无垠的田野、草滩、戈壁，茫茫苍苍，别是一番风景。岑参看了诸位所作的诗，无外乎颂圣朝，感皇恩，赞封大夫之战功，咏诸幕僚之友情，绘边塞之景，抒思乡之念，立意用词均属老一套，了无新意，于是他就用力写了一首长诗，抒发了自己壮志未酬的感慨。诗是这样的：

> 尝读西域传，汉家得轮台。古塞千年空，阴山独崔嵬。
> 二庭近西海，六月秋风来。日暮上北楼，杀气凝不开。
> 大荒无飞鸟，但见白龙堆。旧国眇天末，归心日悠哉。
> 上将新破胡，西郊绝烟埃。边城寂无事，抚剑空徘徊。
> 幸得趋幕中，托身厕群才。早知安边计，未尽平生怀。
>
> ——《登北庭北楼呈幕中诸公》

按惯例，幕中诗友们在雅集中所写成的诗，都由侯京主簿一一誊抄下来，给大家传阅。这回侯京在抄写时，徐章侧身走过来，指着抄好的岑参这首诗挤挤眼，轻声说："岑大人此诗好极，烦小弟给我再抄一份，好带回去仔细拜读。"侯京心领神会，立即照办了。于是不久，这首诗便经姚长史之手呈到了封常清手里，现在又被关老将军读着。

封常清等关老将军看完诗稿，生气地说："关将军，你看这诗都写了些什么？'早知安边计'，意思是说他胸中本来有许多安边的高招妙计，我封常清就是不用，使他'未尽平生怀'，所以才要'抚剑空徘徊'，还'归心日悠哉'哩，他不安心在我手下继续干下去了！"

关老将军指着诗稿说："可这诗中不是也说'上将新破胡，西郊绝烟埃''幸得趋幕中，托身厕群才'嘛，这不明明都是赞扬大人、感激大人你的话嘛，哪里有抱怨的意思呢？再说了，岑御史要是真的对大人你有怨气，能公开写出来给众人看吗？他难道不知道立即就有人禀报给大人吗？这不是自找麻烦嘛！一定又是有人无事生非，对你乱嚼啥舌头了！"本来，岑参上次献了破

第三辑

211

播仙的奇计却没有得到任何封赏,功劳被埋没了,关老将军对封常清就有些看法。现在封大夫如此表白,岂不是"此地无银三百两"?但关老将军明白,此事十分敏感,绝不能说破,所以只好替岑参这样打圆场。

"不,不,没有人传闲话,是我自己读出其中弦外之音的。"封常清掩饰道。其实,岑参此诗有些话无意间确也触动了封常清那根敏感的神经。因为,岑参为破播仙所献的那条奇计,他已含含糊糊地算在自己和武文的名下,而且早已上报朝廷了。对此,封常清心中有鬼,一直惴惴不安。想到这里,封常清故意佯怒拍了一下书案,加重语气说道:

"什么'早知安边计,未尽平生怀',他能想出什么安边妙计呢?这些话,不明摆着是借机发牢骚,对本帅有所怨谤和不满吗?想他岑参,当年甩手离开河西,困顿于京师数年,是我念他报国无门,才亲聘他出山的。我还请朝廷封他为侍御史,为判官,我哪点儿亏待了他?想不到他竟然恩将仇报,真令人寒心啊!"

"大人此言差了!"关老将军连忙说,"以末将看来,岑判官没能尽才,有些牢骚,有些想家倒是真的。但未必就是对封大夫你不满,不过是人之常情罢了……"

"关老将军,有些事不知当讲不当讲?"此时封常清似乎缓过劲儿来,换了一种口气说,"听人说,岑御史对我是表面阿谀奉承,暗中实为嫉恨不服。有次酒醉后吐真言,竟当着席间众人的面,指桑骂槐,讥讽我封某人是流犯后代,出身低贱,不是进士出身,朝廷委以重任纯属偶然……"

"封大夫,别人末将不敢说,岑御史,他绝不会说出这样的话来的!"关老将军替岑参辩解道,"岑大人为人一向正直坦荡,绝不会人前一套人后一套。恕我直言,这些话一定是幕府中有些人以小人之心度君子之腹,鸡蛋缝里生蛆,捏造事实,散播谣言,千方百计想使你们之间不和。大人,你位高权重,守边职责重大,事业正如日中天。继祖无能,还望大人能以太宗先皇帝为楷模,兼听则明,千万不要听信一帮小人的谗言,错怪了岑御史,以免涣散人心!"

封常清笑道:"听到此话的都是岑御史的一些要好的僚友,何止一人,岂能有假?这下面还有些歪诗哩,你再看看去!"说着又把一叠诗的抄件递给关老将军。

212

关老将军无奈地展开看了，只见上面写的几行是：

> 喜鹊捧金印，蛟龙盘画旗。如公未四十，富贵能及时。
>
> ——《北庭西郊候封大夫受降回军献上》

> 秋雪春仍下，朝风夜不休。可知年四十，犹自未封侯。
>
> ——《北庭作》

"关将军，你看，岑御史不是在诗中说我'如公未四十，富贵能及时'嘛，可是又说他自己'可知年四十，犹自未封侯'。我与他恰为同庚，这难道不是比附于我，心怀不满吗？"封常清说到这里，竟真的有些愤慨了。

关老将军听了，哈哈大笑："末将都七十一岁了，这辈子算是永远也封不上侯了。对此我也很不满，时有怨言，恨自己不争气，命不好，这又咋样？连飞将军李广都为自己封不了侯而抱怨上天不公呢！"

"你没有看完，下面还有哩。"封常清说，"你看，这是他前不久给安西侍御宗学士写的诗，更加胆大包天，连朝廷都一块儿骂上了！依我看哪，岑御史和宗学士，还有那个赵仙舟，他们是一路货色，都是些自命不凡，眼睛长到头顶的酸文人。什么'读书破万卷'，纯粹胡吹牛嘛！"

关老将军只好又无奈地接过诗稿，见那上面写道：

> 万事不可料，叹君在军中。读书破万卷，何事来从戎？
> ……
> 两度皆破胡，朝廷轻战功。十年只一命，万里如飘蓬。
> ……
> 君有贤主将，何谓泣途穷？时来整六翮，一举凌苍穹。
>
> ——《北庭贻宗学士道别》

"封大夫，岑御史只不过是感慨宗学士和自己的命运不好罢了。这也是人之常情，怨天则有，怨人却无，有啥了不起的！这下面不是又说了，'君有贤主将，何谓泣途穷？时来整六翮，一举凌苍穹'嘛。这诗我看不太懂，我猜

213

第三辑

意思大概是说封大夫你是他们的'贤主将'，指望你来重用提拔他们，好直上青云哩！"

封常清听后就笑了，收回诗稿道："关老将军，你说的也有些道理。其实，我也不完全相信岑御史真是那种首鼠两端的人物。我并不计较他攀比我。人家出身名门，又高中一甲第二，诗人么，自恃才高，感情容易冲动么，爱发点儿小牢骚，可以理解，可以理解，我绝不在乎。相反，我正考虑表请他出任更重要的职事呢！"

"大人打算任他啥职务？"

"我是这样想的，据说，岑参御史的曾祖岑文本先生，出任宰相前曾为中书侍郎，太宗亲征辽东时，凡军中一应支度，全部都委任于他。文本先生殚精竭虑，业绩昭著，太宗很是倚重，甚至担心他累病累坏了，不能与自己一起班师回京呢。由此看来，这岑家的人，精明心细，颇有经管钱粮度支的特殊才能。因此，我准备任用岑御史兼任都护府的度支营田副使，好为我分分担子。"

"这样也好，这里我提前替岑大人感谢你的宽容和重用了！不过，万一圣上调大人入京，这北庭都护府的继任……"

"我斟酌再三，反复考虑了，就准备请赵司马代为主持。"

关老将军听后走到封常清面前，郑重地说："封大夫，北庭防务干系重大，选择所托的人一定要慎重才是。中原如果发生大乱，北庭离中原这样遥远，责任可是不轻啊！像岑御史、王将军、张将军这些人，末将敢担保，他们一定能勤勤恳恳，披肝沥胆，担当起北庭的防务，更不会对朝廷有二心。至于别人，末将就不敢说了！"

"赵司马与老将军共事多年，一起沙场拼杀，系生死之交，你难道对他还不放心吗？"

"恕末将直言。赵将军的确是一员不可多得的猛将，但他为人粗野骄横，贪杯好色，如不打仗，成天喝酒玩女人，有人说他把军中舞伎歌女都搞遍了！而且，他经常偏袒亲戚属下，目无法纪，众将对此早有怨言。再说，他从来不读书，对军中大事毫无主见，就会偏听偏信那帮奸邪小人的馊主意。长此下去，北庭难免要出大事。总之，继祖以为，赵光烈万不可接任北庭代都护！"说到最后，关老将军激动得几乎快喊出来了。

214

封常清握住关老将军的手，点头道："关老将军，请放心，我心中有数。再说，封某并不一定就要离开北庭么！"

封常清看到关老将军脸色严峻不再说话，要告辞，便又挽留他说："天已近午，我已安排好了，就在舍间吃顿便饭，权当为老将军饯行，饭后我们再好好聊聊吧！"

第四辑

城里看山空黛色
山中有僧人不知
愿一见之何由得
商山老人已曾识
身与浮云无是非
心将流水同清净
手种青松今十围
此僧年几那得知
两耳垂肩眉覆面
床下钵盂藏一龙
窗边锡杖解两虎
世人难见但闻钟
一持楞伽入中峰
兰若去天三百尺
闻有胡僧在太白

第二十九章

白雪放歌

在轮台城最有名的白山酒楼里，一场幕友们为武判官饯行的盛大宴会正在隆重进行。这场丰盛的酒宴，是由轮台县令独孤渐做的东。

武文判官近日奉调入京了，风闻因军功将调往户部任职。只因东行去伊州，或由庭州沿车师古道去交河的路况本来就不好，入秋以来又连降几场大雪，家眷乘坐的牛车无法行走，所以他才改由轮台出发，绕道交河东行。此次西来，武文大部分时间是在安西幕中，破播仙后李光弼升为安西四镇节度正使，朝廷据功提升封常清半级官爵，为正二品下，但却免去了他安西四镇节度使的兼职，以便专心经营北庭。武文遂被封常清调回北庭自己身边，时间不到半年，可是人缘颇好，此次前来送行的人很多。

作为这场盛大送行宴的主角武文，此时却有一些不安，因为幕中他最要好的朋友和同僚岑参，今天没有在场。原来岑参随封大夫北赴清海军公干去了，无法通知他。武文希望，如果此时岑兄能赶回轮台，那么还有见面话别的机会。从河西到长安，从长安到北庭，他们两人相处的时间加起来快有四个年头了，两人已经好到几乎无话不说的地步，武文心中多少有一些愧疚。

那次在焉耆镇与李副都护和岑参分手后，武文即快马加鞭赶至安西都护府。他很快托人找到了几名于阗行商，他们都曾多次穿越图伦碛，往来于于阗和龟兹，十分熟悉路线。武文以敦煌一个大富商的名义，出重金请他们做向导,将一支驼马商队(实为都护府一位别将率一队精干的军士装扮的)带到于阗镇,说是要去那里选购一批和田美玉和上好的地毯。武文深知此计对于播仙之役的关键意义,为了保证万无一失,他甚至做好了亲自率队出发,涉越大漠,赴于阗传达密令的准备。只是当众人乘船渡过赤河,踏上于阗河已经半干涸的宽大河床时,他才被众人极力劝回。不久播仙镇奇袭果然成功了,封常清特地授意侯京在捷报上写明,播仙之战获胜的奇策妙计,系都护府定出,而由武文判官亲自率人跋涉千余里大碛,冒着极大的风险,历时十多天方圆满完成,功莫大焉。可是对于献此计的岑参,捷报上却只字不提,仿佛与他毫无关系。这些情况,连武文自己也被蒙在鼓里,一点儿不知晓。所以事后论功行赏时,武文还有点儿奇怪:献此计者,岑兄本为功首,却只不过提升为都护府度支营田副使,正六品下,仅比原职高了半秩;而自己却即将入朝升任户部员外郎,从四品。他心想,这对岑兄来说未免太不公平了!朝中有人好做官,武文当然知晓这其中的蹊跷。但日后一旦相聚,尽管自己并没有贪功为己有,冒功领赏,却又如何向老朋友解释这其中的原委呢?

阵阵歌舞乐曲声中,听着人们热情祝贺的话语,碰着杯,饮着酒,武文却不时望望辕门外,期望着这个时候岑参兄如能突然出现,那就太好了!

酒过三巡,一俟丝管稍稍停歇,人们的谈话声也就高了起来。

"这白山北麓庭州、轮台一带,冬天果然来得早,中秋节刚过,就下起雪来了!"轮台县令独孤渐说着看看堂外,只见漫天鹅毛大雪下得正紧,屋顶、院中、街道、树上全都落了一层厚厚的白雪。独孤渐和武文的老家都在长安,又是故友,他由岑参和武判官联名举荐,由交河来轮台任县令不到一年,还是第一次遇见一场这么大的八月雪。

"可不是吗,要是在敝郡湖州,此时正是秋高气爽的艳阳天呢!啊哟,我家园中那些菊花哟,满目的金光灿烂,开得别提有多热闹鲜艳呢……"瘦小白净的侯京伤感地摇着头说。他由都护府主簿新晋兼任参军,与徐章正好是搭档。

徐参军眨着眼,习惯地抻抻细脖子,又摸摸小胡子道:"清秋天气,内地眼下还很热,武大人这一身厚棉衣,只怕等不到赶回长安家中,就要脱下来换夹衣了! 侯大人,独孤大人,你们说对吧? 来来来,武大人,为祝大人早早换下绿棉衣,披上红锦袍,我再敬你一杯!"

徐章今天心中特别高兴。都护府一般设有两个判官位置,武判官这一远走高飞,这判官的空缺就非他莫属了。这消息还是行军司马赵光烈将军亲口告诉他,并经姚长史默认了的。但是这时还需要装成无事人一样,他不能给人一种得意忘形的感觉。

"好,大家一起干!"武判官举起斟满的酒杯一饮而尽,说,"看到大家喝得这么高兴,我就记起王摩诘那句名诗来,'遥知兄弟登高处,遍插朱萸少一人',今天岑副使不在,这酒宴也逊色不少。真不凑巧啊,此一别,恐怕就很难见上老朋友一面了!"

武文回忆几年来他与岑参的交往,一幕幕都历历在目。又记起不久前中秋节时,他们还在庭州北城门楼上一边吃着月饼、桃子、西瓜,一边饮酒、赏月、赋诗的情景,这次分手未能话别,不免有些遗憾。

"岑大人可能还不知道大人就要起程东归,不然的话,一定会赶回来送行的……"坐在首席的关老将军也很遗憾,他也好久没有见到岑参了。关老将军最近升为都护府刀斧兵马副使,分工主管西线军队,管辖着天山军、静塞军和清海军三支大部队,虽属虚衔,也算作封大夫对老将军劳苦功高的一种安慰。

"这就叫新官上任三把火!"徐参军皮笑肉不笑地说,"封大夫提升岑大人为度支营田副使,管着都护府上下好几万人的银两粮秣,腰缠万贯,大权在握,责任可是不轻哩,怎能不天山南北跑个满天飞?"徐参军夹起一块烤羊羔肉在嘴里嚼着。他对岑参提升此职很不以为然,因为度支营田正使由封大夫挂名,所以这副使实际上并未掌握着都护府钱粮经费开支的实权。而他认为自己一向精于计算,更适合于干度支这种颇有油水可捞的肥差事。都护府的财务大权,怎能交给一位整天想入非非,一门心思觅句赋诗的诗人来掌管呢?据说,还是因为岑参曾祖曾任太宗皇帝亲征辽东时的度支总管,封大夫才请他出任此职。难道祖上擅长经管钱粮,他的子孙也就有这个本事吗?那可不一定,封大夫用人可谓不当矣!想到这里,徐参军抻抻细长脖子又说起俏皮话来:"莫说岑副使不知道武大人要回京,就是知道了,咳,恐怕也赶不回来呀!"

"是啊,清海军离轮台有四五百里路程哩,岑大人现在就是想赶回来也来不及了!"侯京接口道。

侯参军话音刚落,就听门外有人高声道:

"谁说我赶不回来了?"

接着,门帘撩开,来人披一身雪花,正是岑参。

"啊呀,岑大人……"人们一齐站起来,惊喜地迎向他。

"封大夫在清海军告诉下官,称朝中已下诏命武大人回京述职,调户部另有重用,岑某真为武贤弟感到高兴。"岑参坐下来,擦了擦满头的汗,又说,"封大夫听说武贤弟近日将经轮台东行,本来要和我一起赶回轮台置酒送行的,可是他日前偶感风寒,只好留在清海军调养,特让下官回来代为致意,并奉赠盘缠银两。这一路快马加鞭好赶啊,唯恐迟一步见不到武贤弟了!"

岑参一席话,让武文感动得几乎落泪。武文觉得自己与岑参有一种特殊的缘分,在长安,在交河,在银山道,他与岑参几次都是意外邂逅。他原来就估计,多情重义的岑兄一旦听到消息,无论如何一定会赶回来与自己话别的。现在,果然如此!

岑参任营田支度副使至今不到三个月,可是已马不停蹄跑遍了都护府所属军、州、县、镇的一多半,主要去督察和处理财务收支、屯田和军械、粮草、库存等情况,甚至远赴玉门关和敦煌等处联络协调物资中转诸事项,并核对来往账目。两度出塞前后四年多,岑参从来不曾主管过具体的军政要务,只是记录呀,建议呀,考察呀,起草表章文告啊,庸庸碌碌,平平淡淡,一点儿也看不出什么实绩,这使岑参对自己很不满意。现在,总算负有一项具体的职责,可以独当一面,按自己的意见去处理问题了。尽管这是一项他极不喜欢的后勤杂务,觉得整天与物资数字单据账目之类打交道,未免单调琐碎,枯燥乏味,但他还是尽心尽力,要干出个样子来给人们看看。经过岑参数月来的辛勤奔波,北庭都护府的后勤诸事很快变得井井有条,为朝廷节约了大量经费开支。岑参还履行侍御史的权力,坚决查处了好几个中下层贪官污吏敲诈勒索、受贿渎职、挪用公款、中饱私囊等违纪腐败案件,整肃了风纪,人心大快。为此,封大夫曾当众称赞了他,所以岑参近来心情不错。

当下,关老将军等人忙请岑参上座。岑参扫了酒席一眼,半开玩笑说:"我才不吃你们这些残羹剩菜呢,不如按照封大夫平日的习惯,把宴会移到东城门楼上接着进行,算作替封大夫做东的正式送行宴,一边饮酒,一边欣

221

第四辑

赏城外雪景,大家好喝个痛快。"他的建议赢得一片欢呼。

中午时分,一行人陆续登上轮台东城门楼,随从、厨师、乐工、舞伎等人也一应俱从。不久,宴席上玉盘珍馐水陆杂陈。琴声、笛声、歌声伴随着觥筹交错的劝酒声,此起彼伏,宴会掀起一个又一个高潮。

这时天色转暗,阴云低垂,雪下得更大了。城外的远山、河床、道路和树林,皆披上厚厚的银装,直如粉妆玉砌的琉璃世界。这时节野外的气温并不很低,城西走马川的河水尚未完全冻结,漂着薄薄的雪块在缓缓地向北流动,团团蒸腾着的白气笼罩了河面。

独孤渐也是个喜读书爱作诗的才子,便对岑参说:

"岑大人诗名扬四海,今天为武大人饯行,又逢早雪,不可无诗。来,我再敬岑大人一杯,望大人即席赋诗一首,抛金撒玉,一抒怀抱,以记今日之盛会!"

"以岑大人之诗才雅望,堪称我们西域诗坛的盟主,下官一向极为佩服。今天既为至交武大人东归送行,必有佳句奉赠。"侯京向武文和岑参各敬了一杯酒说,"为此,我愿洗耳恭听,为岑大人磨墨,并做诗作笔录。"他命人取来笔砚,添上水,磨起墨来。

岑参是个极重感情的人,又才思敏捷,故每有幕僚远行,不论私交深浅,都有诗相赠。现在为亲兄弟一般的武判官饯别,岂能无诗? 当下他笑道:"下官当然有拙句要奉送武贤弟了,不过这只是抛'砖',要引来诸位的'玉'哩! 尤其是独孤、侯京两位贤弟,你们近日送来的诗稿我都拜读了,深感诗思警拔,出语不凡,边塞风情,尽收笔底,后生可畏,前途未可限量,故今天也请二位分别献诗一首才是。我这一首,就称作《白雪歌送武判官归京》吧!"

"好!"众人都齐声叫了起来。

岑参说完,又习惯地不言语了,只是一手持杯,一手抚着五绺长须,凝目望着城外的雪景。众人也都敛气聚神,看着岑参那张清秀、表情丰富的脸,似乎现成的清词丽句就藏在他那天才的额头里。城楼上很寂静,只有北风阵阵,卷过零星的雪花直扑人面。城楼上,数面彩色燕尾旗在风中飘动。城外的荒野、河滩中,一丛丛白色芨芨草尚未被积雪掩盖,仍顽强地立在雪地中,不少竟被卷地而来的狂风吹折了,断茎草屑在风中飘舞,飞得满天都是。岑参一见此景,忽觉灵感降临,眉毛一动,右手下意识地将了将长须,口中立

222

即吐送出警拔的起句来：

北风卷地白草折，胡天八月即飞雪。

"好！八月飞雪，边塞节令正是如此，正是如此！出语奇峭，起句飒爽，妙！"独孤渐点头拊掌道。

侯京飞快地运笔，把诗句在纸上写了下来。

岑参眼中忽然闪过一道惊喜的光，因为他看到城里城外榆树和杨树上都挂满了冰挂，株株粉妆玉琢，像是一丛丛巨大的白珊瑚，北风吹来，落英缤纷，犹如万千花瓣四散飘落。岑参记起在哪本方志中读到一个神话传说，称白山之巅本为群仙所居，仙宫中有无数冰肌雪肤的仙女，她们看到山下一到冬季降临，大地萧条，百花凋零，满目枯索，十分怜惜，故相商施出大法力，以晶莹剔透之霜花挂满枝头，以弥补这塞外冬天无花的遗憾，好给人们一个意外的惊喜……岑参望着千树万树上的积雪如花团锦簇，那艳丽的风姿，恰如盛开的樱花一般——不，樱花绝无这般洁白晶莹！他又联想起长安曲江之滨春日里梨花似雪的景色来，还记起以前东游商丘城时写的《梁园歌》中，有"梁园二月梨花飞，却似梁王雪下时"几句。唔，梨花似雪，何不反过来一用呢？雪似梨花！岑参的诗思如电光石火，飞快地在脑际飞过，随即接口道：

忽如一夜春风来，千树万树梨花开。

"妙极！"武文走来看看侯京运笔记下的诗句，点头称赞道，"虽属眼前现成景物，却无人能够道出。这头四句精致绝伦，比喻贴切，别开生面，意境壮美，奇情逸发，听来令人心神一快，必将为传诵千载的名句！"

侯京点头回应道："武兄评点极确。"

岑参顺势又连下去：

散入珠帘湿罗幕，狐裘不暖锦衾薄。
将军角弓不得控，都护铁衣冷难着。

223

"句句不离北庭军中事,极写塞外冬令军阵之寒冷情状。前两句写雪不露痕迹,雪飞入室而愈寒。"有人在窃窃私语,甚至偷偷地看看关老将军的身上穿没穿铁甲,带没带弓箭。

但是徐章听后心里却为之一动,忙凑过来看看侯京记下的这几句,用手指指点点,相视一笑,彼此心照不宣。原来两人不约而同地想到,这似曾相识的几句,不正是从一年前在白水镇送萧治时所作《天山雪歌送萧治归京》的旧句中套出来的吗?"将军狐裘卧不暖,都护宝刀冻欲断",与这"狐裘不暖锦衾寒,将军角弓不得控,都护铁衣冷难着",两句意思何其相似!不过颠来倒去翻抄旧句罢了,原来江郎也有才尽的时候啊,嘻嘻!徐参军心中不免有些幸灾乐祸,表面却丝毫不动声色,抻抻细长脖子,口中仍连连称赞:"好诗好诗!"

岑参自然没有留意到两人的反应,依旧望着茫茫远山和雪原,接着吟道:

<blockquote>瀚海阑干百丈冰,愁云惨淡万里凝。</blockquote>

"荡开一笔,另造新景,气势非凡,境界愈加壮阔,对仗何其工整,亦必将是写边塞风物之不朽佳句也!"独孤渐与武文点头称赞,似在交换意见,又似自言自语。

嘻嘻,又露馅了!徐参军听了不由得暗喜,不期然又与侯京交换了眼色,心里讪笑道:此两句分明还是从白水镇时的题句中套出来的,前诗是"晻霭寒氛万里凝,阑干阴崖百丈冰",现在变成"瀚海阑干百丈冰,愁云惨淡万里凝",只是颠倒了句序,变动了几字,依旧是照搬重复嘛!在不同场合把自己的诗抄来抄去,只能用来蒙混别人,却骗不了我们两个。只会炒剩饭,算不得高明,这就是你岑大诗人作诗的诀窍吗?不过徒有虚名而已,嘻嘻嘻……

这二位别有用心者的腹诽,岑参当然无法得知,也无暇顾及他们在一旁如何挤眉弄眼。他仍陶醉在自己所营造的想象世界里,凝神苦苦构思。耳边传来乐工们抑扬顿挫的演奏声,岑参这时神色变得轻松了许多,感觉到这雪景寒意也铺排得差不多了，似不宜过多，下面应该拉回到眼前的人事了。于是他举起酒杯抿了一小口，又下意识地夹了一筷子菜，却悬在空中半天没有送入口，接道：

> 中军置酒饮归客，胡琴琵琶与羌笛。
> 纷纷暮雪下辕门，风掣红旗冻不翻。

众人听后，不禁纷纷扭头去看城楼下翘得高高的辕门，果然已被积雪壅住了。现在尚未入冬，气温还较高，城楼上几面赤色的军旗早早被雪水打湿，风一吹又很快结上冰，果然冻得硬邦邦、沉甸甸地垂在那里，风已很难把它们吹得飘动起来。

"这几句，亦为眼前之景，可谓有声有色，生动极了。岑大人的观察何其细致！"众人称赞道。

武判官也在心里赞许道："这几句是叙今日眼前之事了，轻松拉回，举重若轻，自然现成，音节妙极，笔力不凡。"他还猜想，"这'风掣红旗冻不翻'绝妙佳句，大概是从国初虞世南《出塞》诗中'霜旗冻不翻'一句化出来的吧！但加上'风掣'二字，极写风吹之情状；又改'霜'为'红'，更觉生动，色彩鲜明，平添一种画面感来。岑兄此句，已然超越了前人，真是可喜！"武文很为岑参的诗才感到自豪，更感激老友对自己的深情厚谊。虽然现在还没有结句，但他觉得诗写到这里，已奠定了出类拔萃的成功基础，足可成为岑兄诗中一首上乘之作。

这时岑参已在为全诗点题作结了：

> 轮台东门送君去，去时雪满天山路。
> 山回路转不见君，雪上空留马行处。

诗已吟完，但是岑参仍久久地望着城外的雪景，凝然不动。这最后四句意味悠长的神来之笔，分明是他充分发挥想象，超越时空，描绘出明晨在东门外依依惜别武文兄弟时的情景了！

此时，城楼上静静的没有一丝声息，大家似乎仍然沉浸在诗人所营造出来的那种神奇瑰丽而又豪迈悲慨的意境当中,耳边像是有一种高亢、挺拔、喜悦、欢快的音调直入云霄,复又转入凄冷、惆怅,婉转而返,长久地回响在城楼上、旷野中,如一道银丝直上天山之巅,情深意长,离情别绪,回味无穷。对诗中三昧不是很懂的关老将军,也被这些诗句打动了,怔怔地望着城外,一动也不动。本来心存偏见、执意寻衅挑剔的徐、侯二人,到后来也似乎被岑参这些绝妙好句征服了,感染了,竟然暂时忘掉了平日的芥蒂和嫌隙,超越了目前自身的利害和荣辱,也不再挖空心思去对诗句吹毛求疵,暗自进行冷嘲热讽了。

轮台东门送君去,去时雪满天山路。
山回路转不见君,雪上空留马行处。

诸位幕僚听着岑参口诵的这最后几句诗,都不约而同地循着岑参的目光,望着极目处那铺满积雪的天山路,仿佛那上面真的留着远行客那一行渐行渐远的马蹄印迹,伴随着悲壮凄凉、依依惜别的音乐,沿着积雪的山路曲折迂回,愈来愈模糊,逐渐消逝于迷蒙的飞雪之中,令人感到有说不出的怅惘、伤怀而又美在其中,妙不可言。虽然,那位东归的客人此时还没有动身,明明正同大家坐在一起……

第三十章

重阳献策

沿天山北坡庭州、轮台一带的气候,就是奇怪得很,八月末骤然从金山南下的寒流带来一场大雪,但天一放晴很快就消融了。进入九月,却是一连多天的大晴天,气温迅速回升。天公作美,到了九九重阳节这天,更是秋高气爽,万里无云,阳光灿烂,是一个登高望远的好日子。

美好的天气总会给人带来良好的心情,驻节轮台的封大夫依了岑参的建议,带领众将军和群僚,兴致勃勃地登上神山守捉驻地背后的红山顶,举行重阳节的登高饮宴活动。山下的树林和草地,经过那场初雪的滋润,反倒增添了一抹浓浓的绿意。

红山又称虎头山,悬崖上大片的嶙峋怪石皆呈赤红色,故名。它雄踞于走马川之东,拔地而起,高达三十余丈,最西边尖尖的山嘴,仿佛被走马川挡住了去路,在水边戛然而止,直直地刺向半空。遥望正东,可以看到白山那三座突兀峻拔直插苍穹的皑皑冰峰,正是人们经常朝拜祭祀的神山。抬眼西眺,距走马川河不远有一座威武的山峰,山之南一大片沃野绿林中,就是关老将军统率的静塞军军营。虎头山高高的悬崖之下,走马川急湍的乱流穿过青色的鹅卵石、丛林、草地,哗哗地向北流去,河水在阳光下绸缎般闪闪发亮。河水流去的北方一马平川,胡杨、榆树林和草地,一望无边,郁郁苍苍,间有成片的赭黄色屯田耕地掩映其中。虎头山顶上有一座坐北朝南的龙兴西寺,是唐中宗神龙初年修建的,距今不过四五十年光景。寺院殿阁重

227

重,挑檐飞角,很是壮观。红山嘴与龙兴西寺之间的山梁上有一处小平地,正好供登高的人们席地而坐。

宴饮间,只听封常清高兴地对岑参说道:

"岑大人,前些日子阁下给我送呈的几首诗,我都拜读了,感觉甚佳。可是很奇怪,大人今天的这首五律哩,说实话,不敢恭维! 你看……"他拂展手中的一纸诗稿,正是岑参刚刚送呈给他的,题为《奉陪封大夫九日登高》,墨迹尚未干透:

> 九日黄花酒,登高会昔闻。霜威逐亚相,杀气傍中军。
> 横笛惊征雁,娇歌落塞云。边头幸无事,醉舞荷吾君。

"此诗虽说比起座中诸位那几首来,差强可以,但语言平平,套话不少,大写'娇歌''横笛'什么的,倒俱是眼前之事,可是在这万里晴空里,你那'塞云''征雁'之类又在何处? 纯粹是为了对仗铺叙而生拉硬凑出来的嘛! 此诗多为言不由衷的应酬之词——得罪了,哈哈!"说完,封常清大笑起来。

封常清确有同属下开开玩笑的意思,尽管不断有人在他耳边散布谰言,岑参又开罪了姚长史大人,但他内心深处其实还是很佩服岑参的诗才的。此次岑参在帐下供职一年多来,为壮行、接风、纳凉、陪宴等活动而奉赠给他个人的诗作,竟有十几首之多,其中如《走马川行奉送封大夫出师西征》《轮台歌奉送封大夫出师西征》和《献封大夫破播仙凯歌》等诗,更在北庭一带广为传诵。名人名诗颂名将,这些颂扬他军功和威仪的诗作,不胫而走,已传至河西陇右和长安,无疑在朝廷上下为抬升自己的官声增添了不小的筹码。封常清也知道,作为性情中人的岑参在安西和河西都护府那几年中,和大都护高仙芝似乎有些芥蒂,一向是敬而远之的,因此还不曾听说直接为他写过献诗,至多在写给别人的诗中捎带客气地问候几句罢了,往往称之为"兼呈"。相比之下,他封常清就十分荣幸了!

封常清对岑参的心情又十分矛盾,一方面他十分推崇岑参的才华和人品,他在军事决策上每每与自己不谋而合,而且常常会献出一些克敌制胜的奇计,因此的确很想关照他、重用他。另一方面,出于对出身高贵或有功名的文人的疑虑和某种说不出口的嫉妒,他又害怕岑参一旦拥有较高的职位,

228

有了充分施展自己才能的机会,就可能'功高震主',那么白衣出身的自己不就相形见绌了吗? 再加上岑参几次与姚大人结怨,所以封常清始终不能,也不愿放手大胆地重用岑参。虽然封常清也极不喜欢徐章等的为人,觉得他们阴险狡诈,城府过深,但是他又很明白,这种人尽管颇有心计,对付幕中同僚确有一套,但对身居高位的自己却构不成真正的威胁。因为这种人的心思根本不在军国大事上,也就是说,他们永远建立不了什么功勋,他们没有独立的人格,永远要看着上面的脸色行事,容易受自己的控制。而且只要自己在位,徐章等人就会对自己服服帖帖,绝对忠诚,并不断向自己提供周围人等的动态舆情,这正是自己特别需要的。封常清清楚地记得,南征播仙出奇兵大获全胜后,部队在交河休整时,徐章就向他密告岑参如何"贪功为己有",说他在银山道大肆吹嘘散布这条破敌妙计是他献给封大夫的。那天徐章眨着那对绿豆小眼,加重语气,摇着右手食指反复提醒:"军中谁不知道决胜之计是封大夫你想出来的呢? 岑参却如此公开宣扬,这明显就是向幕中表示,他岑参比封大夫你还要高明嘛! 好像没有他的这条奇计,就打不赢播仙之战似的。封大夫,听卑职一言,岑参此人恃才傲物,目中无人,绝非久为人下之人,大人你可得留意了……"

有道是当局者迷,徐章这些明明别有用心的造谣诽谤,却正中封常清的下怀。而且,姚长史也曾向他多次提醒过诸如此类的话,因此"绝非久为人下之人"的警告对封常清的印象特别深。以前对姚长史、徐章等人捕风捉影、添油加醋的挑拨,封常清虽然不以为然,每每表示自己是非分明,决不受蛊惑,但实际上还是不知不觉间接受了他们的看法,并已在很大程度上左右了自己对岑参的态度。例如,为了安抚岑参并应付关老将军等人的质疑,只好提升岑参出任度支营田副使一职,其实,大事仍须由兼任正使的自己来拍板,就表现了他对岑参既想重用又不太放心的矛盾心理。现在,他以玩笑口吻对岑参的诗作略做奚落和挖苦,多少就体现了这些复杂而微妙的心理。

听了封大夫批评自己的诗作,襟怀坦荡、宽厚大度的岑参并不放在心上,因为那不过是一首应酬之作罢了。偶尔几首不上水平的诗作,影响不了自己的诗名。他对自己的诗有着充分的自信,也知道这是封大夫在同他开玩笑,于是也笑着打趣道:"封大夫高见,领教领教!"

第四辑

但是，封常清微露的一丝笑容又转瞬消失了。他要在属下中造成一种喜怒无常、不可捉摸的神秘感和威严感，以保持自己不容轻慢和亵渎的权威。岑参在诗中说自己"霜威逐亚相，杀气傍中军"，那感觉是对的，他正是要幕中人对自己有这种强烈的印象，对他有所敬畏。否则，在凶险密布、玄机莫测的官场中很难立于不败之地。这些，是封常清多年来逐渐悟到的官场诀窍。何况，已有多人私下里向他反映，说岑参常常炫耀自己的相人之术，称赞李光弼大人容貌非常，有大英雄的范儿，而对他封大夫的仪表长相，却不怎么恭维。想起这些，封常清心里就很不是滋味，只见他放下酒杯说道：

"诸位请自便。我坐得腿脚有些麻木了，岑副使，我们一起走走吧！"

岑参随封大夫绕过一丛开着小黄花的带刺灌木，慢慢向西边走去，前方即是斜插蓝天的那陡峭的铁红色悬崖。

"封大夫，你看，这红山嘴像不像一只雄鹰傲视苍穹，振翅欲飞？"

"倒不失为一个登临的佳处。"封常清边说边走到崖边极目远望。

"封大夫，你可知道下官为何建议大人专程来此登高？"

封常清鼻孔里哼了一声："哼，岑副使，就凭你那点儿小智谋，岂能瞒哄过我？实说了吧，无非是要我亲来实地看看，好证明足下那在红山下重建轮台城之议十分合理，对不对？"

"哈哈，算你猜对了！"岑参像是一桩小恶作剧被人识破了，发出孩子般的朗朗笑声，"不过，封大夫你请看，这山下，神山守捉营区往南那一大片平坦开阔的地带，土地肥沃，泉水四流，林木茂盛，确为修建新城的理想之地，下官已实地勘察过多次了。"

"因此，岑副使想劝我再次为此上表吗？"

"下官过去确有此意。"

"岑先生，你是只知其一不知其二啊！当年李卫公之所以选择在今轮台地望上建城，自有他的道理。轮台城作为白山之北最重要的收税城，是扼守丝绸之路上东南、东北、西北三条交通要道的要冲，于军事和收税都十分便利。虽然沙地贫瘠，又位于大风口上，对军民生活不利，衡量得失，也只得如此了。"

岑参解释道："古人早有依山傍水建城的通例，下官建议的新轮台城，北依红山，西傍走马川，东眺白山，南望南山群峰，风水地望绝佳。再者，下官之议只不过是想裁并神山守捉，而非撤销现在的轮台城。它尽可以继续保留下来发挥其盘查奸人、收税关卡的作用，而只将县衙官廨、工匠作坊和商店客栈等移至这红山脚下，与距走马川十里外的静塞军遥遥相望。旧轮台城离此则仅二十余里，三处互为犄角，一旦发生异常事件，烽烟一起，很快就可以相互接应。这样从长远计，大量军民就可以免受风沙之苦了！"

"新建一座县城谈何容易！岑副使也想让当今英明圣上像当年的汉武帝一样，为了征和年间桑弘羊等人在汉轮台募民垦田建城的奏请，导致劳民伤财，天下怨声载道，也下一道《轮台罪己诏》，进行自我谴责，是不是？"

"哈哈，岂敢岂敢，大人言重了！"岑参连连摇手，侃侃而谈，"想我大唐历经贞观开元百余年盛世，海内富足，国力强盛，四方来朝，绝不像汉武帝当年那样过分好大喜功，穷兵黩武，开边不已。正如《汉书·西域记》所言：'军旅连出，师行三十二年，海内虚耗。'汉武至其晚年终因国力消耗过大，捉襟见肘而鞭长莫及，想在安西之东修座轮台城亦颇感力不从心，甚至连屡建大功的贰师将军李广利都因兵败而投降匈奴了，所以这才不得已而下诏罪己，'深陈既往之悔'，向天下谢罪，拒绝了桑弘羊在轮台建城的奏请。"说到这里，岑参背诵了一段汉武帝《轮台罪己诏》中的句子："'曩者，朕之不明……军士死略离散，悲痛常在朕心。今请远田轮台，欲起亭燧，是扰劳天下，非所以优民也，今朕不忍闻……'汉武讲得很是沉痛。知错能改，降诏自责，雄才大略的汉武不愧为气度雍容、悲天悯人、勇于自省的有道明君，旷古不闻。只不过，现在……"

"只不过现在怎样？"

"只不过现在我们错过时机了，晚了！"岑参长出口气，"如在开元年间或天宝之初，此表或可蒙圣上权衡利弊，获得恩准，拨银起亭另建轮台城。现在晚了，我也不再坚持了。但是，我坚信，我的建议是合理的，虎头山南之地望绝佳，在此地筹建管辖广袤西域的首府，当是不二的选择。封大夫，千年之后必有慧眼识珠者，与我所见略同！"

"那是后话了，此事无法证明，因为我们谁也活不到一千岁。那么，为什么你现在又不再作此想了呢？"封常清问道。

"因为我大唐国力已非昔日可比，河北又有人蠢蠢欲动，朝廷如今更无

231

余力顾及西域了！"说着，岑参不安地望望东方。

封大夫惊讶地望望岑参："如此说来，先生已得知关内情形了？"

"下官孤陋寡闻，倒也风闻一二。安禄山之流叛乱只在旦夕之间，这本是司马昭之心路人皆知的事，只是朝中有人千方百计地要瞒着圣上而已！"

"好，请先生谈谈看法。"封常清在一块背风的巨石上坐下。他不愿过多地同这位身材修长的下属并肩而行，因为这样会使个头矮小的自己产生自惭形秽的压抑之感。

胸襟磊落的岑参全然没有意识到这一层，也靠在封常清对面的一块大石头上，俯望着山崖下滔滔北流的走马川说道：

"安禄山之隐患，实暗合自然之数。《易》云，否极泰来，物极必反，盛极而衰嘛！圣朝历经列祖列宗百余年励精图治，开元之际已至鼎盛。可是如今圣上……"

封常清听岑参刚说到这里，忽然摇手止住了："岑先生，此事你我心照不宣，不必明言了！"稍停，他环顾四周并无一人，又说道，"且说下去！"

"唉，如今奸相弄权，朝纲不振，危机四伏，险象环生，中原乱象，风起青蘋之末，现已迫在眉睫，这是幕中诸友每每谈及都为之忧虑的事。以下官看来，自开元初宰相张说改'府兵制'为'募兵制'以来，精锐军力多集中于西北边塞，中原空虚，且承平已久，兵将长期养尊处优，不习战阵。如今西北诸边将中经历过战阵、能率大军征讨的统帅，实在是凤毛麟角，屈指可数，除哥舒翰、高开府、王忠嗣、郭子仪诸位大人外，就是封大夫你和李光弼大人了，一旦中原有事，我想，封大夫极有可能奉诏率师，入关勤王。"

"恐不尽然。封某能力有限，岂能与上述几位大人相提并论？安禄山之流何足挂齿，朝廷有他们几位护驾足可应付裕如了。北庭孤悬在外，三面受敌，能为朝廷守土分忧，维护丝路畅通，已属不易。兵法云，知己知彼，百战不殆。依岑兄看，这西域最大的威胁是什么？"

"容下官姑妄言之。依卑职看来，对我大唐西域构成严重威胁者，无外乎西突厥诸部、大食国和吐蕃三股势力。其中西突厥内部不统一，多如牛毛的小邦国小部落长期纷争不和，难成气候，不足为患。大食国虽然国力强盛，实为我朝多年最大威胁，但距我邦域极其遥远，又有葱岭等高山阻隔，且经封大夫筹划约和，划地为界，年来侵扰事件已日益减少，此皆不足为虑。目前唯南方之吐蕃势力强大，野心膨胀，咄咄逼人，实为我朝心腹之患。上次播仙之战之惨烈，足见一斑。如中原生变，朝廷自顾不暇，鞭长莫及，则河西、北庭、安西诸府难免为吐蕃所袭，故不可不预谋，早防为上！"

"岑副使所见与我略同，但不知有何新的固边良策？"

"这固边良策么，恕下官直言，须绝对忠诚于朝廷最为紧要。身为封疆大吏，一不能居功自傲，藐视圣恭；二不能介入宫中争斗，务必竭诚王事，自可受到圣皇充分信任。有了中原朝廷这座大靠山，挟天威以震四方，即能百无一虑，西域亦将固若金汤。当年陈公侯君集之故事，封大夫可记得吗？"

封常清点头道："略知一二。想当年，陈公侯君集平灭吐谷浑和高昌两国，以大功封陈国公，拜吏部尚书。不想他不念君恩，居功自傲，贪腐枉法，被太宗縻于大狱待诛。据说，还是你岑大人之曾祖岑文本大人有远见卓识，上书力谏，称功臣大将不宜轻加屈辱，太宗皇帝这才下旨赦免了他。先帝宽宏大度，不念旧恶，仍将他与二十三位大功臣的图影一起绘于凌烟阁中。谁想他仍不念皇恩浩荡，竟与太子李承乾串通一气，暗中谋反。事败后，太宗只好痛哭流涕，下旨将他斩首，并称从此不忍心再登凌烟阁了！"

"是啊，要说这个侯君集，叛逆之心可是非只此一端。太宗皇帝也是忍无可忍，害怕坏了朝纲大法才下决心处置的。陈公的教训太深刻了！可是，现在河北安禄山之流，又头脑发热，蠢蠢欲动，觊觎凤阙，也必将是蚍蜉撼树，以卵击石，重蹈陈公之覆辙。只是如此一来，社稷庶民又恐将遭受一场大劫难了！"

"岑大人之见果然精辟，封某自当谨记。"封常清对岑参这番话很是气恼：你这是何意，是不是怀疑到我的头上了呢？那侯君集和安禄山也都是行伍出身，这不明摆着在指桑骂槐，旁敲侧击，在敲打我封某人嘛！但他口中仍说道："封某以微功深荷天恩，授予重权，镇守边关，感激万分，终日如临深渊，如履薄冰，岂敢对朝廷怀有二心？此耿耿忠心，唯天日可鉴！谢岑大人提醒，但除了竭诚王事之外，先生还有什么安边的妙策呢？"

岑参缓缓地说："再无他，无非强兵、屯田、抚胡三策相辅相成而已，其中以诚善待诸胡至为重要。前几年高开府大人远途奔袭，西征大食而不幸遭

233

败绩，概由失信于石国而中途遭葛逻禄人背叛所酿成。今日思之，教训犹深！"想起天宝十年唐军的那场惨败，岑参捋须连连摇头叹惋："上述治边三策，自汉朝以来数百年间，屡试不爽，功莫大焉。我以为历代和亲政策，如细君、解忧、明妃、文成诸位公主下嫁单于、番王，实为怀柔抚胡的基本策略。但我还想提出一条重要补充，这就是提倡汉胡民间自由通婚，官府对此应予以大力鼓励和资助……"

"就是先生曾草呈的'民间和亲'之策吧？"

"正是此策。根据我对安西、北庭两地户籍的调查，圣朝百余年来异族而通婚的家庭，在西域各城镇都有，总数不下数万户，繁衍的人口逾十万，甚至胡汉混血的第四代、第五代也都有了。此为体人情、察民心的大好事。事实证明，民为邦之本，这也是沟通民族感情，增进胡汉和解，以华夏上邦文化对胡人启迪教化，从而实现边塞长治久安的固本良策。"岑参说着，不由得联想到小琬、陈金妻子和交河郡的那位小铁匠来。

"岑副使不也正欲身体力行吗？嘻嘻！"封常清打趣道，"听说，你还为随从娶了一名南山的胡人小美女，是不是？"

"不假，下官正欲身体力行！"岑参的脸色微微有变，他的自尊心过强，性情有点儿峻急，容不得些许误解。稍停，岑参脸色有些缓解了："封大夫，你一定知道羌胡中亦不乏出类拔萃之人、有远见卓识之人、为朝廷披肝沥胆之文臣武将。封大夫，高祖、太宗皇帝之血统身世固然不敢妄议，但你想想看，哥舒翰、高开府、李光弼诸大人又是出身于何族的？"

封常清听到这里忽然想到，姚长史曾说岑参竟欲正式娶胡女为妾，以后与胡人为敌恐多有不便，故不可大用的话来，于是正色道："诚如岑副使所言，圣朝列位皇帝胸怀博大，气度雍容，无分汉胡，百族一家，集思广益，兼收并蓄，此正是我大唐百余年来兴盛强大、远近宾服的一个重要原因。岑仁兄，实话告诉你，很少有人知道，就连我封某人也不与岑副使同族，并非汉人！"

"什么？"岑参惊奇得瞪大了眼睛。

"不说这个了！岑副史，国家有难，正是铁血男儿大显身手、建功立业的大好时机。让我们同仇敌忾，勠力王事，以尽为吾皇靖边守土之责吧！只要愚兄我镇守北庭，就一定设法为先生提供一个能充分施展抱负的机会，请相

234

信我吧!"说完,封大夫站起身来。

"谢谢封大夫的看重!"岑参听到封常清此言,不由得振奋起来,喜形于色,一跃而起。

这时山顶掠过一阵秋风,山下茂密的树林顷刻间便前俯后仰起来,像是在绿海上掀起滚滚波涛。

第四辑

第三十一章

红山射雕

"嘎——嘎——"

天空中传来一阵大雁的鸣叫，刚谈完话的封常清和岑参，不约而同地抬头望望蓝天。

横空里飘着一抹薄薄的白云，托起一队排列成"人"字形的雁阵缓缓移动过来，嘹亮的雁鸣声在山顶听来尤为真切、嘹亮。望着白云和大雁，岑参记起王勃《滕王阁序》中"落霞与孤鹜齐飞"的名句来，脑海里不觉涌出一句"白云与征雁齐飞"。但是他没有念出声来，只是指着天空笑道："封大夫，你看，我诗里的'征雁'这不就飞来了嘛！哈哈！"

"噢，对了，"封常清从天上收回目光，望着岑参说，"关老将军经常对我提起岑副使近来颇好武事，平日不是弄刀舞剑就是骑马射箭的，剑术不俗。西大寺帛大师也称赞岑先生的少林功夫。今天，我倒想亲眼看看你的真本事。"说着，他招手命卫士取过一张硬弓来，亲手试了试，交给岑参。

"此弓当有十数石之力，用它给我射下一只大雁来，如何？"

"这有何难？小事一桩！"岑参瞥了一眼天上的雁行自信地说。他接过弯弓，试试，很轻松地就拉开了，然后把弦放松，搭上羽箭，复又开弓对着天空瞄准。关老将军、独孤渐和众幕僚见状，纷纷离开宴席走来，围在一旁鼓掌助威，吆喝着要看岑副使的神箭。可惜借弓搭箭延误了一些时间，大雁已飞远了，南天极目处只剩下一行小黑点。

236

"飞得太远了,这就叫作'箭长莫及'啊!"岑参放下弓遗憾地说。

话音刚落,不知从哪里忽地一下飞来几十只乌鸦,像一群贪婪的黑色匪徒,张着大嘴,围着空无一人、杯盘狼藉的宴席呀呀叫着,落下又惊起。

侯京见状灵机一动,指着那群乌鸦说:"大雁飞远了,岑大人何不权以这群乌鸦为的,射杀一只?"

岑参听了,反倒取下弦上的羽箭连同硬弓一齐递给侯京,笑道:"好,好,侯参军,真是个好主意! 那么就请阁下一试,如何? 夫乌鸦何物? 至贱至贪,嗜血如命,其形不祥,其声不雅,其行不仁,我如射之,岂不大煞风景,污了这张弓和我这双手乎?"说得大家都哄笑起来。

侯京脸色绯红,嘴里嘟囔道:"岑大人言重了! 下官不过是想找个机会,让封大夫看看先生的神箭嘛! 乌鸦,乌鸦也有讲仁义的嘛,譬如当年随徐敬业造反的那个骆宾王,他的故乡就叫'义乌',离我们湖州不远,传说那里的乌鸦颇能知恩图报,就是很讲仁义的嘛……"他也知道此事一时也讲不清楚,只好无趣地走开了。

侯京自白水镇与徐章认识以来,两人一见如故,过从甚密。他觉得徐参军这人有心眼,点子多,说话算话够朋友,对自己的生活起居更是关心备至。而与徐参军关系非同一般的赵司马,拥有都护府军事指挥的实权,所以徐参军讲话也就更有分量了。由于长史姚大人年老长期患病,不大管事,赵司马在整个北庭都护府就是封大夫一人之下万人之上了,所以精明的侯京便更加主动地靠近了他们。赵将军也投桃报李,很快举荐侯京调任都护府掌书记,后又提为参军。当然,侯京读书不少,内心其实还是十分佩服岑参的才华和人品的,也知道封大夫特别器重岑参。但细心精明的他不久即感觉到,岑副使与赵司马、徐参军双方势力已发生了此消彼长的变化。善于察言观色的他,甚至还发现岑参与封常清之间存在着微妙的矛盾。上次播仙大捷之后,封大夫命他起草奏报时竟嘱意不提岑副使一字,更加证实了这个判断,侯京心里更有底了。所以他对岑参刚才对自己的抢白老大不满意,十分恼火,心里说,岑大人,不识好人心,咱们走着瞧吧!

"吱儿——"好像上苍专门要提供一个机会,让岑参显示一下射箭本领似的,天空此时又出现了两只山鹰。

"吱儿——"山鹰豪迈、尖唳的啸声刚从高空落下,自惭形秽的乌鸦们便

237

惊恐无比,像盗贼遇见官兵似的,扑棱棱纷纷仓皇飞进石缝、树丛。两只山鹰伸展开硕大无比的黑色双翅,在无云的高空自由舒展地来回穿插、盘旋,越旋越近。看来它们耻于与乌鸦们争食,更不屑以乌鸦为猎物,目标似乎盯在半山腰一处地方,一会儿坠石般从高空直直落下,忽又箭一般直冲霄汉。它们在悬崖间发现了什么呢?狡兔、狐狸、草鼠、土獾、野狼、蟒蛇?还是山腰岩洞巢穴中它们嗷嗷待哺的雏鹰?也许,此刻这对雄鹰并没有什么特定的目标,只不过是夫妻俩双双要在这近乎透明的天空里比翼双飞,悠闲地徜徉、散步而已。它们处于生物界食物链的顶端,在羽族的世界中没有什么强劲的对手,也没有意识到来自人类的威胁。因为,在这片原始森林和旷野里,年轻的它们还从不曾领教过任何人类的阴险和人造武器的攻击。"吱儿——吱儿——"它们在天空得意地鸣叫着,骄傲地翱翔着,有时飞得很低,飞得也很慢,丝毫不曾设防,倘若此时有人开弓放箭,极易射中。

"那就射一只大雕吧。"封大夫指指天上,不少人也随声附和。

"传闻匈奴人极善射雕,岑御史,今天就射一箭给封大夫和诸位看看吧!"关老将军心里很为岑参着急。

岑参寻思,这倒不失为一个证明自己武艺的极好机会,在荒野里他确曾多次见到过军士弯弓射雕的情景。于是他又搭上羽箭,向前跨出一个有力的弓箭步,回过头来,左手推弓如开山石,右手控弦如抱婴孩,微闭左目向斜上方瞄准。

两只鹰暂时分开了,其中一只正在红山嘴上空十数丈高处盘旋。岑参感到,雄鹰的距离是那么近,它平平地展开双翅停在那里,像一幅黑色的剪影贴在蓝天上一样,几乎静止不动。它的头、眼、咽喉、胸脯等要害部位全都毫无遮掩地暴露在箭镞的正上方,岑参看得很真切。从鹰的形状和毛色上看,岑参认出那是一种被称作金雕的雄鹰,比起他在敦薨薮所见到的猎隼海冬青来,个头要大得多。但那金雕此刻似乎一点儿也不为自己担心,还用一双锐利的眼睛好奇地俯视着下方。也许它正在纳闷:山顶上这位陌生的穿绿袍的两条腿怪物,摆出这么一个奇怪的姿势,到底想要干什么?

岑参依然弯弓控弦,凝然不动地向上方瞄准着。周围紧张的空气仿佛凝结了,刹那间静得出奇,好像什么声音也听不见了。好啊,往昔薛丁山元帅三箭定天山,今日岑御史定可一箭定红山。人们一齐盯着天空,毫不怀疑这一箭会穿透那只骄傲的金雕的咽喉。这位羽族中的英雄豪杰只剩下发出最后一声凄惨的悲鸣的机会了。

箭在弦上，弓如满月，一触即发，志在必得。

然而期待中的利箭并没有流星般射出，只见岑参轻轻叹了一口气，收回武步，放下弯弓，取下箭来。

"我实在不忍心射杀它们。"岑参低语解释道，"山鹰乃羽族中最有侠肝义胆的大英雄，对我又无任何防备，我怎能弯弓偷袭，忘却仁义，致使这对恩爱夫妇瞬间丧偶呢！"

众人有的低头沉吟，有的点头赞许。

只见徐章上前深施一礼，抻抻细长脖子，皮笑肉不笑地说："想不到岑大人竟有古仁人'不忍其觳觫'的恻隐之心，德被禽兽，可敬可敬！可是下官屡屡听到岑大人对人宣称'近来能走马，不弱并州儿'，自己绝非手无缚鸡之力，只会舞文弄墨的腐儒，而是文武兼备的将才！剑艺既出众，箭法亦超群，这区区山鹰何足挂齿。可惜征雁既远，群鸦不屑，而雄鹰又不忍心射杀，天上的九日也早已被后羿射剩了一个，英雄无用武之地。岑大人空有李广百步穿杨之绝技，封大夫与我辈竟是无缘得见了，实在是抱憾得很哪。哈哈！"

徐章近来因赵将军升任大都护府代行军司马之职，职掌兵权，位更在岑参之上，而武文返京后自己也如愿以偿当上都护府的判官，终于能够与平昔从不把自己放在眼里的岑参平起平坐了，自是有恃无恐，得意忘形。加上深恨岑参刚才对亲信知己侯京的讥讽，所以此番反唇相讥的话，不免过于刻薄了一些。

关老将军听了，就看看封大夫。封常清微微皱了皱眉头。

"欲看岑某箭法，也不难。"岑参却对徐章的讥讽毫不在乎，只见他坦然一笑，说："诸位看见红山嘴悬崖顶上那块凌空突出的尖石了吗？那楔石刺空的形状极似尖利的鹰喙，岑参以此尖石代替真正的雄鹰，将其利喙射落，何如？"

"看见了，看见了，那块尖石果然极似雄鹰的利喙！"独孤渐伸手指指百步开外的悬崖顶喊道。

"啊呀，真像，像极了！"众人也看到了。

239

为了显示自己的真功夫，岑参从原地后退了十余步，然后转过身子拉开步子，稳稳地搭箭弯弓。还没有等人们看清楚呢，只听砰的一声脆响，羽箭已如流星般射出。只见一百多步之外红山嘴上那块刺向天空的楔形石块，便当的一声粉碎了。羽箭在空中打了个旋，又与碎石一起无声地落下百尺悬崖。山下即是急流滚滚、滔滔北去的走马川。

一切都发生在转瞬之间，一时人们都还没有反应过来。

"射中了！射中了！"关老将军和独孤渐等朋友很为岑参高兴，鼓起掌来。

"果然好箭法！"红山顶上人们一阵欢呼。

封常清大喜，说道："岑先生此一箭，使我想起汉飞将军李广当年射石没镞的故事来。拿酒来，我要敬岑大人一杯！"

"见笑，见笑！李广射石如射虎，我则射石如射雕。封大夫，可是下官空有这身武艺，却无缘亲上战场挥剑杀敌，奈何！去冬西征金山，今春南伐播仙，两番大战，封大夫都不曾携岑某前往……"岑参话中有说不出的委屈。

"我也是爱才心切嘛，唯恐岑副使在战阵中有个闪失，圣朝可就少了一个大诗人了啊！凡将常有而大诗人则不常有，来日方长嘛，哈哈！"封常清心中有愧，把酒杯递给岑参，这样解释道。

岑参把硬弓交还给卫士，接过酒杯正色道："在下与其做一个空发议论、于世无益的所谓诗人，还不如充一名疆场上的士兵，抛头颅、洒热血也在所不辞。谢大人的好酒！"说完，举杯仰首一饮而尽。山风吹拂着他的衣带、帽翅，悬崖上，岑参那修长的身影显得分外威武、潇洒。

正说着，只见侯京拿着斗篷走来，关心地说："封大夫，山顶风硬，千万别受凉了，请披上斗篷吧！"

封常清淡淡一笑，道："谢谢，不用了。天色已不早，诸位就此下山吧！"

晴朗的天边，又飞来一行南归的鸿雁。

"吱儿——吱儿——"那两只蒙岑参手下留情而幸免于难的金雕，此时仍旧在红山顶上自由自在地盘旋、飞翔。

第三十二章

枭雄惊艳

重阳节过后不久，"秋行夏令"的日子并没有持续多久，西域严寒的冬季还是如期而至了。北风呼啸，气温骤降，接踵而来的几场大风雪几乎把整个庭州城给埋了起来。城外的雪似乎更大，登上城楼一望，房舍、农田、官道、草地、森林、湖沼、河道、远山，都被厚厚的冰雪覆盖了，大地是白皑皑浑茫一片。

不过，窗外虽然是一片冰雪的世界，哈气为霜，滴水成冰，可是居家的屋内却温暖如春，至少岑参今天的感觉是如此。岑参因外出不慎伤风，服用了一些汤剂，在小琬的悉心照料下，经过几天调理休息，感到好多了。只是内热未尽，口舌有些干燥。他披衣坐在地毯上就着壁炉烤火取暖，十分耐烧的红柳根和梭梭柴在壁炉里呼呼地燃烧着，映得两人的脸颊红通通的。旁边，小琬用火钳往炉边扒了一堆红炭火，然后在上面坐上一只胡式铜壶烧奶茶。望着铜壶口哑哑地冒出的白气和壁炉中跳动的火苗，岑参想起流行于西域地界的一句谚语"早穿皮袄午穿纱，围着火炉吃西瓜"来，不禁笑道：

"小琬，这时候来几牙清凉的西瓜该有多好！"

小琬说："你不说我倒忘了，昨天爹爹说，他今年在菜窖里存了好多甜瓜和西瓜，正说要拿几个瓜让你吃了泻泻火哩。"说着，她过来用脸颊在岑参额头上试了试体温，温柔地说："好多了，一点儿也不烫了。你等着，我去给你挑个西瓜来！"说完就出去了。

过了不大一会儿，小琬撩开羊毛毡门帘与继父石成璧老人一起进来。石老人抱着一个圆溜溜的绿色大西瓜，用手把瓜敲得嘣嘣响，说："你听听，还是脆沙瓤的呢！这瓜是我挑出来在菜窖里仔细保存的，往年存放四五个月也坏不了，现在才两个多月，包好，就是汁水可能少了点儿。"石老人把西瓜放在小琬端来的食案上，先用长刀在长瓜秧的地方切了一小块瓜皮，再用瓜皮擦擦刀的两面，然后从正中间将西瓜切开，一看，果然是红沙瓤，只是瓜肉上稍稍有些裂纹和空洞罢了。他用刀尖剜出一小块尝尝，满意地点点头，又很快熟练地把半个西瓜均匀、齐整地切成八大块，从侧面看，每一牙瓜都是大小均匀的三角形。

"哎呀！"岑参接过小琬递给他的一牙瓜，刚咬一口就惊叫起来，把小琬吓一大跳，原来是西瓜太凉，冰牙了。不过待他缓过劲儿，觉着这西瓜味道倒是甜极了。岑参吸溜吸溜一气吃了三四块还要吃，直吃得五脏六腑都仿佛透明清澈了，只觉清气上升，浊气下降，浑身上下十分通泰。他不由得回味起这种"围着火炉吃西瓜"的奇特感觉来，很想写上一首诗，而且马上就在嘴边涌出这么几句：大雪纷纷下，对炉自啖瓜……

正在这时，陈金进来通报说，都护府赵司马前来拜会大人，客人已到前院。

诗思突然被打断，岑参有些扫兴，没好气地说："从来没有私下交往过，他到家来有什么事？"说着就站了起来。

石老人一听，连忙用食盘端起瓜皮和剩下的几牙瓜，匆匆离开房间。

"有请赵大人——"陈金不等岑参交代，就做个鬼脸，高喊一声迎了出去。

岑参刚迎出客厅，赵光烈将军就大大咧咧地走进小庭院。他头戴胡式狐皮帽，上身穿一领大红色锦袍，一条雪豹皮围在粗壮的脖子上，下身穿条黑色皮裤，脚蹬硬底黄牛皮战靴，有力地蹬踩在冰冻的雪地上，只听见咔嚓嚓一片金属碎裂般的声响。赵将军身材高大魁梧，虎背熊腰，虽然已四十出头了，因保养得好，看起来还很年轻。他长着一张白皙、英俊的圆脸，与他那浓密的大胡子和粗壮的脖颈很不相称。如果不是因为举止过于粗俗和骄横的话，岑参倒是很愿意用《史记》中"美丰仪、伟丈夫"之类的措辞，来形容这位剽悍异常的将军的。

"不知司马大人驾到,下官有失远迎,祈望恕罪!"在官阶上,赵司马要比岑参高一两级,因此岑参只好嘴上说着这些其实他很讨厌的客套话,走下台阶,把客人让进客厅。

"听说岑副使偶染病恙,末将特从瀚海军赶来府上致问,不知可已康复?"赵光烈也虚与应付着,说话文绉绉的,与平日粗喉咙大嗓子的说话习惯不大一样。在什么场合见什么人说什么话,这是他在官场混了多年学得的本领。岑参听了很是新鲜。

"不敢当,不敢当!下官的小恙早已痊愈了。"

赵光烈又无话找话地说:"先生的病体已经痊愈了?那好极了嘛!嘿嘿,末将也是惺惺惜惺惺哩!那天岑副使在轮台红山嘴上射雕射雁,百步穿杨,力开巨石,在军中上下都传遍了,可惜在下不曾在场一饱眼福。在下还听人说,岑副使的拳术和剑术也很厉害。想不到岑大人的诗文写得这么出色,武艺竟也如此超群,硬是文武双全,难得,难得!难怪封大夫如此看重岑大人,可真是慧眼识得真英雄啊!哈哈!"说着话,赵将军的眼珠子却一刻不停骨碌碌乱转,似乎在寻找什么人。

"比起赵将军的神武来,下官那不过是班门弄斧的小技而已,何足挂齿?过奖了!"岑参此时仍不明白赵光烈葫芦里究竟卖的是什么药,就继续试探道,"赵大人自务涂谷瀚海军赶来,骑马奔行数十里,想来一定口渴了。"他向里屋喊道:"小琬,为赵将军献茶!"

小琬撩开门帘走出来。

"要得,要得!啊哈,这不是小琬姑娘么,真是越发出落得光彩照人了!"赵光烈十分兴奋,上次在瀚海亭初见小琬时就为她的美貌吃了一惊。但由于距离远,看不真切,现在近在咫尺,便盯在小琬脸上一动不动,涎着脸说:"小琬姑娘不仅人长得漂亮,舞跳得好看,歌唱得动听,听人说就是奶茶也烧得非常可口。如果要上茶,不要清茶,就给我来一碗小琬姑娘亲手烧的奶茶吧!"

小琬被赵光烈放肆的目光盯得不好意思,忙借此机会退下去了。

岑参也感到赵光烈的举止有些失态,又联想起在瀚海亭他坚持要小琬唱歌的情景,越发不自在了。

小琬低头侧脸端着两碗奶茶进来,赵光烈的眼又有些不够用了,直到小琬放好茶碗又匆匆转身走进里屋,这才罢休。

"啊呀,真是名不虚传。"小琬的倩影消失了半晌,赵光烈这才像醒过来似的,端起奶茶尝了一口,咂咂嘴道,"小琬姑娘果然心灵手巧,烧的这奶茶味儿嘛,硬是好喝得很,甜、香、醇、厚。这茶、奶、盐、胡椒、火候都恰到好处,比南山归德将军的老奴婢烧的还要好喝哩。啊哈,岑副使,你可真是艳福不浅,口福也不浅呀!"

"赵大人,你冒雪几十里赶到下官家,恐怕不只是为了喝一碗奶茶吧?有什么话,不妨请明说,需下官效劳处,一定悉听吩咐。"见赵光烈总是言不离小琬,岑参有点儿忍不住了。

"当然,当然,在下是无事不登三宝殿,实是为了小侄的事,蒙岑御史大人手下留情,特来拜谢的。"说着就放下茶碗,捧上一包谢银。

原来,前些日子孚远县出了一桩入室劫财劫色杀人的大案子,赵司马的侄子赵任星任县尉,负责处理此案,竟因失察错将一位大商人之子抓进牢狱。不久真凶犯了另案,落网后当堂招认,服了法。按理县衙应向错捕的商人之子赔礼,立即释放,但因此前商人之子在严刑拷打之下,两条腿已被打断,瘫痪在监。赵任星眼看交不了账,索性将错就错,倚仗叔父的权势,拒不放人,甚至诬陷商人夹带走私、逃税、咆哮公堂等,继续收监审问,其实是想倒打一耙,向商人勒索一笔钱财。那大商人当然不服,就联络数十位汉胡富商在县衙闹将起来。事情最后告到岑参这里,因他系北庭都护府的大理寺评事摄侍御史,正合处理官员滥用职权违法乱纪诸事。岑参调来一应案卷,很快就查明了事实真相,责令孚远县立即放人赔偿,并拟依法弹劾失职的官员。赵司马见事情闹大了,知道岑参一向铁面无私,执法甚严,行事绝不通融,连姚长史的内亲也敢开刀问斩,何况此事!无奈中,徐章替他谋一计,拉上庭州刺史、孚远县令等人,绑上侄子直接到封常清面前哭诉,乞求宽恕,放他侄子一马。封常清却不过情面,就指示岑参不要再追究此事,着孚远县令释放商人之子,另赔偿三十两银子养伤算了。对赵任星的处分,也只是调离孚远县,放到伊吾县另行安置。岑参虽然很不高兴,顶了一段时间,最后还是按照封大夫的意思办了。

"此事既由封大夫出面讲情,岑某只能照办。赵大人,今后对令侄一定要严加管束,不得重犯。这谢银么,司马大人你还是带回去吧!下官不过是秉公执法,并没有做什么事,岂能收受将军的谢礼!"岑参决绝地将银包塞回赵司马手中。

赵司马推让了几次,见岑参态度十分坚决,几乎生气了,只好收回谢银。但是他并不想立即走开,又涎着脸谦恭地笑道:"在下还有一事相求。日前有幸读到先生一首诗,觉得写的硬是好得很哩。里面有两句是'关西老将能苦战,七十行兵仍未休',可是赠给关老将军的?"

岑参奇怪地望望赵光烈,点头道:"此诗是下官去年在轮台南山的一次酒宴上,即兴为祝贺关老将军七十寿辰而写的。赵大人,此诗莫非有何不妥之处吗?还望斧正一二为是。"

"误会,误会!岑大人,哪里的话嘛!岑先生你是有名的大诗人,光烈一介武夫,岂敢在先生面前班门弄斧?哈哈!"赵光烈掀髯仰天大笑起来,他毕竟是个直率开朗的人。笑罢,他又诚恳地说,"在下听人们都说,北庭都护府所有的文人当中,岑大人的诗当属第一,就是放在圣朝诗坛上,也是屈指可数的一流大诗家。因此都护府中有哪个能够得到大人一首赠诗,就是莫大的荣幸。封大夫位列朝廷重臣,众望所归,受到岑大人献诗理所应当,自不必说,而德高望重的关老将军呢,也应受此尊荣。不过,我想——在下是说,在下在西域军中出生入死,征战二十余年,颇有一些战功。再说,关老将军与光烈是多年的知交,多曾并肩作战,杀敌立功,如今他为大都护府刀斧兵马副使,我为行军司马,品秩相近。都护府上下都称岑大人你为人正直、光明磊落,你看,这个事……这个事……咳,这叫光烈怎么说嘛——岑副使,你可知道,在下到这个月底也就满四十岁了……"其实,赵光烈已经四十二岁,说个整数只是想找个说话的借口而已。

赵司马东拉西扯、拐弯抹角啰唆了半天,岑参已听明白了,笑着打断道:"别再说了,大人的意思我已知晓,无非是想让下官也为阁下写首诗贺寿,对吧?"

"对头嘛,光烈正是此意。"

"此事好说,赵将军勇冠三军,战功卓著,下官十分钦佩;大人性格又慷慨豪爽,岑参也久已闻之,本该早为司马大人献上一首拙诗了……"

"这么说来,岑大人答应为在下写诗喽?"赵光烈喜不自胜,竟高兴地站起身来。

岑参微微摇摇头道："诗是应该写的,但赠诗不能像随口说些恭维应酬话那样随便,它是发自内心的一种真情实感,需要灵感,可遇而不可求。因此,这诗不能即日而成,请赵大人给我一个适宜的时机。"

"这个在下知道,会写诗的侯参军他们也都是这么讲的。作诗么,理当如此,理当如此,这个我怎能不晓得? 一切就看岑大人你的方便了,光烈并不着急,啊,不着急。有劳神处,在下定有重谢。"赵光烈感激不尽地说完,又坐下来解释道:

"岑大人,我这次造访华府,其实还有一件事情求大人赏光哩!"

"什么事呢?"

"夏天随封大夫在瀚海亭喝酒时,我与归德将军相约的那件事,先生可还记得?"

"雪天进山赌猎,对吗?"岑参脱口而出。

"岑大人真聪明,好记性。正是此事,正是此事!"赵光烈忙说。他又不知不觉恢复平时说话的口吻了:"昨天龟儿南山归德将军来拜访我,说起此事,我们商定过几天就到瀚海亭山后赛上一场。到时,我与归德将军想请岑大人去做个裁判,咋个样? 先生是北庭都护府铁面无私的御史判官嘛! 哈哈! 几匹绸缎、几张兽皮的利物算啥子嘛,按照封大夫的意思,借此机会与胡人酋长多联络联络,沟通沟通感情才是更重要的。再说,冬天在茫茫无边的林海雪原中纵马围猎,打几头野兽,既惊险又刺激,好玩极了。岑大人到北庭一年多了,可能还没有机会去玩过吧?"

赵司马后面强调的这一层意思,实际是徐判官和侯参军等几个心腹经过精心策划,替赵光烈设想的一条妙计。他们得知赵光烈很想像封大夫、关老将军那样,得到岑参的赠诗,好作为向人炫耀的资本,就想出了请岑参去给他们赌猎活动做裁判的主意,以此来赢得信任并激发他的诗兴。又因为他们心里清楚,岑参一向好奇心极重,对没有经历过又带有点儿刺激性冒险性的活动,都可能产生超乎寻常的冲动和兴趣,容易受到诱惑。相反,真要是一本正经地请他出面去当裁判,由于平素没有什么交情,事出突然,很可能会引起怀疑,遭到不客气地拒绝。而从侧面这么来一个激将法,则往往容易奏效。工于心计的徐判官等人,对岑参的脾气秉性真是揣摸透了,可谓用心良苦。

果然,岑参一听赵司马这么说,眼神立即闪出兴奋的光彩,站起身道:"到深山林海雪原去打猎吗? 那太好了,我一定去,一定去!"

赵光烈见激将法大获成功,心中很是得意,就站起来告辞:"岑先生你先忙你的事,到时我会派人专程来迎接岑大人,先到瀚海军住上一晚,第二天一大早,咱们再进山赌猎!"说着,他又情不自禁地望望东房卧室。

第四辑

第三十三章

道观求签

送走赵司马后不久,岑参就由一时的兴奋中回过神来。

赵司马这位不速之客,一改昔日的倨傲骄横,突然上门来又是感谢,又是求诗,又是请他去做什么赌猎的裁判,说话间却句句不离小琬,他到底想干什么?难道徐章他们那一肚子坏水又替他生出什么坏蛆来了?岑参一整天都很不自在。

当夜,疑神疑鬼地睡不好觉,直挨到二更后,岑参才迷迷糊糊似睡非睡地做了个梦,梦见他和怀抱婴儿的小琬走在一条山间小道上,溪水潺潺,鸟语花香,好像是漫步在春天的高冠谷中。山溪对面有一丛烂漫的杏花,正灼灼地吸引着他们。正当他牵着小琬的手小心翼翼、摇摇晃晃迈过一座木板桥的时候,突然狂风呼啸,雷声隆隆,阴云密布,天空暗了下来,空中飘下关中春天里十分罕见的雪花。而且他吃惊地发现,脚下的桥板竟然断了,又好像被藏在背后的什么人抽空了!只听小琬一声惊叫,脚一滑,手一松,怀中婴儿竟然掉进湍急的溪流中!小琬尖叫一声,奋不顾身地跳下山溪,要舍身救出她的心肝小宝贝。匆忙中岑参抓了几把也没抓住,眼睁睁地望着她娘儿俩被急流冲进高冠瀑布之下,很快就让翻腾的白浪卷得无影无踪了……

岑参惊醒后,大汗淋漓,心跳得喘不过气来。待噩梦的碎影在脑际消失之后,却看到小琬好端端地躺在枕边,正吃惊地望着自己。岑参这才明白,刚才不过是做了场噩梦罢了。于是他长出一口气镇定下来,装着无事人一样给小琬讲述刚才的梦境,讲得轻描淡写。

"官人呀,你怎么见天做这些噩梦啊! 大喊大叫的,真吓死人了!"小琬不解地埋怨道。

岑参不说话了,又回味起刚才噩梦中那可怕的情景。

俗话说,梦死得活,也许梦境与现实刚好是相反的,但愿如此。小琬怀中的婴儿……莫非真的不久就会得到一个胖儿子? 岑参不禁有些想入非非了。

第二次出塞来西域已经一年半了,虽然功业无成,诸事不谐,但倒也没遇到什么特别大的灾祸过不去的坎。可是小琬为什么还没有给他怀上一男半女呢? 夫不孝有三,无后为大。自己年龄将届不惑,虽然算不上膝下荒凉,高冠谷的张夫人已为他生了一个聪明伶俐的千金,今年八岁了,但没有子嗣,断了香火,毕竟是人生一大悲哀、一大憾事啊! 他也曾在庭州城里为自己和小琬找过几位名医,吃过不少片剂、丸散、汤药之类,甚至还托陈金从游方野郎中那里找了些民间偏方,喝下几碗黑乎乎的苦涩难咽的草药汤,但始终没有见效。这件事几乎成了岑参的一块心病。小琬前几天悄悄告诉岑参,听胡月华说,南山上清宫里有位雪松道长,抽签算卦可灵验了,求子得子,求女得女,有求必应,远近都传遍了。陈金带着胡月华还真的去抽了一回签,签上说是两年后可得贵子,把陈金夫妇高兴得不得了。道观旁还有一眼神泉,传说喝了那神泉水就能怀孕,陈金和胡月华也都带回来喝了。岑参想,连陈金这小东西都想要儿子了,年龄真是不饶人啊! 抽签算卦其实也不是什么坏事,连封大夫每次率军出征前,都要一个人偷偷躲起来占卦,然后据卦象来决定部队的行期或路线。那副黑黑的牛角状的竹筊卦是封大夫的压箱宝物,出征的行囊中是少不了的。岑参自己也懂《周易》,出行时常给自己占卜,可是此类私密家事怎好自己给自己占卦呢! 不妨陪小琬也去一趟上清宫,试求上一支签看是如何。

岑参把自己的想法告诉小琬,小琬害羞地点点头。

这天早饭后,岑参骑马,小琬和胡月华坐牛车,由陈金赶着驶出庭州南城门,直奔南山上清宫。

上清宫是庭州地界一座有名的大道观,民间传说当年太上老君李耳出函谷关西涉流沙化胡时,曾在这里留下了仙迹。人们依据这个神秘传说,在

249

此修建了一座规模不小的道观,称为上清宫,已有百年历史了。上清宫在庭州城西南十多里的浅山上,一个多时辰就走到了。

岑参夫妇在山前下了车马,在陈金带领下,踩着积雪,沿着一道斜坡来到殿阁重重的上清宫。

在路边的土崖草丛间,果然发现一股银亮的山泉汩汩流下,虽是初冬天气也没有结冰。山泉冒着白气,穿过石径,最后流入深深的山溪中,叮咚有声。陈金见了,忙取出羊皮水袋接满了神泉水,好带回去饮用。

高敞的三清观里,已有不少香客在太上老君神像前跪拜进香、抽签算卦,满殿里烛火通明,香烟缭绕。陈金熟门熟路进去一联络,就见从侧门走出一个青年道士。道士很客气地把他们领进一座整洁的偏院,然后带着岑参的名帖进去通报。不久,偏殿里慢步踱出一位手持拂尘的老道士来。那道士相貌清奇,长须拂胸,道冠高耸,身穿黑色棉道袍,年五十开外,正是道骨仙风的松雪老道长。

"不知岑大人光临敝宫,贫道有失远迎,恕罪恕罪!"老道长恭敬地把岑参等引入侧殿,让了座,并命道童献茶。岑参举目一看,殿正中帐幔重重的神龛里供着一尊骑着青牛的太上老君铜像,虽然不很大,但面容安详,制作比较精致。

"大人有所不知,贫道俗姓李,河南道鹿邑县人,这太上老君元皇帝,正是本家的太高祖。"原来,李渊建立大唐王朝后,为了慎终追远,证明自己出身高贵,宣称春秋时道家创始人李耳是他们李氏的始祖,并尊他为元皇帝,在长安太庙中塑像,加以祭祀。于是全国各地道观便纷纷仿效,道教的地位也因之大大提高。皇帝在宫中还养了不少天师随侍左右,这些天师来自龙虎山、华山、青城山或崆峒山、衡山、武当山,且均自称已得道成仙,法术高强。在宫中,这些活神仙们终日装神弄鬼,登台作法,为圣上驱魔禳灾,再不就是摇着芭蕉扇扇火,在八卦炉中炼制据说能长生不老的诸般灵丹妙药。

"哦,失敬失敬!如此说来,这道观就如同道长之家庙了!"岑参一听就忙起身拱手施礼,"闻听北庭男女道众,众口一词,皆称道长曾在蜀中青城山随名师修炼经年,道行不凡,下官特来敬求一卦,希仙长指点迷津。"

"大人之文名,早已如雷贯耳,贫道亦知大人深通术数,因此这占卜之术也就免了。唯这于神像前求签,大人想必是初遭,势必灵验。"雪松道长说着,取出一只插满金签的大竹筒，"不瞒大人说，多有得罪，刚才大人进门时，贫道已一一端详了诸位的面相，皆真诚精纯的良善人也！大人的来意，贫道亦已了然，不必明言。就此请抽上一签，且看天意如何，待贫道试为大人释疑解惑。"

陈金在太上老君神像前木箱上敬了用红绸包着的一锭大银，接着岑参和小琬在门边铜盆清水中净了手，揩干，分别拈了一排高香，就着烛火点着，小心地插进案前铜香炉里。又一起在神像前虔诚地跪拜了，暗暗祷告，然后，两人慢慢起了身。老道长闭目端坐一旁无语，待这一系列求签仪式完成，方睁开眼，挥挥拂尘，口中念念有词，把手中的签筒轻轻摇摇，再轻轻蹾一蹾，只见一支竹签唰的一声高高跳将出来。岑参好奇地抽出那支神签，双手递与道长。松雪道人随即查阅了签谱，只听他惊喜道：

"善哉！善哉！恭喜大人，贺喜大人，大人抽到了一支上上的好签！"

岑参喜不自胜，忙接过黄表纸制成的签谱，只见那上面写道：

第四十八签　上上

此去相逢贵客邀，莫嗟天外路迢遥。

平地任汝营求意，尚须天梯渡水桥。

松雪道长笑道："签中谶语寓意十分显豁，不待贫道多言。大人高才，自然会明白其中微言大义的。"

岑参点头说："老道长，'尚须天梯渡水桥'，这签上的谶语，与下官的命运倒也相符。"

"岑大人一路文星高照，可惜目下官运欠通，还要受些磨难和坎坷。天道好还，吉人自有天相，日后必将借助天梯渡水桥而得遇大贵人……"

"下官日前曾做过一个蹊跷的怪梦，道长能为下官解一解吗？"

"大人所做何梦，说来待贫道试为一解。"

"梦见我正走在一座渡水桥上，桥忽然断了，不知所兆何事？"

松雪道长略一沉吟，笑道："这就应着眼前白虎星照运，还有些小灾小难，遇到一些坎坷。不过，岑大人也许能明白这个道理，天下的渡水桥自然不止一座，此桥断了，总还有彼桥可以渡河么，大人请放宽心。"

"受教了！那么，下官尚要等待多久，才能走出这眼前的厄运，寻到新的渡水桥呢?"

"此事从签上无由看出,大人可否报上生辰八字,待贫道细细算来。"

岑参只得报上自己出生的年月日时辰。

听毕,松雪道长闭目念念有词,在衣袖中掐指算了半晌,这才睁开眼说:"善哉！恭喜大人,厄运不会太久了,总在两年之内解脱。"接着道长又说,"恕贫道直言,从命相上看,岑大人是中年诸事不顺,然此桥虽断,犹有彼桥可通,四十岁后自有紫衣人助,可见大贵人。然命中缺水,因而大人利东南而不利西北,事业有成当不在中原,更不在西域这荒寒之地。"说到这里,道长又近前低语道,"大人请切记,须待满两年之后,方可离开这凶多吉少的塞外北庭！"

"下官谨记了！"岑参点点头,记起当年河北邯郸那位盲相士为自己算的命,竟与这老道长所说差不了多少,于是就退后两步,不再言语。

"请小夫人上签。"松雪道长又轻轻摇了摇签筒。可是很奇怪,这次从签筒中竟跳出来两支一般高的金签。

"只抽一支吗？"

"请夫人任抽一支。"

小琬惶恐着、犹豫着,又望望岑参,不知道该抽哪一支才好。最后她只得选了其中一支抽出,像烫了手似的迅速递与道长,然后扭过头去不敢再看。

松雪道长取出签谱对照看着,半晌不语,忽然眉头稍稍跳了一下,又很快平静下来,把签谱递给岑参。

偏殿里气氛一下子紧张起来。小琬被胡月华搀扶着,也不知签中是凶是吉,忐忑不安地望着岑参。陈金见状,也有些慌乱。

岑参不悦地看那签上两行字:

第七十三签　中下

待到新春喜气来,一枝红杏雪中开。

读后良久,岑参没有说话,心在想,小琬你也真是的,为什么偏偏要把这支中下签抽出来呢,难道这也是命中注定的吗？可是,这"一枝红杏雪中

252

开",又是什么意思？

"此签虽非上签,岑大人也不必过虑。说实话,天下的签卦因人因时因地而异,有时也并不十分灵验,故不可全信。哎,这支签么,这支签其实还是不错的。"松雪道长安慰道,"你们看,签上不是说'待到新春喜气来'嘛,正说明大人命中合当有子……"

小琬、陈金和胡月华听了,这才松了口气,放下心来。

不过,岑参却对'一枝红杏雪中开'这句奇怪的判词仍心存疑惧,直觉有些言外之意、象外之旨,并非吉言。红杏娇嫩比不得红梅,乃初春之花,岂能傲霜斗雪? 不过,此签既属中下签,老道长自然不便明言道出真相。但是不管这句诗谶有何寓意,只要命中有子,自己和小琬都还不老,晚一点儿抱儿子又有何关系? 只是他最关心的政治前程,如今仍如水中月、镜中花,模糊不清,可望而不可即。"此去相逢贵人邀",大贵人封大夫此次西来,自是邀我同行了,这位紫衣贤主当然可称作我的"登天梯""渡水桥"了。可是一年多来,我整天在这里嗟叹"天外路迢遥"。而且梦中那座"渡水桥"分明又折断了,小琬和幼子也都掉进水里,这又暗示些什么呢? 老道长所说别的"天梯渡水桥",所指为何,又在何方? 唉,人生就像一个谜,猜不透,人活于世真是难上加难啊! 难怪万般无奈、走投无路中的李太白先生,也要慨叹"行路难""大道如青天,我独不得出""欲渡黄河冰塞川,将登太行雪满山",呼天抢地、长吁短叹呢!

"呜呼! 天不可问,莫知其由……嗟予生之不造,常恐堕其嘉猷……嗟世路之其阻,恐岁月之不留……"骑马回家的路上,岑参一直在苦苦思索,却又百思不得其解。望着牛车上小琬心事重重、愁眉紧锁的恍惚神情,他禁不住开始暗诵起自己那篇《感旧赋》中的句子来。

小琬见岑参在马上眼睛发愣,一直在想心事不说话,心里更犯了嘀咕:我的命真苦啊,为什么不挑另外那一支,偏偏抽了未必是好事的这支中下签呢? 松雪道人说话吞吞吐吐、含含糊糊,显然都是些安慰人的宽心话,言不由衷,连陈金夫妇都感到不妙,肯定是一支很不好的签了。我怎么这样倒霉! 早知如此,就不该来求签了,真是自寻烦恼啊! 小琬心里堆起一团阴云,既后悔又惊恐,一路默默无语地回到家。

陈金带回来的神泉水,岑参也曾乘屋中无人之机偷偷尝了几口。泉水微甘,倒也没有什么特别的异味。

第三十四章

纵博天山

天山山系历来有北山、白山、雪山和阴山等不同称谓。它自西向东横亘于唐属西域地界的中部,逶迤连绵三千五百余里,重峦叠嶂,雪岭崔嵬,气势雄伟,气象万千。

天山主要由两列基本平行的山系组成,分别称作东天山、西天山,自伊州至轮台一带一千余里的崇山峻岭即为"东天山",再往西、西南,则分别称为西天山。天山山体很宽,一般都在五六百里以上,其间穿插分布着无数的雪山、草原、峡谷、盆地和山溪,每一道峡谷如同一把打开的彩色折扇,展示出一幅幅优美诱人的画页。天山植被分布也很有特点,向阳干燥的南坡岩石裸露,草木无多,而背阴潮湿的北麓,则大多生长着碧绿的芳草或茂密的以云岭杉为主的原始森林,因为山体海拔较高,携带着北来的湿润云气被阻于此,不时把雨雪甘霖施舍给青葱的植被。在草地山林与戈壁荒漠的接合部,则是宜耕宜牧的半荒漠原野,遍地都是野草或灌木丛。高山峻岭的冰雪融化后形成无数条溪流,汇聚成众多河流和湖泊,以丰富的水源滋润涵养着这片广袤的大地。半荒漠的原野中大部分是适于放牧的辽阔草原,只有少部分肥沃的荒地才被屯田的士兵和流民开垦为农田,开渠引来雪水,种上庄稼。在唐代,西域地区天山以北,除了汉人、部分栗特人和回纥人善于种地经商之外,其他各族人民多以游牧和狩猎为主。于是这天山北麓的山林、草地和半荒漠地带,由于水草比较充足,就被成群的野兽和禽鸟们选择为理想的栖息地了。肉食野兽中有棕熊、雪豹、狼、豺、狐等，甚至还有通身雪白而凶猛的雪虎出没其中。草食者除常见的体形较小的兔、松鼠、貂、旱獭之外，体形较大者有野马、马鹿、野驴、野驼、盘羊、高鼻羚羊、长尾黄羊等。至于水獭、鼠貂等，则是皮毛极为珍贵的稀有野兽了。这些群兽与金雕、白肩雕、猫头鹰、松鸡、雪鸡、啄木鸟、黑琴鸟、斑鸠、大小鸨、乌鸦、麻雀等禽鸟，还有种类繁多的爬行动物和昆虫一道，在这里共同形成了一套完整的食物链，组成生机勃勃、物竞天择的乐园和战场，但同时也一道维护了天山一带自然界的生态平衡。当然，它们大多自古以来也就作为食物的重要来源，成为人类猎取捕杀的对象。

秋冬时节，是狩猎的黄金季节。到了这个时候，逐水草而居的胡人们将放牧的牲畜都迁至冬牧场圈养起来，无须更多的劳力来照料。而野兽们经过一个食物丰盛的夏天，个个都长得膘肥体壮。而且此时草木摇落，大雪封山，又使动物们无处藏身，奔走不便。于是附近的山民猎手和驻军将士便纷纷纵马弯弓，大显身手。他们在山林中、雪地里或结伴蹲守狩猎，或张网挖坑设夹布套，或撒鹰逐犬张弓搭箭，进行多种捕杀活动。每当下晚时分，踏着夕阳，人们便常常骑在马上，满载着花花绿绿、鲜血淋漓的各种猎物，兴致勃勃地高歌而归。

不知从什么时候开始，驻在天山北坡的胡人酋长和相邻的驻军将领，养成了纵博的习惯，几乎成了一项例行联谊活动。所谓"纵博"，就是在雪原上纵马驰骋进行赌猎的活动，这种活动，其实也具有某种军事训练的性质。到了近年，由于庭州南山胡人番王与瀚海军主将赵光烈年龄相仿，又都是体格健壮、精力旺盛、争强斗胜、死不服输的角色，所以两人之间的冬季赌猎活动就进行得尤为频繁。往年两人纵博是互有输赢，不料自去年起纵博赌猎了好几场，都是赵将军赢了。因此今年夏天在瀚海亭聚会上，归德将军发下大愿，一定要赢不能输。他拿出的利物是一件保存多年舍不得穿用的貂鼠皮袍，共用八张貂鼠皮精心缝制而成，价值很高。赵光烈为了表示决心和慷慨，作为呼应，也拿出皇上赏赐给他的二十匹宫锦作为利物。双方商定，今年冬天务必要在南山大战一场，争个输赢。

赵司马自从与岑参约好后，曾几次派人来请岑参，他都不在家。原来他前段时间出差到轮台去了。

第
四
辑

255

岑参生性好奇，早就想到南山深处纵马打一回猎，出差回来后，听说赵司马多次来请他进山，很是感激，竟把诸多不快和平日对赵将军的偏见都忘到脑后了。近年来岑参有个经验，一遇到不愉快的烦心事，要么沉下心来读书写诗，要么到野外大自然的怀抱中去徜徉游玩一番，无论什么天大的不快就会消失得无影无踪。岑参这些年来，就是靠这个办法来应对不幸以维持心理平衡。所以他一般不会被苦难压倒，给人的印象总是那么开朗乐观自信，兴致勃勃。同时他也自省地想，也许是自己过去过于敏感多心了，爽直的赵将军其实并没有想象的那么坏。至于袒护犯罪的侄子，也属人之常情，何况他也并没有因此与自己太过不去。所以昨天赵将军又派人来请他明天参加南山赌猎后，岑参很是兴奋，睡觉时都在想象着林海雪原里纵马狩猎的情景，甚至梦到亲自捉到一只毛色美丽的小狐狸，刚好送给小琬作为她二十岁生日的礼物。醒来后，岑参当成笑话给小琬讲了。小琬笑着说，那好，你如果这回不给我捉一只小狐狸，就别进这个家了！早饭后岑参就开始擦拭"天山雪"，还让陈金精心挑选一套彤弓、羽箭和箭壶，随时等候赵将军派人来接他。

赵光烈是个疑心很重的人，很担心岑参到时万一端上架子请不动，可就坏事了，所以今天一大早即亲自赶来邀请岑参。当下，岑参带着陈金和几个随从与赵司马一起，兴高采烈地上马出城，赶往务涂谷瀚海军营地。一路上虽然寒风袭人，雪光刺眼，但丝毫不曾减了他的豪兴。

第二天早饭后，岑参与赵光烈一行数十人乘着战马，腰上挂着宝剑"天山雪"，陈金帮他背着猎具，一起由瀚海军驻地出发。他们越过一道结了冰的山溪，来到瀚海亭背后不远一片景色幽静、林木特别茂密的山间高台，当地胡人黄姓部落番王正带着人马在雪地里守候。那番王因与赵光烈十分熟悉，下马后互相骂骂咧咧地在对方胸前狠狠打了几下，接着相互撞了撞肩膀，又哈哈笑着搂抱在一起，算作见面礼。岑参夏天在瀚海亭已领略过这位归德将军的风采，忙上前施了一礼。番王见到岑参也很亲热地还了一礼，不过使的是中原拱手礼，然后把他们让进一座特别高大宽敞、摆设讲究的毡房里。这大概就是归德将军的"牙帐"，岑参感觉比起轮台南山那位黑姓老番王的牙帐，要阔气豪华得多。

大毡房内迎门正中架着一堆篝火，火势正旺，为房内增添了不少热气。

岑参背靠大枕头坐在正席上,他记起前年冬天随关老将军到轮台南山参加的那次胡人盛宴,感到这里毡房内的布置、食物和礼仪程序等都大同小异,只是似乎更为隆重、热闹一些。喝酒时,岑参发现厚厚的毡墙早被雨雪打得湿漉漉、硬邦邦的了,似乎阻挡不住外面凛冽寒气的侵袭。他感到背后凉飕飕地直钻风,连跪坐的几层地毯也冷冰冰的砭人肌骨,腰腿的关节处微微有些疼痛。岑参不由得联想到,那个"白发轮台使"赵仙舟的寒腿病,恐怕就是这样得上的。他也想到,胡人中,即使如老酋长这样官居五品的贵族上层人物,生活竟也如此简陋、艰辛,真令人感叹万分。由此,岑参似乎明白了,胡人为何一年四季对祛风御寒的烈酒那样狂热地嗜好,须臾不离。

喝了几杯敬酒之后,岑参担心他们会没完没了地唱歌敬酒罚酒、赌吃赛喝误了正事,说不定还会恶作剧地合伙把自己灌醉当众出丑,就主动行使起自己御史的"裁判权"来,力主先把纵博的规矩和程序定下来再说。赵光烈和番王双方争执了半天,最后达成协议,决定明日采用三种方式赌猎:一是双方各带十名助手深入山林围猎,以猎物多少定高下;二是单人独骑进山,以最先获得大猎物为赢;三是百步外纵马追杀活兽,以最先射中要害部位者为胜。三赌两胜,以决雌雄。最后岑参还提议,这场宴会结束后大家一起进山林来一次百人大围猎,以壮明日大赌猎的声势。岑参这一建议,立刻受到大家的欢呼。

下午时分,刮起了西北风,飘起大雪来,这反倒给这场大围猎增添了紧张热闹的气氛。围猎的队伍兵分三路,归德将军领着部下为右路,赵将军率亲兵为左路,岑参和亲随及汉人军士由几个胡人老猎手带着走中路。分派一毕,三路狩猎队伍便撒开大网,向积雪的山林包抄过去。于是,原本很是寂静的林海雪原,瞬时变得人欢马叫狗咬地喧闹起来。

过惯了书斋生活,终日只与书本笔砚打交道的岑参,从来没有进山打过猎,因此他此刻是既兴奋又紧张。他通过陈金翻译,记下了在山林中打猎的基本知识,一切行动则听一位胡人老猎手指挥。翻山的时候,虽然岑参好几次连人带马摔进雪坑里,弄得一身泥土一头雪,衣服也被树枝扯烂了多处,但是他起来后又爬上马鞍,继续扬鞭奔驰。这时候,年届不惑的岑参那副兴致勃勃的样子,完全像个天真的大孩子,把疼痛和危险早已忘到脑后了。

忽然,老猎手在雪地上发现了几堆野兽的粪便和几行足迹,连忙提醒大家注意,几只大尾巴黄羊可能就在前面! 岑参听了,立即在马上举起弓,搭上箭,准备一旦发现目标即行射击。大家屏着气仔细搜索,果然,前方树木浓密处隐隐约约地发现了一堆蠕动着的黄褐色兽影。老猎手用手势向他示意:近前,瞄准,射箭! 岑参在马的行进中拉开弓,毕竟是实战围猎,比不得在红山上从容射石,心里特别紧张,还没有来得及瞄得很准就砰地放出了一箭。只见前面那堆毛茸茸的东西蓦地一惊,腾腾地四散奔逃开去,刹那间就没了踪影。但胡人老猎手们却毫不慌张,镇定自如,绕过树丛继续追上去。不久就听到前方一阵欢呼,不用翻译就知道有人射中了猎物……

围猎结束,各路狩猎队收获都不小,岑参也亲手射中了两只灰兔,一只小黄羊,可谓不虚此行。但若以猎获数量而言,应属归德将军那一队为最多,狼、狐狸、黄羊、羚羊、兔子、松鸡等,在雪地上花花绿绿地堆了一大堆。其中一只盘羊灰褐色的双角,几乎是羊角的三四倍,盘旋扭曲了好几圈,大得异常惊人,引得岑参无比惊奇。这场赌猎预演的结果,使赵将军很是泄气。徐章、侯京等人立即把他拉到一旁,商量对策去了。

岑参却有点儿暗自高兴,因为他希望这位爽直、诚挚的胡人归德将军能够获胜,好压一压赵光烈这家伙的骄横之气。围猎时,归德将军亲手射杀了一只火红的小狐狸,毛色十分艳丽漂亮。他抓着后腿提过来对岑参说,这只狐狸他有意只射中了眼睛,一点儿也没有损伤到皮毛,等过些日子把皮子熟好了就派人送到府上,作为他送给小琬姑娘的礼物。番王笑着说:

"我们的嘛,那个漂亮的小妹子,她现在身体好吗? 她唱歌唱得嘛,百灵鸟一个样,真是好听得很啊!"

岑参称谢了,心里却有点儿奇怪,归德将军怎么知道临来时我答应小琬的这个许诺呢? 也许纯粹属于巧合。谢天谢地,那天做的梦真的应验了,小琬见到这张红狐狸皮,一定高兴得不得了!

但是第二天两人正式纵博赌猎时,不知是老酋长运气不佳还是别有原因,一连三场都输给了赵光烈。赵司马高兴得骑着高头大马,挥舞着长刀要开了马技,纵马飞一般来回驰骤,马蹄嗒嗒,雪地上腾起阵阵雪雾。他一边纵马一边扯着喉咙吼叫,回声在山林中传得很远。

这时,徐章和侯京在一旁显得兴高采烈,十分得意。岑参猜想,他们可能做了什么手脚,施了什么阴谋诡计,可是,并没有发现破绽。徐、侯二位精着呢!

　　赵光烈理所当然赢得了那领珍贵的貂鼠裘。为了不伤和气,岑参建议,让赵光烈从准备好的那二十匹宫锦利物中,取出一半送给归德将军,作为回赠谢仪。归德将军虽然为了面子再三拒绝,最后在岑参的劝说下还是收下了。这之前徐判官把赵光烈拉过去耳语了一番,估计是想让他拒绝回赠,但性格豪爽的赵将军似乎并没有听从他的劝告。纵博的两位主角,一位是庭州刺史,一位是都护府司马,都是官居四五品的大员,体格、勇力均不相上下,而且早就是好朋友了,赌猎其实不过为的是增进友谊,争一个面子,显示一下自己的勇力,游戏而已,并不在乎这些许利物。他们两人已协商好了,明年秋天再来这里纵博一两次。

第四辑

第三十五章

月夜幽思

真是荒唐,简直无聊透顶! 岑参在心里说。

的确,对于他来讲,来为都护府两位要人的纵博赌猎做仲裁,实在是一桩极其无聊的俗事。他对此行唯一感到满意的,是终于有了一次在林海雪原中骑马打猎的真切体验,这就够了! 至于还真的用箭射杀了几只可怜的小兽,让它们流血哀鸣而死,那只是一种特殊的经历和额外的收获罢了,此前,岑参尚不曾亲手宰杀过一只小鸡呢!

当晚,老番王在牙帐里举行了盛大酒宴。酒过三巡,岑参趁着人们都为劝酒争得面红耳赤没人注意,一声不响地溜出帐篷。其实,岑参的酒量并不小,但平时只爱与熟悉的朋友一起,用一些能显示才学和智力的高雅酒令慢慢地劝酒,一边品酒对酌,一边谈诗论文,喝到八分醉意就行了,很少有闹到醉得不省人事或发酒疯而丢人现眼的地步。在酒宴上,他一向无奈于汉人粗喉咙大嗓子咋咋呼呼式的赌酒,或胡人大唱祝酒歌式的死磨硬缠着逼酒,那样往往闹到最后变成相互对骂、揭短,甚至拳脚相加,大打出手,直闹到掀翻酒席,人们四仰八叉地躺翻一地,呕吐得一塌糊涂方才罢休。他以为这样已失去饮酒助兴的本意,是很不文雅的,有失身份。因此,此时他更想独自一人走出去,体验体验天山深处这雪夜的寂静,欣赏欣赏那晴空月色的皎洁。

陈金在另一座毡房里喝酒,一眼看到岑参离了席,就主动出来陪护主人。

岑参刚刚步下高台，陈金就从后面赶来为他披上裘皮大衣，说："大人，天晚了，山林里风大，冷得很，把这个披上吧！"

岑参披上裘皮大衣，漫步下山。他想观察一下归德将军这个冬天的临时驻地、被胡人称为"冬窝子"的周围环境。这是一块背风的台地，呈簸箕形，比较开阔，一大片高大挺拔的云岭杉掩映处，远远近近、高高低低，错落有致地散布着几十座圆形毡房，大小不一，远望如一簇簇白色的大蘑菇。番王的牙帐就设在毡房群的正中，形制更为高大，色彩图案也更加艳丽繁复一些，一望而知，从气势上就不同凡响。在毡房群边缘，有几排用云岭杉树木和大骑马钉子钉成的大木屋，敦敦实实的，其上高高地堆放着过冬用的青储牧草，几尺厚的积雪压在上面。木屋里传出阵阵牛、羊、驼、马的叫声、嚼草声，还有浓烈刺鼻的牲畜粪便和青草混合的气息飘出来，显然这是冬天的牲畜圈棚了。在林间台地下方，有一条胡杨、白桦和雪杉夹岸的山溪，两岸怪石罗列，又大又圆，出奇的白净。此时刚刚入冬，溪水尚未全部封冻，在冰层的断裂处，仍可看到清澈的溪水冒着白气，涌流而出。抬起头来岑参才发现，高台上那片雪岭云杉竟是出奇的挺拔、高大！云岭杉大都有十来丈高，树干粗壮，树形修长，枝叶繁茂，各自独立而生，不斜不弯，直上直下，如一柄柄墨绿色的巨伞或锋利的长剑，万树千枝，竞相刺入明净的夜空。溶溶月光中，在皑皑白雪的映衬下，浓重的树影显得愈加神采奕奕，孤傲突兀。旁边，有一两株高大的云岭杉不知被什么强力连根拔出，倒在土崖下，枝叶已经枯干变黄了。但是使人惊异的是，它们的主干至死也是笔直不弯，显示出一种凛然的正气。"岁寒，然后知松柏之后凋也""刚直不阿""宁折不弯""宁为玉碎，不为瓦全"……岑参想起这些古人形容耿介正直人格的词句，不禁对这些坚守气节、傲然挺立的云岭杉肃然起敬了。

天山深处的月夜，出奇的静谧，远处圈棚里传来牲畜争食的打斗声和守夜牧羊犬的狂吠。忽然一两声吓人的猫头鹰怪叫，更增添了山林的神秘和寂静。虽然没有风，幽暗的山林里仍然奇冷无比，寒气逼人。一轮饱满的山月，孤寂地悬挂在黑黝黝的树梢上，在深邃神秘、洁净如洗的夜空中巡行，显得特别硕大而明亮，仿佛近在咫尺，伸手可触。明月炫目的清辉，逼退了满天星斗。岑参不禁记起李太白咏月的名句"明月出天山，苍茫云海间"来，天

261

山上的明月果然分外的皎洁啊！"少时不识月，呼作白玉盘。又疑瑶台镜，飞在青云端""举杯邀明月，对影成三人"……太白先生好像对圆月情有独钟，特别爱描写夜月，把明月的奇美大美都写尽了。"举头望明月，低头思故乡"，李白的名句又勾起岑参的思乡之情来。"高楼当此夜，叹息未应闲""长安一片月，万户捣衣声"，这天山的明月一定也会照到长安，照到高冠谷那满山青葱，那奔腾的瀑布和山溪……妻子、爱女、母亲和弟弟们也不知怎么样了，今夜他们也会聚在一起望着窗外的明月，想起、说起远在边塞的我吗？"今夜鄜州月，闺中只独看。遥怜小儿女，未解忆长安。香雾云鬟湿，清辉玉臂寒。何时倚虚幌，双照泪痕干。"这又是杜甫兄咏月思家的诗句了。杜老兄对妻子儿女倒是一往情深，诗写得何其细致入微、动人至极呀……"爹爹，呜呜……我就是不让你去那么远嘛！""爹爹，你走远了想不想我呀？呜呜……""爹爹，呜呜……你啥时候才能回来看我呀？"回忆起临别时伤心的小女儿牵着自己的衣襟不放手，哭得泪眼婆娑的情景，岑参不禁喉头发哽，鼻头发酸，几乎落下泪来！是有许久没给家中去信了……对妻子，对女儿，对家人，岑参心里隐隐有些愧疚。

于是，岑参挥一下手，仿佛想甩掉心中的这诸多不快。然后他快步走上溪岸，让自己一条长长的、孤独的身影印在雪地上。银色的月光从阴森森的堆着厚厚积雪的云杉中筛下来，在洁净无尘的雪地上闪烁出一片晶莹的冷光。回身看冰层下的溪水，叮叮咚咚，水流潺潺，水面在月光的映照下不时反射出粼粼的波光，浮光跃金，刺人眼目。

"明月松间照，清泉冰下流……"岑参踩着硬滑的雪地，望望林间忽明忽暗的月光，听着冰凌下奔流的溪水叮咚弹琴，不禁想起王摩诘的名句来，并习惯性地对景随机地改动了几个字。岑参想，将来回到长安，一定要把今夜改题的诗句告诉老朋友王维，再与杜甫等诗友们交流一下此番天山雪夜所感所思的奇特感受……唉，光阴似箭，日月如梭，二度抛家离女来西域已快两年了，终日纠缠于俗务之中，无所事事。靖节先生说"及时当勉励，岁月不待人"，眼看自己年届不惑，却岁月空掷，什么勋业也不曾取得，二度白手空归，有何面目去见亲人朋友呢？连妻子小女都对不起呀！"子在川上曰：逝者如斯夫，不舍昼夜。"时不我待呀！难道我岑参能像赵光烈、徐章这类俗人一样，终日就这么花天酒地、醉生梦死地打发日子吗？望着云杉树顶上的一轮明月,纤尘不染,明镜一般从夜空中冷冷地盯着自己,仿佛已看透了自己的五脏六腑,在追问自己空虚的灵魂。明月如镜,它也曾用这样的目光注视过两汉时的张骞和班超他们吗？岑参惶恐了,不觉暗诵起李白《把酒问月》中的句子来:

今人不见古时月,今月曾经照古人。

古人今人若流水,共看明月皆如此。

……

他又记起张若虚的名篇《春江花月夜》来:

江天一色无纤尘,皎皎空中孤月轮。

江畔何人初见月？江月何年初照人？

人生代代无穷已,江月年年只相似。

不知江月待何人,但见长江送流水。

……

扬州张若虚写的是江南"春江花月夜",自己现在面对的是塞北"冬山雪月夜",可是从中油然而生的人生感慨,却是这般相似啊！他又想起自己曾在诗中无可奈何地感叹"边城寂无事,抚剑空徘徊……早知安边计,未尽平生怀""可知年四十,犹自未封侯",不禁伤感、悲愤难已,不觉间抽出挂在腰里的"天山雪",紧握手中,心里叹道:你其实与我一样,空有这锋利的剑刃,却一直深藏鞘内,无由施展啊！"天山雪"长长的剑身迎着月光,颤颤地闪烁着一道清冷、凛冽的精光,那剑声,像是对自己发出一阵嘲讽的冷笑,岑参强忍住才没有落下泪来。忽然身上不知从何处生发出一股勇迈之力,于是,他甩掉裘衣,长吸一口气,咬咬牙喝道:"天山雪,莫要误我!"忽地向前跨出一个大弓箭步,同时在腕中抢出一个凌厉的剑花,银光一闪,奋力一剑,嚓的一声便斩断了数枝胳膊般粗细的杉树枝。岑参望着留在树身上那白生生的、圆圆的、齐齐的刀口,望着杉树连枝带叶,连同其上厚厚的积雪哗哗地跌落一地,不觉有些快意。

十几年后,岑参由嘉州刺史任上无奈罢归长安,却因途中匪患严重而滞留成都,在驿馆中长病不起。弥留中神思恍惚之际,听窗外秋风萧瑟,不知怎么竟忽然记起庭州南山月夜里这宣泄般的一剑来,遂挣扎着起来吟了一首《客舍悲秋有怀两省旧游呈幕中诸公》道:"三度为郎便白头,一从出守五经秋。莫言圣主长不用,其那苍生应未休。人间岁月如流水,客舍秋风今又起。不知心事向谁论,江上蝉鸣空满耳。"其悲愤难抑、愁苦无助的心境意绪,两者倒是一脉相承的。

"哈哈哈,岑大人果然躲在这里,我猜对了吧!"

岑参感慨万千,刚刚收回宝剑,闻声吃了一惊,原来是赵司马与徐判官、侯参军等人走来。赵光烈带着一身浓烈的酒气,大声笑道:"你们看嘛,岑大人果然一个人待在这里,对着雪山、杉林、月亮大发诗兴哩,哈哈!"

徐判官笑着纠正道:"不,不,岑大人是在这里偷练剑术,狠劈树枝,准备驮回去给小琬架炉子生火哩!"

真是大煞风景,败人兴味!

岑参心中叫起苦来,但也只好无奈地插剑入鞘,转过身来勉强回应道:"这天山杉林间的雪夜月色,果然摄人心魄,美极了!"

赵光烈是个直肠子,一听岑参如此说话,就马上催促道:"既然现在岑大人心情这样好,那就干脆把给我的诗写出来吧!"

岑参笑道:"不出来,还真的写不成诗呢! 请赵将军放心,诗是早已成了。诗题干脆就叫作《赵将军歌》吧,你听好了——"说着,他口占一绝道:

九月天山风似刀,城南猎马缩寒毛。

将军纵博场场胜,赌得单于貂鼠袍。

侯参军听一遍就记了下来,在口中又轻诵一遍,对徐判官道:"岑副使此诗极佳,天山秋冬之际的景色,将军音容笑貌和纵博时的勇迈豪兴,一一如在目前,呼之欲出,音节响亮,朗朗上口。下官斗胆,敢于预言,此诗必将很快在诗坛上传诵开来,赵将军也将随着此诗而名扬天下了!"

岑参虽然心里有点儿讨厌侯京的女人气、鬼精灵,但不能不承认他对此诗的感觉的确不错,评价亦很得体到位。侯京此人也,不无小才,岑参这么暗暗赞许道。

徐判官点头道:"下官实在是服了,不能不佩服岑副使的诗才。这首诗,堪与赠关老将军的那一首相媲美了!"

"不,此诗比那首还要好!"侯参军纠正道。

"侯贤弟说的极是,此诗的确要好得多。"徐判官点头说,"司马大人,你可知道,你的英武雄姿和你的雅兴豪气,将与岑大人的这首杰作一道传诸后世,青史不朽,可喜可贺。你可得要好好谢谢岑副使啊!"

"哈哈!这个嘛,还用得着你们来说,我早就想好了。"赵光烈得意地畅声大笑,"我听了也觉得这诗龟儿写得硬是豪爽解气,特别符合我赵某人的脾气。如此说来,我是托了岑大人的诗才灵气的福佑了。哈哈哈!"忽然他止住狂笑,执鞭往远处一指:

"过两天,我要在司马府中专为岑大人摆上一席,请封大夫,还有关老将军出席,一定要好好谢谢岑大人你啦!"

第三十六章

大寺晚钟

咚——咚——咚——

庭州城西一里之遥的西大寺，又响起洪亮的晚钟。庭州城内数万军民每天都能听到好几遍这庄严、肃穆的钟声，特别是在寂静的清晨或日暮，那钟声传得很远，尤为撩人心绪。

但现在是夜半三更，钟声听来就特别旷远、苍凉，让岑参心里很不好受。"姑苏城外寒山寺，夜半钟声到客船。"他记起襄阳张继这位诗坛新秀《枫桥夜泊》中的名句来。钟声里，岑参披衣起身时忽然想起帛上人法师来，他们已好久没有见面，听说他应邀到高昌、柳中等地设坛讲经去了。在北庭都护府岑参有两个年长的知心朋友，一个是关老将军，另一个就是这位帛上人法师。关老将军常驻轮台，见上一面不容易，所以在庭州他心里一旦有了什么烦难事，就到西大寺去找帛大师谈天，接受法师的劝慰和开导。

佛教传入中国有三条主要渠道：一是藏传佛教，现在称为喇嘛教，流行于藏族和蒙古族人中间；另一条是汉传佛教，由古印度经西域传入中原，历史最为悠久；第三条是经缅甸、泰国传入云南一带，称为南传佛教，但影响较小。影响最大的汉传佛教，自西汉末年哀帝元寿元年（前2）传入中国后，至唐天宝末年已经历七百余年，经过多年的消化、排异和吸收，逐渐与儒、道并存互补，成为中国主流文化中不可分割的重要组成部分。于是佛教与儒教、道教一道，便成为中国传统文化的三大精神支柱，不可或缺。

有唐一代文人中,所受的文化思想影响都比较复杂。孔孟的儒家思想固然占了主导地位,但因李唐皇族又十分推崇释、道两教,因此在释、道思想大行于世的情况下,文人们的价值观念、思想行为方式和生活方式,自然程度不同地受到了道教和佛教的双重影响。而且往往在个人生活一帆风顺、政治得意时,就特别注重用积极入世的儒家思想来激励自己,关心社会,富于进取精神。而当官场受挫、人生失意时,就往往看破红尘,退回内心,以释、道思想来安慰自己,净化心灵,或读经悟禅,或到山林间寻佛访道,在大自然中寻找心灵的慰藉和暂时的归宿,以增强人生的智慧,尽力维持心理平衡。在道教和佛教之间,岑参虽然已悟出两者殊途同归不无相通之处,但对佛教似乎更为笃信一些。他对于重今生的道家老、庄经典谈的那些修身养性,清静无为,顺从自然,以达天人合一之说,倒也服膺,可是他又对历代帝王、文士们迷信方士,信奉道教炼丹服药,成仙之道,祈求长生不老之术始终抱有怀疑。至于对重来世修行的佛理,岑参则认为极富人生哲理,笃信不疑。特别在入仕之前或退隐终南山期间,他都研读了不少佛经,创作了不少访僧问禅的诗作,表达了对僧人们远离尘世间的种种喧嚣和烦恼,六根清净,自在安闲生活的向往,幻想着自己也能到荒山野林古寺中,过着那种没有争权夺利、尔虞我诈、钩心斗角、阴谋算计,无拘无束如同闲云野鹤般的恬静生活。如:

> 结宇题三藏,焚香老一峰。云间独坐卧,只是对杉松。
>
> ——《题云际南峰眼上人读经堂》

> 寺南几十峰,峰翠晴可掬。朝从老僧饭,昨日崖口宿。
> 锡杖倚枯松,绳床映深竹。东溪草堂路,来往行自熟。
> 生事在云山,谁能复羁束。
>
> ——《题华严寺环公禅房》

> ……
>
> 物幽兴易惬,事胜趣弥浓。愿谢区中缘,永依金人宫。
> 寄报乘辇客,簪裾尔何容。
>
> ——《冬夜宿仙游寺南凉堂呈谦道人》

岑参平时心中平静的时候,常常是要听着晚钟入睡的,几乎成了个习惯。但是,这些天来因为他有些难以排解的心事,所以这悠扬的晚钟反倒让他难以入眠。本来,上次从南山纵马打猎回来后,岑参倒是兴奋了好几天,他庆幸地想,一首诗就使得与赵光烈、徐章一伙的嫌隙得以化解,真是南山之行一个意外的收获。以我岑参的为人,既然无意于与你们争什么权夺什么利,以后相处,也许不会再像从前那样别扭了。但是这难得的好心情,不久就被一件难缠的公事给破坏了。

年关将近,这天,岑参正在度支府审查各处报来的年终财务账目,忽见司马府的一位别将送来几大本账簿,说是赵大人近来公务繁忙,司马府和瀚海军的开支用度超支了近两千两银子,要求岑副使尽快拨付。

岑参听后吃了一惊,连忙逐一查验了他们送来的账目。谁知这随便一查,就发现不少是违反规定随便支用的,有些还属做假账虚支冒领的。北庭都护府下辖五个军,赵光烈兼任主将的瀚海军与其他几个军兵马人数相当,其他军饷银基本持平,唯独瀚海军的经费月月严重超支,司马府的开销更是数目大得惊人。尤其奇怪的是,赠送给姚长史致仕回京的盘缠五百两纹银,本已由都护府支付了,却不知何故又在司马府的例行开支中支付了一份。于是岑参就说:

"请回去上复赵司马,这次超支的银两过多,且多不合制度,本使无法报销。"

那位别将讲了半天也讲不清却还要解释,岑参止住了他:"此事都护府有严格规定,封大夫也曾多次嘱咐,今年朝廷拨银大量缩减,府中经费紧张,要求厉行节约,专款专用,不得多报,本使只能遵照执行。"

岑参很是气愤。他清楚地知道,都护府上下总有那么一帮官员将军,惯于假公济私,在出面接待上峰官员,特别是京中来的大员时,显得特别慷慨大方,大鱼大肉陪吃陪喝游山玩水欣赏歌舞睡女人不说,临走还要馈赠大宗珍贵的土特产,如裘皮、绸缎、地毯、玉石、美酒、鹿脯、珍奇药材、上好的干果之类,往往一送几大箱。不久前姚长史因老病致仕回京时,随行的行李箱笼竟堆成一座小山,动用了八匹马、六峰骆驼才驮完。

岑参更明白,这一切开销当然不会是由官员们自己掏腰包,大都经过巧立名目由府中报销。这样做的目的,不仅是为都护府着想,笼络感情,打

268

通关节,以后办事方便等,更重要的还是顺便进行个人的感情投资,在朝廷建立人脉,好为自己以后升迁进身搭桥铺路。正如俗话说的,有钱能使鬼推磨,朝中有人好做官嘛! 赵司马在徐章的撺掇、教唆之下,更是精于此道,且变本加厉。对此,府中上下人人心知肚明,却敢怒而不敢言。岑参虽然极看不惯,但又无计可施,只能做到洁身自好,不随波逐流,对此等事睁一只眼闭一只眼。但这一次赵司马太过分了,他实在忍不住要站出来拒绝了!

司马府别将走后不久,就见赵司马气呼呼地进来了,徐章跟在后面。

赵光烈一进门,就把账本重重摔到岑参面前,质问道:"岑副使,你算什么朋友,简直翻脸不认人了! 为什么不给我报账? 龟儿你存心要给老子难看是不是?"

岑参吃惊地望着脸红脖子粗的赵司马,面前的赵司马与两个多月前在南山时谦恭的样子简直判若两人。他实在想不明白,一个人的脸为什么说变就变,变得这么快,而且没有任何先兆!

徐章拦过赵司马:"司马大人,有话好好说,对岑大人怎能这样无礼,再生气也不能这样嘛!"他又转身对岑参解释道,"岑大人,司马大人身兼数职,公务繁多,你是知道的。封大夫不在都护府时,都是由赵司马主持,京中和各地来都护府办事的,哪一位不是由赵司马代封大夫出面接待应酬的? 所以这开支嘛,自然就多了些。岑大人,你还是通融一下,高抬贵手,予以特殊照顾吧,免得赵大人面子上不太好看!"

"赵司马的办公费用本来就高出许多,其他将领早已啧有怨言,再要超额报销如此之多,恐怕就要让封大夫为难了!"

"你岑大人倒是大方得很,上次与归德将军赌猎,老子本来搞赢了,龟儿你却让我把那十匹御赐锦缎白白送给人家。那该不是你的财物!"

"是啊,那是用司马大人的财物去买好呢!"

岑参生气地说:"徐判官,你这是什么话? 公是公,私是私,这可是两码事,不能混为一谈。我以为司马大人与归德将军是老朋友,双方互赠礼物本是汉胡将领间修好的表示,故而有此建议。再说了,当时,赵大人自己不是也欣然同意了吗?"

"废话少说,你到底给不给报销?"赵光烈吼道。

"大人超支的这笔银子数目实在太多,下官依例不能报销。"

"那好,我找封大夫去要,到时候你照样得给老子支付,等着瞧吧!"赵司马气哼哼地一把抓起账本,转身走了。

徐章临走时威胁说:"岑大人,你这不是故意惹司马大人生气嘛!岂不闻与人方便,与己方便?念在同为都护府判官的份儿上劝你几句,你这么固执,一点儿情面也不讲,以后麻烦可就大了!"

岑参撇撇嘴望着他们远去,心想,此事与你徐章何干!仗势欺人,助纣为虐,小人一个!赵光烈今天如此放肆,张口就骂人,莫不是有人又在背后嚼什么舌头了?

岑参的猜测,并不是空穴来风。

他也是事后才知道,就在赵光烈他们为姚长史送行的那几天,赵司马得意地将岑参给他写的那首诗拿出来显摆。谁知姚长史一看,眉头一皱,竟说:"你们也真糊涂呀,岑某人哪里是在赞扬你赵将军,分明是变着法儿骂你哩!这诗中言下之意其实是说,赵司马你堂堂大将军一天到晚不干正事,就是打猎游乐,纵博场场胜,是英雄好汉,打仗却场场输,是狗熊草包!这是他岑某人惯用的春秋笔法,不动声色,暗寓褒贬,骂了你们,你们还要感谢他。徐大人、侯大人,平时你们那样精明,想不到都给他蒙骗过去了!"

徐章、侯京一听,恍然大悟似的连连点头称是,大骂岑参够狡猾的。赵光烈一气之下,竟把酒杯都给摔了!

这次借报销账目大闹度支府,赵司马其实是带着冲天的火气来寻衅滋事要威风的。

谁知第二天,封常清就给赵司马直接批了两千两银子,要岑参特事特办,立即照付。封常清兼任度支营田正使,有此权力。岑参虽然交涉了两次,最后还是不得不忍气吞声拨付了这笔银子。

几天后岑参到都护府中议事,赵司马见了他就立即转过脸去,竟不予理睬。议事完毕后,岑参被封大夫留下叙话。岑参提起此事就直言不讳,认为封大夫特批报销有违府规,很是不妥。封常清不以为然,说:"赵司马兼职不少,又常代封某接待往来官员、将军,用度自然就多了些。此等细事,岑先生何必如此认真呢!"

"封大夫,赵司马额外超支可不是头一回了,仅下官出任度支副使这半年多来，司马大人违反财务规定已不下四五次。过去百两以下的，我都支付了，够照顾他的面子了！这次超支得实在太多，两千两纹银，足够瀚海军五千人马半个月的开销了，大大超越了下官的权限。封大夫，你当年在安西高开府大人帐下也曾主管过府中钱粮，如果府中各位将军、官员都照赵司马这样办理，视朝廷制度和大人的口谕为无物，竞相超支，谋取个人的好处，那么，府内经费将如何承担得起，大人你想过没有？"

"我不是批了吗，下不为例！好了，好了，此事就这样，不必再提了！"

"上次赵司马纵侄行凶，几乎引起民变，按律当严加惩处，大人也把他保下了，还安排到伊吾继续任职。如此姑息迁就，府中诸将和庭州百姓都有看法，这次又这样……"

"赵司马此人固然粗鲁骄纵，但一旦发生战事，毕竟是封某手下靠得住的一员大将。居高位者要尽量体谅保护下属，执法不必过于严苛，处事要懂得通融，留有余地。高开府大人当年就是这样对待封某的，至今仍使我心存感激。上次在张三守捉城你不报经我照准，就轻率惩处了姚郎将，结果把姚大人都气病了，还迁怒于我，使我十分被动。再说了，赵将军当年在战场上还救过封某一命，是我的恩人，看在我的面子上，岑副使还是宽容些吧！"

岑参听了，便不好再说什么。他不禁想起，当年封常清在安西曾将高仙芝乳母之子郑德诠杖死，而高大人不予追究的往事。但郑德诠系因狂悖无礼被依法处置的，与滥杀无辜的姚郎将一样，都是罪有应得。赵光烈之侄则系错判了人，反将错就错并欲行敲诈勒索还致人伤残，其心可诛，后果严重，两者岂能同日而语？再说，赵光烈的功劳再大也不能抵消他侄子的罪恶，封大夫怎能这样混淆是非呢？我为了严格执行国法和都护府制度，已得罪了姚长史，这下子，又冒犯了赵光烈这个恶人和他们一伙了！

半夜，岑参睡不着，一直都在想这桩事。他记起长安的二兄和关老将军都曾劝诫自己说，能让人处且让人，宁可得罪君子，也不要得罪小人。岑参反复咀嚼这句话，心想，这些话也许是对的，我从来也不曾想过要去故意刁难别人，可是，恶人小人们偏偏横挡在前行的路上，身为御史和支度副使，我无法退让，也绕不开呀！唉，做事真难哪，如果换一个人，在我的位置上，又将如何行事呢……

"官人,你又想啥心事了,翻来覆去地乱折腾!"暗夜中,传来小琬的声音。

"唉,心里烦躁得很!"

咚——咚——咚——西大寺的晚钟又传过来,在这寂静的深夜里尤其显得一声比一声沉重,看来岑参今夜又无法入睡了!

第三十七章

胡僧授偈

待人处世一向十分认真的岑参,现在真的犯了难!

看来,封大夫变了,已不是几年前的封大夫了!既没有了公理正义可言,自己想在都护府真正履行御史和度支副使的职权都将困难重重了。此事加上上清宫那次求签给全家带来的心理阴影,使岑参平日积累的一套儒家价值观开始崩塌,对封常清这位崇拜偶像也渐渐失去信任,对今后如何处世做人都有些犹豫惶惑拿不定主意了!世风如此,个人无法扭转,既然不愿明哲保身,随波逐流,放弃应当坚持的人间正道,那么就只好去接受现实的失败,独善其身吧!"白发轮台使,边功竟不成。云沙万里地,辜负一书生。"看来,这首诗真的要成为我岑某人自己的谶语了,我也将成为又一个无功而返的赵仙舟了!我太笨拙了,处理复杂的人际关系怎么这样难,比起提笔撰文写诗来,要难多了!平时一向自我感觉良好的岑参,第一次对自己的智力产生了怀疑,发现自己面对严峻的现实竟是这样束手无策,软弱无能。他想起自己年轻时壮志凌云,却又半生蹉跎;他想起长安的二兄和轮台关老将军对自己的告诫劝勉;想起上清宫签中的谶语,却又不甘心认输就此作罢。岑参左右为难起来,辗转反侧,接连几天都寝食难安。

又一个不眠之夜!胡思乱想了大半夜,横竖睡不着,岑参就起身来到书房,点亮油灯,想读几卷《静心经》来静静心。但是,无论他怎样努力克制自己,开导自己,转移自己,排遣自己,使尽了浑身解数,这一团乱麻一般的心就是静不下来。

咚——咚——咚——

又传来一阵西大寺烦人的钟声,岑参抬头看看窗户,天色已蒙蒙亮,就起身到前院把陈金叫起来吩咐道:

"别睡懒觉了,赶紧起来,去西大寺看看,看帛上人法师回来没有。"

在岑参的心目中,西大寺帛上人法师的身世和经历都十分奇特,充满了神秘的魅力。帛上人是个胡僧,祖母虽为汉人,有汉人血统,但其祖父、母亲却是纯粹的胡人。据说帛上人是龟兹国王室的后裔,与东晋时西域有名的高僧、佛经翻译家鸠摩罗什有些瓜葛,出身颇为高贵。释名中这个"帛"字,就是龟兹胡人王族姓氏的汉译,而"上人",则是后来少林寺师父为他命名的。帛上人七岁入龟兹苏巴什大寺受禅,十八岁起又先后到长安慈恩寺、华严寺,洛阳的白马寺和少林寺等著名的大寺院,师从诸多高僧。在那里他一边翻译佛经,一边研修佛理,历经二十余年,已然成为精通中原汉传佛教经典的高僧。十年前他回到故里安西,做了西域佛教中心苏巴什大佛寺的住持。因为在中原地区见过大世面,又胡汉双语兼通,口才也佳,开坛讲经时往往讲得天花乱坠,地涌金莲,能让石头点头,迷倒了万千信众,在西域佛界享有极高声望。

封常清是个十分聪明而有心机的人,他深知,中原的佛教是从印度经西域传过去的,佛教在西域汉胡民众中极有根基,信众多多,影响深远,是用以维系世道民心的重要思想工具,所以他自己早就皈依了佛教,成为诚心向佛的信徒,经常抽出时间参加佛事活动。他在安西任职期间就与帛上人有过交往,所以这次出任安西四镇和伊西、北庭节度使后,就派人专请帛上人来庭州西大寺出任住持,并拨重金修缮了西大寺,广收释门佛子,扩大了寺院的规模。封常清甚至在大雄宝殿东侧的卧佛殿内,亲自主持了经过重塑金身的佛祖释迦牟尼大卧佛的开光仪式,为自己赢得了好口碑。

说起胡僧来,岑参自认为与之颇有些机缘。早年在嵩山少林寺,岑参就知道禅宗创立者、来自印度的达摩祖师面壁九年,身影入石的传奇故事,敬佩有加,曾亲自入洞虔诚地观摩拜谒影石。后来,他又听说在距终南山双峰草堂不太远的太白山顶的一座佛寺中,有位来无影去无踪的胡僧,传说他的佛法广大无边,能降龙伏虎。商山有位赵姓的老人入山采药时,有缘亲眼见到这位神秘的胡僧。后来他向岑参讲述了自己的奇遇，并绘声绘色地描述了胡僧的奇特相貌和高深莫测的道行。生性好奇的岑参听后自然特别向往，饶有兴趣地向赵老者打听，问得特别详细，甚至想独自前去寻访这位胡僧，可惜没有这个缘分。后来，岑参写了一首长诗，把这位胡僧描绘得神乎其神：

太白中峰绝顶，有胡僧。不知几百岁，眉长数寸，身不制缯帛，衣以草叶，恒持楞伽经，云壁迥绝，人迹罕到。尝东峰有斗虎，弱者将死，僧杖而解之；西湫有毒龙，久而为患，僧器而贮之。商山赵叟，前年采茯苓，深入太白，偶值此僧。访我而说，予恒有独往之意，闻而悦之，乃为歌曰：

闻有胡僧在太白，兰若去天三百尺。
一持楞伽入中峰，世人难见但闻钟。
窗边锡杖解两虎，床下钵盂藏一龙。
草衣不针复不线，两耳垂肩眉覆面。
此僧年几那得知，手种青松今十围。
心将流水同清净，身与浮云无是非。
商山老人已曾识，愿一见之何由得。
山中有僧人不知，城里看山空黛色。
——《太白胡僧歌并序》

从此岑参就把胡僧的奇特形象留在了脑际，也对胡僧产生一种莫名的崇拜心理，所以来北庭后就一心想找个胡僧做朋友。其实庭州城中也有几座规模不小的寺院，多为汉式建筑，香客众多，其中最大的一座名叫龙兴寺，是唐中宗刚即位时嗣圣元年(684)修建的(同时修建的轮台县北红山顶上的龙兴西寺，就是相对于此而命名的)。但是龙兴寺的住持虽然来自敦煌名刹，名气不小，但岑参与之交谈后却失望地发现，他不过是位很平庸的汉族老僧，言语无味，不觉扫兴而归。所以当他听说封大夫为西大寺请一位安西的胡僧来做住持，喜出望外，马上备重礼去拜访了。

西大寺是一座规模雄伟的大寺院，原称"可汗浮图"。寺院中心为一座十余丈高的穹庐形巨型佛塔，佛塔正南面塑着一尊释迦牟尼大佛像，塔下面则为地宫，内藏不少珍贵佛宝。围绕大佛塔修建了上下三层数十座巨大的佛窟，内塑佛像皆为造型奇特的"盘脚佛"，色彩艳丽，形象各异。后来在庭州设立北庭都护府，寺院陆续得到扩建，并在大佛塔之南增修了一座汉式佛院，大屋顶，斗拱飞檐，雕饰华丽，气象宏伟。西大寺院落有五进，山门、大雄宝殿、卧佛殿、罗汉堂、讲经坛、钟鼓楼、方丈院、藏经楼，一应俱全，常住僧众数百人，果然是塞外丝绸之路上一处莲界圣地、西域净土。

在西大寺方丈院，岑参怀着好奇的心情见到了胡僧帛上人。法师六十余岁，倒是纯然一副西域胡人的形容，浓眉深目高鼻，广额大下巴，连鬓胡子刮得铁青，目光深邃，仪态安详。他身穿质地考究的绛色僧衣，足蹬草鞋，手持念珠，除了面容长相，与中原一带的高僧其实并无两样。两人坐下刚一交谈，岑参就有些吃惊，大师妙语连珠，滔滔不绝，令人耳目一新，方知是位道行极为高深的高僧，不同凡响。这位帛上人还有一个让岑参心仪之处，就是他曾在少林寺学得一身好功夫。岑参少年时住在嵩山下，练过一些少林拳，两人有时谈起拳经来，不免就到禅院中踢腿冲拳地切磋起来。帛大师毕竟经过高手亲传，身手不凡，让岑参佩服得五体投地，两人也随之愈加亲近了。

从此，岑参就成了西大寺的常客，有暇就去找帛大师晤谈，相处甚洽，从中获益不少。

这天上午，陈金回来说帛上人已经从高昌回到西大寺了。岑参一听很高兴，马上取出一个黄绢包袱，与小琬、陈金和胡月华一同乘了一辆牛车，赶往西大寺。

两个月前，岑参带着小琬在西大寺白衣殿送子菩萨像前许了大愿，捐了善银二十两，还答应让小琬回去为西大寺精心抄写《金刚经》二十卷，以表敬佛的虔诚。小琬十分诚心，坚持每天斋戒焚香后抄写数千字，现在已然完成了。岑参看她抄写的经卷皆为蝇头小楷，字字娟秀，笔笔不苟，大喜过望，于是就提笔在丝绢封面上题写了经名，又用黄绢小心包裹好，以便随时献给西大寺。

小琬在送子菩萨像前跪拜敬香，献上经卷，做了祷告，待帛大师诵完经之后，就与陈金夫妇一起回家了。

岑参留下来随帛上人来到方丈院，小沙弥献了茶，两人亲切地谈起高昌风物和佛事的隆重，感慨了半天。接着，岑参就说起近来都护府中的诸般不快："在下总想遵圣人之训行事，却每每遭遇阻碍，寸步难行，为此颇感困惑不解，正不知如何应对。"

"看来，岑施主还是老毛病不改，遇事过于执着了。"

帛大师慢慢啜口香茶，说道："岑居士心地纯洁，如同赤子般天真，这在贫僧所遇到的大小官员中，实属罕见。贫僧早就感到，施主别具慧根，悟性极高，前世必为我沙门中之高人。你我在北庭相识相知，实属特殊缘分。"

"与大师结识，也是弟子三生有幸，还望大师替弟子解除困惑，指点迷津。"

"贫僧曾拜读过施主不少颇富禅意的诗，像'云间独坐卧，只是对杉松''庶割区中缘，脱身恒在兹''物幽兴易惬，事胜趣弥浓。愿谢区中缘，永依金人宫''心将流水同清净，身与浮云无是非''净理了可悟，胜因夙所宗'等，说得多么透彻明白，无不深合佛理，难道还需要贫僧替你特别指点迷津吗？贫僧也多曾劝诫施主，要谨奉三戒——贪、嗔、痴，于事于物应持平常心，能放下，不痴迷。"

岑参低头道："大师说的对，弟子是过于痴迷了！"

"岑施主，禅宗六祖那句'不是风动，不是幡动，是仁者心动'的机锋，你可知晓？"

"弟子略知一二。"

"那么好了，有四句偈子你且记下，'风动心摇树，云生性起尘。若明今日事，昧却本来人'，回去自己好好悟悟吧！"

岑参听后沉思冥想了半天，忽然说："在下似乎领悟到一些了！"

"阿弥陀佛！以后为人处世宜忘去机心，忘去物我，随缘，圆融，随遇而安，不执着。"帛大师指指胸腹，"不过，贫僧要奉劝岑施主，要慢慢学会放弃，有舍才有得，用之则行，舍之则藏。好在大人厄运将满，可以暂时脱却牢笼了！"

"敢问大师，弟子厄运何时届满？"

帛大师微微笑道："少安毋躁，静待机缘，总在两年之后，自有远方贵人

第四辑

277

施以援手,且大贵之人将虚席以待。然实不相瞒,此后施主前途仍不很平坦,时有小人伺后,大灾小难不免如影随形,不过,总体并无大碍。噫!命也,时也,此属前世因缘亦未可知,一切皆不可强求。"

岑参听着,觉得帛上人所言似乎与上清宫抽的签意思相近,不觉深深叹口气。

正要告辞,帛上人法师轻轻拦住岑参道:"贫僧夜来算了,知道岑居士今日将来访,故已为前程预制一偈,目下且不宜说破,日后自会应验。"说着他取出一幅黄绫,上面写着四句诗偈道:

文星照坦途,惜克白额虎。有幸趋丹墀,魂归在天府。

岑参接过诗偈,揣摩了半天,自忖道:这"文星照坦途""有幸趋丹墀"当然是吉言了,"天府"所指何处?当指上苍吧,每个人都会有"魂归天府"这一天的,自不必多虑。偈子第四句中的"天"字错为平声,似与诗律不合。然诗偈既为胡僧所制,已属勉为其难了,不必较真。可是这"白额虎"却不知何所指,颇费揣度。但岑参自知此时不能多问,只好谢了帛上人,将偈言郑重收好,告辞回家了。

在西大寺侧门口,帛法师望着岑参踽踽独行的身影远去,轻轻摇头叹道:

"阿弥陀佛!噫,心比天高,命止州刺,生逢乱世,有才无运,惜哉!"

第五辑

敦煌太守才且贤
郡中无事高枕眠
太守到来山出泉
黄砂碛里人种田
敦煌耆旧鬓皓然
愿留太守更五年
城头月出星满天
曲房置酒张锦筵
美人红妆色正鲜
侧垂高髻插金钿
醉坐藏钩红烛前
不知钩在若个边
为君手把珊瑚鞭
射得半段黄金钱
此中乐事亦已偏

第三十八章

中原报警

　　大寒节过后，岑参奉封大夫之命到清海军巡察去了。过了半个多月，才冒着大风雪赶回庭州家中。

　　也许是连日奔波太劳累的原因，匆匆饭后他即美美地睡了个长长的午觉。醒来后，岑参觉得精神倍增，就来到书房开始翻检、整理自己的诗作。这是他近来公余正在做的事，润色定稿一批诗，就交给小琬誊抄一式数份，保存起来，这样，他已陆续整理出百余首新作了。近年来，岑参的鸿篇巨制写得不多，因此一首较长的五言古诗引起他的注意，于是展开诗稿读起来。

　　那还是他今年四月间写的。破播仙吐蕃军不久，岑参在安西都护府幕中的熟人宗学士来到轮台。两位老友相见时，谈起破播仙的奇计，宗学士就称岑兄是奇智而武文弟却是奇勇，两位判官大人智勇相济，堪称绝配，联袂为播仙一役立了大功。于是在寺院悠扬的晚钟声中，两人兴致勃勃地手谈了几局，又一起饮酒畅谈。同病相怜的两人是"酒逢知己千杯少"，他们谈得特别投机。对酌时，自幼饱读诗书、弓马娴熟，因而自视颇高的宗学士对自己久处塞外而功业无成，未免感到郁郁不平，情绪有些落寞，半醉之中向老友发了不少牢骚。当时以为破播仙有功、自我感觉尚好的岑参，就在长诗中意气风发、充满自信地宽慰老朋友说：

万事不可料,叹君在军中。读书破万卷,何事来从戎。
曾逐李轻车,西征出太蒙。荷戈月窟外,擐甲昆仑东。
两度皆破胡,朝廷轻战功。十年只一命,万里如飘蓬。
容鬓老胡尘,衣裘脆边风。忽来轮台下,相见披心胸。
饮酒对春草,弹棋闻夜钟。今且还龟兹,臂上悬角弓。
平沙向旅馆,匹马随飞鸿。孤城倚大碛,海气迎边空。
四月犹自寒,天山雪蒙蒙。君有贤主将,何谓泣途穷。
时来整六翮,一举凌苍穹。

——《北庭贻宗学士道别》

诗中塑造了一位"读书破万卷""臂上悬角弓",从戎边塞、屡屡建功,却得不到朝廷重用的文人形象。而诗中乐观地预言那位能提携宗学士来日飞黄腾达、实现凌云壮志的"贤主将",就是指身兼安西四镇和伊西、北庭两节度使的封大夫。现在重读这首诗,岑参心里明白,当时这些话不过是自己借题发挥而已,既是安慰鼓励老朋友,同时也委婉地表达了自己对封大夫的期待和对未来命运的自信。然而,尽管同样两度协助封大夫破胡,作为曾献了制胜奇计的主要幕僚,岑参却没有像武文判官那样,得到"贤主将"的重用举荐,只不过过了许久才勉强给他提了半级官秩,当上个从六品上的度支营田副使而已。对此,岑参虽大惑不解,但仍未放弃对"贤主将"封常清的殷殷期望。当然,岑参始料未及的是,后来正是这首诗中的几句话,让封常清在别有用心的人的蛊惑之下误读了,甚至在瀚海亭对关老将军发了一大通火。

"君有贤主将,何谓泣途穷。时来整六翮,一举凌苍穹。"岑参低吟了这几句,暗暗为自己鼓着劲儿:武文因破播仙有功已到长安升任为户部员外郎,官居四品,下一个呢,封大夫大概不会忘掉自己吧!

正当岑参翻阅旧作想入非非时,石成璧老人推门进来,把一封信札递给他,说是封大夫几天前突然奉命离开庭州时留给他的。

啊呀!这可真是一声晴天霹雳!

原来蓄谋已久的贼酋安禄山果已从河北造反,还打出骗人的旗号"清君侧",谎称目的只是要率军进京找奸相杨国忠算账,并非是要与圣皇为难。一路上叛军所向披靡,官军望风而降,叛军很快占领了河北的大部分,剑指

第五辑

281

河南,中原告急。河西节度使高仙芝,还有升任安西节度使的李光弼等人,已先后奉急诏回京勤王,现又调封常清火速入关。因军情紧急,封常清已急命王维岳将军先期率伊吾军精锐两千,星夜赶赴长安了。

"哦,封大夫走了,那么都护府由谁来代为主持?"岑参匆匆扫了信札一眼,像是被人兜头泼了一盆冷水,两眼怔怔地愣了半晌,这才问道。

"听关老将军说,是那个姓赵的司马。"

"啊!"岑参不禁有些意外,"怎么不是关老将军或张先集将军,而是他呢? 当然,那也好嘛……"

石老人刚走了两步,不知为什么又转回来有点儿迟疑地问道:"大人,这个赵司马,你过去认识吗? 去年秋天他来请你去南山打猎,我就想问问你,赵司马他,他是哪里的人,听说他从前在安西当过守捉使,可是真的?"

"我过去不认识赵司马,听说好像是剑南道绵州松藩人,早年在敦煌军中,后来才到安西四镇都护府任军职。怎么,你问这个做什么?"岑参看石老人欲言又止的样子,心里有些奇怪。

"不,不,没什么,随便问问。好,你忙吧。我去置备些酒菜,晚上给你接风洗尘。"石老人神情有些恍惚地应答着,快步出去了。

不出所料,安贼果然兴兵作乱了!

岑参此时心里只是为中原的剧变震惊,又掂量着都护府令他颇感失望的人事变更,竟没怎么留意石老人刚才的神色。他又细读了一遍封大夫的信,担心漏掉了什么话。信中称:贼氛汹汹,河南告急,王命羽召,未及面辞,望乞恕罪。信中还希望他们在赵代都护主持下,与关老将军以及张将军、徐判官、侯参军等诸位同僚精诚团结,通力合作,固守北庭,为圣皇靖边分忧。最后封常清又表示,如能早日平息安逆,献房首级于阙下,他一定借便向圣上大力举荐岑参,劝他不要失望,努力加餐饭,后会有期云云。

岑参拿着信札正在几旁沉思,小琬把关老将军领了进来。

"岑大人,你回来了。都知道了吧?"关老将军问道。封常清因为要赶赴关内勤王,特意急命关老将军从轮台回庭州议事。

岑参指指手中的信说:"大夫信上都说了。中原之乱本在意中,然形势变化如此之快,如此之糟,实出人意料。唯愿封大夫、高大人和李大人他们能旗开得胜,迅速平定安贼,保我大唐安宁。只是这北庭都护府的善后安排嘛……我很为老将军不平!"

"千万不要这么说,老夫年迈血衰,不堪重用了……"

"也许这只是权宜之计。我希望朝廷正式委任的节度使大人快点儿到来。"

关老将军摇摇头:"不,安贼势大,密谋经年,不是一朝一夕所能平定的。中原正值多事之秋,朝廷哪能顾得上西域?封大夫意思也很明显,估计不会再派人来了!老夫还听说,徐章和侯京他们还乘朝廷危难之机,替赵光烈起草了一道奏章,假惺惺地大表一通忠心,目的是想请圣皇早点儿正式诏令他为节度使哩!"

"想得倒美!"岑参一听,有点儿急了,说道,"关老将军,恕我直言。赵司马作为一员猛将,带兵冲锋陷阵尚可一用,若统管全局,则极不适宜。夏天,他侄子在孚远违法拘人致残,我曾坚持严办,不想与赵司马结下了怨。入冬前,他让我给他和归德将军在南山赌猎作判,还求我为他写一首诗,我只好写了,称赞他什么'将军纵博场场胜,赌得单于貂鼠袍'。这是实写,确有其事。当时徐判官和侯参军等都对这首诗大加称赞,赵司马也高兴得不得了,让人抄了到处宣扬,说什么连岑副使都看重我赵某人,也给我献诗了!他为了感谢我,在司马府上大摆宴席,不是请封大夫和老伯你都出席了嘛!"

"是啊,是啊,那天酒宴上赵司马不是说了,他对你能为他写诗感到十分高兴,在封大夫的说和下,不是已表示不计前嫌了嘛?"

"哪里呀,正是这首诗惹祸了!"岑参急切道,"这回我在清海军还有轮台,好几位幕中朋友都悄悄告诉我,赵光烈听信了姚长史的话,硬说这诗后面两句实际是对他的讽刺,不写他的英雄豪气、战功赫赫,却嘲笑他身为都护府堂堂大司马,不干正事,终日赌猎游乐。这都是哪里的话啊?赵光烈经不起煽动,为此大发雷霆,在酒宴上把酒杯都摔了,还当众指名道姓骂我狗眼看人低,等等。不久,因他府中奢侈铺张,严重超支,我坚持不给他报销,他竟找上门来大闹一场。后虽经封大夫特批如数报销了,但他仍衔恨在心,称和我没完。一开始我还不明白他为什么突然间变了脸,现在算是知道原因了。关老将军,你看,这真是'秀才遇着兵,有理说不清'啊,我算得罪恶人了!现在,封大夫赴关内勤王去了,让姓赵的在北庭主事,其心性既是如此,你说,今后我可怎么与他相处?"

283

关老将军听后,为了息事宁人,只是安慰岑参道:"这些事末将也早有耳闻,不过那只是赵将军酒后负气之言。你知道他这个人粗野鲁莽,又耳软轻信,容易受人撺掇,岑大人不要放在心上。赵将军在西域多有战功,勇力过人,有霸气。岑大人,当此朝廷危难之际,千万不要计较私人恩怨,要以北庭大局为重啊!"

岑参不解地问:"封大夫是不是事情紧急昏了头,怎么能任用这样的人为代都护呢!"

"唉,实话说吧,封大夫其实早有此意了。有次他还给我解释说,李林甫为预防汉人中有才干的大臣有机会出将入相,威胁自己的相位,就找借口极力怂恿圣皇用非汉人的武人为将。所以朝廷形成了个不成文的惯例,凡是边塞军事大员,一律不得用汉人主事。你看,安禄山和哥舒翰大人是西域胡人,高仙芝大人是高句丽人,李光弼大人是契丹人,连封大夫其实也非汉人……"

"什么?那赵光烈他难道不是汉人吗?"

"此事只有封大夫和我知道,他姓赵的何尝是汉人,是绵州松藩汉化的羌胡杂种!"

"原来如此!"岑参听后不觉瞪大了眼睛,良久才说道:"不是说用人唯贤唯才嘛!哼,好一个以夷制夷的惯例!可是圣皇一味倾心重用的胡儿安禄山,现在却兴兵造起他的反来了……"

正说着,陈金领进都护府的信使,送来一张大红请柬,说是赵大人请岑大人明日过府赴宴,庆贺他四夫人生的贵子百日。那信使又对关老将军拱拱手说道:

"关大人刚好也在这里,小人就不用多跑一趟腿登府打扰了,这份给关大人的请柬也请收下。"

关老将军只好接过请柬。

临走,那信使又用不容商量的口气说:"都护大人特别交代小人说,要请岑大人明日务必将小琬姑娘带到府上去,献上好歌好舞助兴。"

信使走后,岑参将请帖掷到地上,愤怒地说:"又来了!这不是步步进逼,欺人太甚吗?刚刚拍桌子打板凳骂完了人又要……"

关老将军忙制止他:"岑副使请息怒,少不得明日备上一份贺礼,一起过府去,好歹应酬应酬场面便了。岑大人,俗话说,宁可得罪君子,不能得罪小人,千万不要和这号人较真。封大夫临行时特别交代老夫说,如今中原混乱,朝廷鞭长莫及,北庭防务要大家同舟共济,精诚团结为上。孔夫子说,小不忍则乱大谋。就是赵将军对封大夫,过去也有种种大不敬,末将亲眼见过,有时他们竟然在公堂上吵得脸红脖子粗,封大夫心中一清二楚,但仍能以军国大事为重,不与计较。这回又捐弃前嫌,委以重任,这才是为大将重臣者的胸怀和气度。岑大人,你要冷静、三思啊!"

"可是小琬是什么人,赵光烈他竟……"

"岑大人,恕末将直言。小琬姑娘是啥人?她只不过是大人你家里一名歌舞姬罢了,你并没有正式将她收房啊!"

岑参瞪大眼睛,说不出话来。他的确提不出正当理由来拒绝赵代大都护。

"岑大人,我看你还是不要碍啥面子了!"关老将军单刀直入,"小琬有点儿胡人血统有啥了不起?你要是真喜欢她,就不要顾虑那么多,早早把小琬姑娘收为侧室吧!"关老将军站起来,诚恳地说:

"岑大人,小琬是我看着长大的好姑娘,石成璧又是老夫的换帖兄弟,老夫可以出面为你们当冰人。你娶了小琬,才能照顾她、保护她,可怜的姑娘才有个名正言顺的身份,这一辈子也算是有个着落……"

"这些道理下官岂能不知!只是鄠县的老母,她就是不肯松口啊……"

"岑大人,令堂要是能亲眼见到小琬姑娘,就不会反对了。"关老将军说,"要不然老夫亲自出面,写封信向你母亲讲讲情?"

"不,不,岂敢劳老将军你的大驾!此事容我再想想。噢,对了,刚才老将军说什么封大夫也不是汉人,记得封大夫以前对我好像也提起过此事,但没有说清楚,关老伯可否知道底里?"

"他对老夫倒是说起过,说他本是河东猗族,为东胡鲜卑人的一支。"关老将军答道。

"原来如此!"

这时,小琬进屋说道:"官人,请关大伯一起过来用饭吧。"

"关老伯,"岑参起身让道,"请,晚来天欲雪,就在舍下一起喝几杯吧!"

285

第三十九章

大夫得罪

刚进入二月,晴空一声霹雳,一桩意外的坏消息传遍了庭州都护府:封大夫在与安禄山叛军作战中,因失陷洛阳而获重罪,被免职削爵了!

原来,两个多月前,也就是天宝十四年(755)冬十一月中旬,安禄山叛军在席卷河北之后,又发十五万虎狼之师南下,锐不可当,已攻至黄河边,东都洛阳受到严重威胁。在朝野一片惊慌之中,封大夫星夜赶到临潼华清宫谒见唐明皇。明皇痛述凶胡安贼残暴猖獗、背恩忘义等种种情状,向封常清垂询讨贼之策。封常清慨然奏道:"禄山领凶徒十万,进犯中原,太平斯久,人不知战。然事有顺逆,势有奇变,臣请走马东京,开府库,募骁勇,挑马棰渡河,计日取逆胡之首悬于阙下!"明皇正在忧心忡忡的时候,听了封常清这些话多少有些振奋,就任命封常清为范阳、平卢节度使,官衔升至正二品,让他立即赶赴洛阳招募兵马准备御敌。封常清从北庭带回来的两千精兵都留下保卫京师了,仅带几位随从到洛阳大张旗鼓地招兵买马,仅十来天工夫就募到六万兵士。封常清还坼断了河阳桥,以阻滞敌人进攻。可惜这些招募来的兵士虽然战斗热情很高,却都是些大户人家的用人和市井闲人,从来没有经历过战阵,更没有接受过任何军事训练,仓促召集起来,战斗力可想而知。军情紧急,封常清立功心切,仓促之间,对此失于计较了。十二月,安禄山渡过黄河,陷陈留,入婴子谷,势如破竹,气焰十分嚣张。封常清匆忙之间,只好带领这帮乌合之众上阵迎敌。凭着封常清指挥得当,初上战场的兵士们

286

作战倒也勇猛,开始还打了几个小胜仗,杀死叛军上百人。但是,当安禄山训练有素、如狼似虎的大部队冲上来,从洛阳四个城门同时鼓噪杀入,封常清就抵挡不住了,不得不退出东都,节节败退,最后带着残兵败将一路仓皇逃往陕州。明皇闻此,龙心震怒,降旨免去了封常清的所有官爵和职务,废为庶人,并命他以白衣之身到带兵驻扎在陕州的高仙芝帐下效力待罪。安禄山占领东都洛阳后,见这座千年古都城中宫阙巍峨壮丽,有王者之气,便做起皇帝梦来,在洛阳匆匆登上大燕皇帝的宝座,因此延误了些时日。否则,如果不在洛阳停留耽搁,挥军乘胜继续西进,一鼓作气,安禄山的叛军说不定就能提前半年攻进关中,占据了长安。

这个意外的消息对岑参的打击特别沉重。他感到自己像个输得精光的赌徒,现在身上竟是不名一文了!两年来,岑参几乎把自己的全部热情和希望像押宝似的都押在封常清身上,他感激封大夫对自己的赏识器重,把封常清看作是最有可能提携自己的那位神秘的"紫衣人"或"渡水桥",指望依靠他的大力引荐而获得朝廷的重用。如今,封大夫在洛阳兵败被免职,自己平日所设想的种种政治前途,便像受潮的糖塔一样轰然坍塌了。说什么"君有贤主将,何谓泣途穷","贤主将"都因罪削职为民了,自己还有什么指望?眼下,赵代都护一伙又与自己结下深仇大恨,处处挤对,看来我只能困在西域这里像阮步兵一样"泣途穷"了!好几天来,岑参茶不思饭不想,晚上躺在床上翻来覆去,彻夜不眠,以致风寒乘虚而入,大病了一场。半个月里,他浑身疼痛难忍,高烧不退,昏迷中常说胡话。幸亏石小琬和母亲轮番夜不脱衣地喂汤喂药,精心照料,岑参的病情才慢慢有所好转。

这次病中,由于与小琬母亲接触的机会多了,岑参终于改变了以往对她的一些嫌弃和偏见。小琬的外祖父原是天山之南龟兹一个大部落的酋长,由于阴谋取而代之的亲弟弟的无耻叛卖,在一场部落冲突中不幸重伤被俘,全家遂沦为奴隶。小琬母亲那时还很年轻,在遭受百般蹂躏后,被卖到两千多里外的沙州敦煌军营中做了歌舞伎。这时,一个剽悍的汉人军官迷上了她,把她收在家中,后来又带她到安西都护府过了两年,直到生下小琬后不久,却又无情地将她母女俩抛弃了……从自身不幸的命运中,小琬母亲得出一个朴素的结论:人,没有汉人胡人之分,只有好人坏人之别;汉人和胡人都有好人善人和坏人恶人。她十分感激石成璧在危难之际收留了她和女儿,她也很敬重岑参的才华和他对小琬的真情。因此两家合住在一起后，对他们照顾得就更体贴、更尽心了。岑参后来得知，小琬为了等自己，先后拒绝了好几位官员、军人和富商的聘娶甚至暴力逼亲，又从小琬母女两人的待人接物中，发现了她们品性中那难能可贵的多情重义和忠诚善良。他深深懂得小琬对自己的爱，也意识到自己感情深处已无法离开小琬了！他想，自己以前的种种顾忌，现在看来实在都是世俗之见，世上真挚的感情是千金也难以买到的。即使聘娶一位有着胡人血统、母亲曾是歌舞伎的女子为妾，又有什么关系？远在关中户县的母亲反对，是因为她有偏见，也因为她没有见过小琬，不知道小琬的品貌心性。人们都说我岑参生性"好奇"，我就是好奇，就是想惊世骇俗，偏要找一个出身低贱、有着胡人血统的女子做姬妾给你们看看！人们的笑话、奚落，岑参我完全一笑置之。我喜欢小琬，这就是一切。我行我素，谁也管不着！岑参这样暗暗下了决心。

就在岑参生病期间，朝廷因中原平叛战事吃紧，无暇西顾，只要那些封疆大吏节度使或太守、将军们不附逆助逆，保持中立，能够维持现状就已是求之不得了。如果此时还能把朝廷当一回事，遇事上奏，听从号令调遣，甚至派兵勤王，皇帝就更为感激涕零了。所以朝廷一见赵光烈呈上表忠心的奏章，龙心大悦，便顺水推舟正式任命他为伊西、北庭节度使，领刀斧兵马使，还兼着瀚海军镇守使、营田支度使等一大堆职务。不久根据赵光烈的意思，又任命徐章和侯京分别为都护府代长史和代司马。赵光烈在得到朝廷的正式任命，大权在握，便变得有恃无恐、肆行无忌了，如有人敢在他面前说出半个不字，便立即遭到斥责或降职。结果是府中人人自危，噤若寒蝉。在此情势下，赵光烈便不分昼夜，只在府中由美女陪伴着饮酒作乐。岑参有次听幕中人说，有段时间赵都护一连数天没到府中理事，后来有人见他脸上结了好几道长长的血疤。人们私下猜测笑说，那一定是让哪个争风吃醋或抗拒强暴的女人给抓破了的。大都护府一应大权，这时已悉数交由徐章、侯京他们。于是这帮小人，终日只是忙着攫取权力，搜刮钱财，拉帮结伙，报复整人，把北庭都护府闹得乌烟瘴气。

但是老谋深算的徐章此时还算表现得比较冷静理智，他知道要想长久保住他们这伙人的位子，进而去掉各自官衔上的'代'字，牢牢攫取都护府的实权，就必须设法与已沦为罪人的封常清划清界限，以便讨得圣上的欢心。

于是他便和侯京等几个见风使舵的幕僚将军串通一气,密谋以赵光烈领衔,联名向朝廷上书,诬告揭发封常清在北庭的所谓"姑息养奸,畏敌如虎,临战则不惜朝廷钱财,贿赂敌酋,虚报战功,甚至不思忠义,怨谤圣上"等不忠不义之举及种种劣迹,并称圣上明鉴,将其贬为庶人,实则为国除害,封某人自是罪有应得云云。赵光烈虽然念着封常清的旧情,开头不愿领头上书,但架不住徐章等一帮狐朋狗党的利诱和撺掇,只好任由他们折腾去了。

入春以来,在安西和北庭都护府中,朝中有些背景的文武官员已开始陆续返回内地,这表明中原战事已相当吃紧了。三月间的一天,在安西供职的薛侍御东归路过庭州,岑参为他饯行。席间,议及关中形势,大家都很悲观忧虑。当谈到封大夫和众门客不幸的命运时,又都感慨万千。在送别诗中,岑参悲苦绝望地叹道:

> 相送泪沾衣,天涯独未归。将军初得罪,门客复何依。
> 梦去湖山阔,书停陇雁稀。园林幸接近,一为到柴扉。
>
> ——《送四镇薛侍御东归》

岑参写好诗,又轻声当众吟诵了一遍。当他几乎泣不成声地吟到"将军初得罪,门客复何依"这两句时,在座的听了,联系眼下的境遇,都禁不住感叹唏嘘,泪流满面。

不久,朝廷连连飞檄,从北庭都护府急调回纥精锐马军一部,火速驰援勤王。天山军镇守使、果毅都尉张先集将军为了早日离开这是非之地,同时也想趁机到驾前替封大夫辩诬,便主动请求率军进关。张将军此举正中赵光烈、徐章等的下怀。因为他们认为在北庭能给自己的权力和威望构成威胁的,除了岑参、关老将军之外,就是这位年轻、正直,握有军权而又十分骁勇的张先集了。因此当下便顺水推舟,痛快地应允了。侯代司马下令从清海军、静塞军中各抽调五百马军,另从天山军中抽调两千马军,共计三千军马,交由张都尉率领入关。至于仍由节度使赵光烈直接统辖的都护府主力瀚海军,当然不可能动其一兵一卒的。

张先集将军临行时,关老将军在府中置酒约请岑参一起为他饯行。席间,岑参十分关切地问询了张将军的伤情。一年前听说张都尉在播仙战役中受了重伤,令岑参很是挂心。张将军笑着站起来,伸伸胳膊踢踢腿给他们看,证明自己的伤是早已养好了,也没有留下什么后遗症。谈到中原战局,三人颇感焦虑不安,对北庭的防务也十分担心,对有人竟无中生有、落井下石向朝廷诬告封大夫,更是义愤填膺。岑参此时心情虽然很是凄凉,但还是强打起精神,即席写了一首勉励张将军的送行诗:

> 白羽绿弓弦,年年只在边。还家剑锋尽,出塞马蹄穿。
> 逐虏西逾海,平胡北到天。封侯应不远,燕颔岂徒然!
>
> ——《送张都尉东归》

诗中所说"封侯应不远,燕颔岂徒然",意思是说生得燕颔虎颈的张先集将军,此去一定能在平灭安禄山叛军的战斗中立下赫赫战功,会很快像汉朝那位同样生着"燕颔虎颈"的名将定远侯班超一样,受到皇帝的封赏和重用。其实张将军心里明白,这不过是岑大人为了鼓励自己,同时也是自我安慰和激励的话罢了。岑参这时的确还对封常清抱有希望,觉得圣上终究会明白过来,看重封大夫的才能和军功,一定会重新起用封大夫的,让他戴罪立功,甚至官复原职。因为岑参知道,高仙芝和封常清两人都具有非凡的指挥才能,如果两位大将出色的军事智谋能合在一起,充分利用关中军民同仇敌忾的高涨士气,同心协力,一定能完成镇守潼关、保卫长安的重任,甚至迅速扭转战局,在平息安贼叛乱中创下不世之功。但是岑参的想法实在是书生之见,不过是一厢情愿罢了。事实上,身处消息闭塞的北庭,他对高、封两位大人的种种期望,此时都已经化作了南柯一梦!

十分可惜的是,这位年轻英武、作战勇猛的张先集将军,率军回到关内还没有来得及建功,即于渭水河畔,在与安史叛军一次惨烈的遭遇战中身中数箭,壮烈牺牲。一年多后,岑参回到长安听到张将军阵亡的消息,想起两人多年的交往,不胜叹惋。安史逆贼被逐出关中后,张先集将军的遗体被迁葬于茂陵之南。安葬时应张将军家人之请,岑参挥泪撰写了《果毅张先集墓志》,寄托了自己的怀念和哀思。墓志原文惜已佚失,后人所辑的《岑嘉州诗集》中仅存其墓志铭,措辞十分悲凉:

茂陵南头,渭水东流。山原万秋,兄弟一丘。白杨修修,只令人愁。

这时,岑参已决定将小琬正式收为侧室,并且已把聘礼送给石成璧老人了。只因出了封大夫在洛阳战败、获罪免职这场大变故,对他刺激太大,精神不佳,才未能如期举行象征性的成亲仪式。

第五辑

291

第四十章

临表当哭

眼见张先集将军率兵入关勤王去了，关老将军忍不住到都护府去找赵都护，要求自己也亲领一支部队进关御敌，不想却遭到赵光烈的严词拒绝。关老将军一气之下，回了轮台。

这天，听府院中人说，关老将军回轮台后即病倒了，卧床不起。岑参心想，老人家年事已高，万一有个三长两短如何是好？他放心不下，反正在庭州也无所事事，就与陈金匆匆赶往轮台探视。

年逾古稀的老将军平素身体十分硬朗，只是近来为关中战事和北庭的事十分揪心，离开庭州时又与赵都护大吵了一番，气恼忧虑过度而得了重病。

关老将军见岑参大老远赶来看望自己，十分感动，在病榻上握着岑参的手说："老夫快不行了，早点儿死了也好，眼不见为净，免得看到这帮人把北庭糟蹋得不像样子，让吐蕃人或突厥人来占了去。"

正说着，就见陈金领着轮台县令独孤渐来看望他们。

一见面，陈金就忍不住告诉岑参说："大人，刚才路上又听人们在说，封大夫和高大人已不在了，早就被皇上派去的太监给毒死了！"

"掌嘴，陈金，你又在胡说！"岑参不相信，"前些日子赵都护不是还在说，潼关固若金汤，封大夫和高大人都很好吗？"

独孤渐深深叹口气："岑仁兄，陈金没有胡说，这是真的。封大夫和高大人真的在潼关军前被圣上一起赐死了。赵大人其实早就知道此事,可是怕自己有什么说不清的干系,受到牵连,所以一直瞒着都护府中的人,直到最近人们都传开了,他们才向大家公布!"

"这事我也听交河来人说了,是真的。"关老将军难过地说。

"封大夫真的不在了?"

"岑兄,难道你一点儿都没听说吗?这消息半月前武文兄在给我的信中就提到了,他还在信中为封大夫如许大功却没有落个好下场而抱屈哩!怎么,岑兄没有收到武大人的来信?"

"武文弟回京不久就给我来信了,他因战功升任户部员外郎,我当即回信赠诗表示祝贺。不过,这还是安贼作乱之前的事,自封大夫蒙难至今,他实不曾有信来。"岑参感到很是诧异。

"信怎么会没有收到呢?武兄在给下官的信中明明还提到,同时他往庭州也给大人写了信呢,真奇怪!"

"信可能遗失了。"岑参将信将疑。

其实,武文在封常清在潼关被赐死后不久就给岑参写了信,信是寄到都护府,却被徐章和侯京私自拆了邮筒偷看了。这封信里,武文对岑参献奇计之功可能被埋没一事也提出了疑问,他们做贼心虚,怕露了馅,竟把此信销毁了。

独孤渐说:"不过,封大夫与高大人一同蒙难赐死,却是千真万确的事,轮台张县丞刚刚从都护府也带回来这个消息。他还抄了杜甫兄春天在长安兵荒马乱中写的一首诗。这首流传很广的诗我也抄来了,岑兄你看看吧。"他交给岑参一张纸,只见上面写着:

> 国破山河在,城春草木深。感时花溅泪,恨别鸟惊心。
> 烽火连三月,家书抵万金。白头搔更短,浑欲不胜簪。
>
> ——《春望》

"杜二兄受惊了!"岑参仔细读了两遍说,"这首诗,虽然不是专为我写的,但我读着读着,就像是老兄又在我面前皱着眉头唉声叹气大诉其苦。'感时花溅泪,恨别鸟惊心',语出惊人,真个是悲愁沉痛之至啊!高大人和封大夫潼关受诛,看来,这长安也难保不失陷于贼手了。唉,现在,京师的百姓不知乱成什么样了,双峰草堂,母亲大人,妻子小女,还有大业坊二兄他们,也不知情形如何。'烽火连三月,家书抵万金',我可是已经半年多没有收到家书了。唉,真让人牵肠挂肚,放心不下呀!"

"那倒不会有什么闪失的。"独孤渐安慰岑参,"贼人兵马即使进到长安,也不是见了什么人都要杀嘛!平头百姓们住在深山野岭,不招谁惹谁,还是安全的。岑兄你请放心。"稍停,他又说:

"张县丞在徐代长史那里还见到封大夫的遗表,是大人临刑前呈给圣皇的,可惜没有抄回来。"

"什么,遗表?天哪!"岑参失声叫起来,"陈金,走,我们快回庭州去!"

岑参快马加鞭赶到庭州,没进家门就直奔都护府。府中僚友们一见岑参,便纷纷向他痛述潼关发生的这场剧变。

原来,封常清因洛阳失守,逃往陕州,被圣皇褫夺了职爵,以白衣庶民的身份在高仙芝帐下效力,将功折罪。此时封常清的头脑仍很清楚,他审时度势,在败退的路上就派人向高仙芝建议,称高大人率领驻守在陕州这数万兵士,和他在洛阳仓促间招募来的那些兵卒一样,都是些未经战阵的乌合之众,根本抵挡不了训练有素、兵强马壮的安贼叛军。而且陕州又无险可守,如果安禄山率军绕过陕州,直扑兵力空虚的潼关,那么关中和长安可就危险了。为今之计,不如率部撤回潼关,依靠天险指挥大军固守,安贼急切难以攻下,坚持的时间一长,形势就可能发生变化。高仙芝不愧是大军事家,认为封常清这个建议很有道理,便立即率部队与封常清一起退守潼关。高仙芝和封常清在潼关采取了正确的守势战略,一边安营扎寨,构筑工事,一边加强军队训练,部署兵力,潼关的危急形势很快就稳定了下来。唐军在高、封两位久经沙场的大将指挥下,凭借天险,果然有效地抵御了安禄山叛军的多次猖狂进攻。这时郭子仪、李光弼、颜杲卿、颜真卿等人,已从山西、河北纷纷起兵平叛,收复了河北部分地区,几乎抄了安禄山的老巢。安禄山虽然势大兵强,但四面被围,且有丧失后方的危险,意在速战速决。所以这时关中唐军要做的,就是继续固守潼关天险,以逸待劳,牵制敌人,不要轻易出击,静待各地勤王之兵救援,以便分割、围歼叛军。可是皇上此时已老迈昏聩至极,在奸相杨国忠的蛊惑下,误认为安禄山已经崩溃,不堪一击。又因大唐社稷短时间就丢弃了河南河北大片河山,他深感没有面子,难免气急败坏,急于反攻成功,竟听信监军太监边令诚的诬告,以为封、高两人在潼关坚守不战,果真是胆小怕死,畏敌如虎,对他不忠,便不分青红皂白,降旨让边令诚去潼关将两人诛杀,以儆效尤,企图以此来震慑朝野,激励将士,为他拼死效命。

实际上,两位大将一时被杀是一桩大冤案。原来边令诚在潼关曾无耻地向高仙芝索取重贿,遭到高仙芝严词拒绝后恼羞成怒,便欲挟嫌报复,回到长安就向唐明皇大进谗言,极力败坏高仙芝。成事不足、败事有余,因私怨而误国的这个奸竖讨来了圣旨,一到潼关前线,便不由分说将封常清、高仙芝两人先后处死了。封常清饮鸩死后不久,高仙芝从军前回来,一见这阵势,明白自己也跑不了,就急中生智,大呼冤枉,要属下将士们集体为他做证。一时间,阵前上万名军人齐声高呼为主帅辩诬喊冤,声动山岳,然而终究无济于事。于是,这一对曾经互为肱股,出生入死、战功卓著的老战友同时死于军前,可谓难兄难弟。据说,高仙芝进帐见到封常清横陈的尸体后,万分感慨,说:"封二,子从微至著,我则引拔子为我判官,俄又代我为节度使,今日又与子同死于此,岂命也夫!"受死前,封常清将写好的遗表,再三恳请边令诚呈献给皇上。遗表除了为自己洛阳兵败和不即死的原因进行强有力的辩解外,还力劝皇上千万不要轻看安贼,同时也表达了对圣皇至死不渝的忠心。遗表措辞恳切,令读之者无不动容。

岑参听了这个惊天消息,急得又是顿脚又是搓手,心想,人生无常,真是令人难以置信,前后不到三个月时间,一个原本威风八面、活生生的封疆大吏,就成了泉下之鬼! 岑参愣了半晌,才问哪里能找到封大夫的遗表。僚友们称遗表的抄件在侯代司马手中,于是岑参只好硬着头皮去找侯京。侯代司马见这位往日高高在上的崇拜偶像,现在变成卑微的下属,竟然低声下气地来求自己,良知似乎未泯,大面上还算过得去,也没有怎么装腔作势为难人,就把封常清遗表的抄件给了岑参。只见那抄件上写道:

> 中使骆奉仙至,奉宣口敕,恕臣万死之罪,收臣一朝之效,令臣却赴陕州,随高仙芝行营。负斧缧囚,忽焉解缚,败军之将,更许增修。臣常清诚欢诚喜,顿首顿首。臣自城陷以来,前后三度遣使奉

表,具述赤心,竟不蒙引对。臣之此来,非求苟活,实欲陈社稷之计,破虎狼之谋,冀拜首阙庭,吐心陛下,论逆胡之兵势,陈讨悍之别谋。酬万死之恩,以报一生之宠。岂料长安日远,谒见无由;函谷关遥,陈情不暇!臣读《春秋》,见狼瞫称未获死所,臣今获矣!

　　昨与羯胡接战,自今月七日交兵,至于十三日不已。臣所将之兵,皆是乌合之徒,素未训习。率周南市人之众,当渔阳突骑之师,尚犹杀敌塞路,血流满野。臣欲挺身刃下,死节军前,恐长逆胡之威,以挫王师之势。是以驰御就日,将命归天。一期陛下斩臣于都市之下,以诚诸将;二期陛下问臣以逆贼之势,将诚诸军;三期陛下知臣非惜死之徒,许臣竭露。臣今将死抗表,陛下或以臣失律之后,诳妄为辞;陛下或以臣欲尽所忠,肝胆见察。臣死之后,望陛下不轻此贼,无忘臣言,则冀社稷复安,逆胡败覆,臣之所愿毕矣。仰天饮鸩,向日封章,即为尸谏之臣,死作圣朝之鬼。若使殁而有知,必结草军前,回风阵上,引王师之旗鼓,平寇贼之戈铤。生死酬恩,不任感激,臣常清无任永辞圣代悲恋之至。

"仰天饮鸩,向日封章,即为尸谏之臣,死作圣朝之鬼……"岑参读到这里,不禁失声痛哭,泪如雨下。

侯京见岑参哭得这样伤心,也装着动情的样子陪着他难受了半天。

第四十一章

南山募兵

临近中秋节，一个惊天的坏消息又从关内传来，说是官军在潼关坚守了数月，于六月间不幸失守，连统帅哥舒翰也降敌被杀了。安禄山贼兵随之长驱直入，攻陷了长安，圣皇已仓皇逃往西蜀！

可是让人感到奇怪的是，赵节度使和徐代长史一伙人却对此无动于衷。他们不但不立即整顿军务，防止边境出事，抓紧集结训练部队，时刻准备听候天子调遣，派兵入关御敌，反而乘着朝廷无暇西顾的机会，加快了排斥异己、网罗党羽、培植私人势力、巩固地盘的步伐。赵光烈还将侄子赵任星从伊吾调到身边任都护府主簿，连徐章的小儿子也安排了都护府参军的职务。于是，徐章、侯京等一伙人，个个沐猴而冠，弹冠相庆。岑参的职权已被陆续剥夺殆尽，御史之职形同虚设。关老将军原来分工统辖的西线静塞军、清海军和天山军，还有东线的伊吾军，也先后被赵光烈派去的亲信将领分别取代掌管，关将军只剩下一个都护府刀斧兵马副使的空头虚衔了。

关老将军心里明白，夜长梦多，不能在北庭都护府继续这样待下去了，于是不顾老病之身，连夜赶到庭州，再次要求带兵赶回关内勤王。但是，赵都护仍称目下北庭兵力单薄，防务形势严峻，没有朝廷的旨令，谁也不能擅自带兵入关，再次拒绝了他的请求。赵光烈还耍无赖说："要走，你光杆老将一人带着亲兵入关便了，我管不了，可是休想从老子这里带走一兵一卒！"关老将军壮志难酬，不禁义愤填膺，怒不可遏，在都护府与赵光烈拍案对骂了一场。

关老将军极度气恼之间，一时没有了主意，就来到岑参家中商量。

岑参家中也发生了很不幸的事，小琬母亲病势加重了。她患腹部肿痛病已有数年，虽然多处延医诊治，岑参甚至亲自为她把脉开方，无奈针石无灵，百药无效，眼见她腹部肿胀如鼓，滴水难进，全身日渐黄瘦。这位二十多年前军中如花似玉的著名歌舞美女，如今只剩得一把皮包骨头，面如黄纸，发如枯草，双目无神，奄奄一息，终日辗转呻吟于病榻之上。红粉骷髅，两相对比，岑参真是感慨万千！连日来，他和小琬日夜轮流在床前守护，忙前忙后，竟没有听说长安失守的坏消息。

在岑参的书房里，关老将军老泪纵横地讲述了关中这场惊天大惨变。

这是天宝十五年（756）六月间发生的历史剧变。封常清和高仙芝两位名将在潼关被无辜处死后，明皇无奈中又命名将哥舒翰率军出关迎敌。当时哥舒翰已垂垂老矣，且中风瘫痪在床。但也推辞不得，只得勉强临危受命，捧印出兵，被人抬着赶往潼关排兵布阵。开头哥舒翰也像高仙芝、封常清一样，采用坚守潼关天险，以逸待劳，暂时不与安贼决战的战略。此举倒也发挥了作用，两军在潼关相持数月，小规模的冲突中虽互有死伤，但安贼进占关中的企图始终未能得逞。可惜又由于权力之争和急功近利，奸相杨国忠严令宦官监军胁迫哥舒翰立即开关迎敌。哥舒翰被逼无奈，只好仓促率军出关出战，结果十余万唐军主力在弘农（今河南省灵宝市境）一带遭到惨败，连他这位昔日战功赫赫的名将都被俘投降了。这位不能死节的老将，知道就是活着回到长安也不免一死，就向安禄山献媚求饶，说要替他劝降各地诸唐将。后来因劝降不成，还是被安禄山给杀了，可谓英雄一世，晚节不保，死有余辜。唐军弘农兵败之后，在哥舒翰幕中任掌书记的高适狼狈逃回长安，幸运地捡回了一条命，后伴随明皇銮驾逃往蜀中。潼关这道长安的天然屏障既失，叛军便如入无人之境，迅速直抵都城。天宝十五年（756）六月中旬，长安失陷。安禄山纵兵在关中大肆烧杀，奸淫掳掠，几天之内就追杀了李氏的王子王孙百余人，惨绝人寰。长安一带的黎民百姓也横遭蹂躏、屠戮，真可谓山河破碎，生灵涂炭。唐明皇见形势不妙，在叛军攻进长安城的前三天就仓皇逃往西蜀。不想途经马嵬驿时羽林军激于义愤，悍然发动兵变。兵变军人怒不可遏，杀死了祸国殃民的奸相杨国忠。为了斩草除根，免除后患，一不做二不休，他们又迫使明皇忍痛下令缢死了杨贵妃！而太子李亨，在众臣的拥立下，逃到朔方镇，于灵武匆匆登上了大位……

岑参听完后，眼睛怔怔的，如同赤身被人投进数九隆冬的冰河之中，从头到脚，从身体到内心都冰透了！

"连长安，竟然也失陷了……"岑参喃喃自语，茫然望着窗外。

老将军痛心疾首地说："真想不到啊！高祖、太宗皇帝开创的皇皇基业，气数难道这样快就尽了吗？现在朝廷既已改元，唯愿新天子能够托列祖列宗的福佑，尽快扭转乾坤……"

过了一会儿，老将军又对岑参说："岑大人，我记得咱们曾商量过，如关中危急，朝廷有令，即一起带支部队入关勤王，战死沙场也在所不惜。你看，张都尉不是带兵进关平胡去了嘛。听说焉耆镇、于阗畋沙都督府也派数千兵马进关御寇去了。可是，赵光烈这家伙却在朝廷万分危难之际，不思报效，竟然见死不救，一再阻止末将率军勤王。一定是他们看到安禄山势大，关中形势危急，朝廷已靠不住了，徐章和侯京等一帮狐朋狗党便给赵光烈出了个坏主意，借口北庭兵员不足，不再派兵入关。我算看出来了，这帮人其实是想守住地盘，拥兵自重，坐观待变，图谋不轨。可是，老夫现在在都护府是有职无权，早已被他们架空了，要从他手里调几个兵，比登天都难！一旦朝廷下诏调兵，总不能让我光杆老将一个人入关去打仗吧！这个赵光烈，竟敢在老夫面前装老大，真真气死老夫了！岑御史，为今之计，你看我们该怎么办？"

"好嘛，这就是封大夫看上的好继任者，眼光不错！"岑参听完，站起来气愤地说，"赵某人拥兵自重，包藏祸心十分明显。不过，话又得说回来，封大夫走时已带走伊吾军王维岳两千兵马，张将军后来又带走了天山军、静塞军等三千人马，赵光烈、徐章他们一伙的算盘精，日后要想割据一方，是得留下点儿看家的老本钱了！老将军你此时还想带兵马入关，岂不等于要砍掉他们的臂膀，与虎谋皮嘛！"

"这就是说，将来贼兵一旦在关内成了事，赵光烈一伙就会投靠安禄山了！真想不到他会变成这等人物！"

"像这种首鼠两端、有奶便是娘的势利小人，干出这种背叛朝廷、卖主求荣的勾当，一点儿也不奇怪。你看，哥舒翰不是投降了嘛，中原那么多贪生怕死、没有骨气的高官将军，不是也都先后叛变投敌，接受伪职了吗！"

"封大夫真是看走眼了！"

"时穷节乃见，烈火见真金，是忠，是奸，到时自见分晓！"

关老将军说："问题是眼下我们该怎么办！"

岑参在书房里转了两圈，忽然一拍脑门，说："有了！为今之计，在下倒想到一个主意。关老伯，你看这样行不行？"

"快说，啥主意？"

"下官想，无论如何，老将军你现在还是都护府的兵马副使，有招募兵员之权。在这非常时期，一旦朝廷下诏令北庭派兵增援，那么，带回一支私募的马军赴关内勤王，本属正大光明、名正言顺的事，他赵某人绝无任何理由阻拦。"

"招募私兵！到哪儿去招？"关老将军急切地问。

"到轮台南山去招啊！"岑参指指西方，"老将军久驻轮台，南山黄姓番王父子不是与你的私交甚厚嘛。前年秋天老番王病重，专请我们去安排托孤之事。去年春天，我们还帮他们斗歌斗败了黑姓番王，赢回了一大片草场。下官以为，关老将军是他们的恩人，新番王非常感激你，一定会知恩图报，听你调遣的。"

"啊呀，你不说我倒忘了。岑副使，可真有你的！"关老将军听后高兴了，站起来说："对，真是个好主意。那好，我们这就赶回轮台去，到南山见了白杨沟归德将军，就请他选上几百通晓骑射的年轻牧人，抓紧时间训练，尽快建成一支马军来，到时候好随老夫进关御敌。胡人骑兵作战骁勇，调教好了是很有战斗力的。想那新番王，人很是通情达理，一定会给老夫这个面子的！"关老将军兴奋地扬起手，"哈哈，这件事赵光烈这小子他管不了，又不动他的一兵一马，谅他也不敢公然阻拦。有道是天无绝人之路啊！岑大人，你这一席话把老夫的病也治好了。走，说干就干，我们明天就动身去吧！"

"好，事不宜迟，我们马上到轮台去！"

第二天一大早，岑参去探望小琬母亲，见她病情好像大有起色，显得精神甚佳，暂时并无大碍，就和关老将军、陈金乘快马赶往轮台。陈金说想顺便把阿依茹茹克的母亲接来庭州，好帮忙照顾小琬的母亲，岑参也同意了。

到轮台后，第二天平明，关老将军、岑参和轮台县令独孤渐等，就带着亲兵随从和通事翻译赶往白杨沟。

今年有些秋行夏令,虽已至中秋,天气仍然十分炎热。此时的南山牧场,天蓝、云白、气清、草绿,阳光明媚,林木黄绿相间,特别是掩映于云岭杉林中的白桦树,斑斓耀目,亭亭玉立,风姿招展,十分诱人,比起前年冬天岑参他们来时所见到的冰天雪地,别是一番风光。如果不是有要事牵挂,岑参真想漫步于这烂漫的天山秋色之中,心旷神怡地作上几首诗呢!

岑参发现,新番王的这处冬窝子,牙帐周围的白色毡房比起上次来时好像少了许多,稀稀落落,有些冷清。关老将军解释说,这是因为牧人大都赶着牲畜迁到远山深处的夏牧场中去了,那里的水草此时特别丰美,直到深秋天冷草枯时才转场回来。南山老番王于去年春天病故,二儿子早已顺利接任,朝廷也依例敕封他为归德将军、庭州司马等职衔。一年多不见,岑参感到这位年富力强的新番王,已经历练得相当成熟老练了。而且,他们惊喜地发现,新番王竟然粗通汉话,交流起来没有多少障碍。当下,几位老熟人相见,问寒问暖,十分亲热,彼此拥抱着拍打了半天才放手。岑参还吃惊地看到,新番王的那位年轻美貌的后母,现在已名正言顺地成为他的妻子了,正驾轻就熟地忙前忙后指挥手下人准备酒肉,招待客人,见了岑参他们,也很坦然,毫无羞怯之色。岑参知道,这是胡人为了保障家族的自然延续,自古就形成的婚姻风俗——少妻嫁子,并无所谓乱伦之嫌。其实,这两个人的年龄恰恰是相当的。岑参就笑笑,没有多说什么。陈金则带着礼物,去看望阿依茄茄克的父母亲。

在牙帐外草地上摆开的接风酒宴上,关老将军单刀直入,谈起都护府准备在南山召集训练一支马军,好随时奉诏入关勤王的事。岑参接着简单讲了关内平胡的局势,并解释说:"新天子已向天下发出了征诏令,凡由西域入关勤王的部队,沿途行军作战的所有给养经费,概由朝廷支付。参加战斗后每收复一地,除了土地照归朝廷之外,依例将据功另有封赏,所获金银财宝女子等,亦一律由缴获者所有。"

新番王听后二话没说,拍着胸脯答应下来。他说:"贼娃子安禄山胆大包天,敢在关内造反,我等多少也听说了,感到十分气愤。出兵平叛,这是保卫天可汗大唐天下的大事,也是我等臣下应尽的本分,岂能推辞?再说,朝廷既有慷慨封赏,此事又是大恩人和岑大人亲自托办的,还有什么话可说的！我父亲临去世时一再交代，永远不要忘了关老将军和岑大人的大恩大德，一定要设法报答。依小王我看，关大人说招募三五百兵马，人数太少了，怎么够用？至少要组建起一千兵马的大部队，到时候跟随关大人浩浩荡荡开进关去，也好长长老将军的面子，显显小王我对天可汗的一片忠心。"说完，新番王对手下人交代了几句，只见那人立即跨上一匹无鞍枣红马，向山后飞奔而去。

不久，坡前山后传来一片刺耳的口哨声、呼叫声，黑压压奔来一大群不同毛色的马，只听草地上马蹄嘚嘚，马鸣哓哓，震得天摇地动。骑在马上的武士都是二十来岁的年轻牧人，个个身强力壮，精神抖擞，有近百骑之众。胯下的骏马也都膘肥体壮，神采焕发。他们最后围成一圈停下来，胯下骏马喷着响鼻，用蹄子使劲刨着草地。新番王站起来大声讲了几句话，就见召集人扬手发出一声号令，年轻牧人们便争先恐后地纵马绝尘而去，一会儿，又呼啸着回缰驰骤而来，腾腾嘚嘚，其势如暴风骤雨，势不可当。接下来，他们在关老将军等面前往来穿梭，纷纷表演起骑技武艺：有双手叉腰高高立于马背上继续奔跑者，有抱鞍倒立驰行者，有一只脚蹬铁镫斜身探手从草地上拾物者，有镫下藏身者，有只手抱住马颈在马背上左右翻转颠扑者，有下马徒步忽又纵身一跃跃上马背继续骑行者，有双方于马上相持扭结角力者，有回身弯弓射箭者，还有挥大弯刀劈砍树桩者……各呈绝技，种种惊险动作接连不断，令人惊叹不已。表演结束，小伙子们一齐滚鞍下马，在新番王和关老将军等座前依次下跪致礼。待新番王朝他们挥一挥手，忽又大发一声喊，飞身上马，呼啸着四散远去。

关老将军和岑参等看得热血沸腾，情不自禁地鼓掌叫起好来。

"怎么样，小王帐下这些小伙子们，还能上阵打仗吧？"新番王指着壮士们远去的身影，得意地问道。

"好极了，壮士们个个身手矫健，看得老夫眼花缭乱，都是好样的，再加以严格训练，组建一支精锐的马军绝对没问题！"关老将军捋捋胸前的白须兴奋地说。

岑参和独孤渐都笑道："归德将军放心，连老将军都夸奖了，当然行了！"

新番王解释说："我管辖下的西天山一带，共有大大小小上百个部落，从每个部落中挑选十来个小伙子，随便就能组成上千人的骑兵铁军。"他想了想又说，"不过，牧民们现在正分散在各个夏牧场上，一时不好集中。等入冬后集中起来进行训练，恐怕要好几个月时间才行。"

关老将军说："不急，你们抓紧时间挑选人马训练，练好了，随时听候我的命令，我要亲自带领大家进关去杀敌立功。"

岑参这才向新番王建议，将来进关上战场，不能只是单兵独斗，要选定各级头领，严明纪律，让小伙子们统一号令，演练一些阵法，相互配合起来协同作战，方能却敌制胜。到了冬天，最好把各个部落选好的人马集中起来训练，好随时整装轺马，待命进关。

新番王连声说对对对，请三位大人放心，他一定照办。还说到时候他要亲自随关老将军进关平叛，为天可汗效力。岑参高兴地拍拍新番王的肩膀说："好样的，谢谢归德将军对天可汗这一番忠心，到时候我们一起跟随关老将军入关杀敌，为朝廷立功。"

临分手时，新番王回赠了礼物。关老将军命随来的几位军官留下来，协助新番王挑选人马，传授武艺，指导他们操练阵法。

在返回轮台的路上，老将军显得特别高兴，精神一下子好了许多，不住说："这下好了，这下好了，赵光烈管不了这支私募的马军，老夫就不会光杆一个入关平胡了。太好了，真是个好主意，你岑大人又为朝廷立了一大功！"他忽然想起了什么，又嘱咐岑参："岑大人，你一定要好好对待小琬，这可怜的姑娘命太不好了。老夫送你一句话，你一定要带她回关内去，越早越好，北庭已不是我们待的地方了！"

"关老伯，既然静塞军没有了你的职务，不如就把家搬到庭州来，我们以后见面就方便了。等南山的马军集训完成，朝廷调兵的诏令一旦下达，我争取带小琬随关老伯一起回关内去，共同为圣皇效力。"末了，岑参说他要过去收拾一下放在轮台房舍里的衣物、书籍，明天好向关老将军和独孤兄告别。他意识到，此番分别，以后再来轮台的机会恐怕已是不多了！

时值八月，虽然雷鸣电闪下了一阵暴雨，天气仍很闷热。岑参摇着扇子，一个人坐在空空荡荡、散发着土腥气的屋里出神，回想着这几年封大夫、关老将军和他在轮台所发生的诸多往事，皆历历在目，不堪回首。他又联想起这座房屋的旧主人赵仙舟先生，还有两人迹近相同的不幸命运，不禁万分感慨。看来，我将是又一个边功不成、落寞东归的"白发轮台使"啊！这难道

303

是宿命么,怎么会这样凑巧呢? 世间事真是难以预料啊! 岑参又想到,前年秋天,就在这战云密布的轮台城头,他们见到封大夫威风凛凛地西征阅军,他还向封大夫激情满怀地献上了壮行诗;去年秋天,他们与封大夫一起在红山顶上游宴射雕,又赋了诗;然而今年春天,高大人和封大夫却在潼关被屈杀了! 对此难以预料的巨大变故,岑参有些想不通:大敌当前,国家用人之际,英明一世的圣皇怎能如此糊涂,轻易滥杀功高盖世的大将,自折肱股呢? 要知道,现在满朝的武将中,如高大人和封大夫这样享有威望的军事统帅,能与安贼抗衡的,已经不多了啊! 过去人们常说封大夫是位福将,总能逢凶化吉,遇难呈祥,谁知这一次却没能逃脱厄运,身败名裂,着实令人感伤!

天空里,一群南飞的大雁向旷野撒下阵阵洪亮的鸣叫声,岑参听着,心里就有些悲凉。要说这庭州、轮台一带就是奇怪得很,一入秋,虽然时见云中雁阵,时闻空中雁鸣,可就是听不到聒噪刺耳、扰人清梦的蝉声。蝉声,到了这个季节,在关内可是随处可闻的啊! 又是秋天了,想着自己在都护府中虚度时日已将及三年,却寸功未建,而且如今处境日益糟糕,岑参不禁无奈地叹了口气。这时窗外起风了,哗哗啦啦地落下一阵雨,他心有所动,于是研墨提笔写下一首诗:

异域阴山外,孤城雪海边。秋来唯有雁,夏尽不闻蝉。

雨拂毡墙湿,风摇毳幕膻。轮台万里地,无事历三年。

——《首秋轮台》

斟酌着诗稿,正在感伤呢,陈金领着独孤渐进来了。

"岑兄又在作诗了。"独孤渐望望桌上墨迹未干的诗稿说,"'秋来唯有雁,夏尽不闻蝉',可不是吗,我来轮台快两年了,真的没有听过一声蝉鸣。没有烦人的蝉鸣其实也好,这耳根倒也清静了许多。岑仁兄,行李、书籍和诗稿都收拾好了吧? 待南山募兵组建成功,岑兄就可以离开北庭,远走高飞了。唉,这里,已经没有任何值得你留恋的了!"

"渐弟呀,此地是我的伤心处,本无可留恋,可是我暂时还不能东去。你也该知道,我与关老将军不同,我是文官,不能带兵,想随关老将军入关,只是说说而已。在都护府,赵光烈他们已把我挤对得无立足之地了。真的是

'无事历三年'，我即使想竭诚报效朝廷，也无处尽力呀！不过也好，我无所事事就在这里抽空多写点儿诗吧，把这些年所写的诗稿文稿都整理一下，看看情形再说。前些年，我从河西辞官回到高冠谷，已受到不少人的埋怨，二兄也认为处事过于轻率，失于计较。这次来西域，欲想二度挂冠东行，是得斟酌斟酌了！现在关中既已沦入敌手，遍地胡尘，终南双峰草堂也不会安宁，没有朝廷之命回关内，你知道，我没有地方可去呀！再说，小琬母亲病重，她自己的身体也很不好……"

"岑兄目前的处境的确很为难。不瞒你说，连为弟我也不愿再在这里待下去了。最近你与在灵武的武大人写信了吗？请他在朝中替你想想办法吧！"

"写过信了，不知何故，一直没有回音。唉，这兵荒马乱的……"

独孤渐感叹道："这倒令小弟忆起岑兄几年前在《玉关寄长安李主簿》一诗中说的'东去长安万里余，故人何惜一行书'来，这其中的感慨，与杜甫先生的'烽火连三月，家书抵万金'，诗意何其相似！"

岑参听了，不觉怅惘地望望东方。越过轮台城楼，白山那一簇高峻的皑皑雪峰，在晴朗的天空里闪烁着刺目凄冷的银光。

第四十二章

雪打杏花

关内传来了好消息，说是安贼禄山占了长安后，他的儿子安庆绪想提前过过当大燕皇帝的瘾，就把父亲杀了。贼兵发生了内讧，关中的压力就自然有所减弱。各地平叛的战事也不断传来捷报，新天子的扈从已在二月间由彭原迁至凤翔府，那里距离长安已很近了。眼见天兵一到，被贼兵蹂躏大半年的长安光复有日了。听到这些好消息，岑参心中甚是欣慰。

这天晚上，当岑参夫妻两人苦中作乐在锦被中相拥亲昵时，小琬既害羞又兴奋地告诉岑参，说她已一个多月没有来身子了，近来出现呕吐反应，老爱吃酸的东西。问问母亲和胡妈，她们就有些高兴，说怕是怀孕了。岑参听了高兴地想，看来上清宫签上说的"待到新春喜气来"真的应验了！于是喜不自胜地在小琬脸上、胸上亲吻了半天，又用手轻轻抚摸小琬光滑细腻却有些微微发硬的小肚子，暗中祈祷能得一个大胖儿子，也算得上苍给他们夫妻俩的最大安慰。不孝有三，无后为大，年届不惑，膝下仅有一女，这人伦上的一大缺憾，就有可能弥补了。

隔了一天，岑参就派陈金到上清宫还了愿。后来还和小琬带着陈金、胡月华夫妇到西大寺烧了高香，出资办了一个小型法会，全家在充满希望和欢乐的气氛中度过一段喜庆的日子。

然而好景不长，惊蛰还未到，北庭节度使赵光烈借口自己兼职过多，分不出身来经办财务和屯田诸事务，不待上报朝廷，便任命徐代长史兼领度支

306

营田使之职,接管了岑参的职务。其目的自然是为了控制都护府的一应财政开支,好供自己不受任何约束地尽情挥霍。徐章当上都护府代长史,虽然权大位高了,官秩一下子提升了两三级,但毕竟不是上下级直接的统属关系,岑参还不至于过度难堪。但现在不同了,两人地位发生了戏剧性变化,徐章兼领度支营田使,成了岑参的顶头上司。岑参有时不得不硬着头皮到度支府点卯,望着两年前常在自己面前低三下四却满肚子坏水的小人,今天竟趾高气扬地端坐大堂,对站在堂下的自己指手画脚,颐指气使,这让一向心高气傲的岑参情何以堪! 一朝权在手,便把令来行。为了远远地支开岑参,免得他在府中碍手碍脚,徐章就心生一计,不顾天寒地冻,故意支派他到轮台、西州、伊州一带去巡察军备屯田事宜。

对于徐章不无恶意地惩罚自己的这一招,岑参当然心知肚明。但一来人家是以公干的名义,无法拒绝,二来自己其实也想躲开他们,眼不见为净,于是就带着远行的行装,与陈金一起冒雪出发了。

在从轮台东折去西州、伊州的漫漫长路上,岑参自我解嘲地对陈金说:"白山之南的西州和伊州地界地气热,春来早,现在已到了桃杏花盛开的季节,这实在是好心的徐大人特别照顾我们,让我们去春游赏花哩!"

其实,能赶上观赏西州伊州地界早开的桃杏花还在其次,岑参更想到那里打听一下关内的战况。因为那里离沙州敦煌和河西陇右都护府更近一些,获取中原的战事消息自然比较近便。谁知到了伊州,听到的消息却不容乐观,安史叛军虽然经过内讧,乱了一阵,但贼势仍大,而各地勤王的唐军则号令不一,指挥混乱,有的人还心怀鬼胎,想保存自己的实力,不愿主动配合,所以平叛战局总体上进展不大,敌我双方仍处于胶着状态。岑参听后,不由得忧心忡忡。

心情不佳,匆匆看了伊州田野上盛开的杏花,岑参心有所动,忽然挂念起家中的小婉来,便匆匆驱马赶回庭州。

这天,岑参经过数天奔波,迎着纷飞的春雪,拖着疲惫的身子回到家,却失望地看到,正在窗下小织机上纺纱的小婉神情恍惚,印堂发暗,似乎脸上还带着泪痕,迎接他的时候也不像过去那么兴奋热情了。以前,岑参每次远行归来,小婉总是亲热得不得了,问寒问暖,关心备至。一旦发现岑参有不快,善解人意的小婉便想方设法引他高兴,又是唱歌,又是跳舞,有时还装成不懂事的小姑娘一样缠着他撒娇，非把他逗得开怀大笑不可。俗话说，久别胜新婚，过去每次岑参出远差归来，两人都感到有说不完的话，何况这回分别快两个月了。可是却让岑参十分纳罕的是，小琬见他回来，竟不敢抬头正视他一眼，只是勉强侧着身子低头冷冷地问候一句，便默不作声地起身去斟茶做饭了，搞得岑参一头雾水。

天黑后，小琬铺好被褥侍候岑参洗完脚上了床，便一个人静静地斜躺在一旁。

岑参闷闷不乐地躺进被窝。按照平日睡前的习惯，岑参总要读几页书才能入睡的，于是他和衣靠在灯前，顺手拿起一部玄奘著的《大唐西域记》读起来。此书是这次他在伊州书肆上买到的，有八成新，由敦煌坊间雕版精印，纸张、装帧均属上乘，价格也不菲。读着书，岑参渐渐忘了心中的狐疑和不快。书前附有玄奘弟子慧立撰写的《大慈恩寺三藏法师传》一文，很快吸引了他的注意。唐玄奘法号三藏法师，从印度取经回到中土后即奉旨住在慈恩寺中翻译经卷，所以称他为"大慈恩寺三藏法师"。看到文中"慈恩寺"几个字，岑参眼睛一亮，不禁忆起长安的家，联想起几年前与高适、杜甫等朋友同登慈恩寺写诗的情景来。中原已乱，兵火频仍，朋友们都还健在否？何时才能再聚首呢？高高的慈恩寺高塔安全无恙乎？二兄嫂他们该不会出事吧？伤感了一小会儿，岑参又开始读书，他知道忘掉忧伤的最好办法，就是专心做事、写诗或读书。他很快就被这篇文章吸引住了。

原来《大慈恩寺三藏法师传》记叙了一段很有意思的故事：玄奘冒险赴天竺取经的途中，行至伊州至西州一带的大沙漠中迷了路，又断了水，终因极度干渴劳累体力透支而昏迷在茫茫沙丘之中，长达五日之久，几乎丧生。幸而此时突有一尊大神现身降临到玄奘身边，用水和食物救活了他，并为他指点迷津。玄奘这才幸免于难，继续整装西行。玄奘是岑参极为崇拜的一位本朝高僧，在赴西天取经的漫漫征途中，他那长途跋涉、历尽苦难、矢志不渝、舍身求法的坚毅精神，正是激励岑参两次投笔从戎的精神支柱和强大动力之一。岑参一边读书一边想，《易》云："士不可不弘毅，天行健，君子以自强不息。"孟子亦云："天将降大任于斯人也，必先苦其心志，劳其筋骨……"看来，欲成大事业者，必先经受种种意想不到的磨难和考验，此似古今通例。精诚所至，金石为开。法显和尚、玄奘大法师精诚所至，最后完成了去西天取经,功德圆满了;张骞、班超精诚所至,最后凿通西域,开辟了丝绸之路,扩大了天朝版图,成就了一番大功业。想我岑参,两度离家来西域,前后四五年了,往来驰驱,风沙霜雪,酷热干渴,历尽辛苦,实为中原士林所少见,心不可谓不诚,志不可谓不坚。如今年届不惑,可是正果、功业又在哪里呢?为我指点迷津的"大神"又在何处?恰恰是"虎落平川被犬欺",受尽了一帮小人合伙挤对,报国无门,眼下甚至连家中知我爱我疼我的小妾都不愿理我了,我活得可真窝囊啊!岑参这样想着,不禁愤愤不平,简直有点儿怨恨苍天不公了。他暗暗自忖,当初第一次西来途中,自己曾有诗道"悔向万里来,功名是何物",如今想来,还真的不幸而言中了。功名算什么呢?即使得到了又有什么用处?像高大人封大夫这样,功勋不可谓不大,官爵不可谓不高,结局尚且如此,自己又该如何呢?自己早年不知天高地厚,大写什么"将军天上封侯印,御史台中异姓王",以为一到边塞,凭着自己的勇气、才华和决心,"云霄坐致,青紫俯拾",建功立业、封王赐侯、封妻荫子,简直如同探囊取物一般,唾手而得,此真乃小儿之狂言呓语也!赵仙舟先生、宗学士诸人的落拓失意,不正是自己的先例嘛!

灯焰渐渐暗下来,眼前一片茫然,原来是灯油将尽了。他不想把小琬叫起来添油,只是轻轻叹了口气,披衣下床坐到窗前沉思。昏黄的月光,透过碧纱窗,把窗前树杈枯枝的阴影印在床前泥地上,状如鬼物伸爪欲攫人,显得异常阴森恐怖。已是春天了,在西州、伊州天山以南地界,田野上杏花、桃花早已开成一片花海,云蒸霞蔚,嫣红姹紫,一派春光明媚的喜人景象,让人乐而忘忧。而在这仅有一山之隔的庭州,地面虽已开始解冻,但即使在郊外也依然看不到一丝绿意。记得太白先生曾有诗"五月天山雪,无花只有寒",自己也写过"三月无青草""四月犹自寒"之句,的确不假。此刻,更是寒气逼人,大风卷着雪花把门窗震得簌簌直响,奄奄一息的油灯终于熄灭了,房内一片幽暗,岑参似乎从中感觉到一种不祥的征兆,心情也随之愈加抑郁了。

小琬今天的样子有点儿不正常,离家两个月回来,身子挨都不让我挨一下,究竟出了什么事呢?是妊娠反应大身体有所不适吗?不像。是嫌我迟迟没有把她正式收为姬妾,怀疑我对她有二心吗?是嫌我近几个月来心情不佳,房事不多,对她冷淡不够亲热了吗?都不像。还是因为最近变故频仍,我屡屡受奸人挤对,眼看命运不济升迁无望,她遂生异志想离我而去了吗？不，不，这更不可能！小琬可不是这种见异思迁的势利小人。四五年的朝夕相处、肌肤相亲，应该是知人知心、知冷知暖的了。我对她的感情是真诚的，小琬对此深有感受，心领神会，一直是很感激自己的。她也多次向我表露心迹，说什么不管出了什么事，哪怕天崩地裂、海枯石烂也要追随我到海角天涯，同甘共苦，誓死相守。如今，我已经收她为妾，聘礼都送去了，以后还准备把她带回关内，难道对我还有什么不放心的吗？对了，一定是我不在家的时候发生了什么事，她有什么难言之隐！小琬不说，石老伯、关老将军，甚至还有陈金他们知道了也都不说，大家都好像商量好了似的，偏偏瞒着我、躲着我一个人。这究竟是怎么一回事呢？

岑参对待男女感情，一向用情专一，也是很真诚的。这几乎与他写诗一样十分专注、投入，这一点在有唐一代的文人中也许并不多见。在唐朝诸多文人中，无论贵贱贫富，纳妾蓄婢是一种十分普遍的现象。家境优裕的养几位歌姬舞姬，携妓远游，甚至常年在秦楼楚馆中与青楼女子厮混寻欢买笑的，也不乏其人。至于在边塞军营中效力的文人学士和将官，耐不住寂寞，与营中随军的或驻地的歌姬舞女们逢场作戏、寻欢作乐的，更是司空见惯的事，这也是时代的风习。岑参对户县高冠谷家中那位贤良、端庄的妻子，感情是十分忠贞的。几次离家远游，他从不涉足青楼柳巷，以至常被同行友人所嘲笑和误解。在遇到石小琬之前，他可以说是"平生无二色"。因此，在第一次奔赴西域期间他写的许多边塞诗中，怀念家庭妻子的内容几乎篇篇皆有，感情也极真挚动人。只是在铁门关遇到了石小琬，岑参的感情才发生了一些小变化。他爱小琬如花的玉容，爱她火样的性格，更爱她的聪明伶俐和善解人意。他对小琬倾注了全部的爱恋，从小琬身上，岑参也体味到爱情生活中更为深邃的意义。现在，小琬又为他怀上了孩子，他对小琬的感情更添了一层珍重。因此他对酒宴上，在光天化日之下，那些将军、幕僚们竟与歌舞伎们动手动脚、打情骂俏很不理解，也颇为反感，以为那是丑恶、浅薄、无聊和下作！近年来，圣上视六宫粉黛为无物，只是痴迷于杨贵妃一人，以致不理朝政，一任祸国殃民的杨国忠为所欲为，朝野上下无不对此感到十分痛心。但是岑参觉得，除了"不理朝政"以致让奸相宦竖之流弄权误国，直至导致安史逆贼叛乱有些可恨可悲之外，作为风流天子的明皇，竟能三千宠爱在一身，做到夜夜专宠杨氏一人，却也是难能可贵的。须知，这身边的石小琬，

310

就是他岑参的"杨贵妃"啊!

可是,现在他的"杨贵妃"变了,对他疏远了,冷淡了,不那么可爱了!

正在这时,忽听黑暗之中他的"杨贵妃"哭起来了,抽抽咽咽哭得好不动情伤心!

岑参没有扭头看她,只是坐在床边长叹一口气,轻语道:"小琬啊,你哭什么呢?嫌我心里还不够烦吗?你哪里知道,在伊州,半夜里我想念你睡不着觉,还为你专门写了一首诗哩!"

这首诗题作《伊州行遇杏花之作》,可以说是岑参一首动了真情之作,写得质朴流畅,感情真挚。本来岑参到家之后立即就要拿出来给小琬看的,想给她一个意外的惊喜,好使久别之后的这一回巫山云雨更富有情趣。但是小琬的冷漠令他觉得很煞风景,便不好意思拿出来了。

小琬的哭声变得高了起来。

"别再哭了,小琬,听我给你诵诵这首诗吧。"说完,岑参起身本来想翻检出诗稿,但看看灯灭了,房中一片昏黑,就不找了。只听他轻声背诵起来:

伊州杏花白如雪,使我思乡肠欲绝。

挺得一枝在手中,无人远向金闺说。

愿得青鸟衔此花,西飞直送到我家。

胡姬正在临窗下,独织留黄浅碧纱。

此鸟衔花胡姬前,胡姬见花知我怜。

千说万说由不得,一夜抱花空馆眠。

小琬听后一言不发,待了半天才突然哇的一声哭出声来,扑在岑参的怀中抽抽搭搭地越哭越伤心,以致不能自已。

岑参劝慰了一番后,小琬终于止住了抽泣。岑参为她拭干眼泪,怜爱地抚摸她亲吻她,又伏在她有些发紧的下腹倾听胎音。正当岑参兴奋起来,要与小琬行房事时,却被小琬婉拒了。她流着泪内疚地告诉他,她下身不知何故近来经常流血,所以为了腹中他们的孩子,恳请他暂缓几天。岑参只好扫兴地停住了动作,熄灭了情欲之火,转而关心地问小琬怎么不小心,竟动了胎气的呢,问这问那。小琬害羞,支支吾吾也说不出个所以然来。

岑参感到很不安,不禁记起上清宫求的那支不很吉祥的中下签来,"待到新春喜气来,一枝红杏雪中开",怎么这么巧呢,自己这首诗无意间也写到了杏花!杏花盛开的时节却遭遇到风雪严寒的袭击,蕊残瓣落,那么,到了夏天,杏子还能结得出来吗?这难道不就是签中说的"一枝红杏雪中开"所暗喻的不祥谶言吗?眼下正是春寒料峭、时有飞雪的时节,难道腹中的孩子真的会发生什么意外吗?岑参不敢往下想了!

丝路之魂

岑参

第四十三章

飞来横祸

赵光烈执掌伊西、北庭都护府的大权一年多了。也是他的幸运，一年来虽然关内不时报急，但辖下各地却平静无事。于是他在徐章等人的策划下，看准机会，借口关中混乱，交通阻塞，不报请朝廷照准，得寸进尺，擅自将徐章和侯京代理职务中的"代"字一律去掉，正式委任他们为北庭都护府长史和行军司马。赵光烈见左膀右臂都是亲信，对自己无限忠心，便索性放心地把都护府一应大事悉数交由两人和侄子他们去全权处理，自己乐得在府中优哉游哉，尽情享乐。

近来，赵光烈的脾气越来越坏，原来他对府中那些老掉牙的歌舞游艺节目已经腻味了。于是他给侄子赵任星一大笔银子，让其专程到歌舞之乡龟兹，去挑选一批年轻的胡女歌舞姬回来，养在府中，好让她们排演一些新鲜节目供自己赏乐。赵光烈听人说，长安皇宫中曾跳过一种叫作"浑脱舞"的，乐曲声中，舞女们边跳边脱去身上的衣裙，露出雪白柔嫩的胴体，逐渐出落成一个个半裸或全裸的美人，然后光着身子继续翩翩起舞，想来那光景该是多么新鲜、刺激！所以他异想天开，就命新来的舞姬们也给他表演这套"浑脱舞"。可是这些歌舞姬都推说不会跳，这使淫欲无度的赵光烈大为光火，终日只是拍桌子踢凳子地大发雷霆。

徐章和侯京知道赵光烈有这么个嗜好，就投其所好，私下里开始计谋了。徐章听人说，岑参家中的小琬就会跳这种"浑脱舞"，便把侯京请到家中

313

来商议。

"依我看,不如让赵大人趁岑参不在家时,把小琬请来,给舞姬们教教'浑脱舞',怎么样?"

"这一招,嘿嘿,太阴损了点儿吧?"侯京听了,似乎有些不忍。

"侯大人,话可不能这么说。"徐章有些不高兴,"你别忘了,这些年来,岑某人仗着官大几级,封大夫看重他,还能写几句歪诗,眼睛就长到头顶上了,平时连正眼都不肯瞧我们一眼。一想起他当日那副趾高气扬的样子,我就气不打一处来。封大夫走后,让光烈接任了节度使,龟儿他就怀恨在心,处处和我们过不去,甚至与关继祖这老匹夫串通一气,想把赵大人推倒好取而代之。你想,老子能饶过他吗?三十年河东,三十年河西,这就叫君子报仇,十年不晚!"他伸伸细脖子又说,"侯老弟,你也别忘了,你本来早就该升任轮台县令了,正是岑某人向封大夫举荐了那个独孤渐,才抢占了你的位子。可是光烈对你怎样,你心中也该有个数。不过两年光景,平步青云,官衔连升三四级,不到三十岁就当上都护府的大司马,官居四品,这样的知遇之恩岂能不报?在下以为,此计一来可报答光烈的恩典;二来,也好狠狠羞辱他龟儿子岑某人一番,让他好好尝尝戴绿帽子的滋味,好报我们的一箭之仇!嘻嘻,这就叫'一箭双雕',是不是?"

停了停,徐章又愤愤地说:"你不是亲耳听见过,他岑某人与陈金老在背后骂我,说我细长脖子绿豆眼,像个老乌龟。好嘛,老子这就让你龟儿当个真正的乌龟王八!"

侯京笑道:"徐大人,既然岑某人和关将军是我们的祸害,何不顺水推舟,放他们离开庭州算了。他们不是一再闹着要去关内勤王,而且在轮台南山私募了一支马军嘛。"

"侯老弟,看来这孔孟老夫子讲仁义的书你是读多了,对仇人有点儿于心不忍,想手下留情是不是?"徐章阴笑道,"如今北庭的形势,量他岑、关两个龟儿也翻不起啥子大浪来。那么,何不来个猫玩耗子,把他们攥在手心里,多折磨他龟儿们几天,好解解咱们的气!"他忽又压低声音说:"侯大人,你是聪明人,现在北庭到底谁说了算,此事你我心里都明白。光烈这人既然爱玩女人,那咱们就遂了他这个心愿,让他一天到晚玩得开心,玩得痛快,不理正事,岂不更好吗?"说着他眯起两眼,摇着细长脖子,得意地晃起脑壳来。

314

侯京一听,心照不宣,眼睛放光了:"徐大人,还是你老谋深——哎,哎,深谋远虑呀!"

"你我弟兄彼此彼此,哈哈!"徐章拍了拍侯京的肩膀。

当下,两个北庭都护府的实际掌权者,便来到赵光烈的都护府,一唱一和地撺掇起来。

赵光烈一听正中下怀。他早就垂涎小琬的美貌了,于是就要派人去把小琬接过府来。但转念一想,又觉得此事欠妥,万一岑参回来闹将起来该怎么办?

徐章笑道:"石小琬不过是岑副使家养的一个歌舞胡姬,让她来都护府教舞,是抬举了她,怕啥子嘛!"

徐章见赵光烈还有些犹豫,便向侯京使个眼色,侯京就从衣袖中取出一卷纸来。

徐长史阴阳怪气地对赵光烈道:"赵大人,你真的怕了人家是不是?"

赵光烈掀髯哈哈大笑:"什么话,天高皇帝远,现在又忙着和安史叛军打仗,皇帝老儿还能顾得上别个?在整个北庭,现在一切还不是咱老子们说了算,怕哪个?天王老子都不怕!"

"有个人,你堂堂大节度使怕人家,人家却不怕你哩!"

"啥子话么,是哪个吃了豹子胆的哟?"

"徐大人说的正是岑某人。他要是怕你,就不敢写骂你的这些歪诗了!"侯京说着扬了扬手中的纸卷。

"是岑参他个龟儿,又是啥子诗呀?"

"都在这里,赵大人你别急,这些诗都特别长,待下官先给大人念一遍,再慢慢解释解释。"侯京展开纸卷,念起诗来:

> 盖将军,真丈夫,行年三十执金吾,身长七尺颇有须。
> 玉门关城迥且孤,黄沙万里白草枯。南邻犬戎北接胡,
> 将军到来备不虞。五千甲兵胆力粗,军中无事但欢娱。
> 暖屋绣帘红地炉,织成壁衣花氍毹。灯前侍婢泻玉壶,
> 金铛乱点野酡酥。紫绂金章左右趋,问著只是苍头奴。
> 美人一双闲且都,朱唇翠眉映明胪。清歌一曲世所无,

今日喜闻凤将雏。可怜绝胜秦罗敷，使君五马谩踟蹰。
野草绣窠紫罗襦，红牙缕马对樗蒲。玉盘纤手撒作卢，
众中夸道不曾输。枥上昂昂皆骏驹，桃花叱拨价最殊。
骑将猎向城南隅，腊日射杀千年狐。我来塞外按边储，
为君取醉酒剩沽。醉争酒盏相喧呼，忽忆咸阳旧酒徒。

　　　　　　　　　　　　　　——《玉门关盖将军歌》

酒泉太守能剑舞，高堂置酒夜击鼓。
胡笳一曲断人肠，座上相看泪如雨。

琵琶长笛曲相和，羌儿胡雏齐唱歌。
浑炙犁牛烹野驼，交河美酒归巨罗。
三更醉后军中寝，无奈秦山归梦何。

　　　　　　　　　——《酒泉太守席上醉后作》

敦煌太守才且贤，郡中无事高枕眠。
太守到来山出泉，黄砂碛里人种田。
敦煌耆旧鬓皓然，愿留太守更五年。
城头月出星满天，曲房置酒张锦筵。
美人红妆色正鲜，侧垂高髻插金钿。
醉坐藏钩红烛前，不知钩在若个边。
为君手把珊瑚鞭，射得半段黄金钱，
此中乐事亦已偏。

　　　　　　　　　　——《敦煌太守后庭歌》

　　赵光烈耐着性子听完，摇头笑骂道："写的都是啥东西？狗拉羊肠子，不懂！你们莫要哄老子，这哪里是骂我哟！明明写的是玉门关盖将军、酒泉太守，还有那个敦煌太守嘛！龟儿安禄山们在中原造反，我们鞭长莫及，管不了那么多。老子只要不跟着造反，替圣上守好西北边防就行了嘛！说他们在军中无事终日饮美酒，听歌赏舞，玩女人，嘿嘿，现在哪个都护太守将军不

316

是这样子干的？真是少见多怪，狗拿耗子，多管闲事！那个盖将军我认识，还同他掰过手腕子哩！龟儿胆子硬是大得很，天不怕地不怕，去年一发脾气，拔刀子差一点儿把河西节度使都给宰了！朝廷自顾不暇，听说了此事，也装聋作哑不过问。老盖那个家伙硬是胆大包天，敢作敢为，厉害，龟儿好汉子一个，佩服，佩服，哈哈！"赵都护说着伸伸大拇指。

徐长史跺脚摇头道："我的赵大将军哟，你是只知其一不知其二啊！上次在南山打猎，岑某人写的那首诗，亏得让姚大人看出来了，要不让他骂一顿我们蒙在鼓里还要感谢他哩！这就是他岑某人的狡猾之处了！他姓岑的明里是写玉门关那边的将军、太守，暗中其实就是指大人你呀！你晓得不，那诗中情形很容易让人联想到就是大都护你赵光烈哩！你看这些句子，'军中无事但欢娱''郡中无事高枕眠''羌儿胡雏齐唱歌''美人一双闲且都''曲房置酒张锦筵，美人红妆色正鲜'，这些话，不都是明摆着在讽刺挖苦赵大将军你的吗？骂你在社稷危难之时，却整天不干正事，醉生梦死，沉溺于声色犬马之中，把朝廷大事完全放到了脑后！"

"啊呀，气死老子了！"

"赵大人，下官与徐大人都觉得，现在岑参在幕中到处散布这种诗，那就是别有用心！"侯京忍不住添油加醋，"岑某人的老朋友高适不是也写过什么'战士军前半生死，美人帐下犹歌舞'嘛，他们都是一路货色，写这些歪诗就是污蔑你们这些边关大将，挑拨将军与士兵的矛盾，更想在朝廷面前败坏你们的声誉。赵大人，你可能还不知道，幕中人们读了这些诗议论纷纷，说啥难听话的都有，长此下去，对大人你可是很不利啊！"

"这么说来，岑参他个龟儿搞的是指着和尚骂秃驴的鬼名堂，对不对？想把老子在都护府里搞成个臭狗屎，对不对？"

"对头！"徐章拍手称赞道，"光烈，这下子你可算是明白过来了！这些年来，将军你难道还看不出来，他岑参一天到晚给封大夫大写歌功颂德的献媚诗，极力巴结讨好，目的就是想将来他自己好接任。现在将军你当上大都护，他当然气不忿儿了。他没有别的办法出气，只好写这些指桑骂槐的诗来败坏你。要是一旦骂倒了你，这都护府的大权，不就落到他岑某人、关某人的手中了吗？"

"大将军也别忘了，岑某人在令侄免职还有报销经费上，不是成心与大人你过不去的嘛！"

"气死老子了！那你们说怎么办？"

"光烈，你听我说，"徐章冷笑道，"俗话说，无毒不丈夫，量小非君子。来而不往非礼也，他对你不仁，你就对他不义！"

"老子饶不过他个龟儿子，一定要好好收拾他！"赵光烈吼叫道，"好，现在就把岑家那个小婊子给我请过来，关到房子里，让她脱光衣裙给老子跳'浑脱舞'，让老子好好欣赏欣赏，气死他个龟儿子，哈哈哈……"他记起瀚海亭上小琬那绰约的风姿，不禁狂笑起来。

于是，一场飞来横祸便降临到可怜的小琬头上。

这天，岑参家中来了两个都护府军使，捧着赵光烈在南山赌来的那领珍贵的貂鼠皮袍，作为礼物送给石小琬，说赵都护请小琬姑娘进府，去给新招来的龟兹姑娘们传授一些舞技。两人说话的口气很硬，根本没有商量的余地。

石老人见是堂堂赵大节度使备了重礼来约请，岑参又不在家，与妻子商量了半天，无法推辞，无奈中只得把小琬送去了。

本来胡月华是陪小琬一起去的，但刚进到都护府二门口就被挡回来了！

直到第三天下午，小琬才被人送回来，模样整个儿像是变了一个人，面色青黄，泪痕纵横，沉默寡言，也不敢看人，像遭到冰雹打了的秋茄子似的。

石成璧夫妇是过来人，一看这情形就猜到发生祸事了，心里直骂赵光烈衣冠禽兽，后悔不该把女儿送进狼窝火坑。

尽管两位老人心里不住咒骂赵光烈禽兽不如，枉披一张人皮，但是他们也明白，此事非同小可，千万不能声张出去。按照岑大人眼里容不得沙子的刚强性格，弄不好还会闹出好几条人命！当下他们商定，事情到此为止，决不能向外人透露半个字，就让岑大人永远蒙在鼓里算了。他们劝慰小琬说，惹不起躲得起，等到养好身子，生下孩子，就力劝岑大人带你一起回关内老家去。两位老人说，回到关中，到了个万里之外的一个新地方，时间一久，时过境迁，天大的事也许就会烟消云散的。

这就是岑参从伊州回来对小琬产生误解的缘故。可怜的小琬，她心中有苦无处诉啊！

这天岑参来到营田度支府，看看并没有重要文书和信件，正想离开，就

318

看到徐长史伸长脖子探着头慢慢踱进来。

岑参很无奈，不怕县官，就怕现管，只好硬着头皮迎上前施礼问安。

徐章做贼心虚地偷看了岑参一眼，见没什么异样，知道事情并没有败露，就放了心。

"岑大人，此次西州、伊州之行，辛苦了！"

"不辛苦，这是下官分内事，不敢劳大人动问。"

"是啊，如今关内战乱未平，我们驻守边塞的臣下，是得加倍勤勉，恪尽职守，为新天子分忧。"徐章不自觉咽口唾沫，伸伸细长脖颈奸笑一下，又说，"如今天气转暖，积雪融化，春耕在即。昨天在都护府议及此事，赵大人特别关心，着下官安排营田度支府属官员，及早分赴各地，督办营田将士准备春播诸事，俗话说，一年之计在于春么！下官以为，西线的清海军、乌宰，东、西林守捉城和弓月城等地，距庭州遥远，平时较少巡察。下官本当亲赴，奈何不才又兼任都护府长史等要职，当此多事之秋，公务自然繁忙一些。岑大人既为度支副使，位高权重，所以烦请阁下代劳，再辛苦一趟，亲赴西线巡视，不知大人意下如何？"

徐章心里暗笑：哼，岑某人，你龟儿不是作诗抱怨在庭州安逸得很，"无事历三年"嘛，那好，老子就多给你找点儿受苦受累的差事干干去。到西北一线清海军、弓月城等地巡察，道路泥泞，往返奔波五六千里，少说又得两个多月。把你龟儿从庭州再支开几个月，那么光烈闹下的这桩大丑闻，也许好歹就可以搪塞掩盖过去了。

不料，岑参的应答却很干脆："下官领命，即日成行。"

第四十四章

琬姬焚裘

由轮台沿着西天山北麓的碎叶道(即丝绸之路草原北线)西行,翻越险峻的科尔古琴山,直抵弓月城(今伊宁县北吐鲁番于孜乡),本是前年冬天封大夫率军西征的路线,岑参过去从未去过,这次总算满足了这个心愿。在靠近科尔古琴山险道旁的西林守捉城,岑参惊喜地见到了一泓烟波浩渺的高原大湖泊,方圆数百里,蔚蓝色的湖面,白浪滔天,苍苍茫茫,其面积和气势似不亚于蒲类海和敦薨薮。岑参记得封大夫曾告诉他,上次西征受降的仪式,就是在西林守捉城外大湖旁边举行的。"大夫讨匈奴,前月西出师。甲兵未得战,降虏来如归。橐驼何连连,穹帐亦累累……"岑参想象着当时大军在此受降的盛况,记起自己前年写下的诗句,心里不由得笑道,你老狐狸徐章派我在这冰雪初化、道路泥泞难行的时候千里西行,其意自然在惩罚我折磨我,但不期然间却让我圆了一回西征的梦,开了眼界,长了见识,我岑参还真得谢谢你这位长史大人呢!

穿过上百里的科尔古琴山险道,就进入开阔的伊犁河谷。又走了一天多,终于来到西域有名的弓月城。岑参知道,这弓月城是唐高宗显庆二年伊犁道行军大总管苏定方元帅大破西突厥叛将阿史那贺鲁之处,后报请朝廷设昆陵都护府"小牙"于此。这座城垒驻有以葛逻禄兵为主的屯垦守边部队两千余人,是丝路北路的一座军事重镇。这里本系乌孙国活动的中心地域,草原辽阔,河流纵横,土地肥沃,雨水丰沛,是一处水草丰美的塞外江南。望着刚刚解冻的伊犁河,宽大的河床里水势滔滔,汹涌奔流,岑参不由得想,当年博望侯张骞奉汉武之命凿通西域,历尽艰险持汉节到达此地后,本欲劝说乌孙王与大汉东西夹击协同作战打败匈奴,以便替乌孙人夺回被匈奴人抢占去的故乡,但却被乌孙王婉言拒绝无功而返的故事。原来此地富庶开阔,乌孙人乐不思迁,已不愿再返回比较贫瘠、荒凉的漠东故土了。

在弓月城郊,岑参惊喜地见到好大一片杏树林,花正开得茂盛,白如雪花,灿若云霞,明灭闪烁,蔚为壮观。原来,这伊犁河谷的节令比西州、伊州一带要晚上一两个节气呢!见到这片杏花,岑参忽然想到上清宫那支神签上的谶语"一枝红杏雪中开",又联想起自己在伊州写的那首杏花诗,想起小琬的病,不禁又担心起她的身孕来。于是巡察完弓月城等地返回轮台后,他顾不上休息,就与陈金匆匆赶回庭州。

归途中,归心似箭的岑参无论如何也想象不到,留在庭州家里的小琬,正经受着一场心灵的煎熬和情感的风暴,甚至生死的抉择。他差一点点就见不上心爱的琬姬了!

就在岑参这次远行不久,胡善才,也就是小琬的生母,经过几天短暂的回光返照,终究还是灯油熬干与世长辞了!小琬与母亲相依为命二十年,母女感情至深。在母亲临终那几天,小琬一直守在病榻前,听着母亲为了忍住病痛死死咬住被头,发出那一声声可怕的呜咽呻唤,简直心如刀绞,痛不欲生,声音哭哑了,眼泪也哭干了,恨不得自己立刻代替母亲去死。

到庭州城南墓地为母亲送了葬,回家后,小琬终因哀伤和劳累过度而不幸流产了!

据说,三个月的胎儿已初具人形,胡月华母亲在帮忙收殓时忍不住叹息:"啊呀,可惜了呢,是个带'长把儿'的男娃娃哩!"

去年秋天小琬母亲病重时,是陈金去轮台把岳母接到庭州来与他们一起生活的。这位从小生长在深山里的健壮胡女,心地善良,性格爽朗,干起活来手脚麻利,替岑参他们照顾病人,料理家务,帮了不少忙。小琬母亲胡善才与她年龄相仿,两人感情很好,竟很快以姐妹相称了。这位山里长大的胡女到庭州生活了大半年,已会说不少汉话。小琬渐渐也把她当成了长辈,亲切地叫她"胡妈"。

石成璧老人到棺材店里为流产的胎儿定做了一口小棺材,与二儿子石

321

仲义用牛车拉到城南挨着他夫人的坟地埋葬了。石仲义是交河县的驿吏，最近来到庭州帮助父亲为后母料理后事。下葬时小琬哭着，抱住小棺材就是不让埋，说无论如何要等岑官人回来见上孩子最后一面。石老人劝她说："糊涂孩子，何必要让岑大人见了伤心呢？"

俗话说，屋漏偏遭连阴雨，船破又逢顶头风，母亲刚刚病逝，腹中的宝贝胎儿又流产了，在接踵而至的沉重打击下，小琬这位年轻的女子精神几乎崩溃，感到天就要塌下来了，简直失去了活下去的勇气！听胡妈她们讲，胎儿已是个男形，岑官人回来要是知道了，可该怎么向他交代呢？官人多想有个男娃娃呀！晚上官人常常伏在她肚子旁听胎音，美滋滋地笑着，嘴里还要嘟囔：谢天谢地，我就要有儿子了。快快长大，快生下来，我的好儿子，我的好宝贝儿……官人还跟她说：等儿子生下来，再养上几个月，咱们就离开这鬼庭州，一起回到长安终南山家里去。母亲见了小孙子，一定会高兴得了不得，也一定会喜欢上你这个儿媳妇的。可如今，胎儿流产了，一切美好的希望也都破灭了。天哪，自己为什么就这么倒霉啊！

几天来，小琬终日以泪洗面，吃不下饭，睡不着觉，嘴里不住喃喃喊着小娇儿，妈舍不得你走呀！幸亏有胡月华母女常来帮她做饭、熬药、洗衣，陪她说话，不时地安慰她。平时岑参一出远门，胡月华母女就常常轮换着过来与小琬睡在一起，给她做伴。现在发生了意外，胡妈不放心，更是日夜守护在小琬身边，开导她，为她做好吃的，晚上睡在床上，就用胡语给小琬讲些从老辈子传下来的胡人的民间传说和笑话，或者弹着木琴，唱几支胡人小曲，想让她忘掉心里的伤痛，变得快活起来。慢慢地，小琬的心情平静下来，气色也好多了。

这天后半夜，小琬在梦魇中忽然大哭大叫，摇晃着身子两手在空中乱抓，把睡在旁边的胡妈惊醒了。她轻轻摇醒了小琬，关心地问："小琬，醒醒，醒醒，你做噩梦了吧？别害怕，小琬，我可怜的孩子，胡妈在你身边哩！"

"胡妈呀，我又梦见那个臭老虎扑上来咬我了……"小琬睁开了惊恐的眼睛，见是胡妈，就一把抱住伤心地大哭起来。

"可怜的孩子，肚子里的娃娃为啥流产，你心里的委屈，我早就知道，你妈临走时给我都悄悄说了。那姓赵的啥都护，没有一点儿人味，就连牲口毛驴子都不如，真不是东西，将来一定不得好死，天打五雷轰也不屈他……"

322

"胡妈呀,好些事我都闷在心里,不能给岑官人讲,实在说不出口啊!胡妈,你想想,我心里该有多苦啊!"小琬一肚子苦水憋了几个月,现在好容易遇到一个能够交心的倾诉对象,便抱着胡妈一边哭,一边讲述被那个"老牲口"强暴的经过。

"胡妈呀,我拼命反抗了,把他的脸、脖子都抓烂流血了,可是,你不知道那牲口力气有多大……事后,要不是为了肚子里的孩子,为了岑官人的脸面,我真想一头撞死在他面前!"小琬说着拉开内衣,让胡妈看她右肩头被赵牲口咬下的一圈黑紫色的牙印。

"唉呀呀!"胡妈气恨恨地骂起来,"真是头牲口毛驴子!要是我嘛,嘿,早早地在身上别把刀子,不要脸的想胡来,就狠狠戳他几刀,捅死他,然后自己再抹脖子!"

"那时我咋能想到会出这事啊!早知道他安有这份坏心,我就该藏一把刀子,他敢动手就和他拼命,扎死他……后来,我妈,石伯伯,还有关老将军,他们知道了这事,都劝我说,家丑不可外扬,就是心里再委屈,也要咬住牙忍下来,千万不能把实情讲给岑官人……"

胡妈冷笑道:"说的都是啥屁话嘛!啥家丑不可外扬呀,那都是他们汉人的穷规矩,脸面要紧,成天顾虑这顾虑那,前怕狼后怕虎的。我要是岑大人,就拿起宝剑冲到都护府去,找那个姓赵的牲口拼命,给妻子儿子报仇!男子汉大丈夫顶天立地,咋能受这份窝囊气哩?大不了就是一个死嘛,头掉了碗大的疤,有啥了不起的!"

"不,胡妈,你看错人了,岑官人要是知道了这事,他一定会去为我报仇的。关老将军和石伯伯就怕岑官人去拼命,毁了他的前程不说,庭州城也要大乱了。姓赵的毕竟是朝廷的大官啊!"

"啥大官?狗官一个,他姓赵的还算个人吗?"胡妈激动起来,气愤地喊道,"小琬,我可怜的丫头子,你知道不知道,他是你的啥人?"

"胡妈,你……你说啥呀?"小琬吃惊地问道。

"唉,小琬,事到如今,胡妈不能不告诉你了。你妈临咽气时对我说,那个糟蹋了你的赵牲口,他……他……他……他不是旁人,他就是你的亲生父亲!就是这个不要脸的,在安西,狠心地把你们娘儿俩抛弃了……"

小琬听了,几乎不相信自己的耳朵,瞪大眼睛愣了半晌,突然像遭雷殛似的发出一声尖叫:"天哪,天哪,这叫啥事啊!"然后就昏过去了。

胡妈一见吓坏了,又是灌水,又是掐人中,最后总算把小琬救了过来。小琬睁开眼说的第一句话就是:"胡妈呀,为什么偏偏是他呀!为什么偏偏是他呀!妈妈呀,妈妈呀,女儿的命怎么这么苦啊!妈妈呀,我无法活了,我活不成了,我要到阴间去和你做伴啊!"

忽然,小琬不再说话了,转身躺在床上一动不动,任胡妈怎么劝也不搭理,只是一个人瞪大眼睛呆呆地盯着房顶。这样一直等到天蒙蒙亮,小琬忽然平静地说:"胡妈,你回去吧,不要管我,我想一个人待一会儿。"

"唉,姑娘,看来我不该给你说出实情啊!"胡妈有些后悔,想不到由于自己心直口快,多了嘴,竟让小琬经受这样大的精神打击。她深深叹口气说,"那好,你饿了吧,我过去给你拿点儿吃的去。"刚走了两步,又不放心地扭头说,"小琬,我走了,你可要想得开呀,千万不要胡思乱想啊!"

等到胡妈一出门,小琬一骨碌起身下了床。她先去把客厅门闩闩紧了,然后来到卧室对面书房里研墨,在纸上写了一阵子。忽又放下笔,来到卧室给壁炉架上柴火点着火。接着,她打开大衣柜扯出那领紫光莹莹的貂鼠袍扔在地上,使劲踩了几脚,又狠狠地往上吐唾沫,再走到兵器架前抽出那柄"天山雪"剑,发了疯似的朝着貂鼠袍就是一顿猛砍乱剁,最后用剑挑起絮絮吊吊的毛皮碎片,咬牙咒骂着,一块一块地扔进炉火中焚烧。

价值昂贵的貂鼠袍,顷刻间在炉火中蹿起一阵紫红色的火焰浓烟,满屋里立即弥漫出一股腥臭难闻的浓烈气味来。

小琬两眼失神地望望窗外,捧起闪亮的"天山雪"剑,对着微微震颤、蓝莹莹的剑刃凝视许久,脸上露出一丝决绝的惨笑,轻轻道:"岑官人,小琬对不起你,我没有保住我们那可怜的孩儿,我也实在无脸再见官人你了,只好跟母亲去了……"

就在这千钧一发的当儿,只听哐啷一声响,石仲义一脚踹开房门冲了进来,闪电般地从小琬手里夺下宝剑,一扬手扔到卧室门外。石老人、胡妈和胡月华也一齐拥进来,扶起又惊又吓瘫倒在地的小琬。原来,胡妈听到小琬等她一出门就闩紧了门闩,预感到要出大事,慌忙跑到前院把他们都叫了过来。

"傻孩子呀,你咋又犯糊涂了,你妈在世的时候是咋给你说的?为啥要寻短见呢?"石老人在一旁难过地直搓手。

"琬姑娘,我们偏不死,就是要活得好好的,给那个牲口看! 小娃子没有了,我们再怀上一个嘛,偏不死!"胡妈这样劝道。

胡月华哭得像泪人一样,扶着小琬说:"小琬姐姐,千万不能寻短见,要是你死了,岑大人回来可咋办哩? 你想想看,他该有多难过呀!"

石仲义捡起"天山雪"剑,比画着说:"他妈的,回交河以后我要好好学剑,只要那个不要脸的老骚货敢来交河,逮住机会,就一剑捅死他,好给岑大人和妹子你们报仇!"

在大家七嘴八舌的劝慰下,小琬的情绪才算慢慢平静下来,流着泪,喝了几口胡月华端来的蜂蜜奶茶,默默地躺下。

一场巨大的家庭危机,总算暂时消除了。大家约定,一定要守口如瓶,决不能向岑大人透露出半点儿消息。

等到岑参回到家中,已是小琬动轻生之念的第五天,紧张的气氛表面上已消除了。当他听说家中发生的这一连串的变故之后,心里又难过又吃惊,真是祸不单行啊! 岳母的不幸离世虽然早在意料中,但是男胎的流产和小琬差一点儿自寻短见,却是始料不及的。这真让岑参欲哭无泪、肝肠寸断了! 尽管他对发生这一切的背景一无所知,对小琬心中巨大而又难言的隐痛也没有明显察觉。

百般安慰了小琬之后,岑参带着她来到城南那座小小的坟头上抱头痛哭了一场。小琬在岑参回来后,感情有了依托,也不再寻死觅活了,丧母丧子的巨大悲痛,再怎么也抵不过她对岑官人的至爱亲情啊! 小琬此时只是盼望着,什么时候随岑官人离开这里,离开这令她感到万般痛苦和耻辱的地方,早日回到遥远而又陌生的终南山婆家。她暗暗下了决心,早点儿养好身体,再为岑官人生一个儿子。

直到两天后,岑参才感觉到满屋弥漫着一股浓浓的狐臭烟煳味。刚进家那两天,猝不及防地听到几场大变故,强烈的刺激使他精神紧张,心无旁骛,竟然没感觉到残留于室中的异味。

"家里烧什么了,这狐臭的烟煳味怎么这样重,难闻死了!"这天,岑参抽抽鼻子奇怪地问小琬,一边打开了窗子。

第五辑

325

第四十五章

寒食惊梦

几天来,内地不断传来消息,说安史叛军毕竟势大,各处赶至关中的勤王唐兵因指挥失当,多次被贼兵击败,凤翔一度告急。北庭都护府中忠于朝廷的将士听到后,都十分不安。

但是关内愈是告急,却愈中赵光烈一帮狐朋狗党的下怀。赵光烈甚至暗自庆幸,觉得关中越乱越好,新天子既然无暇西顾,连玉门关的盖将军要杀节度使都管不了,还管得上老子在这里吃喝玩乐?现在北庭的大权已牢牢控制在手里了,老子还怕什么?于是,他愈加肆无忌惮地纵情酒色,三日一大宴,二日一小宴,都护府大厅常常是灯火通明,歌舞喧天,通宵达旦。看到这种情况,人们都十分忧心,觉得长此下去,或迟或早要出大事。惹不起躲得起,面对这一冷酷的现实,反倒促成岑参早日离开北庭的决心。只是关内形势不明,传说不一,几次给朝中武文等朋友写信求援,也都如石沉大海。小琬下身依旧流血不止,身子极度虚弱,还在到处延医买药诊治,归途万里,需奔波两月有余,她的身体怎能吃得消!为此,岑参处于两难的无奈中。

就在这待下去不甘心、走又走不了,进退维谷的日子里,岑参焦虑万状,寝食难安,夜晚噩梦不断,西大寺帛上人给他的种种劝导,也都不管用了!

这天夜里,岑参躺在床上翻检《汉书》时,翻出了夹在其中帛上人赠给他的那首偈子,他不由得又琢磨起这几句不知被他猜度过多少遍的神秘偈子来！"文星照坦途,惜克白额虎……"这个白额虎到底指的什么,真是费人心思!对了,好像赵某人比我大几岁,我属龙,他也许属虎,莫非他就是我命中的克星?骄横的狂笑,威胁的口气,淫邪的眼神……两年多来种种对赵光烈的疑云,纷纷涌上脑际。岑参反复琢磨推测,总也猜不透其中的玄机。这样折腾了大半夜,渐渐地,一阵睡意袭来,他熄了灯,睡去了。

他似乎是骑马走在天山深处冰天雪地的丛林间,又好像是要去进山狩猎。不知为什么,林中异常幽暗,没有路,风雪弥漫,远近的树林、草丛、山石都显得模模糊糊,像蒙着一层雾,分辨不清颜色,什么也看不真切。走着走着,他忽然发现跟他来的胡人老猎手和陈金都一齐不见了,奇怪的是胯下那匹白马也不知道什么时候走脱了!他一下子迷失了方向,只剩下孤零零一人,在茫茫丛林间漫无目的地来回奔走。雪深路滑,风大林密,枯枝、荒草和乱石不时磕绊着腿脚,他深一脚浅一脚地走得十分艰难。突然,似乎听到身后有什么野兽在低声嘶吼,回头一看,令他大吃一惊,原来不知什么时候黑压压的一大群恶狼紧紧尾随在他身后!最前面的两只好像是头狼,闪着绿光邪恶的眼睛,龇着尖牙,一左一右朝他吱吱叫着,逼了上来。一瞬间,那两只恶狼狡诈阴险的眼光他感觉特别熟悉,就像是姚长史和徐长史他们平时盯着他的目光一样,带着不怀好意的奸笑,让人不寒而栗。狼群渐渐围了上来,他走投无路,正想拔出腰间的"天山雪"来抵挡,却发现宝剑也不见了!他转身想跑,两只脚却像缠着一团乱草,又像陷进一摊烂泥,怎么也拔不开腿迈不开步子,急得他挥舞双手胡乱挣扎。突然,他看见小琬在前边惊呼救命,叫声凄惨,原来她被一只硕大的白额虎逼到悬崖边沿,脚下是深不见底的深渊,云雾中尖石林立,阴森可怖。凶猛的恶虎咆哮着,狂吼着,张牙舞爪眼看就要扑到她身上了!他惊得出了一身冷汗,攥紧双拳大喊一声,拼命挣脱脚下的乱草和烂泥,不顾一切地要冲上去救小琬,去与恶虎搏斗,却不提防一头撞到断树枝上,刺心地疼,眼前顿时金星四冒……

岑参猛地睁开眼,坐起身,周围一片漆黑,还是深夜。

"岑郎!岑郎!你怎么啦?满床乱滚,伸手乱抓,大喊大叫的,可吓死我了。你又做啥噩梦啦?"小琬惊慌地喊道,一边忙披衣下床点灯。可是她在小炕桌上摸了半天也摸不到油灯。最后用壁炉的炭火燃着了纸煤儿,点亮炉子上的蜡烛,这才发现枕边小桌上那盏省油瓷灯被打碎在地上,黑黑的胡麻油洒了一地。

烛光中,突然,小琬望着岑参惊叫一声:"老天呀,你脸上怎么流血啦,碰上啥东西啦?"说着立刻麻利地扯下一块白布,为岑参拭去面颊上的血迹,又小心替他包扎了右眉弓上出血的伤口。

岑参心腾腾地跳了半天,惊魂未定,顾不上问自己的伤情,只是怔怔地抓着小琬的手问道:"小琬,刚才,那只白额虎咬伤你了没有?你,你没事吧?"过了一会儿,才又说,"啊,是了,我一定是做噩梦挣扎时头撞到炕桌沿上了。哎呀,那梦实在太可怕了!"他摸摸右眉弓上隐隐作痛的伤口,讲起刚才做的那场噩梦来。

小琬吃了一场虚惊,起身在壁炉里添上几块干梭梭柴,想把房间烘得暖和些。听了岑参的话,她忽然用铁火钳把干柴砸得咚咚响,咬牙气恨恨地骂道:"砸死你,烧死你,臭老虎!真恶心!砸死你,臭恶狼!"骂完,她扔掉火钳回头对岑参说,"官人啊,你真是太孤苦了!都护府里那帮人,一个个衣冠禽兽,狼心狗肺,伤天害理,一天到晚就会一门心思害人,都不是好东西……"

岑参叹了口气,没有再说什么。西大寺半夜的钟声又响起来,离天亮还早,两人又相互安慰着,和衣躺进被窝。

岑参一觉醒来,发现窗户已蒙蒙亮了,就起身来到书房,点亮蜡烛开始翻检起诗稿来。反正终日无所事事,岑参就将这段空闲时间用来整理诗稿,或者修补《天山水道记》的文稿。一旦移情于自己所营造的诗中那瑰丽的艺术世界,岑参就像得到了极大的精神补偿,也几乎忘掉了现实中的种种不快。修改了几页诗稿,岑参忽然感到屋里冷得厉害,手都快冻僵了,看看壁炉,炭火早已熄灭。他感到肚子有些饿,就向卧室喊道:

"小琬哪,我饿坏了,快去做饭吧!"

小琬闻声出来,怔怔地说:"官人,你难道忘了,今天是寒食节,不能举火呀!要不,给你拿几块凉胡饼,还有一瓦罐酸奶子,先将就一下吧。唉,你脸上的伤不要紧吧,还疼不疼啦?"

"哦,今天是寒食节,我倒忘了!"岑参摸摸额头,"伤不要紧,不疼了。"

岑参这才想起,原来北庭一带汉人颇多,风俗和内地十分接近,连清明节前夕的寒食这样的民间节气也一样要过,而且还比较隆重。一到寒食节,人们便一整天不能举火做熟食,以纪念春秋时期晋国那位背着母亲逃进绵山深处,宁可让晋文公重耳为催他下山而放的大火烧死,也不愿应诏出来做官的高士介子推先生。寒食节的到来,使岑参有了一种从遥远的年代找到知音的感觉。近来他在四处碰壁、百无聊赖之中,情绪变得越来越消沉了。他从封大夫的不幸遭遇,联想起如淮阴侯韩信等人身上发生的诸多"飞鸟尽,良弓藏;狐兔死,走狗烹"的历史故事来。连高大人、封大夫这样在边塞出生入死、建立过如许大功勋的忠臣良将,都免不了遭到奸佞的诬陷而蒙冤被诛,几位当过一品大员宰相的祖上,也一一受冤屈死……想起这些伤心事,岑参心都凉了。真个是"伴君如伴虎"啊,这险恶的官场实在太可怕了!岑参于绝望之中又萌生一种"挂冠归隐"的强烈念头来。他本来就很爱读陶渊明那些淡泊恬静的"田园诗",出仕前在终南山高冠谷躬耕时,在王维等为代表的"田园诗派"的影响下,也作过一些歌咏山水之美的诗作。上次他由安西回高冠谷闲居时,写了一首《终南山双峰草堂作》,诗中说:

> 敛迹归山田,息心谢时辈。昼还草堂卧,但与双峰对。
> 兴来恣佳游,事惬符胜概。著书高窗下,日夕见城内。
> 曩为世人误,遂负平生爱……

这些诗句表明了他厌倦仕途,不愿再为"五斗米折腰",渴望回归大自然与野鹤闲云为伴的思绪,从思想到语言都明显带有陶靖节诗风的影子。此诗虽然在长安曾受到二兄岑况的讥讽,说他措辞虚伪,是骗人的,但在写诗的当时,岑参的情感的确是很真诚的。现在重忆这些诗作,抚今追昔,竟然潸然泪下。"归去来兮,田园将芜胡不归?"西域地面虽然如此广袤无垠,可是现在岑参的心理感觉中却是异常的局促狭窄,几乎无他的立锥之地了!他记起夜来那场被恶狼猛虎围困追逐、走投无路的噩梦,严酷的现实与梦境竟是何其相似! 是的,北庭已毫不值得留恋,他应该尽快回去看看他的高冠谷,看望双峰草堂的老母、妻子和爱女,也不知道她们和弟弟们如今的情况如何了。目下,他首要的任务是赶快整理完这些诗文稿,为小琬看好病,然后携卷东归。回去如能参加抗击逆贼收复长安的战斗,那么就此舍身报国;如果没有机会,不妨再次挂冠回到高冠谷,去种田奉养老母,了此一生算了!

但是,岑参对自己这些边塞诗的价值,是愈来愈珍视,也越来越自负了。

他几乎读遍了古往今来描写边塞风物和战争生活的诗作,相比之下,在古今众多边塞诗人当中,只有他岑参沿着丝绸之路在西域大地上走得最远,住的时间也最长。"万里向安西""胡沙费马蹄",能亲自到过安西、北庭、轮台、弓月城等这些距长安万里之遥,真正称得上是"边塞"的地方,堪足自傲。他前后两次来西域,历时四年多,足迹走遍了天山南北,感受得最深,写的诗自然也最多。而且更重要的是,他的诗极富创造性,与别人的边塞诗有诸多不同之处:一是能以出色的观察和想象,描绘出从不曾有人写过的那些真实的、地道的、壮丽而雄奇的边塞山川大漠风光;二是身临其境,具体而生动地描写了铁马冰河大军出师的悲壮、惨烈的场景。诗中诸多奇景、奇句、奇情、奇气,使得他的诗极具风骨,形成想象丰富、壮丽开阔,而又孤峭冷峻、苍凉悲慨的独特风格,的确别开生面,达到了前无古人的境界。岑参知道,自己诗风的大变,全得力于几年来在西域的非凡经历。没有这些奇特阅历,自己的诗就成了无本之木、无源之水了。他也知道,自己的诗早已受到普遍的关注和喜爱,不胫而走,西域、中原之外,江南、湖广、西蜀、闽粤、交趾、辽东等地,甚至连扶桑、高句丽、南诏诸国也有人在收购、传抄自己的诗作。在高昌,在敦煌,他亲眼见到有人在酒宴上伴乐吟诵他的诗句,市肆上买卖他的诗作抄件更为常见。诗坛有人认为他的边塞诗已然超越了前人,并把他与高适并列而称为"边塞诗派"的代表诗人。更使岑参兴奋和惊讶的是,有人称自己的边塞诗是"俊、逸、奇、悲、壮,五体兼备",总体成就大有超过前人的迹象。人还在世,就有如此之高的评价,千载以下,复又如何?对此,岑参颇感自豪和欣慰。他记起帛大师的偈子,不就说自己"文星照坦途"嘛。前年春天在长安,二兄对自己也有预言:官做不大,但诗能写得好。兄长不幸而言中了。这也是一个人的命,这位父亲一般的二兄,看来颇能识人知人哩!

啃了几块凉胡饼,又用木勺子舀了几口酸奶,虽然吃了一肚子的凉气,连连打嗝,但却不再饥肠辘辘了。岑参揉揉肚子,继续翻阅自己的诗。几大摞诗稿,都是小琬一笔一画誊抄出来的。望着那工整娟秀的字迹,岑参仿佛看到了那双"指如削葱根"的纤纤素手,心里流过一股温馨、幸福的暖流。他数了数,这批边塞诗竟有百首之多!翻检着诗稿,岑参不禁浮想联翩,心里说:"老子云,'塞翁失马,焉知非福',那么,我就是那个丢失了马匹却又有意外之得的塞外'老翁'了。投笔从戎西来有好几年了,岁月蹉跎,华发早生,终日在幕中听命于人,看着别人的眼色行事,没有取得什么值得一提的功业,唯有这些记录着真情实感、渗透着心血的诗句定可传诸后世,它们就是我留在青史上的人生脚印。若干年后,人们一定会读到这些诗,议论到岑参我这个人。两番西域为幕,虽然没有机会手持金戈长剑亲自上阵杀敌立功,但我毕竟用这么多的诗句,描绘了我所做过的一个个铁马冰河的英雄梦来!魏文帝在其《典论·论文》中说,诗文是'经国之大业,不朽之盛事。年寿有时而尽,荣乐止乎其身,二者必至之常期,未若文章之无穷。是以古之作者,寄身于翰墨,见意于篇籍,不假良史之辞,不托飞驰之势,而声名自传于后',我的诗固然杀敌无力,于国事无补,于民生无援,于个人仕途无助,却足可使我岑参扬名,流芳百世,使我的名字和精神不朽。我寄托于诗中的那高昂、充沛的忠君爱国,赞颂屯垦戍边的将士们丰功伟绩的思想感情,也将为后人所理解,为之而感动。我在诗中所描绘的西域那奇特的风土人情和壮丽的山川景色,也将为后人所惊异,所神往。我在诗中所显示的才情、人格和胸襟,也将为后人所敬仰并去探究。我的诗,将与西域的广袤大地同呼吸,与西域的雪山大漠同魂魄,伴着漫漫的丝绸之路而传唱,其生命亦将随之获得永恒! 这真是一个意外的发现和收获,也是人生一大安慰啊!《左传》上说,人活一世,需有三立:立德、立功、立言。'三立'中,我虽然功德无望,但如能立言于后世,也就不枉此生了。将来,全部诗文合集如能付梓刻印出版,忝列青史,流传百代,也足可以告慰列祖列宗,不枉我这半生的殷殷期待和前后四五年来,在西域蛮荒边塞之地所受的风沙霜雪和孤凄落寞之苦了……"

第五辑

331

第四十六章

天涯未归

岑参在焦虑愁烦、时而颓唐、时而振奋、自譬自解的复杂心绪中煎熬了好多天，家中种种不幸的余波总算渐渐平息，小琬的情绪也稳定下来了。在岑参看来，母亲病亡，胎儿流产，给小琬带来精神上的打击是十分沉重的，她寻死觅活的反应也情有可原。对于小琬的不幸小产，他本来是有所思想准备的，小琬下身一直在流血，身体也每况愈下，他早就预感到终究会有这么一天。现在他终于悟出那上清宫神签上说的谶语"一枝红杏雪中开"的真正含义了！难怪那天松雪道人神情怪异，吞吞吐吐的就是不肯明说。这都是天意啊，天命不可违。岑参此时只有叹气认命了。

现在，既然家中诸般不幸已无可挽回，岑参的注意力又回到长安失陷贼手、封大夫潼关冤死这类军国大事上来。在家里他常常一个人枯坐着，呆呆地望着远处愣神，脑子里不住转念盘算眼下何去何从。

令人瞠目结舌的坏消息，现在终于桩桩件件一一都证实了。岑参为封大夫等蒙冤而死感到愤愤不平和深深惋惜，更为山河破碎、大厦将倾而忧心忡忡。岑参一直为封大夫落到这般下场感到大惑不解。他想，也是朝中无人啊，如果圣皇身边有像魏徵或曾祖岑文本那样有远见卓识的诤臣，力陈在当前形势下滥杀功臣的利害，说动了圣皇，封大夫或可像当年陈国公侯君集那样暂免一死。再说封大夫，如果在洛阳失守后即行自裁，尚可落个与城偕亡的死节好名声，如今逃至潼关受辱被杀，实在是枉了大人的一

332

世英名！大夫蒙冤死，门客复何依？自己多年寄托于封大夫身上的种种期待，现在是彻底竹篮打水一场空，全都付之东流了！他记起那个桥断落水的噩梦，还有在上清宫求的签，所有的预言似乎都应验了：原来邀他西来的"贵人"封大夫已成一场空梦，他的什么"天梯"和"渡水桥"等，现在果然都折毁无存了啊！

岑参从没有经历过如此的懊恼和无助。他此时失落、伤怀的狼狈处境，可真用得上祸不单行、国破家亡、报国无门、有家难归这几个成语来形容了！他的心不禁飞到了兵荒马乱、战火纷飞的关中平原，飞到了被胡兵铁蹄蹂躏得残破不堪的长安、洛阳两京。他心存侥幸地想，那距长安不远的户县高冠谷家中，情形或许不会太糟糕。是该带小琬她们去西大寺烧烧香许许愿了，好为那些山野僻地的庄户人家祈祷，求佛祖菩萨保佑老母、妻女和兄弟全家平安无虞……

"哈哈哈，岑大人，又一个人坐在家里愣神了！"

原来是陈金领着情绪很好的关老将军来了。关老将军高兴地告诉岑参，日前他到轮台去了一趟，南山新番王果然召集到一千二百多军马，已训练得差不多了。小伙子们个个战斗热情高昂，粮秣也筹备得很充足，准备随时开来庭州听命。最后，关老将军问岑参做好随军东归的准备没有。

岑参听了，也很兴奋。他本来很想与关老将军一起共赴国难，但因遭子夭母丧的双重打击，悲痛欲绝、身体很不好的小琬需要照料，他一时难以成行。更重要的是，岑参除非朝中有诏令调他回去，或者弃官不做，否则他就无法离开北庭。岑参清楚记得，离开长安前二兄曾教训他说："一遇到不顺心的事就想打退堂鼓，动不动就要耍名士脾气，拂袖而去，谁吃你那一套？"这段话，他的印象特别深刻。因此，是否马上辞官东行，他就慎重起来。

其实，岑参之所以迟迟下不了决心离开庭州，另有几个不便启齿的、更深层的原因。

在西州，岑参曾风闻新朝廷将派一位姓梁的节度使来庭州取代赵光烈，因此还想耐心等等，看事情有否转机，此其一；第二个，也是最主要的一个原因，岑参曾为自己的去留占卜了好几卦，那卦象每每都向他预示，今年是景申猴年（应为丙申年，因为回避唐高祖李渊之父李昞的名讳，须改"丙"为"景"，这是唐时的定制），上半年内起程远行则于他极为不利，甚至家中会招

333

致血光之灾，最好暂时静候，躲过期限再看。再说前年秋天，上清宫松雪道人和西大寺帛大师，也不约而同地称他的厄运需两年后方能届满。屈指算来，从那时到现在还不到两年，须待熬过夏天再赴内地，则比较吉利，甚至能避开不可预测的什么血光之灾，也未可知哩！两位世外高人的指点，岂能不听？因此，岑参暂时不能东行。

关老将军见岑参只是低头沉吟，没有回答，忽然想起一件事，就望着岑参的脸慢声说："岑大人，听幕中人说，最近伊吾县令李栖筠高升了，将出任安西都护府行军司马兼侍御史。你听到这个消息没有？"

"这个吗，我还没有听到。"

赵光烈做了见不得人的亏心事，心中有鬼，近来都护府有事根本不知会岑参，岑参也是能不去都护府就不去，所以没有听说此事。现在他听关将军如此说，心中未免感到意外，但嘴上却说："李大人两榜进士出身，在西域奔波经年，还兼着北庭都护府别将之职，主管伊吾军的马军，文武双全，为人又老成持重，沉稳有见识，北庭上下口碑不错。李光弼大人入关勤王后，安西都护府将佐空缺，李栖筠正属合适的人选。"

"据说还是王维岳将军向李光弼大人极力举荐的，而李栖筠恰恰又是李都护的老部下，所以顺风顺水。"关老将军说，"伊吾县是个二等县，县令为从七品，安西都护府司马是从四品，已是连升三级了。王将军也曾对末将讲起过，这个李栖筠为人正直，朴实诚恳，不太爱与人结交，人品不错。可是奇怪的是，老夫从来没有听说他有过啥军功啊，比起你岑副使来……唉，世道真是太不公平了！如此看来，一个人，哪怕才能平平，庸碌无为，平时只要不显山不露水的，人缘好，反倒容易升迁，这在官场中十分常见。"

"不，不，关大人，"岑参连连摇头，"我看李栖筠可不是那种庸碌无能之人，只不过不像我这样平时口无遮拦，爱张扬，所以易遭人忌恨和诟病罢了。至少他在人品上比徐章之流要正派得多。要说军功的话，徐章、侯京之流又有何军功，竟能升任我北庭的长史和行军司马？连侯京这种没德行的滑头小人都能当司马，熟读兵书，精通马军战阵，光明磊落如李大人者有何不可？关老伯，我明白你的意思，不必为下官抱不平。帛上人法师不是说了，这都是前世的因缘啊！再说，我现在把这些个人升迁的事，都已看得很淡很淡了……"

334

岑参果然襟怀坦荡,也是知人的。李栖筠赶赴安西上任仅数月,即奉诏很快调集了五千精锐的安西马军,与行营兵马使李嗣业一起率军入关,为平定叛乱立了大功。后来他受到朝廷的升赏重用,成为江南地区的封疆大吏,这都是后话。

"唉,真让人无话说,这都是一个人的命啊!"关老将军十分感慨,"你在诗中说'早知安边计,未尽平生才',龙困浅水遭虾戏,虎落平川被犬欺,世道不正,君子受困,小人逞肆,自古而然。老夫只为岑大人惋惜不平!"

岑参摇摇手,表示不愿再谈这类伤心事。忽然他岔开话题问道:"关将军,赵光烈年纪多大了,总该有四十多岁了吧?"

"岑大人问这个干啥? 他今年四十有三,比老夫小整整三十岁,属虎的,人家可是正当年啊!"

"啊,属虎的,甲寅年,哦,我生于景(丙)辰年,属龙,白额虎,龙虎相斗……"岑参想起帛大师的偈语,联系年来的种种坎坷不快,心想,正是此人了!

关老将军自然无法得知岑参此时在想些什么,也没有再接茬。他不愿在岑参面前过多提及这个令他恶心的赵光烈,又怕言多必失,漏出什么口风惹出祸端来,对岑参和小琬都不好。

岑参苦笑着沉默了好一会儿,最后,他在膝头上猛拍了一巴掌,站起身来说:"走吧,早点儿离开这里,北庭让我伤透了心! 关中形势既是如此,我想那里可能更需要我们。老将军,只盼小琬的病早点儿好起来,等凤翔调令下达,轮台南山马军一到,我即随老伯东归!"

"万事俱备,只欠东风,就等朝廷来调兵了。"关老将军也站起来,"岑大人,你凤翔那边的朋友,有什么消息没有?"

"写过几封信了,可是现在兵荒马乱的,暂时都没有回音。"

"那只好再耐心等等吧,轮台马军一时半会儿也来不了,不必着急。还是那句老话,吉人自有天相,天无绝人之路,我们彼此保重吧!"关老将军说完就告辞了。

晚上,岑参给小琬喂了汤药扶她躺下后,百无聊赖地坐在书房窗前浮想联翩。他思来想去,想到了关中的乱象,战火频仍,血染丰镐,自己却困居边塞,报国无门,进退失据,前途未卜,不由得悲从中来。这时窗外忽然刮起一阵风，几片黄叶沙沙响着，从树上飘零而下，落到窗台上。岑参蓦地一惊，不觉吟起去年秋天写的一首诗来：

> 那知芳岁晚，坐见寒叶堕。吾不如腐草，翻飞作萤火。
>
> ——《秋思》

受到这首《秋思》的触发，忽然，原来一直在岑参脑子里萦绕不去的一些纷纭的思绪和零散的意象，此时渐渐连缀到一起，形成一首五言古风长诗：

> 吾窃悲此生，四十幸未老。一朝逢世乱，终日不自保。
> 胡兵夺长安，宫殿生野草。伤心五陵树，不见二京道。
> 我皇在行军，兵马日浩浩。胡雏尚未灭，诸将恳征讨。
> 昨闻咸阳败，杀戮净如扫。积尸若丘山，流血涨丰镐。
> 干戈碍乡国，豺虎满城堡。村落皆无人，萧条空桑枣。
> 儒生有长策，无处豁怀抱。块然伤时人，举首哭苍昊。

写到这里，岑参由国家的危难，联想到自己的不幸命运，空负大才，无路请缨，岁月虚掷，功业无成，且眼下家门不幸频仍，又受群小挤对，在北庭竟落得个几乎无立锥之地，不禁愤激不已。他意犹未尽，接下来又写了一首诗（后经修订补充，他将这两首诗合题为《行军二首》）：

> 早知逢世乱，少小谩读书。悔不学弯弓，向东射狂胡。
> 偶从谏官列，谬向丹墀趋。
> ……

吟到这里，岑参取过窗前那面古铜镜一照，发现自己近日已真的白发生两鬓，面色萎黄，连原来漂亮潇洒的五绺长须也显得肮脏凌乱不堪，平添了不少白丝，眼见衰老了许多，不由得又随口吟出四句：

白发生偏速,教人不奈何。今朝两鬓上,更觉数茎多!

——《叹白发》

这时,他脑海里忽又浮现出赵仙舟、宗学士两人那白发苍苍、落拓失意、悲苦无奈的影像来,口中不禁喃喃念道:"'白发轮台使,边功竟不成。云沙万里地,辜负一书生……''读书破万卷,何事来从戎?……两度皆破胡,朝廷轻战功。十年抵一命,万里如飘蓬……'唉,这些诗句实在都是些夫子自道啊!"

岑参拿起这些诗稿反复读着,不由得连声长叹,两行长长的冷泪,不觉流下双颊。

病体难支的小琬闻声悄悄挨过来,看了新写的诗稿一眼,也背过身去忍不住掩面抽泣起来。

第五辑

第四十七章

凤翔荐贤

　　"马嵬之变"之后，当地父老纷纷拦马向唐明皇跪地请愿，恳请任天下兵马大元帅的太子李亨留下来，不要随銮驾去西蜀，留在关中，以便号令天下兵马继续抗敌。皇孙李豫等几个儿子也在背后极力劝说父王李亨留下，千万不要错失这个良机。于是李亨为了脱离父亲明皇的节制，没有随他一起逃往蜀中，而带着父皇留给他的后军两千兵马，仓皇北上，逃至地处偏远、贼兵一时难以追及的朔方镇灵武。

　　说起来，李亨曾遥领朔方镇节度使，有些人脉基础，于是便在朔方镇诸守将和追随他的群官劝进下，于这年七月中在灵武镇匆匆登上大位。一个月后又遥尊已逃至成都的明皇为"太上皇"，改年号为至德。所以历史上公元756年这一年，就有了天宝和至德两个重叠的年号。逃往蜀中的明皇出于无奈，只好接受了既成事实，顺水推舟地应允了，并派韦见素、房琯等带着国玺、玉册等到灵武向太子李亨传了位，让他主持四海与平叛等军国大事。不久，天下兵马副元帅郭子仪从河北带来五万兵马赶到灵武护驾，一大批高官显宦也纷纷赶来朝觐，李亨名正言顺地当稳了新皇帝。李亨见长子成王李豫年纪不大却头脑清楚，处事很有主见，更因劝进有功，便将自己兼任的天下兵马大元帅之职移交给了他，父子一起担负起领导全国平息安史之乱的重任。这位有些才干的李豫，不久被册立为皇太子，七年后又继驾崩的父皇肃宗李亨，当了十九年的代宗皇帝。

至德二年(757)元月,占据长安的安禄山叛军发生了内乱,安禄山的儿子安庆绪乘夜带领悍将李猪儿等冲进父亲的卧室,弑父夺权。当时,这位自称大燕皇帝的安禄山眼睛已全瞎了,无力反抗,被李猪儿一刀将他那个肥硕的猪肚子砍开,五脏六腑和血水哗哗流了一床,当即毙死,结束了他罪恶滔天、十恶不赦的一生。安禄山死了,贼兵一时无主,内部便开始争权夺利,自相残杀,关中一度一片混乱。安庆绪弑父当上大燕伪皇帝后,又把主攻方向放到了东南方,想尽快夺取江南富庶之地,却被张巡等人率唐军拼死挡在了睢阳(今河南商丘)一线,叛军对西北方唐军的压力自然减轻了许多。此时叛军受到唐军四处阻击,在关中的势力范围南不出武关,北不过云阳,西不逾武功,新天子李亨这才得以在灵武有了一个喘息和重整旗鼓的机会。

在大厦将倾的危难中,任朔方节度使、天下兵马副元师的郭子仪和由安西四镇调任河东节度使的名将李光弼,还有颜真卿、颜杲卿兄弟等忠君爱国的名臣大将,此时发挥了大智大勇,在大唐帝国空前的危机中起到了中流砥柱的作用。他们有时联合,有时分进,在山西、河北等地屡次大败继安禄山而起的叛军首领史思明,收复了河北大片失地,稳定了军心。而在东南一线,叛军分别也在濮州(今河南濮阳)、曹州(今山东曹县)、宋州(今河南商丘)和邓州(今河南邓州)等地,受到忠于唐中央王朝部队的顽强抵抗,无法继续向前推进。同时西北地区的勤王部队正陆续开进关内参加平叛,连于阗李氏国王也亲自带了七千兵马万里迢迢入关助战。中原的形势在一天天好转,于是,至德二年(757)二月,新天子李亨自彭原移驾至凤翔。

唐时,拱卫国都长安有所谓"三辅",即京兆尹、左冯翊和右扶风。凤翔府即属扶风郡,为长安正西方的凤翔节度使所在地,历来驻有重兵。在安禄山叛军攻占长安后,凤翔节度使指挥的兵力所受损失不是很严重,因此凤翔的防线比较稳固,成为李亨计划率军杀回长安的桥头堡。

新天子的銮驾就临时安排在凤翔郡府大院。这里的房舍虽然比起寒碜的灵武镇衙来要宽敞许多,但怎能与长安皇宫的宏伟壮丽相比?危难之际的李亨也讲究不得许多,只好因陋就简地安置了朝廷百官和他的嫔妃太监们。府衙大堂做些粉饰,在有些残破的石阶铺上一块木质的"丹墀",换上带来的龙椅,再在堂上铺几条红毯,权作临时的"金銮殿"了。上朝时群臣觐见天子时的一应繁文缛节，也大都简化或减免了。因为府衙大堂没有如都中大明宫含元殿那些森严的台阶品阶，所以大臣们朝贺天子、议论朝政时便不分品级高低一律挤在大堂两侧。实在挤不下，官职小些的就只好委屈地站在大院里，顶着天光，甚至迎风冒雨穷凑合。虽然如此，大唐流亡政府毕竟还是运转起来了。

杜甫自天宝十四年(753)春在高冠谷与岑参分手后，又在长安困顿了一年有余，天可怜见，最后终于被授予一个从八品下的小官——太子右卫率府兵曹参军。杜甫与岑参可真是一对难兄难弟，他们进入仕途的第一任官职恰巧一样，都是替太子李亨掌管兵甲器杖和门禁锁钥的这个下级小官员。谁知，杜甫连这个芝麻绿豆小官都不曾坐稳，到了冬天，“安史之乱”就爆发了，半年后长安也沦陷了。兵荒马乱中，杜甫带着家小恓恓惶惶逃出长安，先到了奉先县，接着又逃到白水县他老舅家，再由白水往陕北逃亡。至德元载(756)夏天，在鄜州的杜甫听说太子李亨于灵武登上了大位，便把家小安置在羌村，不辞辛苦地只身前往灵武去投奔前主人新天子。不想倒霉的诗人因病腿脚不太利索，在途中遭遇叛军，竟被抓获押解到叛军盘踞的长安，受了不少凌辱和惊吓。后来好容易寻到一个机会，杜甫从贼兵手中经金光门逃出城来，于至德二载(757)四月冒险辗转赶往凤翔新皇帝的行在。当时诗人是“麻鞋见天子，衣袖露两肘”，像个讨饭的叫花子一样，狼狈至极。不过也许是诗人的一片忠心感动了帝王吧，杜甫意外受到了新天子的眷顾，五月，被任命为驾前的门下省左拾遗，其实也不过是个从七品的谏官而已。但是诗人已经很满意了，他十分珍惜这一终于能为处于危难之中的朝廷尽忠的机会。因为对此时的杜甫来说，能够忝列于朝臣之中，当面向天子建言献策，实在是一种梦寐以求的政治机遇。

至德二载(757)六月十一日这天，杜甫随宰相房琯率百官等候早朝。在临时作为“待漏院”大堂两侧的廊房里，他遇到任户部员外郎的武文，就问起岑参在北庭的情况。武文告诉他，近来听由北庭归来的官员们说，岑参因封大夫在潼关赐死，心情落寞，淹留在北庭都护府又受到一帮小人作弄、压制，想东归而不得，处境很是艰难。这时恰好门下省给事中严武和中书舍人贾至、裴荐，还有礼部侍郎刘单、宪部尚书颜真卿等人也都在场，大家就七嘴八舌商议说，难为老朋友岑参了，依制，目前新天子驾前刚好缺少一名谏官右补阙，不如联名向圣上举荐，让岑兄回朝担任此职，与老友杜二兄配对，大家在一起为圣上分忧，闲暇时切磋诗句，岂不大好！即使回来后官秩上降了一级，但做了朝官，也比他窝在僻远苦寒的北庭受小人的欺压要好多了。杜甫听了十分高兴，当下就自告奋勇说就由他来起草奏状，与贾至、裴荐等人联名向新天子举荐岑参。杜甫任的左拾遗之职，刚好就负有向皇帝推荐贤才的职责。

说起这个中书省舍人裴荐，也是岑参河西幕中的老朋友，两人感情甚笃，当年岑参曾有诗送他赴西域：

> 醉后未能别，待醒方送君。看君走马去，直上天山云。
>
> ——《醉里送裴子赴镇西》

第二天早朝，因为近来各地平贼战况比较顺利，捷报频传，全国形势不错，有望不日收复长安，李亨心情显得轻松愉快，言谈之间就有些谈笑风生。站在阶下的杜甫觉得这是向新天子荐贤的最佳时机，连忙向堂前凑了几步。待李亨与众大臣商议完军国大事后，杜甫就上堂呈上他和裴荐等人联名举荐岑参的奏状。

李亨从太监手中接过奏状，只见上面写道：

杜甫、裴荐等为右补遗荐岑参状

宣议郎试大理寺评事摄监察御史赐绯鱼袋岑参。右臣等窃见岑参识度清远，议论雅正，佳名蚤立，时辈所仰。今谏诤之路大开，献替之官未备，恭维近侍，实藉茂才。臣等谨诣合门奉状陈荐以闻，伏听进止。

至德二载六月十二日

因为岑参所任的北庭节度判官、营田支度副使等是"罪臣"封常清当年聘任的，而"宣议郎试大理寺评事摄监察御史赐绯鱼袋"等一大串名号，则是朝廷任命的正式职衔，所以杜甫在奏状中只提他的御史等正式官衔。

李亨阅毕奏章问道："岑参，这个名字朕倒是有些耳熟，好像在哪里听说

341

过。杜拾遗，岑御史现在何处任职？"

杜甫忙趋阶奏道："谨禀陛下，岑御史现在北庭都护府任判官兼营田节度副使，已赴北庭三年多了。此前他还曾到安西四镇大都护府任参军、掌书记，于边塞荒寒之地驰驱奔波，顶风冒沙，多有功劳，前后已有五年有余。"

"哦，时间是不短了。此人好像很擅长作诗，一定是你们的诗友了？"

"启奏圣皇，岑御史诗名早播，特别是近年他在西域写了大量真情实景的边塞诗，极力赞颂我大唐将士守疆保边的英姿与赫赫战功，在诗坛上广为流传，为臣等所不及。这里，微臣抄了十几首岑御史的诗作，恭请圣上御览。"杜甫忙递上诗作。

李亨从太监手中接过一叠诗稿，翻阅了几页后说："这些诗倒也写得慷慨悲壮，感情激越，词丽格雄，还不错。'丈夫三十未富贵，安能终日守笔砚''功名只应马上取，真乃英雄一丈夫'，写得真好！"

经常起草圣旨诏令的贾至也补充奏道："陛下应该知道这位岑御史，他系国初名相岑文本之后，天宝三年曾高中一甲第二名进士，后解褐在陛下原太子府中任兵曹参军。"

"是这样吗？时间好久了，十几年了！对了，朕依稀记得，府中曾有此人，个子高高的，很年轻，是专门替朕管理府中兵器甲仗的，倒也谨慎尽职，可惜当时朕没有与他直接交往。"李亨轻击龙椅扶手，闭目想了好一会儿才说："唔，兵曹参军，杜拾遗当年不就曾在朕府中任过此职吗？如果再从万里之外的西域召回岑御史入朝任右补阙，与杜拾遗一左一右，并列为谏官，是不是有人又会说朕在专门任用私人了呢？此事可容再议。近日朝事繁忙，朕有些困倦了，退朝！"

原来，李亨终于记起岑参的往事。当年府中常有人向他禀报，说这个兵曹参军岑参，自恃是新科榜眼，清高自傲，不屑与俗人交往，公余即独处一室，专心读书写诗。平时说话又往往直来直去，不留余地，常令闻者难堪，言谈间甚至对太子府中这个从八品的官职有些小视，觉得大材小用云云。如此这般说的人多了，李亨对岑参的印象就不佳，不久就将他外放了。李亨此时心想，这个岑参，他那孤高自赏、肆言无忌的性格现在也不知改了没有，如果依然故我，那么以后在驾前随侍，就恐多有不便。本来就有一个左拾遗杜甫在朕身边，成天盯着自己的不是，左一个谏议右一个谏书，聒噪得很，令人

342

不胜其烦,现在再来一个多事的右补阙,两下里夹攻,多嘴多舌,朕的耳根就更不得清静了!

杜甫、裴荐、贾至等见一荐不成,心凉了半截,十分着急,退朝后,他们又找到武文、严武等商量办法。大家想了好久也想不出什么好主意。正一筹莫展时,忽见武文一拍脑门喊道:"哎呀,有办法了!"

大家忙问什么办法。武文兴奋地说:"户部尚书李光弼大人近日由太原前线回凤翔述职。岑兄与李大人私交甚厚,在河西、安西,岑兄多有诗赠予李大人,不若请李尚书出面力荐,圣上必然应允。"武文从北庭回朝升职后,一直十分同情岑参。因为他心里明白,前年春平播仙出奇兵的妙计,岑参本为首功,自己只不过派员由便道传令而已。献奇计平蕃,岑兄未得任何封赏,而自己却无功受禄,心中老大不忍,所以这次要竭力举荐老友了。

杜甫拊掌大喜道:"李大人身为同中书门下平章事,新近又晋位司空,位列三公,现身兼户部尚书,平贼战功赫赫,与司徒郭子仪副元帅一道被圣上视为左膀右臂,依为干城,自然言语有分量。只要能请李大人出面讲话,圣上一定会采纳的。"

贾至、严武和裴荐等也点头说:"此言甚为有理!"

事不宜迟,武文没有回家就直接赶往李府去谒见李光弼。武文原在安西为时任副大都护李光弼幕中判官,相处甚得,现又为户部员外郎,是李光弼的直属部下,正好讲话。

当天半夜,杜甫等人正苦苦地在公房里等候消息,只见武文兴冲冲地赶来,称李大人已慨然应允,明天将上朝大力举荐岑参。大家听了都很高兴。

第二天早朝,百官朝贺已毕,纷纷退至大堂两侧,只见兼任河北节度使的李光弼轻迈虎步上前施礼,称有事启奏。

这是杜甫头一回见到李光弼,只见他果然生得身材魁梧,体强力壮,英姿飒爽,气宇轩昂,颇有大将风度,不由得十分景仰,心里赞叹道:果为国家之栋梁也!后来当杜甫在长江三峡一带漂泊时,听到功高盖世的李光弼受到大太监鱼朝恩的节制陷害,最后竟然忧愤而病死于军营中的消息,深感同情和惋惜,就作了一首长诗《八哀诗·故司徒李公光弼》。诗中倾情赞美、感叹这位平息"安史之乱"的大英雄、大功臣"北收晋阳甲""人安若泰山,蓟北断右胁。朔方乃气苏,黎首见帝业""高视笑禄山,公又大献捷""拥兵镇河

343

汴,千里初妥帖""雅望与英姿,恻怆槐里接",可惜如今病殁,将星陨落,如"大屋去高栋,长城扫遗堞"……这些,当然是后话了。

当下李亨一见到李光弼,就不觉起身亲切地问道:"李爱卿,日前你不是已向朕奏报了太原、河北前线的军情,所具条陈朕皆已准奏。爱卿数日来长途跋涉,鞍马劳顿,怎么不在府中安息几日?且请坐下慢议。"李亨为李光弼在御座旁赐了专座,以示特别恩宠。

李光弼谢坐后稍停,又起身奏道:"圣上批文微臣已见到,甚感荣幸。据报,史贼思明觊觎太原,拟拥兵来犯,末将正欲向陛下辞行,明日即起程奔赴前线,望圣上勿忧。昨闻杜拾遗等人向陛下举荐御史岑参出任右补阙,随幸驾下,臣以为此议甚当。末将在河西都护府即与岑御史结识,后又在安西都护府同僚多年,深知其天资聪慧,人品极高,于职则克己奉公,在幕中极有雅望。岑御史忠于朝廷,勤于王事,不辞劳苦曾亲赴西域各地实地考察,手绘出羊皮战略地图,所列军事设施及山、路、水、泉、沙漠戈壁,均十分准确详尽,纠正了不少古人的错漏,故封常清大夫与臣等于指挥与敌作战中得益匪浅。特别是去春西域平吐蕃播仙那场恶战中,岑御史与故封常清大夫共设奇谋,终于使我大军得以南北夹击,力破强敌,收复播仙,立下大功……"

李亨打断李光弼的话,问道:"'功名只应马上取,真乃英雄一丈夫',这两句诗,可是岑御史赠予爱卿的?卿且坐下叙话。"

"谢圣皇!这两句诗,正是在武威幕中时岑御史赠予下臣的。当时末将正奉命赴安西四镇供职。诗中所称英雄云云,微臣实是愧不敢当!"

李亨笑道:"非也,试看今日之域中,李将军不是英雄孰是英雄?爱卿和郭元帅可谓我大唐的大英雄,虽吾之家国,实为卿等再造也!此诗赠给李爱卿,是再也恰当不过了!至于爱卿一再说起的这个封常清,朕早有耳闻。此人在西域守边经年,倒是立下如许战功。然而可恨他竟然深孚太上皇厚望,罪不容赦。在洛阳被围之际,太上皇特命他为范阳节度使,加衔至正二品大员,率军出征。可是他在作战中指挥失当,以致痛失东都,华夏震动。后又在潼关与高仙芝畏敌如虎,按兵不动,一再贻误战机。太上皇盛怒之下,才将两人赐死。"李亨望望堂下,缓口气又说,"不过嘛,话又得说回来,在当时情势下,并非一定要将他们即行赐死,如果留下来令其戴罪立功岂不更好?朕读过封常清所呈之临终遗表,'仰天饮鸩,向日封章,即为尸谏之臣,死作圣朝之鬼。若使殁而有知，必结草军前，回风阵上，引王师之旗鼓，平寇贼之戈铤……'措辞何其沉痛，对我大唐忠心至死不渝，比起那个晚节不保、死有余辜的老番贼哥舒翰来，可是要强多了。高、封两位，均不失为历经百战的良将忠臣啊，可惜了！可惜了！如果两位将军尚在，朕就不至于如此廷前荒凉，捉襟见肘，应对强虏，朝中竟没有更多如李爱卿、郭元帅这样的国之栋梁可资调用，痛惜呀！"

李亨说完，就听堂下一片叹息之声。

"皇上圣明，所见极是。"李光弼立即站起来奏道，"目前国家危难之际，急需用人，正应不拘一格广揽天下才俊。岑御史不仅诗名早著，且自幼熟读兵书，在西域安西、北庭诸地前后任职多年，对边塞形势及战事十分熟知，为人复正直不阿，见识超群，敢于直谏，人才难得，正合出任右补阙。微臣以为杜拾遗等所荐极是，末将亦愿极力保荐岑御史。有杜拾遗、岑御史等侍奉于圣上左右，末将等于前方率军御敌，就更放心了。万望圣上早日下诏，令其速速入朝供职。"

李亨的长子成王李豫听了，向前奏请道："儿臣亦以为李尚书所奏甚当，望父皇圣裁！"

与杜甫、严武关系颇佳的宰相房琯一旁也启奏道："大元帅和李尚书所奏不差，岑御史果然议论雅正，佳名蚤立，微臣亦望圣上降旨，召岑御史进京。"

杜甫、贾至、严武、武文、裴荐、刘单和颜真卿等人见状，一齐跪在阶下，齐声称："微臣等亦俱愿保奏岑御史。"

李亨笑道："看来，这个岑参还真有些人缘呢。既如此，朕就放心了。好吧，卿等平身，可着即刻下诏，命岑参速回凤翔来见驾！"

严武喜道："遵旨。"他任门下省给事中，正司其职。

跪在阶下的杜甫、武文等人一听，喜不自胜，连连叩谢，同声齐呼：

"吾皇万岁万岁万万岁！"

第四十八章

东望长安

但是,新天子李亨据杜甫等人的举荐,命岑参到凤翔驾前任右补阙的诏书,由于路途遥远,加上兵荒马乱交通不畅,要两个月后才能辗转送达庭州。困顿于西域的岑参,此时并未得到这个好消息,于孤独寂寞之中仍在苦苦地期待着。

三伏天气,骄阳似火,室内异常闷热。这天,独孤渐来到岑参家中道别。原来他已接到朝廷调令,昨天由轮台带着家眷赶到庭州,明天就要动身南下经交河东归。岑参热情地招待了他,还请正在庭州候命的关老将军过来作陪。酒后,三人又来到正房客厅,岑参让陈金把石老人今春藏在地窖里的冰块多取出一些来,用以冰镇水果待客。那透明的碎冰撒进大瓷盘里,叮叮当当,如水晶白玉,原来蒸笼似的室内,顿时感觉清凉了许多。

岑参放下扇子苦笑道:"关中也不知乱成什么样子了,凤翔还是没有任何消息,我现在也是度日如年,归心似箭啦! 北庭目前局势虽然表面很平静,然已是危机四伏,赵光烈、徐章一伙,到底想搞什么名堂,谁也说不清。现在,他们是任何事都把我撇到一边了,也好,我也落得清闲。如今安史逆贼势力仍盛,新天子銮驾虽然已移至凤翔,光复长安有望,但我大唐已元气大伤,无力远顾,按如今都护府的情形,前景颇为不妙。你我在此供职一场,回天乏术,想来真令人不胜感伤!"

"是啊,两京失陷,不知何日方能收复。眼见这北庭上下,一帮狐朋狗党，一个个沐猴而冠，处心积虑排除异己，窃掌权柄，沆瀣一气，为所欲为。想不到关老将军和岑兄等处境如此艰难，我不禁记起岑兄早年间在《感旧赋》中所感叹的'泣贾谊于长沙，痛屈平于湘沅'来，恰如太史公所谓'金钟毁弃，瓦缶雷鸣'者也，我真为西域之前途深深担忧！"独孤渐深有感触地说道，"此地与岑兄和关老将军一别，不知何时方能重聚，心里实在很不好受。为弟到北庭供职两年多了，无论如何，对此地还是有感情的，一旦离去，颇有点儿恋恋不舍之意。"

关老将军没好气地说："小人得道，鸡犬升天！赵光烈一帮人这么干下去，北庭还能有啥好指望的？要不了多久，就会让吐蕃人给占了去！"

关老将军的话不幸而言中了。此后唐王朝陷入长期藩镇割据状态，内乱频仍，分崩离析，李氏朝廷再也无力维持西域。赵光烈和他的后任勉强支撑了二十来年，公元779年，伊西、北庭都护府所辖之地，果然都被吐蕃人侵吞了！唐王朝势力，自此退出西域大部分地区。

正说着，独孤渐抬头望见剑架上的那柄"天山雪"宝剑，就好奇地上前取下，轻轻拔出剑刃，称赞道："果然是把上等好剑，名不虚传！"

"剑倒是把好剑，可是与岑大人一样，命运不好，在北庭就是派不上用场！"关老将军气哼哼地说。

岑参接过宝剑在手中绾了个剑花，说："'天山雪'虽好，削铁如泥，可是跟错了主人，不能到战场上杀敌立功，三年来只好委屈地藏锋皮鞘，空自面壁啊！"

"唉，'金钟毁弃，瓦缶雷鸣'，莫此为甚！"独孤渐叹口气，怏怏地协助岑参将"天山雪"插进剑鞘，又放回到剑架上。

关老将军心情不佳，也因年高，先行告辞回家休息去了。

送走了关老将军，岑参和独孤渐两人漫步来到院中赏花。院中两株大榆树枝繁叶茂，遮天蔽日，倒也在院里罩出一片清凉的浓荫。昨夜下了场少见的大雷雨，院中空气异常湿润清新。

今年春夏之际，因为无事可干，岑参便效陶渊明"采菊东篱下，悠然见南山"，与小琬和陈金夫妇一起，在院中一角开出几畦花圃，以此来打发时光。他们穿墙从外面水渠中引来一股流水，种上了月季、玫瑰、蔷薇、天竺葵、萱草和一些当地的草药，还在堂前移栽了两株青翠的小柏树。岑参遂把自己

347

的堂屋命名为"二柏堂",又仿陶潜《五柳先生传》风格撰写了一篇《二柏堂记》(此文今已失传)。后来为种树养花这些事,他也陆续写了不少诗,例如《使院中新栽柏树子呈李十五栖筠》,就是写给来庭州向他辞别的老熟人李栖筠的。李栖筠被升为安西四镇都护府行军司马兼监察御史,准备前往履任。见面时,李栖筠告诉岑参,此前,王维岳将军和他已遵命在蒲类县城内寻地修了一座简易的汉碑亭,裴岑纪功碑和姜文本行军碑等几通古碑和好几尊怪异的草原石人像,都妥善存放在里面。岑参听后十分感谢,称他们做了件大好事。在这首送行诗中,岑参忍不住以翠柏自喻,抒发了胸中难以言明的孤愤之情:

> 爱尔青青色,移根此地来。不曾台上种,留向碛中栽。
> 脆叶欺门柳,狂花笑院梅。不须愁思晚,霜露岂能摧?

于是整个夏天,岑参住所堂屋前院的小花圃中,便不断开出五颜六色、幽香扑鼻的各种花朵来,引来了无数蝴蝶、蜜蜂在花丛间翩翩起舞,令人赏心悦目,也算为愁云密布的这个小家庭带来几丝安慰和乐趣。

"独孤兄,我想起来了,你家渭水之滨不是有座闻名遐迩的大花园么,但愿不要被贼兵的铁蹄给糟蹋了!相比之下,我这一畦小花圃寒碜得简直不值一提。不过,你见过这种花吗?"岑参指着花丛中一株挺秀的奇花说。

那株花叶柄特别细长,一尺多高,花茎翘然,十分挺拔、傲岸,花托如小藕,上生小刺。花顶分出一簇八九片巴掌大的花萼,状如淡青色半透明的莲花瓣,簇拥着一朵拳头般大小的奇花,状如冠冕,呈胭脂色,花上水珠晶莹,阳光下灼灼地耀人眼目,给人一种"鹤立鸡群""桀骜不驯"之感,煞是喜人。如果稍稍靠近一点儿,其花香更是清幽芬芳,沁人肺腑。

"小弟复姓'独孤',果然孤陋寡闻得很,从未见过此花。"独孤渐凑过来,开玩笑说。

"我也是近日查了佛经和方志等书之后,方知此花一二的。据说花名曰'优钵罗',佛经上倒是常常提到。此花原产天竺国,天山一带也多有发现,本地人俗称'青莲花',又名'雪莲',多生于人迹罕至的悬崖绝壁冰雪石缝之中。其品高洁,是祛湿祛寒、活血、治疗妇科疾病和骨节病痛的良药。今年交河郡馆吏石仲义，也就是贱内小琬之次兄，从天山之南雪峰中采来送我，还帮我把它移栽在这里。月来，在小琬的精心照料下，不时松土施肥浇水，居然存活下来，并开放出这一簇奇花异卉，可算得岑某年来大不幸中之一小幸也！"

"我看此花色、形、香、神，皆不亚于中土之牡丹、芍药、芙蓉、荷、菊和梅等名花，其耐寒挺秀傲岸之姿，尤为可敬可佩，观之令人顿生高远之志。"独孤渐停了一下又说，"可惜此花一直生于高寒之所、僻野之地，无人知晓。现在蒙仁兄于庭院移栽成功，花卉如有知，定会深深感谢岑兄知遇之恩的。按岑兄的习惯，定将有诗题咏，不知可否完篇？此花如获兄美辞褒奖，可谓不胜荣幸！"说完他俯下身去，想仔细察看这株奇花的形状，嗅嗅它那袭人的奇香。

"此花孤傲不俗、无人赏识的命运，不正像你我这等困顿于边塞绝垣的不幸者吗？朋友都说我岑参好奇心特大，又孤芳自赏，偏命运不佳，此话倒也不假。正所谓'心比天高，命如纸薄'者也！看此花来历不凡，长得又如此有个性，与我的品性、命运倒有几分相像了。同声相应，同气相求，难怪屈大夫在楚辞中要写那么多的'香草美人'以自况啦！对了，我是该为此花专写一首诗了！"岑参若有所思地说。

"此必定是一首大有深意的动情之作。我将在凤翔静候岑兄，好一读绝妙好辞！"

"不过，我早已知道贤弟不日将回关内，此前已预先作好一首与你道别的长句。记得贤弟曾说，你与严侍御私交甚厚，到凤翔后一定要去拜谒他的，因此我就在诗后附上几句代问严兄的话，请他不要只顾自己飞黄腾达，就丢下困顿在天西头的老朋友不管不顾了！所以这首诗就称《兼呈严八侍御》，你看可好？"说着岑参回到书房取来诗稿。

严八侍御即严武，行八，曾与岑参、杜甫等结识于长安，对岑参的诗作、人品很是欣赏。"马嵬之变"后严武曾随明皇逃往剑南，不久又奉调来到凤翔任殿中侍御史，很受新天子看重。严武出身名门，年少成名，是一个颇有才干、敢作敢为、多情重义、乐于成人之美的实权人物，与杜甫的私谊也极深。自从封大夫蒙难后，岑参就幻想寻找一位有深交，在朝中有背景和权势，在仕途上也能提携自己的人。他心想，自己已年届四十有一，当年邯郸那位耄耋之年的盲卜者，曾预言我不惑之年前后将幸遇襄助的"紫衣人"；帛上人大师送我的偈子又预言我将"有幸趋丹墀"；前年冬天在上清宫求签，签中也说我将会得遇"天梯""渡水桥"云云。封大夫这道"天梯""渡水桥"既已断了，现在看来，这"紫衣人"、新的"天梯"和"渡水桥"，说不定就应在这年轻有为、前程无量的严武严大人的身上哩！

其实，岑参和孤独渐都还不知道，他们说这个话的时候，严武已由侍御史升任门下省给事中，位居正五品上，在新天子面前讲话的分量更大了。而且严武官运亨通，数年后竟升至成都尹兼剑南节度使的二品大员高位。在他第二次镇蜀时，还请流落到成都的老友杜甫做了属下的参谋、检校工部员外郎，在生活上给予多方关照，甚至于出资在成都城西南浣花溪畔为杜甫修了草堂栖身。岑参这时当然更不会知道，严武不待他来求援，已与杜甫、武文等人向新天子成功地举荐了自己，他亲手草拟的中书省诏令正走在路上。忠诚守信的杜甫，实践了三年前在高冠谷口圭峰山分手时，两位老朋友许下的庄重诺言——苟富贵，勿相忘。也许正是由于严武曾任剑南节度使的缘故，十多年后岑参也才有机会升任剑南道嘉州（今乐山）五品刺史。当然，这也都是后话了。

独孤渐高兴地接过诗稿，只见果然是一首"长句"，洋洋洒洒写了满满四大张纸：

轮台客舍春草满，颍阳归客肠堪断。
穷荒绝漠鸟不飞，万碛千山梦犹懒。
怜君白面一书生，读书千卷未成名。
五侯贵门脚不到，数亩山田身自耕。
兴来浪迹无远近，及至辞家忆乡信。
无事垂鞭信马头，西南几欲穷天尽。
奉使三年独未归，边头词客旧来稀。
借问君来得几日，到家不觉换春衣。
高斋清昼卷帷幕，纱帽接䍦不著。
中酒朝眠日色高，弹棋夜半灯花落。
冰片高堆金错盘，满堂凛凛五月寒。

350

桂林蒲萄新吐蔓，武城刺蜜未可餐。

军中置酒夜挝鼓，锦筵红烛月未午。

花门将军善胡歌，叶河蕃王能汉语。

知尔园林压渭滨，夫人堂上泣罗裙。

鱼龙川北盘谿雨，鸟鼠山西洮水云。

台中严公于我厚，别后新诗满人口。

自怜弃置天西头，因君为问相思否。

——《与独孤渐道别长句兼呈严八侍御》

独孤渐读完诗道："岑兄诗写得如此情深意长，小弟受之有愧，实在太谢谢了！诗后兼呈虽然只有短短四句，却写得十分深沉有力，恳切动人，堪称豹尾。严大人为小弟同榜进士，更兼有通家之谊。愚弟此次回到凤翔，一定要把岑兄的大作向严武兄呈上，并详细禀告岑兄在此地的困境和回关内匡扶圣上的殷望。"

"严武兄系先贤中书侍郎严挺之子，记得岑某初见他时，感觉他神气隽爽，敏于闻见，印象颇佳。从面相上看，严武兄似很年轻，但少年老成，有成人之风，想来当与贤弟年齿相仿。"

"小愚弟两岁，今年正好进入而立之年。"

"哦，刚至而立之年，小我十一岁，真愧煞人也！"心性高傲的岑参听后掩饰不住，脸色就有些黯然，"如此，有劳独孤贤弟回到关中多多拜上严大人。这咏优钵罗花之诗，为兄已基本构思好了，今夜务必吟成，待明日送弟登程时即将诗稿奉上，亦托贤弟一并转呈严武贤弟。"

"多谢了！岑兄准备何时东归？小琬嫂又该如何安置呢？"

岑参见说，四顾望望，便走近来握住独孤渐的手说："她的病情近日倒是好多了，只是呢……独孤贤弟，实不相瞒，愚兄终南山高冠谷家中的情况，你不是不知道。唉……"

梁姓的节度使来北庭接任赵光烈的事，看来只是个传闻，帛上人预言躲避血光之灾的两年之期，也将届满，岑参既没有了期盼，也没有了牵挂，本来可以下决心东行了。只是有桩心事却令他犹豫再三，不觉长叹一声，对老友解释道：

第五辑

"独孤渐贤弟呀,你不知道,老母曾先后寄来手书数封,就是不同意我将小琬收为侧室,否则将不许我再踏进家门。要不是顾忌忤逆母命,担心高堂嫌弃小琬的胡人血统和其母的出身,回去后可能委屈亏待了小琬,我真想明天就带着小琬,与仁兄一路同行,早一点儿离开这里。我对双峰故园,可是望眼欲穿了呀!"

"是了,岑仁兄系名门之后,最讲究门户当对,况兄的至孝也是有名的,母命不可违。如此说来,这的确让岑兄左右为难啊!"独孤渐很理解挚友此时的进退维谷、举棋不定。

说话间,岑参的情绪一激动便忘乎所以,声音不觉间就高了起来:"对呀,对呀,谁说不是呢! 独孤贤弟,夫不孝有三,无后为大,如果小琬果能为兄举上一男,携回户县高冠谷奉之高堂,念小孙儿之面,老母似亦能怜悯而收留小琬的。可是小琬偏偏又不幸小产,刚成形的三个月男婴不幸流产,为兄这点儿骨血,也化为乌有了!"

独孤渐安慰道:"那也没有什么,你和嫂夫人都还年轻,调息一段时间,再举一男,那还不是很便当么。"

"唉,独孤兄有所不知,不瞒你说,前些日子请了好几位郎中大夫,他们瞧了小琬的病,都说她的流产系意外重伤所致,今后恐已难再怀孕了!"岑参声音很大,说得痛心疾首。

"啊呀,如何会这样?"

"上天竟如此严厉地惩罚我岑某人,真是想不到! 唉,不必说了……"岑参摇摇手,不想再说什么,脸痛苦得几乎变了形。

然而,岑参此时犯了个天大的错误,两人忘情大声说话时都没有留意,恰在这个时候,小琬和胡月华刚刚收拾完餐桌,端着食案碗碟杯筷从厅堂里出来。小琬走在前面,在回廊里无意间听到岑参谈话的全部内容,神色立即大变了……

俗话说,口舌如剑刃,语言能杀人。于是,言者无心,听者有意,正像现实生活中曾发生过的许多故事那样,因一个偶然的疏忽,无意间的一句话,就能把一个人推向绝境,置于死地,导致难以挽回的大悲剧。

第二天一大早,岑参带着连夜作成的咏优钵罗花诗,与关老将军和幕僚多人,在庭州南门送别了独孤渐。他依依难舍地眺望着老友的身影消失在远处,难过得几乎流下泪来。处境是一天比一天糟糕,西域的朋友也一天比一天少,可怕的孤独感如魔影一般逼来,岑参日益变得多愁善感、敏感烦躁和易激动了!

送走了老朋友,正要举步回家,岑参忽然感到那刚刚冒出天山顶的太阳,把一长溜雪峰都染红了,像是天边一抹殷红的鲜血,心里不由得一阵说不出的恶心难受,头晕目眩,浑身冒汗,感觉心惊肉跳的,不知是怎么一回事。

"呜呼,天不可问,莫知其由。"莫非真的有什么灾祸要降临到我岑某人的头上了吗? 帛上人说我之不幸也许是前世因缘所祟,我岑参前生真有什么难恕的罪孽,上苍非要把我赶尽杀绝吗? 最近接二连三的打击使岑参有点儿风声鹤唳、草木皆兵了。这些天,他时时有某种不祥的预感,似乎一场巨大的灾难在窥视着他,伺机向他扑来,所以一路上都在惴惴不安地这么猜想。岑参万万想不到,他昨天在院中对独孤渐说的那一席话已经铸成了大错! 昨晚熬夜写成的那首咏优钵罗花的长诗,无意间也变成一道催命符。构思时因为精力高度集中,他竟然没有顾得上与小琬温存,写完诗便困倦地把笔一扔,吹灭灯,昏昏睡去了。更不应该的是,他丝毫没有觉察他心爱的小琬,已出现了极端的反常举动!

岑参头重脚软,腾云驾雾般勉强支持着走至家门口,刚扶着一棵大榆树喘了口气,就看到陈金搀着几乎散了架的石成璧老人,还有哭得红肿了双眼的胡月华母女,几个人一起从门楼里跌跌撞撞地出来。石成璧老人一见到岑参,就神色慌张地失声喊道:

"啊呀呀,岑大人哪……"

"大人呀,你怎么才回来呀!"胡月华泪如泉涌。

"快说,出什么事了?"岑参心头一紧。

"大事不好了!"陈金也哭起来,"小夫人寻短见了,满地都是血,真怕人哪! 用的就是那把'天山雪'……"

仿佛猝遭一记闷棍,岑参头轰的一声炸开了!

尾声

向晚时分,天阴沉着,岑参带着关老将军、石成璧老人和陈金,还有胡月华母女等人,缓步来到城南石小琬的墓前。帛上人法师也带着弟子来了。胡月华捧着连土带根挖来的那株优钵罗花跟在后面。一个月的光景,茂密的小草已经完全覆盖了坟头,从远处看,与周围广袤的草地几乎融为一体了。墓前立起一小块石碑,上面是岑参用颜体正楷丹书镌刻的简单碑文:

大唐安西龟兹人　丁酉至德二载夏病殁　享年廿一

岑石氏　小琬　之墓

石成璧老人和陈金带人在墓前摆上蔬果,焚了香烛、纸马,然后又把那株优钵罗花小心翼翼地放到墓碑一侧。这株九瓣胭脂色的异花山卉,由于是刚刚连土挖出来的,色泽依旧,仍很精神地挺立在一位烈性女子的墓前,空中似乎也飘起几丝淡淡的清幽芳香。

由帛上人大师亲自领诵,十几位僧人合手同声念了一通《超生经》。诵经声庄严而肃穆,令人悲怆而伤感。

事毕,岑参请众人先走一步,他想一个人在坟前静静地停留一会儿。只有陈金不放心地等候在一旁。

岑参头戴黑色幞头,穿了一身灰色的圆领长衫,面容消瘦了一圈。他在坟前深深地躬身作了一揖,心里说,小琬,今天是你周月忌日,我来为你添添坟,还请来西大寺的僧众做了场法事,超度你的英灵早日升到极乐世界。小琬,这是我最后一次来看你啦!接着,他从怀里取出一幅写满字迹的白绢,喃喃自语道:小琬,告诉你一个好消息。你知道吗,杜甫、武文、严武等老友向新天子举荐了我,朝廷任命我为驾前中书省右补阙,诏命已于昨天下达。刚好轮台南山新番王带来的一支马军也已到达庭州,有一千多人马呢,过几天即开赴关内勤王。我将随关老伯他们一起东归,赶赴凤翔,好为收拾残破

丝路之魂
岑参

的河山聊尽一份微力。在这国家危亡之秋,能与挚友们在天子驾前同朝共事,襄佐圣皇,收拾河山,早日光复长安,重振我大唐雄风,该有多好啊! 只可惜,你不能与我一起同赴关内了,真令我不胜伤痛。我就知道,老朋友们不会把我弃置在这里不管不顾的。记得大前年春天终南圭峰山揖别时,我与杜甫兄曾挽手起誓相约"苟富贵,勿相忘",现在我们并没有富贵,所以更不会相忘啊! 除了他们,凤翔还有贾至、裴荐、刘单等一大批文友照应,你就放心吧! 小琬,你留下的这把跳"反弹琵琶"舞用的小琵琶,我将永远珍藏在身边,以为永久的怀念。你不会寂寞孤独的,你母亲安葬在这里,我们那可怜的儿子,也与你合葬在一起。墓中的"天山雪"剑,还有坟前这株优钵罗花,都将带着我的心,伴你长眠。你的性格就与"天山雪"剑一样,纯洁、晶莹、锋利,宁折不弯。这株奇异的山花原来就是你在院中精心栽培的,那葳蕤倔强的花姿,分明就是你的情影,你的化身啊! 那纯净淡雅的清芬,不正是你的芳魂你的馨香嘛! 我写的这首自喻自伤的咏花诗,现在看来,献给你也许更为贴切一些。你、我、剑、花,我们是不可分拆的一体啊! 连帛大师也亲自来为你领诵《超生经》了,这可是难得的福分呀! 小琬,现在让我把这首诗在坟前为你吟诵一遍,也算作写给你的一篇特殊的诔文和祭诗吧! 小琬,九泉之下你能听到吗?

凉风呜呜,岑参侧耳凝神地停了一会儿,似乎在谛听小琬在冥冥之中的回应。然后,他慢慢捋顺被风吹乱了的、已有几星花白的五绺长须,庄重地展开手中的诗帕,用微微颤抖的声音轻声诵道:

优钵罗花歌(并序)

参尝读佛经,闻有优钵罗花,目所未见。天宝景申岁,参忝大理评事,摄监察御史,领伊西北庭度支副使,自公多暇,乃于府庭内栽种树药,为山凿池,婆娑乎其间,足以寄傲。交河小吏有献此花者,云得之于天山之南。其状异于众草,势笼众如冠弁,巍然上耸,生不旁引,攒花中折,骈叶外包,异香腾风,秀色媚景。因赏而叹曰:尔不生于中土,僻在遐裔,使牡丹价重,芙蓉誉高,惜哉! 夫天地无私,阴阳无偏,各遂其生,自物厥性。岂以偏地而不生乎? 岂以无人而不芳乎? 适此花不遭小吏,终委诸山谷,亦何异怀才之士

355

未会明主,摈于林薮耶？因感而歌。歌曰:

> 白山南,赤山北,其间有花人不识,绿茎碧叶好颜色。
>
> 叶六瓣,花九房,夜掩朝开多异香,何不生彼中国兮生西方?
>
> 移根在庭,媚我公堂,耻与众草之为伍,何亭亭而独芳?
>
> 何不为人之所赏兮,深山穷谷委严霜?
>
> 吾窃悲阳关道路长,曾不得献于君王。

念着念着,岑参不觉已是泣不成声,泪流满面了。此时他的心目中,已将优钵罗花与小琬的身形面容,以及自己的不幸命运融为一体了。他将自己全部的感情,都倾注在眼前这株奇异的山花上了。诵完,他拭去婆娑的眼泪,又朝小琬的土坟深深一揖,然后蹲下来,从陈金递给他的布袋里掏出火镰、燧石与火绒打火。因为心情过于激动,手颤着,费了好半天的劲儿才算把纸煤儿点着,又小心吹燃,这才抖抖地点燃了手中那幅写着《优钵罗花歌》的白绢。于是,这方可称为小琬写的诔文祭诗的诗帕,于漠漠旷野中,终于亮起几朵瑰红艳丽的明火,伴随着一缕淡淡的青烟,慢慢飘化在草原的晚风之中。

这是大唐至德二载(757)八月末的一个黄昏,庭州城外西大寺的钟声又响起来,旷远、悠扬、苍凉、雄浑,撩人心绪。庭州城北方迷茫的大漠,此时忽然卷起滚滚尘沙,把一轮摇摇欲坠、面色惨白的秋阳拖下西山。阴云低垂,天色刹那间暗了下来,飕飕的寒风砭人肌骨,今年第一场凛冽的秋雪,似乎又要提前来到了!

1996 年 8 月初稿于乌鲁木齐

2000 年 8 月二稿于贵阳小河

2013 年 2 月三稿于乌鲁木齐

2015 年 4 月四稿于海南三亚

2016 年 8 月定稿于乌鲁木齐

附录 1

岑参《感旧赋》

参,相门子,五岁读书,九岁属文,十五隐于嵩阳,二十献书阙下,尝自谓曰:"云霄坐致,青紫附拾。"金尽裘弊,塞而无成,岂命之过欤?

国家六叶,吾门三相矣:江陵公为中书令辅太宗,邓国公为文昌右相辅高宗,汝南公为侍中辅睿宗,相承宠光,继出辅弼。《易》曰:"物不可以终泰,故受之以否。"逮乎武后临朝,邓国公由是得罪;先天中,汝南公又得罪。朱轮华毂,如梦中矣。今王道休明,噫世业沦替,犹钦若前德,将施于后人。参年三十,末及一命,昔一何荣矣,今一何悴矣,直念昔者,为赋云。其词曰:

吾门之先,世克其昌,赫矣烈祖,辅于周王,启封受楚,佐命克商,二千余载,六十余代,继厥美而有光。其后辟土宇于荆门,树桑梓于棘阳,吞楚山之神秀,兴汉水之灵长,猗盛德之不殒,谅嘉声而允臧,庆延自远,佑治无疆。自天命我唐,始灭暴隋,挺生江陵,杰出辅时,为国之翰,斯文在兹,一入麟阁,三迁凤池,调元气以无忒,理苍生而不亏,典丝言而作则,阐绵纂以成规。革亡国之前政,赞盛代之新轨,捧尧日以云从,肩舜风而草靡,洋洋乎令问不已。

继生邓公,世实须才,尽忠致君,极武登台。朱门复启,相府重开,川换新楫,羹传旧梅,何纠缠以相轧,恶高门之祸来。当其武后临朝,奸臣窃命,百川沸腾,四国无政,昊天降其为荐瘥,靡风发于时令,藉小人之荣宠,堕贤良于槛井,苟惽恲以相蒙,胡丑厉以职竞?既破我室,又坏我门,上帝懵懵,

357

莫知我冤。众人,不为我言,泣贾谊于长沙,痛屈平于湘沅。

　　夫物极则变,感而遂通,于是日光迴照于覆盆之下,阳气复暖于寒谷之中。上天悔祸,赞我伯父,为邦之杰,为国之辅。又治阴阳,更作霖雨,伊廊庙之故事,皆祖父之旧规。朱门不改,画戟重新,暮出黄阁,朝趋紫宸,绣毂照路,玉珂惊尘,列亲戚以高会,沸歌钟于上春。无小无大,皆为缙绅,颙颙卬卬,逾数十人。嗟乎!一心弼谐,多树纲纪,群小见丑,独醒积毁。铄于众口,病于十指,由是我汝南公复得罪于天子。当是时也,偪侧崩波,苍黄反覆,去乡离土,殄宗破族。云雨流离,江山放逐愁见苍梧之云,泣尽湘潭之竹,或投于黑齿之野,或窜于文身之俗。

　　呜乎!天不可问,莫知其由,何先荣而后悴,曷曩乐而今忧?尽世业之陵替,念平昔之淹留,嗟予生之不造,常恐堕其嘉猷。志学集其荼蓼,弱冠干于王侯,荷仁兄之教导,方励已以增修。无负郭之数亩,有嵩阳之一丘,幸逢时主之好文,不学沧浪之垂钩。我从东山,献书西周,出入二郡,蹉跎十秋。多遭脱辐,累遇焚舟,雪冻穿屦,尘缁弊裘。嗟世路之其阻,恐岁月之不留,眷城阙以怀归,将欲返云林之旧游。遂抚剑而歌曰:

　　东海之水化为田,北溟之鱼飞上天,城有时而复,陵有时而迁,理固常矣,人亦其然。

　　观夫陌上豪贵,当年高位,歌钟沸天,鞍马照地。积黄金以自满,矜青云之坐致,高馆招其宾朋,重门垒其车骑。

　　及其高堂倾,曲池平,雀罗空悲其处所,门客肯念其平生?

　　已矣夫!世路崎岖,孰为后图?岂无畴日之光荣,何今人之弃余?彼乘轩而不恤尔后,曾不爱我之羁孤。叹君门兮何深,顾盛时而向隅,揽蕙草以惆怅,步衡门而踟蹰。强学以待,知音不无,思达人之惠顾,庶有望于亨衢。

附录 2

永远的《白雪歌》

永远的《白雪歌》
——唐代诗人岑参的悲剧人生

北风卷地白草折,胡天八月即飞雪。

忽如一夜春风来,千树万树梨花开……

这几句人们耳熟能详的诗句,是唐代杰出边塞诗人岑参于公元755年八月,在轮台郡(今乌鲁木齐市南郊)创作的一首七言歌行《白雪歌送武判官归京》中的精彩句子。诗的色彩鲜明,意境壮阔,奇才奇气,奇情逸发,是描绘边塞风情千古不朽的名句。

岑参(716—770),河南新野人,出身名门,其曾祖岑文本为唐初名相,其伯祖岑长倩和伯父岑羲也都曾官至宰相,所以岑参在27岁时写的《感旧赋》中自我炫耀说"国家六叶(六帝),吾门三相"。这种不忘门第高贵的意识,使岑参产生了极高的政治期望值,立志要重振家风,荣宗耀祖。所以当他19岁首次赴长安科考落第,东归过潼关时羞愧、伤感地作诗道:"来亦一布衣,去亦一布衣。羞见关城吏,还从故道归。"到了28岁那年,岑参终于如愿以偿,以优异的科举成绩高中一甲第二名进士(俗称"榜眼")。但是金榜高中,并没有给他带来仕途的顺利,第一次解褐入仕时仅做了个"右卫率府兵曹参军"(为太子看守器杖甲胄和掌管大门钥匙)的小官,不

359

过从八品下。也许由于为人正直，不谙官场伎俩，岑参长期屈沉下僚，壮志未伸。为此，岑参产生了人生紧迫感："丈夫三十未富贵，安能终日守笔砚""功名只向马上取，真是英雄一丈夫"。他立志向班超学习，投笔从戎，"走马西来欲到天，辞家见月两回圆"，两度充任西域名将高官的幕僚，在辽远、苦寒而艰险的边塞军中任职，希图施展才华，建功立业，从而实现自己远大的政治抱负。

　　岑参第一次来西域是公元 749 年，他 33 岁，出任主持安西都护府的高句丽族名将高仙芝幕中的录事参军和掌书记（相当于今天大军区的秘书参谋）两年。第二次来西域是公元 754 年，历时三年多，出任北庭伊西都护府（驻今吉木萨尔）节度使封常清幕中的判官、大理评事、摄监察御史，后提升为度支营田副使。受到封疆大吏的重视，幸运之神似乎就要光顾岑参了。但是与"数奇"因而"难封"的汉代"飞将军"李广一样，岑参命运实在太不好了，两次来西域，均无功而返。第一次，因为高仙芝讨伐大食国大败，大唐西域三万精锐之师损失殆尽，他作为幕僚自然得不到奖赏。第二次，虽然协助封常清平叛保边屡立战功，但不久即发生"安史之乱"，封常清因仓皇奉命率领临时拼凑的地方武装守卫洛阳，不幸遭到惨败，与高仙芝在潼关同时被赐死。依托的两位"高枝""贤主将"都陨落了，岑参自然无法获得重用。为此岑参痛苦地写道，"将军初得罪，门客复何依""白发轮台使，边功竟不成。云沙万里地，孤负一书生"，悲叹自己"可知年四十，犹自未封侯"。他更在《优钵罗花歌》中以"优钵罗花"（雪莲）不为人识自喻自况："深山穷谷委严霜，吾窃悲阳关道路长，曾不得献于君王。"后来，他经老友杜甫和严武等的举荐，好不容易才由西域赶到凤翔当了唐肃宗驾前的谏官右补阙，但也仅为七品，官阶并不高，更因屡次直谏而为朝廷所嫌弃，不久即遭外放。他无奈地写道："未能匡吾君，虚作一丈夫。抚剑伤世路，哀歌泣良图。功业今已迟，览镜悲白须。"直到晚年，才被任命为处于地方军阀连年混战、动荡不安的嘉州（四川乐山）刺史（五品）。可是不到一年又被罢官，才华无由施展，最后竟因战乱兵患严重，归途受阻而回长安不得，在一个凄风苦雨的夜里病死于成都，终年 55 岁。重病中，岑参困顿在馆舍中孤独绝望地叹道：

　　　　春与人相乖，柳青头转白。生平未得意，览镜心自惜。

360

四海犹未安，一身无所适。自从兵戈起，遂觉天地窄。

功业悲后时，光阴叹虚掷……

——《西蜀旅舍春叹》

三度为郎便白头，一从出守五经秋。

莫言圣主长不用，其那苍生应未休。

人间岁月如流水，客舍秋风今又起。

不知心事向谁论，江上蝉鸣空满耳。

——《客舍悲秋》

生不逢时，壮志难酬，有家难归，老境已至，内心十分凄苦，诗人悲凉之情可谓溢于言表。

出身名门，才高八斗，既有炫目的榜眼头衔，又以诗才名播四海，且在边塞苦熬多年的岑参，却落得病死异乡，寂寂而殁，甚至连新旧《唐书》都不屑于为他立传，可谓心雄万夫，命运多舛，上苍对岑参委实太不公了！

对于造成岑参悲剧命运的真实、具体原因，有关史料均没有披露多少信息。不过从岑参留下来的诸多诗歌所展示的才情、所显示的思想感情特征来看，这是不难想象和推测出来的："木秀于林风必摧之"，他肯定不会也不屑遵循官场中种种"潜规则"去行事，也注定要遭遇一些小人的嫉妒、贬损、打压和封杀。司马迁曾形容朝堂上是"黄钟毁弃，瓦缶雷鸣"，杜甫也说"古来才大难为用""文章憎命达"，都道出了几千年来中国社会在人才使用上的一个大弊端，或者是中国的正直文化人一种相当普遍的命运。屈原、贾谊、李白、杜甫、韩愈、李贺、柳宗元、刘禹锡、李商隐、苏轼、苏辙、陆游、关汉卿、徐文长、蒲松龄、曹雪芹……这些中国历代超一流的文艺天才，无一不是在现实中被贬斥、被摧残、被扼杀，上演出永不停歇的"怀才不遇""古来才大难为用"式的悲歌，令人感慨不已。然而有道是"塞翁失马，焉知非福"，国家不幸诗人幸，他们正是在不幸的命运中，却因时世艰难和深刻的内心体验，激发了各自的生命潜能，催生出中国文艺史上不朽的瑰丽经典，完成了自己崇高的人生价值。

岑参又一次验证了中国文艺史上这条铁的定律。岑参在仕途上虽然屡遭失败，这些"艰难困苦"却玉成了一个真正的大诗人。岑参两次在西域军中任职，前后五年多，可以说是在西域走得最远、留驻时间也最长的一位古代大诗人。他的足迹遍布天山南北，从诗中可知，他到过库车、焉耆，登过铁门关，多次出使吐鲁番（至今新疆博物馆中，尚保存有他途经交河驿馆时的马料账等出土文物），视察过巴里坤、哈密，更在乌鲁木齐和吉木萨尔一带长住过。边塞复杂独特的社会生活、战争场面和自然风物，还有草原民族的文化风情，都大大开阔了岑参的心胸，也直接改变了他的诗风。诗人用诗的形式描绘了天山南北的自然景观和风俗民情，具有极高的文学、历史、军事、地理、民族、物候和文化学价值。在他那上百首边塞诗中，茫茫戈壁、大漠、风沙、冰雪、严寒与酷热都是常见的意象。除了篇首所引的诗句外，其他还有如"瀚海阑干百丈冰，愁云惨淡万里凝""走马川，雪海边，平沙莽莽黄入天，轮台九月风夜吼，一川碎石大如斗，随风满地石乱走""天山雪云长不开，千峰万岭雪崔嵬""交河城边鸟飞绝，轮台路上马蹄滑""都护新破胡，士马气亦粗。萧条房尘静，突兀天山孤""塞驿远如点，边烽互相望""四月犹自寒，天山雪蒙蒙""秋雪春仍下，朝风夜不休""秋来唯有雁，夏尽不闻蝉，雨沸毡墙湿，风摇毛幕膻""九月天山风似刀，城南猎马缩寒毛""平明发轮台，暮投交河城""胡地苜蓿美，轮台征马肥""三月无春草，千家尽白榆。蕃书文字别，胡俗语音殊""花门将军善胡歌，叶河番王能汉语"等，都是描绘丝绸之路天山南北风物和民俗的名句，脍炙人口。描述如此真切、形象、精细、准确，绘声绘色，极富地域特征，如果作者没有亲历实地观察体验，单凭想象虚构是不可能的，可谓地道纯正的古代边塞诗。

但是岑参的边塞诗最为动人、最有价值的，却是他那描绘苍凉悲壮的边塞景色，渲染战斗惨烈、气氛紧张，抒发昂扬英雄主义精神和爱国豪情的诸多杰作。如"匈奴草黄马正肥，金山西见烟尘飞，汉家大将西出师。将军金甲夜不脱，半夜行军戈相拨，风头如刀面如割。马毛带雪汗气蒸，五花连线旋作冰，幕中草檄砚水凝""戍楼西望烟尘黑，汉兵屯在轮台北。上将拥旄西出征，平明吹笛大军行。四边伐鼓雪海涌，三军大呼阴山动。虏塞兵气连云屯，战场白骨缠草根，剑河风急云片阔，沙口石冻马蹄脱""将军角弓不得控，都护铁衣冷难着""纷纷暮雪下辕门，风掣红旗冻不翻""万箭千刀一夜杀，平明流血浸空城""关西老将能苦战，七十行兵仍未休""火山五月人行少,看君马去疾如鸟。都护行营太白西,角声一动胡天晓""匹马西从天外归,扬鞭只共鸟争飞""前年斩楼兰,去岁平月支""大夫讨匈奴,前月西出师。甲兵未得战,降虏来如归……阴山烽火灭,剑水羽书稀,却笑霍嫖姚,区区徒尔为",等等,这些诗句有着强烈亲历感的战争描绘,如临其境,都能把读者带入鼓角相闻、刀光剑影、地动山摇、血雨腥风的边塞战场上了。而一个个威武不屈、奋勇杀敌的将士形象,也如闻其声,如见其形,呼之欲出。诗人胸中强烈的功业意识、进取精神和豪迈的爱国情操,借助于边塞征战场景的生动描绘和英雄形象的塑造,得到了响遏行云的尽情抒发。这些细节生动、形象鲜明,表现边塞战争的诗篇,大都是在"安史之乱"之前完成的,可谓真正体现了大唐开元、天宝年间勇迈自信的时代精神,唱出了盛唐的最强音。岑参的边塞诗气势磅礴,悲慨激越,想象丰富,风格雄奇、峭拔、俊逸、瑰丽,独树一帜,在当时诗坛就广为流传,而且远播异域,常有日本、南诏、高句丽等国使者以重金收购,被后世视为盛唐边塞诗的典型代表。

岑参以大量体现时代精神、有着独特艺术风格的边塞诗证明了诗人的人生价值,为自己在中国文学史上奠定了崇高地位。他那挟持着猎猎雄风的诗歌,千百年来一直受到人们的喜爱,对后世影响巨大,吸引和鼓舞了无数志士仁人相继来到边塞建功立业,成为绵延千百年的古代边塞诗派最具有代表性的诗人,甚至成为 20 世纪新边塞诗的源头和楷模。岑参的挚友杜甫曾称赞他"识度清远,议论雅正,佳名早立,时辈所仰"。并作诗赞美道:"高岑殊缓步,沈鲍得同行。意惬关飞动,篇终接混茫……"南宋大诗人陆游对岑参尤其佩服,在四川任职时曾将岑参的画像置于斋堂,并出资刻印了一部岑参的诗集。陆游曾著文说:"余自少时,绝好岑嘉州诗,尝以为太白、子美之后,一人而已。"还作诗称"公诗信豪伟,笔力追李杜"。岑参赢得这两位我国古代一流大诗人如此心悦诚服的推崇,殊属不易。连素称选诗极严的《唐诗三百首》,也选收了岑参的七首代表作,这正是大诗人的规格。如此,岑参可以无憾了。

岑参是以大量诗歌形式记录丝绸之路军旅生活和天山南北地貌物候特征的历史第一人,因此值得我们新疆人引以为自豪,甚至应该在乌鲁木齐市红山公园为这位近 1300 年前杰出的边塞大诗人建立一座纪念雕像,以与民族英雄林则徐比肩而立,永远昭示后人。为此,前些年我在踏访凭吊唐轮台(今乌拉泊古城)遗址时,曾写过一首七绝,缅怀这位边塞大诗人:

走马川东觅故垒,乡人指点唐轮台。
岑郎落寞从兹去,万树梨花几度开?

2009.12.20
(夏冠洲文,原发表于《新疆经济报》和《新疆文史》)

丝路之魂
岑参

364

后　记

日前,太白文艺出版社编辑通知我说,长篇历史文化小说《岑参》书稿已列入"丝路之魂"项目计划,即将付梓出版。我听后第一反应就是,好了,一部写了 20 年的书稿,总算找到一个好"婆家",很快就能粉墨登场与读者见面了!

那还是 1996 年 8 月暑假期间,在阅读一本新购得的岑参边塞诗选时,我突发奇想:何不就他著名歌行《白雪歌送武判官归京》的写作,试着来一篇短篇小说呢? 须知,此诗正是诗人一千多年前在乌鲁木齐南郊唐轮台城东门,在八月的飞雪中为挚友送行,对着天山主峰博格达写下的呢! 于是在并没有充分构思好的情况下,我就随兴所之,急切地动起笔来。半个月内,一鼓作气,竟然写出一部十几万字的大中篇,遂命名为《岑参》。现在回想起来,那种近乎迷狂、感觉空前良好的写作状态,今生是难得再遇的了! 后经稍加修改,小说一头一尾八万多字先后在《中国西部文学》和《绿洲》杂志上发表了。反响还不错,认为写出了大诗人的性格和边塞风味,有文友就建议,目前内容似太单薄,人物也欠丰满,不如干脆展开来拉成一部长篇算了。但是,我是个业余作者,当时教学科研任务又很重,所以只好暂时搁置起来。谁知这一放就是十多年!

直到退休后,这个想法才被重新捡拾起来。2012 年,小说稿有幸被中国作家协会列入重点作品扶持项目,予以慷慨资助。在此举的推动下,几年来我多方请教专家,认真研读了一批相关的图书资料,并借各种机会对岑参在丝绸之路沿线和天山南北的诸多行迹进行实地考察,在此基础上我对书稿做了通盘调整,进行几次大的内容增删和文字加工。于是,时隔整整 20 年,数易其稿,这才有了现在这个比较完整、成熟的本子。

20 年中,我当然不是只写这一本书,但《岑参》却是我最牵肠挂肚、写作时间最长、倾情倾力付出最多的书稿。因为,在我的心目中,它可能是最接近文学本质的一部作品,私心里尤为珍重。

首先，岑参那些表现古代战争风云，雄奇壮丽，充满想象力的边塞诗使我特别神往；他正直、纯真性格所酿成的个人的不幸命运，则令我由衷同情，甚至有点儿同病相怜之感。这些，正是深深触动我，逼使我非要把它写出来的强烈而持久的动因。第二，《岑参》无意间选择的艺术构思是独特的。其基本构思可以这样来概括：以诗的思维来写古代一位大诗人写诗。小说讲述的故事，就是岑参表现时代风云与自己心路历程相交集的数十首边塞诗的创作过程，这就赋予了小说比较浓重的诗化因素。第三，岑参是一位存诗虽多，但身世记载极少的古代诗人。因此主人公诸多诗作的创作背景、人物关系、感情脉络和生活细节，就成为小说创作所依据的基本线索。不言而喻，诗歌与小说在文体上是有很大差别的，这就需要作者凭借自身的文史知识积累、生活经历和情感体验，去悉心揣摩诗人的心理，去发现其中情节发展的蛛丝马迹，从历史的可能性出发，充分发挥想象和联想，去进行合情合理的艺术虚构，以便填充诗歌创作中存在的巨大的生活空白。第四，《岑参》写的既是真人真事，基本情节又离不开诗人写诗，这就要求在写法上不能在诗人现存诗作所表现的之外，去随心所欲设计那些冲突强烈、扣人心弦的故事情节，只能借助于人物心灵世界的揭示、平实生活流的自然抒写、大量真实的细节描写和自然社会风情的生动刻画来实现创作意图。第五，我在创作过程中逐渐明确了一项任务，即：力争叙述一部发生在丝绸之路上的典型的中国历史故事，努力容纳更为丰厚的传统文化内涵，使之具备鲜明的中国气派和中国风格，从而打造出一部真正的中国本土文人小说的文本来。有鉴于此，创作中我有意强化表现作为古代爱国诗人的主人公在其价值观、思维模式、心理特征和行为方式中的中国元素，展现传统的主流文化儒、释、道，以及东方神秘文化对他的影响，从而试图对古代文人"怀才不遇"这一传统的人生主题，做出深入、形象而且令人信服的阐释。在表现形式和叙述语言上，不追求时髦，虽然并不拒绝某些现代叙事技巧和手法（如人物心理分析、时空穿插倒置、内心独白、梦境、短暂的意识流等），但是更注意对传统小说叙述模式的承继，使小说总体上呈现出与人物和故事相适应的浓郁的书卷气来，从而尽可能地保持中国本土文学的底色。

上述种种因素，也许更贴近文学的自身规律，是这部长篇历史文化小说文本的价值所在。西方现代小说的概念已传入我国百年了，中国作家应当

丝路之魂 岑参

拥有如习近平总书记最近所倡导的"文化自信",创建出从内到外真正具有中国风格中国气派的小说,去影响世界,造福人类。我也曾十分惶惑,反复掂量自己,作为边远地区一个孤陋寡闻的小文人,你有能力进行这种文学尝试吗?掂量的结果是,不妨一试,通过《岑参》的创作来做一回试验,即使探索失败,也可以积累一些经验教训来。于是,在这种不无虚妄的文化自信的鼓舞下,我锲而不舍,贸然前行了。虽不能至,心向往之。

无论如何,经过 20 年的努力,我毕竟拿出这样一部艺术上比较完整,也多少有些创意的小说文本来。至于成功与否,均有待论者和广大读者来评判总结。文章千古事,得失寸心知,多年辛勤笔耕的苦与乐,自不必细说。这里,我要对诸多师长和文友曾以不同方式给予我的巨大帮助,表示诚挚的谢意。他们是:著名唐代文学专家、中华书局原总编辑傅璇琮先生,河南社科院岑参研究专家廖立研究员,新疆社科院西域史专家薛宗正研究员,新疆资深文学评论家陈柏中编审,新疆大学古典文学教授秦绍培老师,新疆师范大学历史教授王有德先生,中国社科院著名文学批评家孟繁华教授,武汉大学著名文学批评家於可训教授等。他们在我创作此书的过程中,或赠书提供线索,或评点推荐,或提出修改建议,甚至写下数千字的书面意见,都使我感激良深,备受鼓舞。

当然,这里我还要特别感谢太白文艺出版社。他们承担了中共陕西省委宣传部推出的重大文化项目"丝路之魂"丛书的编辑工作,是一项颇有远见卓识的文化举措,不期然间,也为拙著的出版提供了一个平台。《岑参》忝列其中,得与广大读者交流,从而能为挖掘、彰显博大精深、源远流长的丝路文化,为"丝绸之路经济带"的建设聊尽绵薄之力,对此我甚感荣幸。

后

记

夏冠洲

2016 年 9 月 3 日

于唐轮台之北新疆师范大学抱朴斋